Liglereo

Ruse

서리다

정령왕 엘퀴네스

이환 판타지 장편소설

18

dream books
드림북스

정령왕 엘퀴네스 18

초판 1쇄 인쇄 / 2021년 3월 10일
초판 1쇄 발행 / 2021년 3월 31일

지은이 / 이환

발행인 / 오영배
책임편집 / 편집부
본문 디자인 / 오정인
제작 / 조하늬

펴낸 곳 / (주)삼양출판사 · 드림북스
주소 / 서울시 강북구 도봉로 173
대표 전화 / 02-980-2112 팩스 / 02-983-0660
편집부 전화 / 02-987-9393 팩스 / 02-980-2115
블로그 / blog.naver.com/dreambookss

등록번호 / 제9-00046호
등록일자 / 1999년 3월 11일

ISBN 979-11-283-7002-1 (04810) / 978-89-542-4481-7 (세트)

* 지은이와 협의하에 인지는 생략합니다.
* 잘못된 책은 구입한 곳에서 바꾸어 드립니다.

이 도서의 국립중앙도서관 출판시도서목록(CIP)은 서지정보유통지원시스템홈페이지
(http://seoji.nl.go.kr)와 국가자료종합목록 구축시스템(http://kolis-net.nl.go.kr)에서
이용하실 수 있습니다.

정령왕
엘퀴네스
개정판
이환 판타지 장편소설
18
dream
books
드림북스

정령왕 엘퀴네스 18

Contents

제1화

1.

델루시오 남작가는 대대로 대표적인 친황파 가문이었다. 암행 중인 황제의 목숨을 우연히 구한 공으로 작위를 받은 선조의 시작이 그러했고, 시종으로 입관해 황궁의 내실에 평생을 바친 후예의 업적이 그러했으며, 그 뒤를 충실히 이어가는 지난 가주들의 삶이 그러했다.

대륙에서 가장 큰 부강한 제국이라곤 하나 4백 년을 넘게 이어온 황실의 역사가 매번 굳건하기만 했던 건 아니었다. 한심할 만큼 유약하고 무능한 황제도 있었고, 인간이라 할 수 없을 정도로 잔인한 성정을 지닌 폭군도 있었다. 황제가 신임하는 황자보다 귀족원이 추대하는 황자가 후계자에 더 걸맞은 경우는 너무 흔했으며, 반기를 들고 일어선 자들의 명분이 합당한 적도 있었다.

역대 황제가 모두 제 사람에게 잘하는 것도 아니라서, 폭언을 듣는다거나 폭행을 당하는 등 불합리한 대우를 받는 경우도 많았다. 억울하게 파면당하거나 일방적인 화풀이로 죽은 이도 있었다. 하지만 그럴 때도 델루시오 남작가는 한결같이 친황파 목록에 선두로 이름을 올리는 가문이었다. 이해득실을 따지지 않는 맹목적인 충성심에 황제의 개라고 불리기까지 했으나 딱히 그 호칭을 모욕으로 여기지도 않았다. 오히려 가문의 자부심이자 자긍심으로 삼았다.

현 델루시오 남작가의 가주인 벤자민 유바 델루시오는 자신 또한 그 명맥을 이어가는 사람이라고 생각했다. 끝맺음이 현재 진행형이 아니라 과거형인 이유는 근래 들어 자신의 행동이 황제의 사람과는 거리가 멀다는 사실을 불현듯이 자각했기 때문이었다.

그는 황제를 바로 곁에서 보필하는 상급 시종이었다. 황궁의 시종은 내부에서 벌어지는 일들을 결코 외부로 유출해선 안 됐다. 그게 아무리 사소하고 별거 아닌 부분일지라도 엄중히 지켜야 하는 가장 기본적인 원칙이었다. 하지만 그는 최근에 벌써 몇 차례나 황제의 일과를 다른 사람에게 알렸다. 그뿐만 아니라 황제의 의중이나 최측근들과 주고받은 사담을 전달하기까지 했다. 말실수로 가볍게 흘린 정도가 아니라 명백한 정보 유출이었다. 이 사실이 알려지면 면직 정도가 아니라 참형을 당할 터였다.

그런데 이런 엄청난 일을 저지르면서도 지금까지 별다른 생각이 없었다. 거기까진 그렇다 쳐도, 왜 그런 일들을 시작하게 되었는지 마땅한 계기가 떠오르지 않았다. 그는 딱히 황실에 불만을 가진 적도 없고, 협박을 당하거나 회유된 적도 없었다. 거기까지 생각하고 보니 뭔가 명확히 설명할 수 없는 이상한 기분이 들었다. 그럼 내가 왜 이러는 거지?

"델루시오 남작?"

그 순간 들려온 목소리에 그는 흠칫 놀라 고개를 들었다. 바로 앞에 앉아 있는 이의 모습이 눈에 들어왔다. 달빛을 닮은 은회색 머리칼을 단정히 넘겨 올린 남자는 옅은 금색의 눈동자를 지니고 있었다. 군더더기 없이 훤칠한 체구에 각이 잡힌 검은색 정장이 아주 잘 어울렸다.

남자는 바다 너머에 있는 에펜 왕국의 젊은 왕세자였다. 동생인 왕녀의 유학길을 배웅할 겸 함께 제국으로 건너왔는데, 마침 델루시오 남작의 딸도 왕녀와 같은 학교를 지원한 참이라 그 인연으로 남작가에서 지내게 됐다. 그가 꾸준히 황실의 정보를 물어다 바치는 당사자이기도 했다.

"무슨 생각을 그렇게 하지?"

"예?"

"아까부터 다른 생각을 하고 있잖나."

가만히 응시해오는 시선에 델루시오 남작은 꿀꺽 마른침을 삼켰다. 준수한 왕세자는 어느 하나 눈에 띄지 않는 부분이 없었지만, 특히 눈동자가 인상적이었다. 금빛으로 신비롭게 반짝이는 눈동자를 볼 때면 심연을 들여다본다는 트로웰의 혜안이 이러할까 싶었다. 그래서일까. 왕세자와 눈이 마주치면 왠지 머릿속이 텅 비는 것 같았다.

이번에도 마찬가지였다. 그는 하염없이 멀거니 왕세자를 바라보았다. 그러는 동안 차오르던 의구심은 어느새 스멀스멀 밀려 나가 완전히 사그라졌다. 대체 무슨 쓸데없는 생각을 하고 있던 건지 모르겠다. 왕세자 저하만큼 훌륭한 분을 위해선 당연히 그럴 수 있는 건데 말이야. 델루시오 남작은 본인의 생각에 위화감을 느끼지 못한 채로 미소 지었다.

"이런, 죄송합니다. 제가 잠시 멍해졌나 봅니다."

그 모습을 살피듯 가만히 지켜보던 왕세자의 얼굴에도 곧 미소가 떠올랐다.

"이제 보니 얼굴에 피로가 가득하군. 연회 준비로 바빠 보이더니 너무 무리하고 있는 건 아닌가?"

"아닙니다. 근래 이렇게 좋았던 적이 있었나 싶을 만큼 즐겁기만 합니다."

"그렇다니 다행이다만, 너무 무리하진 말도록."

"그렇게 하겠습니다. 염려해주셔서 감사합니다."

황송한 어조로 대답하는 남작의 얼굴엔 이제 더는 멍해 보이는 기색은 남아 있지 않았다. 그 모습을 다시금 확인한 왕세자가 곁에 있던 기사와 시선을 주고받았다. 델루시오 남작은 그 시선에서 오가는 무언의 교류를 읽어내지 못했다.

“자, 그럼 계속하지. 내가 어제 지시한 건 가져왔나?”

“예, 저하. 여기 있습니다.”

왕세자의 맞은편에서 대기하던 이가 한 발 앞으로 나와 조심스럽게 서류를 건넸다. 받아든 후 읽어내리는 왕세자의 표정이 점점 가라앉았다. 사방이 고요해지면서 한동안 종이를 넘기는 소리 외엔 아무것도 들리지 않았다. 기나긴 침묵이 끝난 건 왕세자, 루시엘이 서류를 던지듯 내려놓은 순간이었다.

“소득이 정말 이것뿐인가?”

“면목이 없습니다.”

“최소한의 할당량조차 채우지 못했군. 시기가 시기이니 어느 정도 감소할 건 예상했지만 이건 차이가 너무 큰데.”

“제국의 영향력을 너무 간과한 것 같습니다. 변방까지 경계가 심해져서 기회를 엿보기가 쉽지 않습니다.”

“강한 건 다루기 어렵고 연약한 건 구하기가 쉽지 않으니 여러모로 속을 썩이는군.”

혀를 찬 루시엘이 거칠게 머리를 쓸어넘겼다. 싸늘하게 식은 공기엔 폭발 직전의 예민한 기류가 흘렀다. 이럴 땐 누구 하나 다쳐나가도 이상하지 않은 일이라 사람들의 얼굴이 긴장으로 굳어졌다.

“오라버니.”

하지만 다행히도 이번엔 그들 사이에 축복의 신이 함께하는 듯했다. 때마침 문을 두드리는 소리와 함께 한 소녀가 얼굴을 내밀었다. 제비꽃을 닮은 드레스를 입은 소녀는 루시엘과 똑같은 은회색 머리칼에 금안을 지니고 있었다. 에펜 왕국의 왕녀이자 이번 제국 여정의 주인공인 아나이스였다.

팽팽한 실처럼 당겨졌던 공기가 한순간에 풀렸다. 왕실의 장자로 태어나 첫돌 때부터 왕세자였던 루시엘은 하나뿐인 동생을 끔찍이 아꼈다. 냉혹한 성정인 본인과 달리 동정심 많고 마음 착한 동생이 놀랄까 봐 그 앞에서는 결코 화를 내지 않았다. 아니, 아무리 화가 나도 동생을 보면 화가 풀리는 것 같았다. 국왕은 제왕이 될 자에게 어울리지 않는 면모라고 걱정했지만, 주군의 심기를 거스를까 봐 늘 긴장하는 수하들에게 왕녀의 존재는 마른 땅의 단비나 다름없었다.

예상대로 루시엘의 얼굴에 가득하던 냉기가 서서히 누그러졌다. 일그러진 미간이 펴지고 흉흉한 눈빛이 차분해지더니, 종국엔 옅은 미소를 머금은 얼굴이 됐다. 수하들에겐 안전한 시간으로 접어들었다는 신호이기도 했다.

"들어와라, 아나이스."

가볍게 떨어진 허락에 문가에 붙어 눈치만 보던 아나이스가 헤헤 웃으며 들어섰다. 그 모습을 본 루시엘이 못 말린다는 표정을 지으며 고개를 설레설레 저었다.

"아, 남작님도 여기에 계셨군요? 방해해서 죄송해요."

"아닙니다. 저는 신경 쓰지 마시고 편히 대화하십시오."

엄밀히 말하면 남작의 집무실이었다. 하지만 이곳에 있는 이들은 이 장소의 주인을 으레 루시엘로 여기고 있었다. 남작 본인조차도 그랬다. 정중한 대답에 미소로 화답한 아나이스는 방 안에 있던 기사들과도 가볍게 인사를 주고받은 후에야 자신의 손위 형제를 돌아보았다. 빙긋 웃은 루시엘이 단호하게 말했다.

"외출은 안 된다."

"치, 오라버니는 왜 저만 보면 그 말만 하세요?"

"네가 날 찾아오는 용건이 항상 그것뿐이니까."

"제가 언제 항상 그랬어요. 죄송하지만 이번엔 틀리셨거든요? 오라버니께 서신이 와서 전해드리려고 온 거예요."

"서신?"

그거야말로 새삼스러운 용건이라 루시엘은 저도 모르게 미간을 살짝 찌푸렸다. 제국에 온 이후로 활발한 인맥을 쌓아가는 그에겐 하루에도 수 통의 편지가 도착했다. 그렇게 도착한 편지들은 남작가의 집사가 따로 모아뒀다가 저녁에 전해주는 편이었다. 하지만 동생이 내미는 편지를 보는 순간 그는 왜 직접 가져왔는지 이해할 수밖에 없었다. 겉봉에 붉은 태양의 문양이 찍혀 있었으니까. 황실의 문장이었다. 루시엘은 곧장 봉투를 열고 내용물을 꺼내 들었다. 그가 긴 문장을 빠르게 읽어내리는 것을 지켜본 아나이스가 이미 짐작한 발송인을 물었다.

"태자 전하께서 보내신 건가요?"

"그래, 내일 오찬을 함께하고 싶다고 하시는구나. 입궁할 준비를 해두거라."

"저도 같이 가요?"

황실의 초대는 개인적으로 이뤄질 때도 있지만 루시엘이 얼마나 동생을 아끼는지 아는 황족들은 보통 남매를 함께 초대했다. 특히 황태자라면 두말할 것도 없었다. 아나이스 역시 알면서도 물은 것이었다. 말투에서 내키지 않아 하는 기색을 읽은 루시엘이 고개를 들었다. 가만히 응시해오는 시선에 아나이스는 입술을 작게 삐죽거렸다.

"황태자 전하는 부담스러워요."

"……아나이스."

루시엘이 가볍게 한숨을 내쉬었다. 동생의 부탁은 어지간하면 다 들어주는 그였지만, 아무리 그라도 이것만은 양보할 수 없었다.

"이미 몇 번이나 말하지 않았니. 우리 일가가 제대로 된 기반을 다지려면 제국의 힘이 필요해. 태자 전하가 네게 호감을 갖게 된 건 우리에게 아주 큰 행운이다."

"하지만 전하는 이미 혼인하셨잖아요."

"곧 파혼하실 거다. 둘 사이에 아이도 없으니 네가 곤란해질 일도 없어."

"그래도 전 불안해요. 솔직히 말하면 태자 전하의 마음을 믿지 못하겠어요. 지금이야 아주 다정하시지만, 이미 한번 변심하신 분이 두 번 그러라는 법은 없겠어요?"

"변심이라니. 이상한 오해를 하고 있구나, 아나이스. 태자 전하가 연정을 품게 된 이는 네가 유일하다 하셨다. 황실의 혼사가 어디 제 의사에 따른 것이더냐? 정략혼에 큰 의미를 담지 말아라.”

“그래도 나중에 또 다른 이를 연모하게 되시면요?”

“절대 그럴 일은 없다.”

세상에 무조건 확신할 수 있는 일이 어디 있던가. 말도 안 되는 대답이었다. 하지만 루시엘의 표정이 너무 단호해서 아나이스는 더는 말을 잇지 못했다.

“그보다 네가 그런 부분을 신경 쓰는지는 미처 몰랐구나.”

“그게 무슨 말씀이세요?”

“아인 이드리스.”

뜬금없이 뱉어진 이름에 아나이스의 얼굴이 움찔했다.

“갑자기 그분은 왜요?”

“그 유명한 바람의 정령사가 이름을 알린 것엔 미네르바의 연인이라는 배경도 무시할 수 없지.”

“무슨 말씀이신지 모르겠어요. 저와 아인 님은 친구예요. 그분께 그런 감정은 없어요.”

“그 말을 믿을 수 있다면 좋겠구나.”

“당연히 믿으셔야죠! 정말 그런 거 아니에요. 왜 남녀는 친하게만 지내도 이런 오해를 받아야 하는 거예요? 전 그냥 아인 님을 존경하는 것뿐이에요. 절 구해 주신 분이잖아요. 정령왕의 계약자 정도 되면 거만할 만도 한데 성품도 얼마나 겸손하고 좋아요? 그런 분에게 인간적인 호감을 느끼는 건 당연한 거잖아요.”

"그래, 바로 그런 감정이 커져서 연정이 되는 거란다."

"어휴, 정말! 아니라니까요!"

아나이스는 불퉁한 얼굴로 루시엘을 노려보았다. 그제야 말꼬리 잡는 걸 그만둔 루시엘이 빙글빙글 웃었다.

"우리 공주님이 토라지셨나?"

"몰라요. 오라버니는 바보예요. 전 이만 갈래요."

"오늘은 일찍 자렴. 내일 입궁할 때 입을 드레스는 지난번에 태자 전하께서 선물해주신 드레스가 좋겠구나. 누구보다 아름다울 거다."

아나이스는 할 말이 많은 얼굴을 했지만 이내 체념하며 고개를 끄덕였다. 자리를 떠나는 동생을 지켜보는 루시엘의 얼굴은 시종일관 부드러웠다. 하지만 그 표정은 동생의 모습이 완전히 사라진 순간 서늘하게 식었다. 평화롭던 공기에도 다시 긴장감이 차올랐다.

"제사는 얼마나 진행됐지?"

"어제 두 번 의식을 치렀습니다만, 만족할 만한 수준으로 끌어올리진 못했습니다."

"역시 머리가 굵은 건 꽤 끈질기군."

"보통 독한 게 아닙니다."

"오늘은 내가 참관하겠다."

루시엘이 몸을 일으킨 것과 동시에 인형처럼 가만히 서 있던 델루시오 남작이 벽면의 책장 쪽으로 이동했다. 몇 가지 장치를 건드리자 책장이 이동하면서 안쪽에 숨겨져 있던 공간이 나타났다. 바닥에 깔린 붉은 융단을 치우니 지하로 향하는 문이 있었다. 한때는 델루시오의 가주만 알고 있는 비밀 통로였으나, 이제는 루시엘과 그 가신들의 근거지가 된 공간이었다. 그들은 문 아래로 뻗어진 계단을 거침없이 내려갔다.

지하는 매우 넓은 동공으로 이뤄져 있었다. 본 용도는 몇 달을 은신해도 버틸 수 있도록 설계된 은신처이자 탈출구였다. 가주가 된 이후로 델루시오 남작은 이 안에 식량 저장고 외에 별다른 구조물은 들이지 않았었다. 하지만 지금은 이것저것 자잘한 물건들이 많았다. 가장 눈에 띄는 변화는 한가운데 깔린 거대한 마법진이었다. 그 위에 몸을 웅크린 사람이 눕혀져 있다는 점도 그러했다.

입에 재갈이 물린 채 손과 발이 묶여 있는 이는 10대 후반의 소녀로 보였다. 소녀는 한눈에 보기에도 멀쩡한 상태가 아니었다. 옷은 넝마에 가까웠고, 몸은 몇 날 며칠은 굶은 듯이 삐쩍 말랐다. 머리칼은 정체 모를 오물로 범벅이 되어 본래의 색을 알 수 없었다. 그나마 희끗희끗 드러난 부분을 통해 분홍색일 거라고 간신히 유추할 수 있는 정도였다.

저벅거리는 소리가 가까워지자 소녀는 몸을 부들부들 떨었다. 이 소리가 울리는 건 지옥 같은 시간이 도래할 때뿐이었다. 거친 숨을 몰아쉬는 소녀에게 닿은 손길은 그녀를 억지로 잡아 끌어올렸다. 몸부림을 쳤으나 저항은 조금도 통하지 않았다. 소녀는 억지로 고개가 들린 채 눈앞에 있는 이를 바라봐야 했다. 물기 어린 연두색 눈동자가 공포에 질린 것을 빤히 들여다보며 루시엘이 나른하게 웃었다.

"자, 오늘은 얼마나 버티는지 볼까?"

2.

눈을 천천히 깜빡였다. 들풀이 바람과 춤을 추는 초원이었다. 고개를 드니 금가루 같은 햇살이 얼굴 위에 쏟아졌다. 수채화 물감을 개어 바른 듯한 하늘이 손만 뻗으면 닿을 듯이 가까웠다. 조금 걸어가자 지형의 끝이 다가왔다. 까마득한 절벽 밑으로 새파란 바다가 사납게 펼쳐져 있었다.

전부 아름답긴 한데, 기억에는 없는 곳이었다. 하지만 여기가 어딘지 내가 왜 이런 곳에 있는지 고민할 필요는 없었다. 직전까지 침대에 누워 잠을 청한 기억이 선명했으니까. 그러니 잠든 나를 누군가 들어다 옮겨둔 게 아닌 한, 이건 꿈이라는 소리였다. 뭐, 전자가 전혀 불가능한 일은 아니긴 하다만. 묘하게 현실감이 느껴지지 않는 걸 보면 역시 꿈이 맞는 것 같다.

이런 걸 자각몽이라고 하던가. 별일이 다 있다며 혀를 차려는데 마침 먼발치에 서 있는 누군가의 뒷모습이 보였다. 형태가 선명하진 않았지만 허리 아래까지 길게 늘어트린 머리칼이 절벽 아래 펄

쳐진 바다와 같은 색을 지니고 있다는 것만은 알 수 있었다. 천천히 긴장이 풀리며 입술이 절로 올라갔다.

"이제 꿈에서도 그 모습으로 나오는구나, 아버지."

그만큼 내가 이 세계에 적응했다는 거겠지. 뿌듯한 마음이 드는 한편으로 내심 아쉬웠다. 오랜만에 엘뤼엔의 원래 모습을 보고 싶었는데. 이곳에서의 그와도 잘 지내고 있긴 하지만, 아무래도 내가 아는 모습과는 조금 차이가 있긴 하다. 그를 보면서도 종종 그리운 기분이 드는 것엔 그 탓도 있을 거다.

그는 내가 가까이 있는 걸 뻔히 느꼈을 텐데도 돌아보지 않았다. 유감스럽게도 성격까지 지금 그대로인 모양이었다. 그조차 이미 적응했건만 꿈이라 그런가, 괜히 더 서운해졌다.

"저기, 아버지. 나 아직도 라피스를 못 찾았어."

실없는 넋두리를 시작한 건 그 때문이었다.

"그 녀석 대체 어디에 처박혀 있는 건지 모르겠어. 이렇다 할 단서가 전혀 없어. 힘들 줄은 알았지만 생각보다 더 막막해. 하지만 사실 아는 걸 모르는 척해야 하는 게 제일 힘들어. 차라리 아예 낯선 곳이었으면 더 나았을 것 같아. 아버지는 내가 과거로 가게 될 거라는 걸 짐작하고 있었지? 각오라도 하게 미리 귀띔이라도 해주지 그랬어."

그래도 내심 후련하긴 했다. 이런 건 정령왕인 그에겐 절대 할 수 없는 말이었으니까. 꿈에서라도 대리만족하는 기분이었다. 이왕이면 반응이 돌아오면 더 좋을 텐데. 위로를 해주든 한심하다고 혀를 차든, 어느 쪽이든 상관없을 것 같은데. 그는 여전히 돌아볼 생각이 없어 보였다.

"내 말 듣고 있어?"

갑갑한 마음에 소리를 높여봐도 마찬가지였다. 그는 내 목소리가 전혀 들리지 않는 듯했다. 한 장소에 있는 데도 전혀 다른 공간으로 나눠진 것 같았다. 아무래도 그냥 이런 배경의 꿈인 모양이다. 목석처럼 서 있는 뒷모습을 그저 바라보기만 해야 하는 꿈. 이런 거야 흔하기는 한데 그래도 보통 자각몽이라면 내가 원하는 대로 흘러가게 할 수도 있지 않나? 왜 꿈에서조차 내 맘대로 되는 게 하나도 없는지 모르겠다. 적당히 체념하며 한숨을 내뱉었을 때였다.

"왜 먼 길을 빙빙 돌아가는지 모르겠네."

"……!"

그저 무시하고 있었던 것뿐인가. 뜻밖에 무겁기만 하던 그의 입이 갑자기 열렸다. 그런데 기분 탓인 건지 말투가 좀 이상했다. 그치고는 너무 가벼운 데다가 왠지 음색도 좀 더 높은 것 같았다. 멈칫해서 가만히 살피려는데 때마침 그가 내 쪽으로 몸을 돌렸다. 덕분에 똑바로 볼 수 있게 된 얼굴에 급히 숨을 삼켰다.

그는 엘뤼엔이 아니었다. 그건 나였다. 물의 색을 지닌, 정령왕인 나.

"이건 또 무슨……."

아니, 왜 여기서 내가 나와? 정령왕일 땐 인간 엘을 마주하더니,

이젠 정반대 상황이야? 황당한 기분을 감추지 못하는데 눈앞의 내가 생긋 웃었다.

"왜 고민하는 거야? 가장 간단한 방법이 있는데."

"……뭐?"

"모르는 척하지 마. 넌 이미 답을 알고 있어."

저건 분명 나인데, 내가 무슨 말을 하는 건지 조금도 모르겠다. 눈을 가늘게 뜨는데 내가 훌쩍 앞으로 다가왔다. 포옹하듯 가까워진 간격에 어깨를 움찔 떨었다. 귓가를 스치는 입술을 타고 나직한 음성이 속삭였다.

"너만 포기하면 되잖아."

눈을 뜨자 화려한 그림이 보였다. 색색이 꽃으로 만발한 초원을 배경으로 한껏 행복한 얼굴을 한 연인이 서로를 끌어안고 있는 모습이었다. 여관 안에서도 오로지 이 방에서만 볼 수 있는 광경으로, 여관 주인이 유명한 화가를 어렵게 모셔와 거금을 주고 완성했다는 천장화였다. 귀족만 머물 수 있는 방이라면서 이 그림을 보기 위해 먼 나라에서도 사람들이 찾아온다고 얼마나 자랑했는지 모른다. 아끼고 아끼는 방이라 행여 그림이 상하기라도 할까(대체 뭘 하면 천장의 그림을 훼손할 수 있는지는 모르겠지만) 장기 계약도 받아주지 않는다고 엄포를 놨더랬다. 그래 봤자 돈에는 장사가 없었지만. 어쨌거나 이번엔 확실히 익숙한 장소였다.

"일어났어?"

귓가에 낮은 목소리가 들려왔다. 눈동자만 굴려 시선을 옮기니 나를 빤히 바라보고 있는 붉은 눈동자가 보였다. 얼굴을 제대로 확인하기도 전에 정체부터 알아차렸다. 내 주위에서 이런 색 눈동자를 지닌 존재는 단 하나뿐이었으니까.

"……이프리트."

입 안이 모래라도 씹은 듯이 퍼석거렸다. 내가 듣기에도 거친 목소리에 얼굴을 찌푸리니 이마에 따뜻한 손길이 닿았다. 선명하고 분명한, 현실감이 넘치는 감촉이었다. 그제야 조금 숨이 트였다. 몸을 일으키고 싶었지만 전신이 물먹은 솜처럼 무거웠다. 억지로라도 움직이려니 눈치 빠른 이프리트가 얼른 부축해왔다.

"아, 고마워."

"고맙긴. 악몽이라도 꾼 거야? 식은땀 좀 봐."

순간 대답할 말을 찾지 못하고 멍하니 바라보았다. 부산스럽게 땀을 닦아주던 이프리트가 시선을 맞춰왔다.

"왜?"

"……이거 악몽이었나?"

"그야 나도 모르지?"

빙긋 웃는 얼굴에 물음표가 그려졌다. 그러고 보니 꿈 내용은 말하지도 않았구나. 아직도 잠에서 덜 깼는지 바보가 된 기분이다. 바로 설명하려는데 그의 뒤편에서 나를 바라보고 있는 엘뤼엔과 시선이 마주쳤다. 그 얼굴을 보니 저절로 입이 닫혔다. 머릿속이 온통 뒤죽박죽인 탓인가. 떠올리는 그 어떤 것도 적당한 언어로 정리가 되지 않았다.

"도련님?"

의아한 목소리에 겨우 정신이 들었다. 이프리트의 표정이 굳어져 있었다. 아까보다 걱정이 더 스며든 시선이었다.

"아, 미안. 그냥 별 꿈은 아니었어. 딱히 무서운 것도 없었고. 정말 별 내용 없었는데 왜 이런지 모르겠네."

"흠, 몸이 허해졌나? 요즘 계속 영양가 없는 빵이랑 과자만 먹더라니."

"아닌데. 나 고기랑 다른 것도 골고루 잘 먹고 있어. 바로 어제도 먹었잖아?"

"아, 그렇네. 그럼 그거로도 부족한 거 아냐? 그러고 보면 도련님은 성장기치곤 너무 안 자라긴 해."

"그, 그런가."

"그렇다니까. 지난번에 마신 술만 해도 그래. 그거 원래 성장기에 마시면 몸이 훅 크거든? 근데 어째 도련님은 변화가 거의 없단 말이지. 그 술로도 몸이 성장할 만큼의 양분이 안 채워졌다는 소리야. 내 생각엔 도련님의 저장고가 너무 큰 탓인 것 같아."

"저장고?"

이프리트는 간단한 예시를 들어 설명했다. 평범한 인간의 신체가 항아리라면, 내 몸은 바닥이 보이지 않을 정도로 깊은 우물이라고 했다. 그래서 남들에겐 차고 넘칠 만큼의 물을 부어도 별다른 차이가 없다는 거였다.

사실은 그게 아니라 신의 주술로 만들어진 신체다 보니 남다른 것뿐이겠지만, 사실대로 말할 순 없었으므로 잠자코 듣기만 했다. 그런 사정을 알 리가 없는 이프리트는 도전 의식에 불타올랐다.

"이렇게 되면 오기가 생기네. 보부로서 책임감이 무럭무럭 샘솟는걸? 내가 그 우물 안을 기필코 다 채워주고 말겠어."

"아니, 그럴 필요는……."

"걱정하지 말고 나만 믿어, 도련님. 어디 보자. 인간의 원기를 돋우는데 좋은 음식이 뭐가 있지? 평범한 음식으로는 될 리가 없고…… 아, 이럴 땐 역시 그거지. 잠깐 기다려 봐. 금방 얻어올게."

대체 어디서 뭘 얻어오겠다는 건지는 차마 물을 수가 없었다. 그 전에 이프리트가 사라지는 게 더 빨랐으니까. 이래도 괜찮은 건가. 나도 정령왕이긴 했지만 인외 존재의 기준에 들어가는 원기 좋은 음식이 뭔지 상상이 잘 가지 않았다. 부디 무난하게 먹을 수 있는 거여야 할 텐데, 엘뤼엔의 표정이 미묘해진 걸 봐선 아무래도 각오를 좀 해야 할 것 같았다.

문득 침대맡에 놓인 종이 하나가 보였다. 가문의 연회에 참여해주길 바란다는 내용의 초대장이었다. 겉봉에 남아 있는 인주 자국이라든가 그 안에 적힌 유려한 글씨체만 봐도 발송인의 신분이 훤히 보였다. 그래 봤자 평소대로라면 아궁이에 던져지는 불쏘시개 중 하나였을 것이다. 이번엔 차마 그렇게 처분할 수가 없었지만.

'이런 걸 머리맡에 두고 잤으니 꿈자리가 뒤숭숭하지.'

카드 하단에 적혀 있는 발송처를 우울한 기분으로 내려다보았다. 델루시오 남작가. 라미아스가 참석을 부탁한 연회를 여는 가문이었다. 가볍게 한숨을 내쉰 후 초대장을 다시 원래 있던 자리에 내려놓았다. 바로 오늘이 그 연회가 열리는 날이었다.

*　　*　　*

연회에서는 별로 좋은 기억이 없다. 현대에서 참석해봤던 연회는 집단 납치라는 초유의 파국으로 끝났고, 여기서 참석한 연회에서도 별로 알고 싶지 않았던 사실만 깨달았다. 그러니 오늘 열리는 연회에 기대감 같은 게 생길 리가 없었다. 아니, 기대감 따위가 다 무언가. 참석자 명단만 봐도 이미 결말이 훤했다. 난 오늘 분명 병을 얻을 거다. 병명은 화병과 스트레스성 위장염일 거고.

“그러고 보니 셋 다 라피스 때문에 참석한 거잖아? 이 자식, 진짜 찾기만 해봐.”

“네?”

“하하, 아무것도 아니에요.”

어색하게 웃으니 초대장을 확인하던 문지기가 의아한 시선을 보내다가 내가 안으로 들어설 수 있도록 비켜섰다. 이번엔 낯간지러운 호명을 하지 않아서 다행이었다.

입장한 후에는 안의 분위기부터 천천히 살폈다. 느지막이 온 참이라 이미 연회는 한창 무르익어 있었다. 꽤 많은 인원이 참석한 상태였지만 그 안에서 아인 이드리스를 찾는 건 그리 어렵지 않았다. 제국의 유명 인사답게 사람들이 가장 많이 모여 있는 곳에 있었으니까. 혹시 이번에도 미네르바를 만나게 될까 싶었는데, 오늘은 혼자 왔는지 보이지 않았다. 다행스러우면서도 내심 아쉽기도 했다.

매도 먼저 맞는 게 낫다지만 서둘러 아는 척할 생각은 없었다. 바로 근처에 왕세자 놈의 뺀질거리는 얼굴이 보여서 더욱 그랬다. 저치만 없었어도 오늘 일정이 이렇게까지 짜증 나진 않았을 텐데. 치밀어오르는 한숨을 억지로 눌러 삼켰다.

그래 봤자 이번 연회의 목적인 아나이스 왕녀는 놈의 옆에 있었고, 그게 현실이었다. 오빠 옆에 딱 붙어 다른 사람과는 잘 어울리지 않는다더니 왕녀는 정말 없는 사람처럼 조용했다. 맞은편에 있는 금발의 남자가 꾸준히 말을 거는 데도 짧게 웃기만 할 뿐 대답조차 잘 하지 않았다. 그게 더 애가 타는지 금발의 남자는 수선스럽게 대화를 유도하기 바빴다. 옷차림이 가장 화려한 데다가 분위기를 주도하고 있는 걸 보니 아마 저 남자가 황태자인 것 같았다.

황태자는 시종일관 아나이스 왕녀에게 눈을 떼지 않았다. 두 눈에서 꿀이 뚝뚝 떨어진다는 게 무슨 말인지 알 정도로 진득한 눈빛이었다. 그게 부담스러웠는지 왕녀는 시선을 바닥에 고정하고 있었지만 황태자에겐 그조차도 사랑스럽게 보이는 듯했다. 그걸 느끼는 건 나만이 아닌지 주위에서 작은 수군거림이 들렸다.

"전하 좀 보세요. 왕녀에게서 시선을 떼지 못하시네요. 그 소문이 정말 사실이었나 봐요."

"지금 비전하는 식음을 전폐하고 앓아누우셨다고 하던데. 정말 너무하시는군."

"직접 봐도 믿어 지지가 않네요. 그렇게 금슬이 좋은 부부였는데. 비전하를 정말 아끼고 사랑하시던 분이셨잖아요."

"그럼요. 저런 사랑이 현실에 있을 수 있나 싶었죠. 소설 속 주인공들 같다면서 두 분 전하를 부러워하던 사람들이 얼마나 많았어요? 사람 일은 정말 한 치 앞도 알 수가 없네요."

"비전하가 너무 가엾어요."

진실을 알고 있는 만큼 속이 불편해졌다. 원래 황태자는 저런 뒷말을 들을 사람이 아니었다. 저 미혹술은 깨트릴 방법이 없나? 이쪽 일엔 어지간하면 관여할 생각이 없지만, 꼴 보기 싫은 왕세자가 자기 맘대로 멀쩡한 사람을 쥐락펴락하는 꼴을 보려니 속이 부글부글 끓었다. 미래를 바꾸는 것도 아닌데 저놈 하나 엿 먹이는 정도는 괜찮지 않을까. 아, 그래. 주술에 능통한 시벨리우스라면 방법을 알고 있을지도 모르겠다. 오늘 돌아가면 바로 물어봐야지.

속으로 조용히 열의를 불태우고 있는데 마침 주위를 돌아보던 아인 이드리스와 시선이 마주쳤다. 그는 나를 발견하곤 잠시 멀뚱히 눈을 깜빡거리더니 곧 멍하니 입을 벌렸다. 잘못 봤다고 여겼는지 눈을 비비기까지 했다. 어색하게 웃어 주니 그가 급히 주위 사람들에게 양해를 구하곤 허둥지둥 내 쪽으로 다가왔다.

"엘? 정말 엘입니까?"

"안녕하세요, 아인. 여기서 만나네요."

"정말 놀랐습니다. 엘도 이 연회에 참석하셨군요. 오시는 줄 미리 알았다면 좋았을 텐데요."

시선이 점점 몰려드는 게 느껴졌다. 조용히 들어온 덕분인지 아무도 관심을 두지 않아 좋았는데, 이제 평화로운 시간은 끝났다고 생각하니 조금 서글퍼졌다. 이런 내심을 알 리 없는 아인 이드리스는 내 차림새를 살피며 감탄했다.

"옷이 정말 잘 어울립니다."

"고마워요."

"진심입니다. 어느 의상점의 솜씨인지 몰라도 엘에게 어울리는 분위기를 아주 잘 살렸네요."

머쓱한 기분으로 입고 있는 옷을 내려다보았다. 흰색 우단에 금색 자수가 은하수처럼 수 놓인 화려한 형태라 좀 과하지 않나 싶었는데 잘 어울린다고 하니 기분이 나쁘진 않았다. 사실 원래는 예전에 라미아스에게 받은 옷을 다시 입을 생각이었다. 하지만 이프리트가 그럴 수는 없다며 펄쩍 뛰더니 이 옷을 억지로 떠안겼다. 누가 봐도 맞춤 정장인데 대체 언제부터 준비해 둔 건지 모를 일이었다. 사실 가장 궁금한 건 그와 함께 내밀었던 이상한 음료의 정체지만.

"자, 그리고 이것도 마셔."

출발하기 전 의미심장하게 웃으며 컵을 내밀던 이프리트의 모습이 떠올랐다. 뭐냐고 물으니 일전에 구해온다고 한 보약이라고 했다. 별다른 냄새는 나지 않았고 색은 포도주처럼 붉었다. 하지만 단숨에 삼키라면서도 원료가 뭔지는 끝까지 말해주지 않았다. 그 미심쩍은 행동에 언젠가 명계에서의 일이 떠오른 건 어쩔 수 없는 일이었다.

'정말 최악이었지.'

다행히 이프리트가 준 건 망각의 물처럼 끔찍한 맛은 아니었다. 워낙 수상해서 그렇지, 정체가 뭔지만 알면 대충 먹을 만하다고 여길 정도는 됐다. 뭔가의 발효액 같기도 하고 술 같기도 했는데, 그건 대체 뭐였을까. 별로 중요한 일도 아닌데 생각이 자꾸만 그쪽으로 기울었다. 그래, 나도 알고 있다. 이건 그냥 앞으로 이어질 상황에 대한 현실도피였다.

"엘, 소개해드리고 싶은 분들이 있는데 괜찮을까요?"

그래, 바로 이 상황 말이다.

목구멍 안쪽까지 한숨이 가득 차올랐다. 하지만 여기까지 와서 더는 물러설 수 없겠지. 어쩔 수 없이 고개를 끄덕이니 아인 이드리스의 표정이 밝아졌다. 그는 상기된 얼굴로 나를 자신이 있었던 무리 쪽으로 이끌었다. 못 이기는 척 따라서니 사방에서 호기심 어린 시선이 쏟아졌다. 특히 왕세자의 눈빛이 작살처럼 꽂혔다. 굳이 눈을 마주치지 않았지만 얼마나 뚫어지게 바라보는지 뺨이 다 따끔거렸다.

"태자 전하, 그리고 친애하는 여러분. 이쪽이 제가 일전에 말씀드렸던 물의 정령사 엘입니다."

어쨌거나 아인 이드리스의 주도하에 단란한 소개 시간이 이어졌다. 연회를 주최한 델루시오 남작과 더불어, 이 자리엔 지난 라미아스의 연회 때 보지 못한 사람들이 더 많았다. 내 신원을 알게 된 사람들이 서로 놀란 눈길을 주고받았다.

"오, 저 사람이 그 여명 길드의 헌터……."

"생각보다 더 어린 분이네요."

"듣던 대로…… 아니, 생각보다 더……."

일반인보다 청력이 뛰어난 게 좋은 것만은 아니다. 아무리 작은 소리로 수군거려 봤자 바로 옆에서 떠드는 것처럼 고스란히 들리니까. 개중엔 외모에 대한 평가도 있어서 안 들리는 척하려니 진땀이 흘렀다. 하지만 역시 가장 문제는 왕세자 놈이었다.

"이렇게 정식으로 만나는 건 처음이던가?"

이 제정신이 아닌 놈이 불쑥 말을 건네 왔다. 심지어 누가 들어도 구면을 대하는 방식으로. 피차 아는 척해서 좋을 거 없는 사이라 생각했는데, 아무래도 나만 그렇게 여긴 모양이다.

"왕세자께선 이미 저이를 알고 계셨습니까?"

다시금 놀란 시선이 쏟아졌다. 아인 이드리스도 당황한 시선을 보내왔다. 기가 막혀 바라보니 왕세자가 느끼하게 웃었다. 중지를 들어주고 싶은 충동을 눌러 참으며 억지로 미소 지었다.

"전 처음 뵙습니다만."

"그런가? 난 왜 그대가 낯익은지 모르겠군. 도저히 잘못 볼 수가 없는 얼굴 같은데."

"음, 저 역시 저하를 뵈었다면 알아보지 못할 리가 없다고 생각합니다. 아, 최근에 조금 비슷한 용모를 보긴 했던 것 같은데요. 하지만 그럴 리가 없죠."

"그럴 리가 없다?"

"네, 그자는 인간으로 치부하고 싶지도 않은 오물 쓰레기라서요. 저하이실 리가 없습니다."

헉, 어디선가 숨을 삼키는 소리가 울렸다. 일순 정적이 흐르며 주변의 온도가 한층 내려갔다. 입을 다문 사람들이 놀란 토끼 눈으로 나를 바라보는 게 느껴졌다. 왕세자도 한 방 먹은 얼굴이었다. 그러니까 왜 가만히 있겠다는 사람을 건드려. 우리 좋게좋게 모르는 사이로 하자, 오케이? 빙긋 입꼬리를 들어 올리니 그가 꿈틀거리는 얼굴로 사납게 웃었다.

"……그래, 자네 말대로 처음 보는 게 맞는 것 같군."

"예, 뵙게 되어 영광입니다."

태연하게 받아치자 왕세자가 기가 막힌 듯이 웃었다. "하하, 재밌는 친구로군." 이후엔 인상 좋은 황태자가 대충 수습해준 덕분에 다시 원래의 분위기로 돌아왔다. 다만 조금 전과는 와 닿는 시선이 사뭇 달랐다. 아무래도 건드리면 안 된다고 여기게 된 모양이었다.

덕분에 말을 걸어오는 이가 줄어들어 나로선 오히려 더 편했다.

이참에 원래 목적대로 아나이스 왕녀나 차분히 관찰하기로 했다. 왕녀 역시 나를 바라보고 있었다. 경계할 거라 예상했던 왕녀의 시선엔 의외로 호기심만 가득했다. 제 오빠가 대놓고 면박을 당한 상황인데도 오히려 재밌어하는 것 같았다.

가까이서 마주한 왕녀는 멀찍이서 볼 때보다 더 어려 보였다. 부드럽고 단아한 선을 지닌 이목구비. 맑은 꿀 색의 눈동자는 깨끗하고 선하기만 해서, 이 소녀가 머지않은 미래에 아인 이드리스와 치정으로 얽힌다는 게 조금 믿어지지 않았다. 하지만 그 외에 딱히 특별한 구석은 느껴지지 않았다. 색다른 기운도 없었고, 존재감도 평범했다. 정말 힘을 지닌 건지는 모르겠지만 적어도 겉으론 드러나지 않는 것 같았다. 그래도 돌아가서 라미아스에게 전할 게 있으려면 일단 자세히 살펴보긴 해야 했다. 뭐든 아무 말이라도 걸어볼까 고심할 때였다.

"저어……. 아인 님께 말씀 많이 들었어요. 물의 정령사라고 하셨죠?"

뜻밖에 아나이스 왕녀 쪽에서 내게 먼저 말을 걸어왔다. 왕녀에 대해 알려진 부분도 그렇고, 지금까지 황태자를 대하는 태도만 봐도 매우 드문 상황인 것만은 분명했다. 각자 떠들고 있던 무리가 다들 놀라서 이쪽을 바라봤다. 나도 당황한 채로 고개를 끄덕였다.

"아, 네, 왕녀님. 그렇습니다."

"실은 그동안 궁금했던 게 있거든요. 물의 정령 중에는 인어의 형태를 한 정령이 있다고 들었어요. 그게 정말인가요?"

누구나 할 수 있는 평범한 질문이었다. 그 당사자가 인어와 관계있는 왕녀가 아니었다면 좀 더 순수하게 여길 수 있었겠지만. 덕분에 왜 라미아스가 굳이 내게 잠입을 부탁한 건지는 알 것 같았다. 바로 이런 상황을 노렸던 거다. 확실히 이건 물의 정령사만이 끌어낼 수 있는 반응이었다.

"정령사님?"

"……아아, 네, 맞습니다. 나이아스가 인간의 상체에 물고기 꼬리를 갖고 있어요."

"정말 그렇구나. 그 정령을 보여주실 수 있나요?"

뜻밖의 요청에 잠시 멈칫하고 주위를 돌아보았다. 왕녀만이 아니라 다른 이들도 모두 기대에 찬 시선으로 바라보고 있었다.

"정령술은 마법과는 결이 달라요, 왕녀님. 실력을 뽐내는 식으로 구경거리 삼아 정령을 보여드릴 순 없습니다."

"아……."

왕녀의 눈동자가 흔들렸다. 기대하던 다른 이들 역시 헛기침을 하기 시작했다. 설마 내가 이렇게 단호하게 거절할 줄은 몰랐는지 아인 이드리스도 당황한 표정이었다. 물론 내 말은 거기서 다 끝난 게 아니었다.

"하지만 제 친구를 소개해드리는 쪽이라면, 자리를 마련할 수 있습니다."

"……!"

실망한 표정이 다시 급격히 밝아졌다. 왕녀는 자세를 곧게 세운 후 드레스 자락을 들어 보이며 우아하게 인사했다.

“제가 실례를 했네요. 정령사님의 친구를 만나보고 싶어요. 괜찮을까요?”

“물론입니다, 왕녀님.”

대답을 마치면서 앞으로 손을 뻗었다. 허공을 훑는 궤적을 따라 한줄기 물줄기가 뻗어 나오며 주위를 크게 선회했다. 그 물줄기를 타고 반투명한 형체가 모습을 드러내기까진 오래 걸리지 않았다. 이윽고 물고기의 꼬리를 지닌 사랑스러운 요정이 내 손바닥 위에 살포시 내려앉았다.

“오, 저게 물의 정령…….”

“정말 아름답네요.”

여기저기에서 탄성이 터져 나왔다. 조금 전 내 발언에 불편한 기색을 비치던 사람들도 감탄하기 바쁜 모습이었다. 다만 아인 이드리스만은 미간을 살짝 모으고 있었다. 어차피 보여줄 거면서 왜 굳이 불편한 상황을 만들었는지 이해할 수 없다는 표정이었다. 모르는 소리였다. 정령사가 이런 요구에 쉽게 응하면 다른 이들도 정령을 결국 그 정도로 여길 거 아냐.

“정말이네요. 정말 인어 같네요.”

왕녀는 나이아스에게서 시선을 떼지 못했다. 중얼거리는 목소리에 물기가 어린 것 같아 돌아보았다가 당황했다. 어느새 왕녀가 두 눈 가득 눈물을 머금고 있었다. 황태자 역시 깜짝 놀라 왕녀를 돌아보았다.

"왜 그러시오, 왕녀?"

"아, 죄송해요. 갑자기 조금 슬퍼져서요."

"슬프다니? 뭐가 그대를 슬프게 하는 거지?"

"정령은 다들 인정하는 고귀하고 성스러운 존재잖아요. 누구라도 이 나이아스를 보면 아름답다는 걸 부정할 수 없을 거예요. 그런데 그와 같은 모습을 한 인어는 흉악한 몬스터로 알려져 있으니까요."

듣고 있던 사람들의 눈이 휘둥그레졌다.

"그럼 왕녀님은 인어가 몬스터가 아니라고 생각하시는 겁니까?"

누군가의 질문이 이어졌다. 그러자 왕녀의 눈빛이 한층 차분해졌다. 마치 이 순간을 기다려온 것 같은 결연한 얼굴이었다.

"네, 맞아요."

주위가 본격적으로 술렁거리기 시작했다. 아나이스 왕녀는 여전히 차분한 태도로 당황한 사람들의 얼굴을 돌아보았다.

"낯선 이야기라 지금은 다들 이해하기 어려우실 거예요. 하지만 인간들은 인어족을 오해하고 있어요. 인어는 우리와 마찬가지로 대화하고 사고(思考)할 줄 아는 존재예요."

"하지만 왕녀님, 인어는 사람을 해칩니다. 그게 몬스터가 아니면 뭐겠습니까? 오크와 고블린도 간단한 말은 할 수 있습니다."

"아뇨, 엄연히 결이 달라요. 인어의 지능은 처음부터 낮지 않았어요. 인간과 더불어 축복받은 인류 중 하나였죠. 지금은 저주를 받아서 원치 않는 행동을 하는 것뿐이에요. 저주만 해결하면 다시 원래대로 돌아올 수 있어요."

"저주라니……."

"전에 말한 그 얘기군."

다들 어리둥절해하는 가운데, 황태자만은 무슨 말을 하는지 알겠다는 듯이 중얼거렸다. 사람들의 시선이 곧장 그에게 몰려들었다.

"전하께서도 알고 계신 내용입니까?"

"이게 다 무슨 말입니까?"

그 순간 와장창, 요란한 소리가 울렸다. 깜짝 놀란 사람들이 돌아보았다가 바닥의 참사를 확인하고 기겁했다. 누군가가 지나가는 고용인이 들고 있는 쟁반을 잘못 건드리는 바람에 벌어진 돌발사고였다. 그 누군가는 바로 나였다.

"아이고, 죄송합니다. 목이 말라서 마시려다 실수했네요."

얼떨떨하게 바라보는 시선들을 향해 급히 사과를 건넸다. 사실 일부러 그런 거지만. 곧 상황을 파악한 고용인들이 청소할 도구를 갖고 몰려들기 시작했다. 반대로 손님들은 엉망으로 깨진 유리 조각과 흥건한 포도주를 피해 멀찍이 물러섰다. 오가던 대화는 자연스레 중단됐다.

"어쩜 좋아. 옷에 포도주 자국이……."

"아, 포도주가 거기까지 튀었나요? 죄송해요. 제가 깨끗하게 지워드릴게요."

"그런 게 되나요?"

"그럼요."

나이아스에게 부탁해 사람들의 옷자락에 튄 자국들을 지우게 했다. 빠르게 깨끗해지는 옷을 보고 사람들이 감탄하는 소리가 들렸다. 이만하면 중심 화제는 완전히 돌린 것 같았다. 잠시간 분위기를 살피다 아나이스 왕녀 쪽을 확인했다. 그녀는 황태자와 단둘이 대화하는 중이었다.

"죄송해요, 전하. 제가 너무 두서가 없었죠? 모두 절 이상하게 생각하실 것 같아요."

"아니오, 왕녀. 전혀 이상하지 않았소. 아무도 그렇게 생각하지 않을 거요."

애틋한 얼굴을 한 황태자가 왕녀의 두 손을 붙잡으며 다독였다. 울상을 지으면서도 안도하는 왕녀는 처음과 여전히 똑같았지만, 이제 더는 그 모습이 평범하게 보이지 않았다.

'저 사람…….'

아직도 주변의 공기가 술렁거리고 있었다. 대부분은 느끼지 못할 미약한 수준이지만 내 눈엔 선명히 보였다. 왕녀가 발언할 때, 자연체의 실프들이 출렁이는 파도를 타는 것처럼 크게 둥실거리고 있었다. 그래서 강제로 끊어내야 했다.

'음파를 쓸 수 있구나.'

3.

<인어>

반인반어의 모습을 지닌 지능형 수중 몬스터(상급).

평균 크기는 5라오~6라오 정도. 상체는 인간, 하체는 어류의 형태를 지닌 모습이다. 난생과 몬스터로 집단생활을 하며, 수컷보다 암컷이 더 강하다. 주로 물속에서 활동하지만 뭍에서도 활동할 수 있다.

신체의 물기를 제거하면 완전한 인간의 모습으로 변할 수 있는데, 이때는 육안으로는 보통의 인간과 구별하기 어려우므로 각별한 주의가 필요하다. 다만 인간의 모습은 3시간 이상 유지하진 못하며, 물에 젖으면 원래의 형태로 돌아온다.

인간의 언어를 구사할 수는 있으나 지능이 낮고 몹시 포악한 편.

주공격 유형은 현혹술이다. 아름다운 목소리로 노래를 부르는데, 이 노랫소리를 들으면 정신이 흐트러지고 환상에 빠지게 된다.

일각에선 이 노랫소리 자체를 환상이라고 보고 있다.

특정한 음파를 일으켜 공격할 수 있다.

특정한 음파를 일으켜 공격할 수 있다.

들이켠 숨을 길게 내쉬었다. 배워서 남 주지 않는다더니. 팔자에도 없던 헌터 자격증 시험 때문에 한때 달달 외우고 다녔던 몬스터 도감이 여기서 도움이 될 줄은 몰랐다.

왕녀가 인어일 리는 없다. 조금 전 쓴 음파가 위험했던 것도 아니었다. 그냥 가벼운 파장이 미치는 정도라 내버려 둬도 감정을 조금 고조시키는 수준에서 그쳤을 거다. 박자가 빠른 노래를 들으면 마음이 급해지고 잔잔한 노래를 들으면 편안해지는 식의 효과다.

하지만 어떻게 인어의 능력을 갖고 있는 걸까. 그러고 보면 왕세자가 쓰는 미혹술도 인어의 능력이긴 했다. 아무리 세이렌을 섬긴 신관의 후예라지만 인간인 그들이 인어의 능력을 사이좋게 물려받을 수가 있나? 신적이 박탈된 신의 성력이 설마 아직까지 남아 있을 리는 없는데 말이다. 왕녀가 음파를 어디까지 다룰 수 있는지, 제 능력을 알고 쓴 건지 모르고 쓴 건지도 지금으로선 판단이 어려웠다.

"대강 수습은 된 것 같네요, 엘. 어디 다친 곳은 없습니까?"

복잡한 기분을 애써 털어내는 동안 아인 이드리스가 다가와 물었다. 사람 좋게 웃는 얼굴을 물끄러미 바라보았다. 그러고 보니 이 녀석은 사람의 호흡도 구분할 줄 아는 바람의 정령사였다. 왕녀가 일으킨 음파를 느끼지 못했을 리가 없을 텐데, 어떻게 보고 있을까?

"제 얼굴에 뭐가 묻었습니까?"

"아뇨, 모처럼 귀한 분들 앞에 소개해주셨는데 소란을 일으킨

게 죄송해서요. 저 때문에 왕녀님 말씀이 끊겨서 어떻게 사과를 드려야 할지 모르겠네요."

"아닙니다, 괜찮습니다. 왕녀님도 신경 쓰지 않으실 겁니다. 매우 소탈하신 분입니다."

"그러시면 다행이네요. 그냥 뵙기에도 왕녀님은 좋으신 분인 것 같아요. 특히 목소리가 너무 좋으셔서 놀랐어요."

"아, 엘도 그렇게 생각하셨군요. 목소리도 좋지만 발성이 특히 좋으시죠. 사람마다 일으키는 소릿결이 있는데 왕녀님이 지닌 소릿결은 그중에서도 탁월합니다. 이런 사람들은 자기도 모르게 청중을 이끌죠."

역시 알고 있긴 했구나. 하지만 별로 심각하게 여기지는 않는 것 같았다. 하긴 나도 인어와 결부해서 생각하지 않았다면 이렇게까지 경계심을 갖지는 않았을 거다.

"무슨 얘기를 그렇게 재밌게 하시오?"

그때 황태자와 아나이스 왕녀를 비롯한 무리가 가까이 다가왔다. 회장 안이 어느 정도 정리되니 흩어졌던 사람들이 다시 모이는 분위기였다. 아인 이드리스가 대답했다.

"실은 왕녀님의 목소리가 좋으시다는 얘기를 하고 있었습니다."

"앗, 저요?"

왕녀가 눈을 동그랗게 떴다. 자연스레 사람들의 시선이 왕녀에게 몰려들었다.

"오, 맞아요. 아나이스 님의 목소리는 정말 고우시죠."

"아무리 시끄러운 곳에 있어도 왕녀님의 목소리만은 똑바로 들린다니까요."

"정말요? 실은 어릴 때부터 그런 칭찬 많이 들었어요. 제가 말하는 건 왠지 집중해서 듣게 된다고요."

왕녀는 순수하게 기뻐하는 얼굴이었다. 일부러 능력을 쓴 거라면 조금쯤은 경계가 비칠 텐데, 자신이 가진 능력을 아직 자각하지 못한 건지도 모르겠다. 조심스럽게 표정을 살피는데 어디선가 시선이 느껴졌다. 방향만 봐도 누군지 알 것 같았다. 왕세자였다.

늘 그렇듯이 도발하려는 시선이 아니었다. 내가 왕녀를 살핀다는 걸 알아보고 주시하는 거다. 아무래도 본인도 모르는 능력을 오빠 쪽은 알고 있는 모양이다.

때마침 고용인이 다가와 연회의 주최자인 델루시오 남작에게 넌지시 귀엣말을 건넸다. 어지간한 소리는 다 들리는 나조차 알아듣기 힘들 만큼 작은 소리였다. 심각한 용건이었는지 태연히 듣고 있던 남작의 표정이 빠르게 굳어졌다. 그는 왕세자를 향해 다급한 시선을 보냈다. 무언의 신호를 받은 왕세자의 눈빛도 달라졌다.

"잠시 실례하겠습니다."

곧 주위에 양해를 구한 두 사람이 함께 연회장을 떠났다. 무슨 일이 생긴 건지는 모르겠지만 가장 거슬리는 왕세자가 사라지니 한결 숨통이 트였다. 그사이 먼발치에서 끼어들 구석만 살피고 있던 귀족 하나가 쭈뼛거리며 다가왔다.

"태자 전하, 드릴 말씀이 있습니다만. 잠시 시간을 내어주실 수 있으신지요."

왜소한 체구를 지닌 중년의 남자는 뭔가 죄지은 거라도 있는지 한껏 비굴한 표정이었다. 반기는 사람은 아닌지 황태자는 살짝 눈썹을 찌푸렸지만 내키지 않는 얼굴을 하면서도 고개를 끄덕였다. 두 사람이 조금 멀어지고 나니 귀족들이 수군거리기 시작했다.

"라스포 후작님은 그간 몰라보게 얼굴이 수척해지셨네요."

"그런 야단이 있었는데 그럴 만도 하죠. 오히려 근신을 생각보다 더 빨리 끝내신 편 아닌가요?"

역시 뭔가 잘못을 저지른 사람이긴 한 모양이다. 게다가 꽤 유명한 사건이었는지 화제가 그쪽으로 쭉 이어져 나갔다.

"하긴, 아들이 이중첩자 노릇을 했으니까요. 그곳에 들어가면 가문과 관계없는 사람이 된다지만 현실이 어디 그런가요. 아무리 그 아들이 사생아라 해도 이런 망신이 없죠."

"설마 정말 모르고 있었을까요? 후작님은 외무 재상이잖아요."

"솔직히 의심스럽기는 해요. 게다가 그 아들은 탈옥까지 했다면서요. 누군가 돕지 않고서야 어떻게 그 감옥에서 자력으로 탈출할 수 있었겠어요?"

"뭐, 그거야 구하신 것 자체는 어쩔 수 없지 않을까요. 사생아라곤 해도 아들은 아들이니까요."

"하긴 그건 또 그렇네요. 그렇게 생각하고 보면 후작님도 참 안되셨어요."

오가는 이야기를 멍하니 흘려 듣다 정신이 번쩍 들었다. 이중첩

자까진 별생각 없었는데 탈옥 이야기를 듣고 나니 누구에 관한 얘기인지 모를 수가 없었다. 이건 다비안 얘기였다. 그날의 공범인 아인 이드리스도 얼굴 근육이 살짝 굳어 있었다. ……아니, 잠깐만. 그렇다는 건 아까 그 남자가 다비안에게 저주를 건 그 천벌 받을 놈이라는 거잖아?

"파벨 경이 이를 갈고 있더라구요."

"저라도 그렇겠어요. 파벨 경의 동생이 같은 임무에 투입되었다가 돌아오지 못하게 됐으니까요."

"키워준 조국과 동고동락한 동료들을 어떻게 배신할 수 있나 몰라요. 누가 사생아 아니랄까 봐."

"넥시아 경이 그렇게 아꼈는데 말이에요. 은혜를 원수로 갚은 거죠. 지금은 그 넥시아 경도 그렇게 되시고……."

"이래서 사생아는 안 된다니까요."

그 순간 사람들의 시선이 내게 닿았다. 이런, 입가를 문지르며 가볍게 혀를 찼다. 튀는 행동을 할 생각은 없었는데 나도 모르게 피식 웃은 모양이다.

"뭐가 재밌습니까?"

누군가가 뾰족한 목소리로 물었다. 이름은 모르겠고, 조금 전까지 이러쿵저러쿵 떠들어대던 사람 중 한 명이었다. 딱히 숨길 것도 아니라 그냥 편히 대답했다.

"아, 죄송합니다. 재밌다기보다는, 그게 사생아인 거랑 무슨 상관이 있나 싶어서요."

"그, 그야, 어미의 출신이 근본 없으니까요. 제대로 된 핏줄을 받지 못했으니 조국을 배신할 생각도 하는 게 아니겠어요?"

"아아, 그렇게 볼 수도 있겠네요. ……근데 제가 보기엔 사생아라고 제대로 대우하지 않는 가족과 사회가 더 문제 같은데요. 잘해도 못해도 사생아라고 떠들어 대면 누가 제대로 훌륭하게 크고 싶겠어요."

수긍하는 듯한 태도에 웃으려던 사람들의 얼굴이 그대로 다시 굳어졌다. 누구나 다 자기 말에 공감할 줄 알다니, 참 순진도 하시지. 당황한 낯을 숨기지 못하는 이들을 향해 빙긋 웃었다.

"그리고 사생아가 정말 문제가 된다면, 그런 사생아를 태어나게 한 사람부터 욕을 먹어야겠죠?"

"그, 그거야……."

"그렇죠? 저만 그렇게 생각하는 줄 알았는데 다들 같은 생각이신 것 같아 좋네요. 와, 정말 너무하지 않아요? 아이야 생겼으니 태어난 것뿐이라지만, 부모 쪽은 조국을 배신하는 사람으로 클 수 있다는 걸 알면서도 사생아를 만든 거잖아요."

그런데 당신들, 정작 그 부친한테는 안됐다고 하지 않았나? 그런 의미를 담아 바라보자 귀족들의 얼굴이 뻣뻣하게 굳었다. 다행히 눈치가 없는 사람들은 아니었다.

"아, 맞아. 전부 부모의 책임으로 치부할 순 없죠. 세상엔 혼인할 생각도 없으면서 꾀어서 아이를 갖게 하곤 나 몰라라 하는 사람도 있다면서요? 진짜 저주받을 놈이네요."

"……."

주위가 급격히 고요해졌다. 다른 건 몰라도 오늘 연회 이후로 내 평가가 곤두박질칠 거라는 것만은 알 것 같았다. 그러거나 말거나 상관은 없지만, 길드 일에도 지장이 생기면 어쩌나 싶은 생각이 뒤늦게 아주 조금 들긴 했다. 어쨌든 그건 나중 가서 생각할 일이고, 지금은 떨떠름하게 굳어 있는 사람들의 얼굴을 하나하나 응시해주었다.

지금 멋대로 떠든 사람들은 그 배신자라는 사람이 정보를 팔아 넘겼다는 나라가 에펜 왕국이라는 것까진 모르는 거겠지. 부디 그러길 바란다. 알면서도 왕족 남매에게는 살갑게 군 거라면 기분이 더 더러울 것 같았다.

"잠시 실례할게요."

더 이 자리에 있다간 울화통이 터질 것 같아 환기라도 할 요량으로 자리를 떠났다. 탁 트인 테라스로 나오자 시원한 공기가 쏟아졌다. 상황 때문에 갑갑하다 여겼는데 이제 보니 실내가 생각보다 더웠던 모양이다. 아니, 나만 그렇게 느낀 건지도. 손등을 뺨에 대보니 뜨뜻한 열감이 느껴졌다. 설마 몸에 열이 있나? 하지만 그런 것치고 평소보다 상태는 더 좋았다. 전신에 힘이 넘쳐서 왠지 오늘은 트로웰과 대련해도 호각을 이룰 것 같은 근거 모를 자신감마저 들었다.

아, 혹시 이프리트가 준 약의 효과가 나타나는 건가? 보약이라더니 몸이 따뜻해지는 효과가 있는 건지도 모른다. 아무래도 이게 가장 그럴듯했다. 실제로 정말 그 때문인지는 알 수 없다만 나름대로 결론을 내리고 나니 마음이 후련해졌다. 그런데 돌연 무언가가 눈앞을 휙 스쳐 지나갔다.

"……?"

멀거니 눈을 깜빡였다. 내가 잘못 본 게 아니라면 방금 지나간 그건 분명 정령이었다. 그것도 누군가에게 소환된 나이아스.

"저기다!"

황당한 마음을 다스리기도 전에 외치는 소리가 들렸다. 아까 정령이 사라진 방향을 따라 병사들이 우르르 달려가고 있었다.

이게 대체 다 무슨 일이야? 상황을 살피려 난간 밖으로 몸을 쭉 내밀어봤지만 이미 병사들의 모습은 보이지 않았다. 그런데 바로 아래에 있는 정원수 사이에서 또 다른 기척이 느껴졌다. 어둑한 그림자가 몸을 낮춘 채 살금살금 기어서 이동하고 있었다. 아까 달려나간 병사들과는 반대 방향이었다.

침입자인가? 델루시오 남작이 급하게 회장을 나간 이유가 저 사람 때문인지도 모르겠다. 그냥 내버려 둬서는 안 되겠다 싶어 일단 곧바로 뛰어내려 그림자를 덮쳤다.

"헉!"

기습을 전혀 예상하지 못한 그림자가 매우 놀라 숨을 크게 삼켰다. 체형을 봐선 남성일 가능성이 농후. 침입자가 맞기는 한지 온통 검은색 일색에 복면까지 쓴 차림이었다. 거센 저항이 이어졌지만 상대는 올라탄 내 힘을 이기지는 못했다. 심지어 오늘 나는 여느 때보다 기운이 넘치는 상태였다. 버둥거리는 걸 간단히 제압한 다음 두 팔을 뒤로 돌리게 해 손쉽게 결박했다.

문제는 상대의 정체를 확인할 때 생겼다. 복면을 벗기는 거 자체는 어렵지 않았는데, 드러난 얼굴이 어디서 많이 본 얼굴이었다. 짙은 어둠이 깔린 밤. 스산한 달빛에 비치는 이목구비를 잠시간 바라보다 입을 열었다.

"……다비안?"

그 역시 당황한 표정으로 눈을 깜빡였다.

"……엘?"

우리는 한동안 아무 말도 하지 못했다. 입만 몇 번 벙긋하다 지끈거리는 머리를 엄지손가락으로 지그시 문질렀다.

"그…… 당신이 왜 여기에 있어요?"

그것도 왜 이런 차림으로, 도둑처럼 살금살금 기어가고 있었냐는 말은 차마 나오지 않았다. 왜긴, 도둑이 맞으니까 그렇겠지. 바로 조금 전에 그의 이야기를 하고 나온 참이었는데 이렇게 마주치다니. 그 모두가 이 만남을 위한 포석이었나 보다.

어쨌거나 아까 그 나이아스의 소환자가 누구인지만은 분명해졌다. 정령으로 병사들을 유인해 따돌리고 반대 방향으로 도망가려는 계획인 듯했다. 그러라고 계약하게 해준 정령이 아닐 텐데. 한숨이 푹푹 흘러나왔다.

"엘이야말로…… 이 연회에 참석하셨군요."

다비안은 여전히 얼떨떨해하는 얼굴이었다. 꿈인지 현실인지 모르겠다는 얼굴에 내가 더 울고 싶어졌다. 나도 이게 꿈이면 좋겠다.

멀찍이서 웅성거리는 소리와 함께 등잔불이 어른거렸다. 내 아래 깔린 몸이 움찔 굳었다. 그제야 아직 그를 제압하고 있다는 걸 자각하고 급히 팔을 풀어주었다.

"일단 따라와요."

조금 전까지만 해도 병사들과 한편이었는데, 이제 그 반대가 됐다. 빠르게 주변을 살핀 후 기척이 느껴지지 않는 쪽으로 먼저 몸을 틀었다. 추궁은 안전한 장소에 가서 해도 될 일이니 지금은 여기부터 빠져나갈 생각이었다. 그런데 다비안이 내 손목을 붙잡았다.

"동행이 있습니다."

뭐라고?

"전 미끼와 교란 역할이었습니다. 다른 쪽은 지금 저택 안에 들어가 있습니다. 저보단 그 사람을 도와주시면 안 되겠습니까?"

"……일단 묻겠는데요. 설마 그 동행이 내가 아는 사람은 아니죠?"

크리스냐고 물은 것이었다. 의미를 이해한 다비안이 고개를 저었다.

"그 녀석은 아닙니다."

"그나마 다행스러운 말이네요."

이런 엄청난 일을 나랑 상의도 없이 벌였다면 배신감을 느낄 뻔했다. ……내가 맘대로 사고 치는 건 잠시 모른 척하기로 하자.

"목적지가 어딘데요?"

어쨌든 상황이 급해 보이니 자세한 건 나중에 묻기로 했다. 그런데 전혀 생각지도 못한 대답이 들려왔다.

"이 저택 안에 비밀 공간이 하나 있습니다. 델루시오 남작의 집무실 책장과 연결된 지하실입니다."

"비밀 지하실?"

"예, 그 안에 여자 하나가 갇혀 있을 겁니다. 저흰 그분을 구하러 온 겁니다."

"……헐."

그냥 찾아서 데리고 나오면 되겠지, 가볍게 떠올린 생각이 그대로 아련해졌다. 다비안이 아무 일에나 연루될 사람은 아니었지만 이건 정말 규모가 커도 너무 컸다. 그 말대로라면 델루시오 남작이 여자를 납치해서 은밀한 공간에 가둬놨다는 소리였다. 게다가 왕세자와 함께 자리를 비운 걸 보면 그놈과도 관계된 일이었다.

"잘 알았으니 당신은 이대로 여길 빠져나가요. 내가 도와줘서 다른 쪽 일이 성사돼도 당신이 잡히면 골치 아파져요. 나가서 안전한 곳에, 라미…… 아니, 세피온 공작의 저택으로 가 있어요."

"세피온 공작님은……."

"날 믿는다면 믿어도 돼요."

흔들리던 시선이 이내 차분해졌다. 다비안이 진지한 얼굴로 고개를 끄덕였다.

“엘의 말대로 하겠습니다.”

“좋아요. 그럼 나중에 봐요. 자세한 얘기는 그때 가서 하자고요.”

그의 어깨를 가볍게 두드려주고 그대로 훌쩍 뛰어올라 원래 있던 테라스에 안착했다. 힐끔 아래를 내려다보니 얼빠진 얼굴로 올려다보고 있는 다비안이 보였다. 뭐 하고 있어. 얼른 가라니까? 손을 휘휘 휘저어주니 그제야 정신을 차린 그가 허둥지둥 수풀 사이로 사라졌다.

“시큐엘.”

다비안의 기척이 어느 정도 사라진 걸 확인한 후 시큐엘을 불러냈다. 내가 하려는 일을 파악한 물의 늑대가 씩 웃고는 하늘을 향해 솟구쳤다. 곧 새카만 먹구름이 밀려오기 시작하더니 하늘이 사나운 폭우를 퍼붓기 시작했다. 우르릉 콰광! 내리친 번개가 바로 근처 나무에 내리꽂히며 우렁찬 소리를 울렸다. 갑작스러운 이변에 병사들이 우왕좌왕하는 소리가 가득해졌다.

‘진짜 교란은 이렇게 하는 거지.’

이 정도면 다비안이 빠져나가는 데 문제는 없을 거다. 누군가에게는 참사일 광경을 만족스럽게 돌아본 다음, 아무 일도 없었던 것처럼 다시 회장 안으로 들어갔다.

갑작스러운 폭우는 회장 안에도 영향을 주고 있었다. 조금 전 천둥소리 때문인지 겁먹은 사람들이 벽 쪽에 바짝 달라붙어 술렁거렸다. 들이닥치는 비를 피해 서둘러 테라스 문을 닫는 고용인들의 움직임도 분주했다. 몇 사람이 테라스에서 나오는 내게 물었다.

"아까 바깥이 번쩍이던데. 혹시 번개가 쳤나요?"

"네, 바로 정원 앞에 떨어진 것 같아요. 나무가 쓰러지던데요."

"헉! 정말이요? 별일이네요. 아까까지만 해도 날이 참 맑았는데."

"그러게 말이에요. 그래도 잠시 지나가는 소나기 같으니 금방 그칠 겁니다."

이 시대와 내 시대의 공통점이라면 사람들이 정령사의 능력을 제대로 알지 못한다는 점이다. 고작해야 몬스터를 죽일 만큼 강하다는 것만 알지, 정령들이 어떤 현상을 만들어낼 수 있는지, 상급 정령사쯤 되면 날씨도 가뿐히 바꿀 수 있다는 사실까지는 잘 알지 못했다.

유일하게 짐작할 수 있는 아인 이드리스만이 묘한 얼굴로 나를 바라보고 있었다. 그러다 그냥 웃어버리는 걸 보니 내가 아까 일로 화가 나서 화풀이를 한 정도라고 여기는 듯했다. 뭐, 내심 시원하긴 했으니 그런 의도가 전혀 없었다고는 말하지 못하겠다.

어쨌든 지금은 촌각을 다투는 상황이니 시시한 감상에 빠져 있을 시간이 없었다. 델루시오 남작과 왕세자가 자리를 비운 지 얼마나 됐지? 아직 둘 다 돌아오지 않은 걸 보면 잡히진 않았을 거다. 일단 화장실을 가는 척 핑계를 대고 적당히 연회장을 빠져나왔다. 집무실이고 서재고 저택 내부 구조는 전혀 몰랐지만 별로 걱정하진 않았다. 치트키란 이럴 때 쓰라고 있는 거지.

―저쪽으로 쭉 가면 돼.

―응응, 바로 그 방향이야.

모르면 아는 사람한테 물어보면 된다. 이 근방에서 오래 살아 저택 내부 구조는 훤히 꿰고 있다는 바람의 정령들은 매우 친절했고, 기꺼이 물어보는 걸 알려주었다. 자연체의 정령에게 말을 걸려면 꽤 높은 집중력이 필요하지만 오늘은 몸 상태가 좋아서 그런지 그마저도 쉬웠다. 이쯤 되면 이프리트가 이런 일이 생길 줄 알고 미리 보약을 챙겨준 건 아닌가 싶다.

알려준 방향대로 따라가다 보니 이동 중인 병사들이 보였다. 얼른 기둥 뒤에 바짝 붙어 최대한 기척을 숨겼다. 조심스레 동향을 살피려니 다른 쪽에서도 한 무리가 다가왔다. 그들 중엔 아는 얼굴들이 있었다. 왕세자와 델루시오 남작이었다.

"잡았나?"

"죄송합니다. 갑자기 폭우가 쏟아지는 바람에 수색이 어려워졌습니다."

"날씨까지 말썽이군. 어쩌면 들어온 게 한 놈이 아닐지도 모른다. 저택 내부도 샅샅이 수색해라. 누군지 몰라도 반드시 찾아서 끌고 와. 목적을 심문해야 하니 최대한 생포해라. 하지만 여의치 않으면 죽여도 좋다."

"예!"

고개 숙여 답한 병사들이 우르르 사방으로 흩어졌다. 내 앞을 지나가는 무리도 있었지만 다행히 숨어 있는 날 알아보지 못했다.

주위에 아무도 없다는 걸 확인한 다음 빠르게 이동해 복도를 건넜다.

계단을 오르니 호텔처럼 방문이 줄줄이 이어져 있는 복도가 나왔다. 모든 층에 등을 밝혀둔 건 아니었는지 이쪽부터는 전부 어두컴컴했다. 그중 세 번째 방을 열고 안으로 들어간 후, 휘장 뒤에 일렬로 늘어진 드레스들 사이를 열어젖혔다. 순간 안에 숨어 있던 사람이 곧바로 검을 들고 덤벼들긴 했지만 내가 제압하는 게 더 빨랐다. 손목을 쳐서 검을 떨어트리게 하고 뻗어 나온 팔을 잡아채 뒤로 돌려 붙잡았다. 순식간에 무방비해진 이가 마구 버둥거렸다.

"큭, 이거 ㄴ……!"

"쉿! 괜찮아요. 다비안이 보냈어요."

목소리를 낮추고 속삭이니 상대의 저항이 우뚝 멈췄다. 믿을 수 없다는 듯 돌아보는 얼굴을 향해 안심하라는 의미에서 빙긋 웃어주었다. 복면 사이로 드러난 눈동자가 동요를 담고 흔들리고 있었다.

"당신은……."

"보다시피 아군이죠. 아주 잘 숨어 있었네요. 만나서 다행이에요."

정령들한테 물어보지 않았으면 절대 못 찾았을 뻔했다. 숨어 있거나 쫓겨 다니는 사람이 있으면 알려달라고 했더니 다들 한목소리로 알려준 장소였다.

이제 진정한 것 같아 제압한 걸 풀어주니 상대가 천천히 물러났다. 팔을 주무르며 이쪽을 바라보는 시선엔 아직 경계심이 담겨 있었다.

"다비안이 보냈다고 했습니까? 그와 무슨 사이죠?"

"친구예요. 여기서 우연히 만났는데 곤란해 보여서 도우러 온 거고요."

"……정말 그걸 믿어도 되겠습니까?"

"안 믿을 이유는 있나요?"

보통 모르는 사람이 도와주러 오면 이러나? 뭘 이렇게까지 경계하나 싶어서 바라보다가 멈칫했다. 그러고 보니 상대의 목소리가 좀 귀에 익은 것 같았다. 아니, 잠깐. 설마 지금 내가 생각하는 그 사람이 맞나? 그 사람을 여기서 이렇게 만난다고?

"어…… 혹시 우리 전에 본 사이인가요?"

"……."

"맞죠? 그때 만난 그 마신관 분이죠?"

"……전 신관은 아닙니다."

한숨처럼 대답한 사람이 머리에 뒤집어쓴 복면을 벗었다. 걷어 올린 검은 천 아래로 감춰져 있던 짙은 피부와 회색 머리칼이 드러났다. 드러난 얼굴 역시 내가 예상한 그대로였다. 정말 아이라였다.

설마 여기서 이 사람을 만날 줄이야. 정작 만나려고 할 땐 매번 엇갈리기만 했는데 이렇게 마주치니 무슨 말부터 해야 할지 떠오르는 게 없었다. 게다가 다비안이랑은 대체 무슨 사이인 거지?

"어, 근데 신관이 아니시라고요? 그때 성력을 쓰셨던 것 같은데."

"혹시 그래서 저희를 신관으로 생각하셨던 겁니까?"

"네."

"……그렇군요."

약한 한숨을 내쉰 아이라의 얼굴이 난처한 기색으로 가득해졌다.

"그땐 저희가 오해했습니다. 전 신전 기사입니다. 신관은 아니지만, 세례를 받고 신전에 귀의했기 때문에 성력을 쓸 수 있습니다."

오, 세례받고 귀의하면 신관이 아니라도 성력을 쓸 수 있구나. 이런 건 또 처음 알았다. 내 시대에서도 이랬던가? 당시 이미 마신전은 몰락의 길을 걷는 중이라 신관조차 줄어든 형세였고, 다른 교단의 성기사들은 만나본 적이 없다 보니 어땠는지 알 수가 없었다. 그래도 명색이 교황씩이나 되는 사람이었는데 신전에 관한 공부가 너무 부족했던 것 같다.

"신관은 그때 함께 있었던 에디스 님이십니다."

내심 반성하고 있는 동안 아이라의 말이 이어졌다. 그렇구나, 가볍게 고개를 끄덕이며 어떤 사람이었는지 떠올려보았다. 이렇다 할 대화를 섞어본 건 아니라 별다른 인상은 남아 있지 않았다. 고작해야 내 또래로 보이는 소녀였고, 인어들을 피해 덜덜 떨고 있었다는 정도였다. ……그랬다. 인어들을 피하던 중이었다.

"……노파심에 확인하는 건데요. 지금 지하 밀실에 갇혀 있다는 여자분이 그 사제님은 아니라고 말해줄래요?"

"……저도 그렇게 대답할 수 있다면 좋을 것 같습니다."

결국 맞다는 거잖아. 그다지 기대하진 않았지만 정말이라고 하니 마음이 참담했다. 왜 납치한 건지 그 이유까지 짐작돼서 더더욱. 예전에 알리사를 납치한 놈들과 같은 이유일 게 뻔했다. 그러고 보니 그때도 지하로 연결된 밀실이었다.

'악당들 전매특허인가.'

과거를 답습하는 기분인데 시대적으로는 그 사건보다 이게 먼저 일어난 일이니 기분이 묘했다. 아무리 그래도 두 시대에 걸쳐 비슷한 사건에 연루된 것보다 더 묘하진 않겠지만.

"그분이 이곳 밀실에 갇혀 있다는 건 어떻게 알았어요? 밀실 위치도 알아내기 쉽지 않았을 텐데."

"……누가 알려줬습니다."

누군진 몰라도 그와 같이 오진 않은 모양이다. 하긴 같이 왔다면 다비안도 처음부터 동행이 세 명이라고 했겠지. 아이라의 어감에서도 동료를 언급하는 느낌은 들지 않았다. 아마 익명의 제보를 받은 게 아닐까 싶었다.

"우선 그분부터 구출해요."

눈빛을 굳힌 아이라가 고개를 끄덕였다.

저택 밖은 지금도 여전히 폭우와 씨름 중이었다. 외부 쪽에 온 신경이 집중된 탓인지 내부는 상대적으로 빈틈이 많았다. 우리는 순찰하는 병사들을 피해가며 빠르게 집무실로 향했다.

근방에 도착했을 땐 델루시오 남작과 왕세자가 막 그 안에서 나오는 참이었다. 침입자가 생기니 가장 염려되는 장소부터 점검한 모양이었다. 설마 다녀간 후 털릴 줄은 모르겠지만.

두 사람이 다른 곳으로 사라진 것을 확인한 후 조심스럽게 방 안으로 진입했다. 내부는 책장이 가득 채워진 평범한 집무실이었다. 아이라가 주머니 속에서 작은 돌 같은 것을 꺼냈다. 무언가 중얼거리니 희미한 빛을 발하기 시작했다. 휴대용 마법등인 모양이었다.

"밀실에 들어가는 방법은 알아요?"

"가운데 책장에 장치가 있다고 했습니다."

"책장이요?"

"네, 표지가 붉은 책을 꺼내라고 했습니다. 그런 후에 왼쪽 벽에 걸린 그림 액자를 오른쪽으로 비틀고요. 그다음 책상의 화병을 옆으로 옮기면 될 거라고……."

누가 밀실 아니랄까 봐 순서가 세 번이나 된다. 급할 때 쓰기엔 꽤 번거로운 장치였다. 그나마 다행히 정 가운데 책장에 꽂힌 붉은색 책은 단 한 권뿐이었다. 망설임 없이 걸어간 아이라가 설명한 방법을 차례대로 진행했다. 하지만 마지막 화병을 옮기는 순간에도 아무런 반응이 돌아오지 않았다. 당황한 아이라가 얼굴을 굳힐 때였다.

—아냐. 장치 순서 바뀌었어. 그거 말고 액자부터 기울여야 해.

—그런 후에 책을 꺼내. 붉은색 말고 검은색이야. 겉표지를 바꿔놨거든.

—세 번째 칸에 있어. 금박으로 <초콜릿의 역사>라고 적힌 책이야.

—책상에서 건드릴 건 화병이 아니라 도자기 서류함이야. 이것도 위치를 바꿨어.

—우리가 다 봤지.

위에서 들려오는 재잘거리는 목소리에 피식 웃었다. 어느새 옹기종기 몰려온 실프들이 우리를 구경하고 있었다.

"너흰 정말 천사들이야."

—우린 정령인데!

—인간은 이런 거 잘 모르는구나? 천사는 신족의 직급이야.

—우린 실프라고 해!

"그래, 그래. 내가 잘못 말했어. 너흰 정말 상냥한 정령들이야."

표현을 고쳐서 다시 말하니 실프들이 까르르 웃으며 허공을 빙글빙글 돌았다.

"지금 누구와 얘기하는 겁니까?"

"그런 게 있어요. 아무래도 장치 순서가 바뀐 모양이에요. 일단 다시 해보죠."

당황하는 아이라에게 바뀐 순서를 가르쳐줬다. 아이라는 의아해하면서도 묵묵히 지시하는 대로 따랐다. 이윽고 덜컥거리는 소리와 함께 책장 한 부분이 움직였다. 살짝 밀어보니 그대로 밀려나며 안으로 들어가는 공간이 열렸다. 설마 정말 열릴 줄은 몰랐는지 아이라가 눈을 크게 뜨고 나를 돌아보았다.

"대체 어떻게……."

"설명할 시간 없어요. 일단 들어가요."

숨겨진 안쪽은 작은 휴게실처럼 꾸며져 있었다. 지하실이라고 했으니 어딘가에 아래로 내려가는 길이 있겠지 싶어 비상구를 찾아보다가 마지막으로 바닥에 깔린 융단을 들춰봤다. 역시나 둥그런 문이 달려 있었다.

문을 열자 아래로 내려가는 계단이 나타났다. 나와 아이라는 잠시 시선을 교환한 후 곧장 계단을 밟고 내려갔다. 지하는 깊어질수록 캄캄해졌고, 퀴퀴한 냄새가 풍겨왔다. 완전히 바닥으로 내려선 후 조금 걸어가니 오래지 않아 작은 공간이 나타났다. 딱히 관리하는 곳은 아닌지 흙벽에 이것저것 너저분한 것들이 가득한 상태였다. 이렇다 할 가구라든가 도구 같은 건 하나도 없어서 일견하기엔 그냥 방치된 은신처 정도로 보였다. ……그 한가운데에 축 늘어져 있는 소녀만 아니었다면.

처음엔 사람인 줄도 알아보지 못했다. 거적 대기나 다름없는 천 조각에 둘둘 말려 있기도 했지만, 호흡이 거의 느껴지지 않았다. 눈에 띄는 중앙에 있었으니 망정이지 조금만 구석에 방치되어 있었어도 스쳐 지나갈 뻔했다.

"……맙소사, 에디스 님."

신음한 아이라가 비틀거리며 달려나갔다. 의식이 없는 듯한 소녀를 허둥지둥 안아 일으키는 팔이 사시나무처럼 떨고 있었다. 아이라는 연신 기도문을 중얼거리며 소녀의 손발을 묶고 있는 밧줄을 단검으로 끊어냈다.

"에디스 님, 정신을 차려보십시오. 에디스 님?"

아이라가 뺨을 가볍게 두드리자 소녀가 살짝 움찔했다. 희미하게 뜬 눈꺼풀 안으로 연두색 눈동자가 비쳤다.

"……아이라?"

"에, 에디스님. 네, 접니다. 저 아이라입니다. 정신이 드십니까? 절 알아보시겠습니까?"

에디스의 입가에 희미한 미소가 어렸다.

"와 줬구나……. 많이 기다렸어. 이것도 꿈일까?"

"아닙니다, 꿈이 아닙니다. 늦어서 죄송합니다."

"……응. 이건 꿈이 아니면 좋겠다. 아픈 꿈을, 너무 많이 꿨어. 아이라……. 나 너무 무서워."

꺼질듯한 목소리를 흘리던 에디스의 눈이 스르르 감겼다. 다시 정신을 잃은 듯했다. 힘없이 잠긴 눈가를 따라 한 줄기 눈물이 흘러내렸다. 참담한 숨을 삼키던 아이라의 눈에서도 마찬가지였다.

"죄송합니다. 제가 에디스 님을 지키지 못했습니다. 죄송합니다. 아아, 마신이시여. 당신의 종들을 굽어 살펴주소서."

죄인처럼 숙인 고개 밑으로 숨죽인 소리가 울먹거렸다. 그 모습을 무거운 마음으로 바라보다 천천히 주위를 돌아보았다. 에디스의 상태만 살피느라 몰랐는데 이제 보니 바닥에 큰 마법진이 깔려 있었다. 아니, 마법진인 줄 알았는데 자세히 보니 주술식이었다. 그것도 어디서 많이 본 듯이 형식이 전부 익숙했다. 최근에도 조사해봤던 거라 도저히 못 알아볼 수가 없었다.

타락한 천사의 눈물을 삼키는 흑주술.

입안을 맴도는 욕설을 눌러 삼키며 주먹을 꾹 움켜쥐었다. 그 순간 신경을 곤두세우는 스산한 감각이 스쳤다. 위쪽에서 기척이 느껴지고 있었다.

“누가 오고 있어요. 들킨 것 같아요.”

손등으로 눈물을 훔치던 아이라가 숨을 삼켰다. 그냥 내려오길 기다렸다가 이참에 여기서 다 처리해버릴까. 합리적이면서 손쉬운 해결 방법이 떠올랐지만 애써 눌러 참았다. 내려오는 놈 중에 왕세자가 있을 거란 보장도 없고(그 약아빠진 놈은 분명 남한테 시키고 혼자 내뺄 준비를 해뒀을 거다) 그 전에 확인해야 할 게 있었다.

“혹시 납치된 신관들이 더 있나요?”

멈칫한 아이라가 천천히 대답했다.

“이곳엔 에디스 님뿐입니다. 하지만 다른 곳에 신관들을 가둬둔 장소가 또 있다고 들었습니다.”

그래, 이런 작업 공간을 하나만 두진 않았겠지. 전부 다 찾아낼 수 있을까. 그들 모두 구해내야 할 텐데. 짜증을 삼키고 숨을 천천히 골랐다. 시선을 들자 공중에서 실프들이 따라오라는 듯 손짓하고 있었다.

“일단 사제님을 업어요. 아니면 제가 업을까요?”

“아닙니다. 제가 업겠습니다. 빠져나갈 방법이 있겠습니까?”

“여기, 바깥으로 연결된 구조인 것 같아요. 날 따라오세요.”

실프들이 이동하는 방향을 따라 달리다시피 이동했다. 추격을 따돌리기 위한 목적인지 통로는 하나로만 되어 있지 않았다. 반복되는 갈림길을 지나 구불구불한 길을 이어가니 갈수록 지형이 불안정해졌다. 그렇게 한참을 가다 보니 막다른 길이 나타났다.

"출구가 없습니다. 이제 어쩌죠?"

아이라가 굳은 얼굴로 물었다. 어딜 봐도 막힌 길이었지만 별로 당황하진 않았다. 실프들이 웃으면서 한 방향을 가리키고 있었으니까. 한쪽 벽면 아래, 바짝 말라붙어 있는 수풀 더미였다. 그 수풀을 거둬내니 기어들어 갈 만한 구멍이 나타났다. 아이라가 아연실색한 얼굴로 나를 바라보았다.

"여기로 나가면 되나 봐요."

"당신 대체 뭐하시는 분입니까?"

"그냥 눈이 조금 좋은 정령사예요. 바람길이 알려주는 대로 가는 거뿐이고요."

"바람길이라니……. 당신은 물의 정령사 아닙니까?"

"눈이 좀 좋다니까요."

"……그거 조금 좋은 거 맞습니까?"

아니, 사실은 아주 좋아야 하지. 어차피 겸손한 화법이라는 거 다 알면서 왜 묻는 건지 모르겠다. 아이라도 우문이라 여겼는지 허탈한 웃음을 삼켰다. 어쨌든 그렇게 진입한 구멍은 역시 바깥으로 연결되어 있었다. 긴 통로를 지나 출구에 이르니 황량한 숲이 나타났다. 멀찍이 바깥벽이 보이는 걸 보니 아예 저택 부지 밖으로 나온 모양이었다. 내가 불러들인 먹구름이 여기까지 영향을 미치는지 부슬비가 내리고 있었다.

"정말 나왔군요……."

손바닥으로 빗물을 받아보던 아이라가 현실감이 없다는 얼굴로 중얼거렸다. 물론 아직 안전한 장소는 아니니 감상에 젖기는 일렀다. 마침 근처에 쓸 만해 보이는 죽은 나무가 있어서 대충 끌어와 출구 앞부터 메웠다. 굵기도 크고 무게도 제법 있으니 이만하면 우리 뒤를 밟은 사람이 다다르더라도 단숨에 밀어내고 나오지는 못할 것 같았다. 만족스러운 기분으로 손을 털고 돌아서는데 입을 벌리고 있는 아이라가 보였다. 어딘지 멍한 얼굴이었다.

"왜 그래요?"

"……아무것도 아닙니다."

누가 봐도 할 말이 많은 얼굴이었지만 본인이 말하지 않겠다는데 굳이 캐묻진 않았다. 그보다 어디 보자, 여기서 라미아스 집으로 가려면 어느 쪽으로 가야 하지? 지금쯤이면 다비안도 도착했을 테니 라미아스가 어느 정도 상황을 파악해두긴 했을 거다. 방향을 가늠하기 위해 천천히 주위를 돌아보았다. 그 순간 근변에서 저벅거리는 발걸음 소리가 들렸다. 누군가가 이쪽으로 다가오고 있었다.

뭐야, 설마 여기에 이미 매복을 깔아둔 건가? 얼굴을 굳힌 아이라가 에디스를 챙기는 동안, 나 역시 경계하며 두 사람 앞으로 나섰다. 그런데 나타난 건 군대가 아니라 남자 한 명이었다. 그것도 무기 하나 갖추지 않은 평범한 사람으로 보였다. 당황스럽게도 그는 우리를 보자마자 기다리고 있었다는 듯이 고개 숙여 인사를 건네 왔다. 이어진 말은 더욱 황당했다.

"세피온 공작님이 보내셔서 왔습니다."

"……네?"

생각지도 못한 이름에 힘이 빠졌다. 심지어 다시 보니 익숙한 기분이 느껴졌다. 상대가 너무 평범한 나머지 오히려 평범해 보이지 않는 듯한 그런 기분. 특정 마도구를 착용했을 때 나타나는 바로 그 현상 말이다.

예상이 틀리진 않았는지 나와 시선이 맞은 남자가 의미심장하게 웃었다. 의심의 순간이 단숨에 확신으로 변했다. 라미아스가 보낸 사람 정도가 아니라 라미아스 그 본인이었다. 상황을 파악하다 못해 아예 직접 찾아온 모양이다.

"세피온 공작이라니, 이게 다 무슨 말입니까?"

"으음, 나중에 다 설명해 줄게요. 일단은 안심해도 괜찮아요."

당황하는 아이라를 진정시킨 후, 진중한 척 새침하게 서 있는 라미아스를 돌아보았다. 이게 무슨 짓이냐고 묻고 싶은데 나도 멋대로 일을 저지른 거라 할 말은 없었다. 아니, 그치만 애초에 이 연회에 날 보낸 건 그쪽이잖아. 라미아스는 입이 열 개라도 전부 다물어야 한다.

그보다 이 드래곤이 내가 여기에 있는 줄은 어떻게 알았지? 나도 모르는 사이에 위치 추적 장치라도 달아놨나? 말도 안 되는 생각이라고 넘기기엔 솔직히 그러고도 남을 사람이긴 했다. 떨떠름한 시선에도 아랑곳없이 라미아스는 아이라와 에디스를 느긋하게 살피고 있었다. 그가 눈을 휘어 접는 웃음을 지으며 말했다.

"제가 두 분을 세피온 저까지 모시겠습니다. 당신은 다시 연회장으로 돌아가세요."

"윽, 다시 돌아가라고요?"

"당신 혼자 말없이 회장에서 사라진 걸 알면 의심받을 겁니다."

아, 그건 그랬다. 안 그래도 왕세자는 날 주시하고 있는데 여기서 그냥 사라졌다간 이번 일에 내가 관여했다고 대대적으로 광고하는 꼴이었다. 물론 부재증명을 해도 의심받는 건 크게 달라지진 않겠지만. 구태여 일을 더 복잡하게 할 필요는 없겠지. 그쪽 상황을 살피기 위해서라도 돌아가 보는 게 좋을 듯했다.

"전 마무리하고 갈 테니 먼저 가 있어요. 자세한 얘기는 나중에 하죠."

"하지만……."

"괜찮아요. 당장은 별다른 꿍꿍이는 없을 테니 따라가요. 가면 다비안이 있을 거예요."

내키지 않아 하던 아이라는 다비안을 언급하니 한결 누그러진 얼굴로 고개를 끄덕였다. 그러고 보니 둘이 어떻게 아는 사이인지도 나중에 물어봐야지.

"그럼 나중에 봐요."

인사를 마치고 돌아서려는데 다급한 손길이 내 팔을 붙잡았다.

의아한 시선을 보내니 짧게 호흡을 고른 아이라가 진지한 표정으로 입을 열었다.

"전 아이라라고 합니다."

이미 알고 있는 이름을 왜 새삼 말하나 했다가, 이제껏 정식으로 통성명한 적이 없다는 걸 깨달았다. 나 혼자 일방적으로 내적 친밀감을 쌓았지, 정작 아이라 쪽에선 내 이름을 알지도 못한다는 것도. 그 간단한 사실조차 생각지 못했다니. 정말 정신이 없기는 했구나.

"엘이에요."

우리는 잠시간 실없이 마주 보고 웃었다. 이 간단한 자기소개가 왜 그동안 이렇게 힘겨웠는지 모르겠다. 멀고 먼 길을 돌고 돌아 드디어 출발점에 선 기분이었다.

4.

돌아가는 길은 시큐엘의 도움을 받아 간단히 해결했다. 빠르게 날아올라 저택 지붕 위에 안착한 시큐엘은 테라스와 연결된 뒤뜰 안에 나를 안전히 내려주었다. 옷차림을 점검하고 회장으로 들어가니 시선이 쏟아졌다. 느긋한 연주가 흐르는 연회장은 내가 떠났을 때와 분위기가 크게 달라지지 않은 것 같았다. 하긴 침입자가 있었다는 티를 냈다간 저택 보안이 형편없다고 고백하는 꼴이니 최대한 감출 만도 했다.

"엘, 아직 계셨군요."

왕세자 놈도 있는지 확인해 보려는데 아인 이드리스가 허둥지둥 다가왔다.

"한참 안 보이셔서 돌아가신 줄 알았습니다."

"인사도 안 하고 그냥 갈 리가요. 그냥 뒤뜰을 구경하고 있었어요."

"그런 것치곤 비에 전혀 젖지 않았군."

대답을 이은 건 전혀 다른 목소리였다. 다가온 건 이미 알고 있었지만 일부러 놀란 듯이 당황하며 돌아보았다. 왕세자가 평소보다 굳은 얼굴로 서 있었다. 탐색하듯 빤히 바라보는 시선에 태연히 웃는 낯으로 대응했다.

"젖지 않도록 조심했으니까요."

"물의 정령사라 이미 젖은 걸 말린 건 아니고?"

"그런 방법도 쓸 수는 있죠."

어디 말리다 뿐인가. 흙이 묻어 더러워진 걸 즉석에서 세탁할 수도 있다. 뭘 고작 이런 걸 떠보는 거라고. 아무렇지 않게 받아치니 시선이 더 집요해졌다. 다른 사람의 눈에도 노골적이었는지 중간에서 눈치를 보던 아인 이드리스가 난처해하는 미소를 지었다.

"실은 루시엘 님이 엘을 찾으셨었습니다."

"아, 그러셨어요? 찾으실 줄 알았으면 좀 더 일찍 들어올 걸 그랬네요. 제게 무슨 하실 말씀이라도?"

"……아무것도."

식어 있는 눈동자 속에 흉흉한 분노가 읽혔다. 심증은 있는데 확신이 없으니 약이 잔뜩 오른 모양이다.

"어디까지 멋대로 굴 수 있는지 한번 지켜보지."

왕세자 놈은 다음에 두고 보자는 말을 참 이상하게 전하는 재주가 있었다. 정황을 파악하고 있으니 망정이지, 내가 아무것도 모르는 상황이었다면 대체 무슨 헛소리인가 했을 거다. 아무리 그래도 멋대로 사람을 의심하는 건 좀 너무한 거 아냐? 물론 내가 한 게 맞기는 하지만.

'사람을 납치해서 고문한 주제에 되게 당당하네.'

당장 쏘아붙이고 싶은 걸 참으려니 이게 더 고역이었다. 제 말만 마치고 휙 돌아서는 뒤통수를 한 대만 때리고 싶었다. 아인 이드리스가 무슨 일이냐는 시선을 보내와서 모르겠다는 의미로 어깨를 으쓱였다.

"드시겠습니까?"

때마침 고용인이 다가와 내게 음료가 든 쟁반을 내밀었다. 왠지 공교로운 시점이라는 생각에 힐끔 왕세자 쪽을 살피니, 아니나 다를까 은밀히 나를 주시하고 있었다. 음료에 무슨 짓을 했구나. 됐다고 물릴까 하다가 그래 봤자 또 다른 방법으로 접근할 게 뻔해서 일단 아무 잔이나 집어 들었다. 방비할 거라면 물 종류가 차라리 나았다. 목을 축일 만큼만 살짝 마셔보니 나른한 감각이 퍼졌다. 수면제인가 보다.

내가 순순히 음료수를 마시니 왕세자는 퍽 즐거워 보이는 얼굴이 됐다. 다시 말해 두지만 사람들은 정령사에 대해 잘 모른다. 왜 내가 물의 정령사라는 걸 알면서 독에 강하다는 건 생각하지 못하는 걸까. 노예 상단에서도 환각제가 제일 늦게 돌아서 날 잡느라 고생했었는데(그나마도 이프리트만 아니었음 안 잡혔을 거다). 악당들끼리는 서로 대화를 안 하나? 하긴 그러니 악당을 하지.

어디까지 멋대로 구는지 보자고 했던가. 어디까지 어울려줘야 저놈이 더 약이 오를까. 일단 좀 더 마시는 척을 해서 완전히 방심하게 해 볼까 싶었다. 그런데 돌연 누군가가 내게서 잔을 휙 낚아채 갔다. 웬 처음 보는 남자였다.

"이런 맛없는 걸 왜 먹고 있어요."

"……네?"

앤 또 뭐야? 아는 사람인가 싶어 자세히 봤지만 역시 처음 보는 얼굴이었다. 황당해서 눈을 깜박이니 싱긋 웃은 남자가 그대로 잔을 기울여 음료를 바닥에 쏟아부었다. 난데없는 돌발 행동에 주변에 있던 사람들이 당황해 술렁거렸다. "엘, 괜찮습니까? 당신 뭡니까?" 아인 이드리스가 나를 보호하듯이 감싸며 상대를 경계하는 것도 무리는 아니었다. 그냥 보기엔 대놓고 시비 거는 행동이나 다름없었으니까.

나는 그냥 차분히 남자를 바라보았다. 얘가 누군지 알 것 같다는 직감이 들었다. 아주 강하고 싫은 직감이. 내가 자신을 알아봤다는 걸 그도 알아본 것 같았다. 즐거워 죽겠다는 눈빛이 더 진해졌다.

"그냥 그대로 가지 왜 다시 오고 그래요. 그러니까 나쁜 일을 당할 뻔하죠."

"……그러는 넌 왜 여기에 있는데?"

카류안.

뱉기만 해도 구역질이 날 것 같은 이름을 입 안으로 짓이겼다. 두 번 다시 만나고 싶지 않았던 놈을 여기서 마주치게 될 거라곤 상상도 하지 못했다. 내가 나갔다 돌아온 걸 알고 있다는 건 어디선가 지켜보고 있었다는 거겠지. 나간 이유도 알고 있다는 소리였다. 혹시 아이라에게 밀실 위치를 알려준 게 이 녀석인가? 불덩이를 삼킨 듯 속이 뜨거웠다.

"적당히 분위기도 무르익었으니 슬슬 판을 깨볼까 해서요."

"됐으니까 아무것도 하지 마. 그냥 가."

"싫은데요?"

……그래, 얠 보니까 알겠다. 악당은 대화를 안 하는 게 아니라 상대의 말을 그냥 무시하는 거다. 혈압이 오르는 것 같아 깊게 숨을 삼키고 있자니 아인 이드리스가 물었다.

"엘, 아는 사람입니까?"

"……저걸 아냐고요?"

어떻게 저런 놈과 나를 아는 사이라고 생각할 수 있어. 황당한 기분으로 바라보니 아인 이드리스가 미안해하는 표정을 지었다. "죄송합니다. 아는 사이인 줄 알고……." 조심스럽게 건네오는 사과의 말에 다시금 황당해졌다. 뭘 또 사과까지 해. 가만 보면 이 녀석은 은근히 소심한 구석이 있다.

"그렇게 정색하기예요? 도와줬는데 너무하네."

서운해하는 태도에 기가 찼다. 안 도와줘도 됐거든? 날 도와주는 카류안이라니, 생각만 해도 소름이 끼친다. 그 표정이 고스란히 드러났는지 카류안이 재밌다는 듯이 웃었다.

"와, 진짜 내가 싫은가 보네. 대놓고 혐오하는 표정인 거 알아요? 너무 솔직하니까 오히려 싫지가 않네. 찌푸린 것도 미인이라 그런가?"

"헛소리 말고 당장 꺼져."

"걱정하지 말아요. 내 용건 다 마치면 알아서 잘 꺼질 거니까. 내 일을 방해하지나 말아요."

대체 무슨 짓을 하려고?

불안감에 심장 뛰는 속도가 빨라졌다.

"자네는 어느 가문의 누구인가? 즐거운 자리에서 갑자기 이게 무슨 행패지?"

가까이 다가온 황태자가 엄중한 얼굴로 물었다. 모두가 지켜보는 자리에서 대놓고 음료수를 바닥에 버렸으니 가장 높은 신분으로서 주목할 만도 했다. 물론 황태자의 권위란 상대가 같은 인간일 때나 통하는 것이었다. 카류안은 코웃음도 치지 않았다.

"넌 빠져요."

"……뭐?"

"내 용건은 옆쪽에 있거든."

대국의 태자에게 향한 것이라고는 믿을 수가 없는 오만불손한 막말에 사방에서 경악한 숨이 터져 나왔다. 그리고 나는 다른 의미로 긴장했다. 용건이 있다고 말하는 카류안의 시선이 닿은 건 아나이스 왕녀였다. 그 시선을 눈치챈 왕세자가 빠르게 동생의 앞을 막아섰다.

"무슨 목적이냐. 뭐하는 놈이지?"

"내가 누구일 것 같아요?"

"하루살이 같은 놈이군. 이런 미친 짓거리가 용납될 것 같은가?"

역시 이번에도 씨알도 먹히지 않는 협박이었다. 어깨를 으쓱한 카류안은 별다른 대답 대신 언젠가처럼 얼굴 가죽을 뜯어내기 시작했다. 생각지 못한 광경을 맞닥뜨린 사람들 사이에서 짧은 비명이 터졌다. 그러거나 말거나 카류안은 태연히 자신을 덮고 있던 것들을 하나씩 벗어 내렸다.

누구인지도 모를 얼굴이 사라지고 한눈에도 화려한 얼굴이 나타났다. 쓰고 있던 가발이 떨어지면서 감춰져 있던 짙은 흑발이 드러났다. 마지막으로 붉은 눈동자가 드러났을 땐 사방이 숨소리 하나 들리지 않을 만큼 고요해졌다.

"마, 마족……."

한참 만에 누군가가 중얼거렸다. 그제야 마법에서 풀려난 것처럼 정신을 차린 사람들이 우르르 뒤로 대피했다. 황태자와 왕녀 역시 호위들의 보호를 받으며 뒤쪽으로 물러섰다. 움직이지 못한 건 카류안의 시선에 사로잡힌 듯한 왕세자밖에 없었다.
"오라버니!"
"왕세자 저하!"
안타까워하는 음성들이 애타게 왕세자를 찾았으나, 이미 두 존재 사이에 형성된 무형의 공간을 무시할 수 있는 이는 없었다. 왕세자의 낯빛은 딱딱하게 굳어 있었다. 매사에 능구렁이 같은 놈이 이렇게까지 여유 없는 얼굴을 하는 건 처음 보는 것 같았다.
"이제 내 용건을 좀 알겠어요? 다른 놈은 몰라도 넌 당연히 알 거예요."
"……왜 고위 마족이."
"우리는 관여 안 할 줄 알았죠? 맞아요. 원래는 그래요. 근데 이번엔 너희가 좀 많이 까불었잖아요. 욕심은 부리더라도 분수는 알아야죠. 눈치를 줬더니 영 알아차리지도 못하고. 그래서 친히 경고 좀 하려고요."
"경고, 라고?"
"그래요, 경고. 너, 인간 주제에 미혹의 힘을 갖고 있더라구요?"
정곡을 찔린 왕세자의 얼굴이 움찔했다. 카류안은 더 달콤하게 웃었다.
"근데 이런 건 내가 더 잘해요. 마계에서 가장 오래 산 내 스승도 이 방면에선 날 따라올 자가 없을 거라고 했죠. 아직 마음에 드는 수준만큼은 아니지만 지금도 인간 하나 정도는 가지고 놀 수 있어요. 한번 확인해 볼래요?"

"……거절하지."

"사양하지 말아요. 어차피 이미 늦었어요."

미간을 찌푸리던 왕세자가 다음 순간 경직된 얼굴로 숨을 삼켰다. 일이 틀어진 것을 깨달았을 때 지을 법한 낭패한 얼굴이었다. 무슨 일이 벌어진 건지는 다음 순간 이어지는 상황으로 알 수밖에 없었다.

"무릎 꿇어."

카류안이 명령하자 왕세자가 곧바로 무릎을 꿇었다. 경악한 사람들이 신음을 삼켰다. 왕세자 본인조차 당황한 얼굴이었다. 회장 안의 분위기가 순식간에 뻣뻣해졌다.

이후에도 카류안은 계속해서 왕세자에게 지시를 내렸다. 엎드려 뻗쳐를 시키기도 하고 제자리 뜀박질을 시키기도 했다. 우스꽝스러운 동작도 지시했으나 지켜보는 사람들의 얼굴은 점점 더 창백해져 갔다. 갈수록 주위가 고요해지자 카류안이 시시하다는 얼굴로 돌아보았다.

"거참, 웃으라고 한 건데 아무도 안 웃네. 이런 건 별로 재미가 없나 봐요?"

누군가가 울음을 터트렸다. 적당한 대답 참 고마워요, 카류안이 머쓱해하며 어깨를 으쓱였다.

"대체 왜 이런 짓을 하는 거지? 마족은 저항하지 못하는 자에게 굴욕을 주는 것을 자랑스럽게 여기는 자들인가! 그대에게 강자의 명예가 있다면 당장 그만둬라!"

분노한 황태자가 일그러진 얼굴로 소리쳤다. 공포에 질려 있으면서도 할 말은 하는 걸 보니 차기 황제로 내정된 사람답게 참 용감한 사람이었다. 이런 와중에도 왕세자의 음모에 휘말리는 건 아깝다고 여길 만큼.

"명예라……."

그래서인지 카류안도 이번엔 그 말을 무시하거나 비웃는 대신 매우 그럴듯한 논조를 들었다는 것처럼 고개를 끄덕였다. 그 순순한 반응이 더 꺼림칙하긴 했지만.

"하긴 내가 좀 유치했나? 좋아요. 그럼 마족의 명예를 지킬 겸, 모두의 기대에 부합하는 쪽으로 해볼까요?"

짝짝, 공연자가 관중의 시선을 환기하듯 두어 번 손뼉을 친 그가 가볍게 팔을 들어 올렸다. 그러자 그의 손 안에서 새카만 마력이 일더니 먹색을 띤 검 한 자루가 생겨났다. 카류안은 그 검을 그대로 왕세자의 발치에 던졌다.

"자, 검을 들어요."

왕세자는 이번에도 시키는 대로 검을 들었다. 무기까지 등장하자 이전까지와는 비교할 수 없는 긴장감이 흘렀다. 모두가 다음으로 무슨 말이 이어질 것인지 한껏 긴장한 얼굴로 기다리고 있었다.

"그걸로 네 동생을 죽여요."

"……!"

이어진 명령은 상상을 초월했다. 사방이 경악한 만큼 왕세자의 얼굴 역시 딱딱하게 굳었다. 하지만 그의 몸은 이 순간에도 착실히 명령을 이행하고 있었다.

그가 검을 움켜쥐고 천천히 걸어가기 시작했다. 호위들이 왕녀를 지키기 위해 나섰으나 그들에겐 이렇다 할 무기가 없었다. 연회에선 무기를 소지하지 않는 게 예의였다. 마법이나 검기 같은 이능이 난무하는 세계에서 그런 게 무슨 의미가 있나 싶긴 한데, 상대를 위협할 수 있는 도구가 눈에 보이면 안 된다는 논리였다. 고위직일수록 어지간한 공격 마법 정도는 방어하는 마도구를 착용하고 있기 때문이기도 했다.

결국 그들은 맨손으로 제압을 시도했다. 하지만 왕세자는 검도 다룰 줄 아는 편인 것 같았다. 그게 아니면 검 자체가 지닌 능력일까. 순식간에 호위 두 명이 나가떨어졌다. "으아악!" 왕세자가 정말로 사람을 공격하자 사방에 비명이 난무했다. 오히려 위협을 받는 당사자인 왕녀가 제일 침착한 것 같았다.

"오, 오라버니."

"피해라, 아나이스! 몸이 말을 듣지 않아……!"

이를 악문 왕세자가 힘겹게 외쳤다. 휘두르려는 걸 어떻게든 버티려는 듯 그의 두 팔이 부들부들 떨고 있었다.

"진, 소환!"

아인 이드리스가 왕녀 앞으로 나선 건 바로 그때였다. 그의 외침 소리를 들은 사람들의 얼굴에 희망이 떠올랐다. 나 역시 곧 진이 나타나 이 상황을 마무리 지을 거라 생각했다. 그런데 예상과는 달리 아무런 반응이 없었다. 진이 나타나기는커녕 희미한 바람조차 일지 않는 것 같았다. 안도하고 있던 모두의 얼굴에 당혹감이 떠올랐다. 태연한 건 카류안 뿐이었다.

"오, 역시 효과가 좋네요."

움찔한 아인 이드리스가 혼란스러운 표정으로 고개를 들었다. 그 얼굴을 본 카류안이 다 이해한다는 듯이 나긋하게 웃었다.

"정령이 소환 안 돼서 이상하죠? 괜찮아요. 네가 이상해진 게 아니에요. 결계를 쳐서 그래요."

"……결계?"

"무형의 기운이 이 저택 전반을 둘러싸고 있죠. 이 안에선 다른 차원과 교신할 수 없어요. 나도 정령왕은 곤란하거든요. 아무렴 내가 아무런 대응도 하지 않고 왔겠어요?"

말도 안 돼. 나도 모르게 반박하는 소리가 절로 나왔다. 하지만 정말로 정령이 소환되지 않았다. 자연체의 정령들 역시 어디에도 없었다. 그간 결계에 갇힐 때마다 일관적으로 겪었던 바로 그 현상이었다. 내가 폭우를 내릴 때까지만 해도 아무런 징후가 없었으니 불과 조금 전에 펼쳤다는 소리다. 아무리 고위 마족이라도 이런 결계는 간단히 펼칠 수 없었다. 갓 어린 티를 벗은 지금의 카류안이라면 더더욱 그렇다. 이건 신의 영역이었다.

'카노스.'

설마 그가 여기에 있을 리 없다는 걸 알면서도 반사적으로 주위를 돌아보았다. 그 무의미한 일에 내가 온 신경을 쏟는 동안 카류안은 망연자실하게 서 있는 아인 이드리스를 향해 다가섰다. 친히 눈을 맞추고 그 뺨을 부드럽게 어루만지기까지 하는 동안, 이미 넋을 잃은 사람들은 아무도 막아설 생각을 하지 못했다.

"정령왕의 계약자. 물론 굉장히 강하죠. 흔치도 않고요. 하지만 정령사의 발을 묶는 건 생각보다 쉬워요. 소환만 못 하게 하면 되니까요. 네 정령이 아무리 대단해도 넌 결국 인간이잖아요. 그렇죠?"

고요히 굳어 숨만 삼키고 있던 아인 이드리스의 눈꺼풀이 파르르 떨렸다. "이런 게 싫으면 미네르바 옆에 바짝 붙어 다녔어야죠." 속삭이듯 이어진 말에 그의 얼굴이 울 듯이 일그러졌다.

"나는, 난……."

"이해했으면 나대지 마요. 얌전히 있으면 너까진 건드리지 않아요. 나도 미네르바의 화를 사고 싶진 않거든요. 뭐, 그래 봤자 그냥 내 세계로 도망가면 되긴 하지만요. 넌 그냥 개죽음으로 기억될 거예요. 그러긴 싫잖아요?"

"난……."

벙긋거리던 입에서 끝내 탄식의 숨이 흘러나왔다. 탁해진 두 눈에 떠오른 절망의 순간이 선명히 읽혔다. 그걸 바라보는 카류안의 붉은 눈동자가 전율하듯 반짝거렸다. 누가 최종 보스 아니랄까 봐 정말 싹수부터 노란 놈이었다.

"자, 그럼 넌 계속해요."

지시를 받은 왕세자가 다시 움직이기 시작했다. 공포에 질린 사람들이 비명을 터트리는 순간, 퍼뜩 정신을 차린 아인 이드리스가 달려들어 왕세자의 다리를 붙잡았다. 그가 앞으로 나가지 못하게 몸으로 막으려는 것이다. 덕분에 왕세자의 몸이 휘청거리자 주위의 몇 명도 달려와 함께 다리에 매달렸다.

"푸하하! 마지막 발악이에요? 뭐, 좋아. 어디 해봐요."

카류안은 이 상황이 즐거워 죽겠다는 얼굴이었다. 모두가 괴로워하는데 한 사람의 웃음소리는 점점 더 커진다. 다급하다 못해 처절하기까지 한 현장을 그 혼자서만 즐기고 있었다. 마치 그가 주관하는 공포 게임 속에 갇힌 듯한 기분마저 들었다. 그건 정말이지, 더러운 기분이었다.

'여기로 돌아오는 게 아니었는데.'

의심을 받든, 그래서 더 일이 골치 아파지든. 문제 될 일들만 가득했더라도 와선 안 되는 거였다. 그래 봤자 이미 한참이나 늦은 후회였지만.

긴 한숨을 내쉰 후 주변으로 시선을 돌렸다. 마침 가까운 곳에 적당한 것이 보였다. 쿠궁! 콰지직! 창가로 다가가 휘장을 강제로 뜯어내자 요란한 소리에 깜짝 놀란 사람들이 돌아보았다. 내내 느긋하던 카류안의 표정도 처음으로 찌푸려졌다. 주시하는 시선을 무시한 채 휘장에서 분리해 낸 봉을 들고 왕세자 앞으로 나갔다. 봉에 기운을 밀어 넣으니 약한 떨림과 함께 푸른 빛이 일었다. 카류안이 낮게 혀를 찼다.

"……방해하지 말라고 하지 않았어요? 말을 참 안 듣네요."

"네가 하는 짓이 도가 지나치지 않았다면 고려는 해봤겠지."

"도가 지나쳐? 뭐가요? 아, 오라비 손으로 동생을 죽이라고 한 거요? 왜요? 재밌지 않아요?"

"이딴 게 재밌다고?"

"네, 재밌어요. 난 이런 거 참 좋던데. 소중한 사람을 다른 이도 아닌 자기 손으로 죽이게 하는 거. 가장 최고의 벌이자 저주 아닌가?"

얘는 어쩌다 성격이 이 모양으로 태어났을까. 그래도 한때는 천사였다고 하지 않았나? 그 시절의 상황을 전부 다 아는 건 아니지만 아무리 봐도 신족이었다는 게 믿기지 않았다. 정작 전생에도 후생에도 마왕인 아스는 그렇게나 순하고 착하잖아. 인성이 종의 문제가 아니라는 걸 이렇게까지 노골적으로 보여줄 일인가 싶다. 이런 놈에게 기회를 주겠답시고 거둔 데다가 지금도 도와주고 있는 카노스를 생각하니 속이 더 갑갑해졌다.

"근데 괜찮겠어요? 그거 그냥 평범한 나무 막대잖아요. 그게 검기를 버틸 수나 있나?"

말하기 무섭게 봉이 파스스 부서지기 시작했다. 먼지처럼 흩어지는 가루를 보며 속으로 혀를 찼다. 적어도 금속 종류는 되어야 했나. 그래도 잠깐은 버텨줄 줄 알았는데 망가지는 속도가 생각보다 더 빨랐다.

"그것 봐요."

하지만 카류안의 미소는 그리 오래 유지되지 않았다. 나도 조금 당황해서 손을 내려다보았다. 부서진 봉과 함께 그대로 사라질 줄 알았던 검기가 손 안에서 여전히 그대로 유지되고 있었다. 마치 빛으로 만들어진 검을 쥐고 있는 기분이었다.

"검성이다……."

누군가가 중얼거리는 소리를 듣고서야 이게 무슨 상황인지 알 것 같았다. 내가 검성, 그러니까 소드 마스터가 된 거다. 시벨리우스한테 들은 말도 있고 해서, 언제고 된다는 건 알고 있었기에 크게 놀랍진 않았다. 근데 그게 이렇게 간단히 되는 거였어? 황당했지만 어쨌든 무기가 없어도 된다 싶으니 긴장은 한결 풀렸다. 정 안 되면 맨손으로 해야지 싶었는데 그럴 필요까진 없게 됐다.

그대로 성큼성큼 걸어가 왕세자가 들고 있는 검을 강하게 쳤다. 불시의 공격이었는데도 그는 곧장 방어해왔다. 정작 왕세자는 전혀 예상하지 못한 듯 놀란 얼굴인 걸 보니 역시 검 자체의 능력인 모양이었다. 다행히 검술 실력은 내가 더 위였다. 몇 번 공방을 주고받은 끝에 마침내 왕세자가 쥐고 있던 검을 놓쳤다. 바닥에 떨궈진 검은 다시 까만 마력이 되어 카류안의 손 안으로 되돌아갔다.

"……이거 참, 당신은 여러모로 날 놀라게 하네요."

중얼거리는 카류안은 이제 여유가 사라진 얼굴이었다.

"아닌 거 알면서 묻는 거긴 한데요. 드래곤인 건 아니죠?"

"아니야."

"근데 왜 그렇게 강해요? 당신을 보면 인간이란 종족의 상식이 무너지는 기분이라고요."

내 알 바 아니라는 생각에 대꾸도 하지 않았다. 내가 견제하며 서자 그는 분한 듯이 입술을 깨물었다. 배신감을 느꼈다는 얼굴로 원망스럽게 바라보는 시선에 어처구니가 없었다.

"정말 이해가 안 되네요. 당신은 이 인간들 편도 아니잖아요. 왜 날 막는 거예요? 이미 경고도 했잖아. 당신은 내 일에 끼어들면 안 돼요. 그렇게 후회하고 싶어요?"

"별로 너한테 듣고 싶은 말은 아니네."

"정말 끝까지 날 막을 거라는 말이죠?"

"그래."

카류안은 나를 가만히 노려보았다. 그러다 이내 체념하듯 두 손을 들어 올렸다.

"좋아요, 좋아. 솔직히 당신과는 싸우고 싶지 않아요. 물러서지 않는다니 어쩔 수 없네요. 최선책은 내가 포기할게요."

최선책이라는 건 차선책도 있다는 말인가? 어감에서 느껴지는 불길함에 눈썹을 찌푸릴 때였다. 별안간 손가락을 깨물어 상처를 낸 캐류안이 새어 나온 핏방울을 튕겼다. 기습인가 싶어 방어하는데 당황스럽게도 핏방울이 향한 곳은 나도 아니고 왕녀도 아닌 전혀 다른 쪽이었다.

"컥!"

"태자 전하!"

"전하!"

목을 움켜쥔 황태자가 그대로 정신을 잃고 쓰러졌다. 아무도 예상하지 못한 공격에 다들 얼이 빠졌다. 황급히 황태자를 살피니

다행히 숨은 쉬고 있었다. 하지만 온몸에 짙은 마기가 가득했다.

"대체 무슨 짓을 한 거야."

"그냥 가벼운 저주예요."

"저주?"

"영원한 잠에 빠지는 저주죠. 해주 방법은 간단해요. 저 여자를 죽이면 저절로 풀릴 거예요."

카류안이 손가락으로 지목한 여자는 이제 와선 새삼스럽다고 할 수 없는 아나이스 왕녀였다. 참 악의적일 만큼 일관된 목표였다. 모두의 시선이 자신을 향하자 왕녀가 떨리는 목소리로 입을 열었다.

"어째서……. 대체 왜 이런 짓을……?"

"딱히 너한테 유감은 없어요. 그냥 화근을 없애려는 거죠. 인간은 과거를 쉽게 잊으니까요."

"무슨 말인지 모르겠어요. 그게 무슨 뜻이죠?"

"모르겠으면 네가 직접 알아봐요. 아, 물론 그 전에 살아남아야겠지만."

창백해진 왕녀의 얼굴에 결국 눈물이 흘러내렸다. 카류안은 그 모습을 감흥 없이 바라보았다. 조금 전 아인 이드리스의 절망을 탐할 때와는 완전히 다른 반응이었다. 마치 그녀의 절망 따위는 자신을 즐겁게 할 가치조차도 없다고 말하는 것처럼.

"그럼 잘 있어요, 특별한 정령사님. 다음에 마주쳤을 땐 마음을 바꿨길 바랄게요."

나를 돌아본 카류안이 장난스러운 인사를 건넸다. 무어라 대답을 하기도 전에 그의 모습이 눈앞에서 녹아내리듯 사라졌다. 무거운 침묵이 가라앉은 공간에 남은 건 흐려진 웃음소리뿐이었다.

시야가 일렁이는 듯하더니 무언가 깨지는 소리가 희미하게 울렸다. 조금 전까지 보이지 않았던 정령들이 나타나고 있었다. 카류안이 있어야 유지되는 결계였나 보다. 사라진 건 확실한지 곧 조종에서 풀려난 왕세자가 쓰러지듯 주저앉았다.

"오라버니!"

"아나이스……."

표정이 엉망으로 흐트러진 두 남매가 서로를 다급히 끌어안았다. 두 사람은 이번 일에서 내내 위협받은 피해자였다. 하지만 아무도 그들에게 다가가 괜찮냐고 묻지 않았다.

이미 회장 안에는 껄끄러운 기류가 흐르고 있었다. 그 모습을 잠시간 바라보다 숨을 길게 내뱉었다. 이상한 꿈을 꿨을 때부터 사나운 일진이 될 줄은 알았지만 이건 지나쳐도 너무 지나쳤다.

정말 최악의 하루였다.

제2화

1.

멀쩡하던 황태자가 하루아침에 식물인간 상태가 됐다. 심지어 저주를 풀기 위해선 타국에서 유학 온 어린 왕녀를 죽여야 한단다. 걷잡을 수 없이 퍼져나간 소문은 황실에서 아무리 입을 단속해도 소용이 없었다. 제국은 말 그대로 발칵 뒤집혔다.

<마신의 분노가 유구한 황실의 혈통을 끊다!>

신문 전면에 크게 박힌 제목이 눈에 아플 정도로 선명했다. 천 년 신라에 왕조마다 몇백 년씩 이어진 역사를 배우고 자란 한국인 출신이라 그런가. 4백 년 좀 넘는 제국의 역사가 유구한 건지에

대한 의문이 드는 건 둘째치고. 아직 황태자는 죽지도 않았는데 자극적인 표현에 집착한 나머지 이미 황실의 혈통을 끊어놓고 있다. 최근 발행하는 신문마다 다 이런 식이라 딱히 새삼스러울 건 없긴 하지만 그걸 단속하는 이의 기분은 또 다른 모양이었다.

"젠장! 이 신문사는 또 뭐야? 이것들이 죄다 간이 부어터졌나! 너흰 일을 대체 어떻게 하는 거야!"

한참 동안 길길이 날뛰는 소리가 들렸다. 폭격처럼 터지는 잔소리를 배경음 삼아 주인 없는 자리에서 조용히 차를 홀짝였다. 어느 정도 시간이 지나니 기죽은 사람들이 줄줄이 나가는 것이 보였다. 그제야 자리의 주인도 다시 돌아왔다.

"진짜 골치 아프게 됐어."

긴 한숨을 내쉰 라미아스가 푸념했다. 사태 이후 근 열흘 만에 보는 그는 연이어진 철야에 매우 지친 모습이었다. 드래곤이니 몸 하나는 튼튼할 텐데 정신적인 피로는 어쩔 수 없는 모양이다.

"많이 바쁘신가 보네요."

"당연히 바쁘지. 그런 일이 벌어졌는데 정보국이 한가하겠냐? 지금도 잠깐 시간 낸 거라 또 들어가 봐야 해. 황제 놈이고 부하 놈들이고 갓 부화한 새 새끼들처럼 죄다 나만 찾아대. 젠장할 놈들! 이 제국엔 다들 돌대가리들밖에 없나? 왜 스스로 할 줄 아는 게 하나도 없는 거야? 미쳐버리겠네, 진짜!"

"……이왕이면 새끼 새라고 해요."

"새 새끼나 새끼 새나."

"전자는 욕처럼 들리잖아요."
"알아."
음, 알고 사용한 거구나. 그럼 어쩔 수 없지. 하긴 이어진 말들도 죄다 험악하긴 했다. 새삼 새끼라는 표현 정도를 지적할 건 아니었지. 고개를 끄덕이며 얌전히 마시고 있던 차나 마저 마셨다. 그동안 씩씩대던 라미아스는 혼자 알아서 진정했다. 역시 화난 사람은 건드리지 않고 가만히 내버려 두는 게 상책이다. 대신 불퉁한 시선이 와 닿기는 했다.
"넌 어떻게 된 애가 사람이 이렇게 힘들어하고 있는데 위로의 말 하나 안 하냐?"
"해드려요?"
"됐거든?"
"어차피 싫다고 할 거면서."
입을 다문 라미아스가 나를 가만히 바라보았다. 뭐 이런 게 다 있는지 모르겠다는 듯한, 세상에서 가장 희한한 걸 보는 표정이었다. 하지만 그마저도 더는 따지고 들 기력이 없는지 이내 고개를 절레절레 젓고는 식은 차를 술인 양 단숨에 쭉 들이켰다.
"아무리 생각해도 그 연회에 널 보내는 게 아니었어. 넌 이상하게 큰 사건에만 휘말리는 재주가 있어."
"오, 그걸 이제야 아셨다니 유감."
"……그렇게 태연하게 받아치니까 좀 열 받는다?"
"난 가기 싫은 티 냈어요. 억지로 보낸 건 라미아스고요."

"오냐, 그래. 내가 내 발등을 찍었다. 동태 좀 살피라고 보냈더니 그런 대어를 낚아올 줄 누가 짐작이나 했겠냐. 대어도 그냥 대어야? 아주 어선을 파괴하는 초대형이지."

황태자가 쓰러졌으니 확실히 어선을 파괴하는 수준이긴 하다. 딱히 부정할 마음은 없어서 그냥 어깨를 으쓱였다. 뭐 이미 일이 이렇게 된 걸 어쩌겠어. 나라고 좋아서 그런 일에 휘말린 것도 아니고.

그 묘하게 건성인 태도가 마음에 들지 않았나 보다. 라미아스가 미간을 잔뜩 좁힌 얼굴로 나를 바라보았다.

"그렇게까지 실망했냐?"

그런데 화를 낼 거란 예상과 달리 이어진 건 다른 질문이었다. 담담히 건네온 말에 눈동자만 굴려 그를 바라보다 이내 한숨을 내쉬었다. 그냥 평소처럼 타박하고 넘겼으면 나도 깨닫지 못했을 텐데. 진지하게 물어보니 인정하지 않을 수가 없게 됐다. 이럴 땐 라미아스가 확실히 어른이긴 했다.

"네."

"쯧쯧, 애썼는데 상심할 만도 하지. 이번에도 네가 찾던 게 아니어서 나도 유감이야."

"……네."

꾸역꾸역 몰려드는 이상한 기분을 감추기 위해 가볍게 마른세수를 했다. 그랬다. 이번 일을 돕는 대가로 받은 영혼의 보석은 이번에도 라피스가 아니었다. 크게 기대하지 않았다고 생각했는데 나도 모르게 기대했던 모양이다. 기분 나쁠 정도로 가슴 속이 휑했다.

대체 왜 라피스가 아니었을까. 아무리 생각해도 이해가 되지 않는다. 영혼의 보석이 그렇게 흔한 건 아닐 텐데. 그 얼마 되지도 않은 대부분은 다 라미아스가 갖고 있었고, 다른 드래곤에게 있던 나머지 하나까지 가져온 거였다. 그런데도 없다는 건 여기에 라피스가 없다는 뜻 아닐까. 이쯤 되면 엘뤼엔이 장소를 잘못 보낸 건 아닌가 싶은 생각마저 든다. 만약 그런 거라면 여기서 보낸 내 시간은 대체 무슨 의미였나 싶어 멍해지는데 혀를 찬 라미아스의 목소리가 들렸다.

"일단 좀 더 기다려 봐. 가지고 있는 녀석이 또 있다는 것 같으니까."

"어? 정말요?"

"그래, 근데 이번엔 드래곤이 아니라 인간이야. 다른 제국 놈인데 특이한 광물을 모으는 수집가인 것 같더라고. 어쨌든 인간이라 오히려 접근이 좀 까다로워. 그래도 잘 설득하는 중이니까 좋은 결과가 있을 거야. 정 안 되면 훔쳐서라도 가져다줄게."

"……고마워요."

"이제야 얼굴이 좀 피네."

피식 웃는 라미아스의 얼굴에 안도감이 드러났다. 내가 그렇게까지 시무룩해져 있었나 싶어 조금 머쓱해졌다.

"뭐, 그만한 대어를 물어다 줬는데 이 정도는 해야지."

"대어라서 싫은 거 아니었어요?"

"솔직히 대어를 누가 싫어하냐. 어선이 좀 망가져도 대어는 대어인걸."

조금 전까지 그 어선 망가졌다고 타박하셨는데요. 황당한 기분으로 바라보니 그는 되레 씩 웃었다. 하여간에 능구렁이들은 진심을 제대로 말하는 법이 없다.

"그래서 그 대어들은 지금 어디에 있어요?"

그에게 맡긴 아이라와 에디스를 말한 것이었다. 라미아스도 의미를 바로 이해하고 대답했다.

"내가 만든 안전한 대형 수조에서 잘 지내고 있지. 지금은 둘 다 많이 안정됐어."

"그 수조의 존재는 몇 명이나 아는데요?"

"나랑 내 사람들밖에 몰라. 뭐야, 너 지금 나 의심하냐?"

"어쨌든 세피온 공작은 제국 친황파 귀족이잖아요. 황태자가 마족 때문에 그 지경이 됐고요."

"미안하지만 난 충신이란 설정이지 간신은 아니야. 황제가 잘못된 판단을 하고 날뛰는 걸 다 따라주진 않는다고."

유일한 후계자를 잃을 지경이 된 황제는 분노로 이성을 잃었다. 해주 방법이야 있다지만 아무리 그래도 어린 왕녀를 죽여서 저주를 푸는 건 반인륜적이었다. 실행하더라도 정말 저주가 풀릴지 알 수 없을뿐더러, 저주가 풀리더라도 문제였다. 작게는 에펜 왕국의 원성을, 크게는 온 대륙의 지탄을 받을 게 뻔했다.

그래서 황제는 마신전과의 전쟁을 택했다. 아주 대대적인 선전포고를 하고 지금은 온 지역에서 군대를 닥치는 대로 끌어모으는 중이었다. 문제는 그 마신전이 지금 이 제국에는 없어서, 마신전을 공격하려면 다른 나라로 가야 한다는 거였다. 본의 아니게 침략전쟁의 형상이 되어버려 마신전을 보유한 나라마다 전부 긴장 상태가 됐다. 대륙 상황이 아주 참 잘 돌아가고 있었다(물론 반어법이다).

사정이 이렇다 보니 솔직히 좀 걱정이 되긴 했다. 이 시국에 은밀히 마신관들을 보호하고 있는 건 명백한 반역 행위였으니까. 아무리 드래곤이라도 유희 설정에 충실한 그가 황제의 눈치를 보지 않을 거란 자신이 없었다. 하지만 다행히 그저 기우에 불과했던 모양이다. 단호하게 답하는 얼굴을 보니 좀 안심이 됐다.

어색하게 웃으니 라미아스는 어떻게 날 고작 그런 놈으로 여길 수 있냐며 매우 서운해했다. 움브라의 그 요원 놈도(다비안을 말하는 건가 보다) 기껏 도와줘도 계속 경계하고 있어서 서운해 죽겠는데 너마저 이러면 서러워서 살 수가 없다며 징징거렸다. 짜증은 났지만 의심한 게 미안하긴 해서 인내심 있게 그 시간을 견뎠다.

"그보다 너 검성인 건 왜 나한테 말 안 했냐? 덕분에 정보국에서 하는 일이 대체 뭐냐고 황제 놈한테 열흘 내내 대차게 깨졌잖아."

"나도 몰랐는데요."

"진짜? 그것도 내가 친황파 귀족이라 일부러 숨긴 건 아니고?"

“비꼬지 마세요. 진짜 몰랐어요.”

“젠장맞을, 본인도 몰랐던 걸 나더러 어떻게 알아내라는 거야. 남이 하는 일은 세상 쉽지. 망할 황제 놈.”

투덜거리는 라미아스는 다그치는 상사에게 시달리는 부하 직원의 전형적인 그것이었다. 조금 전 그에게 시달리고 축 늘어져서 나간 사람들의 모습도 딱 이랬었다. 가만히 구경하고 있으려니 그가 눈썹을 꿈틀거렸다.

“왜 그런 시선인데?”

“아뇨, 그냥 드래곤의 유희 목적은 세상을 즐기는 거 아니었나 싶어서.”

“나도 귀족 된 거 후회 중이니까 지적하지 마라.”

이래서 남의 인생은 쉽게 받는 거 아니라며 라미아스가 다시금 투덜거렸다. 인적을 빌린 거라고 해봤자 남들이 아는 것도 아니고. 어차피 유희라면 그냥 대충 해도 될 텐데, 의외로 책임감이 있긴 했다.

“근데 뭘 어떻게 하면 본인이 검성이 된 걸 모르고 있냐?”

“음, 그러게요. 그날 이프리트가 준 걸 마셨는데 아무래도 그 영향인 것 같아요.”

“허어, 전에 내가 준 술도 네가 마셨잖아. 그것만으로도 넘치도록 충분할 텐데 거기에 또 뭘 먹였다고? 이번엔 뭘 줬는데?”

“그걸 모르겠어요. 말을 안 해주더라구요.”

“어떻게 생긴 거였어?”

어쩌면 라미아스는 정체를 알 수 있겠다 싶어 그날 마셨던 음료를 자세히 설명했다. 그런데 왠지 그의 표정이 갈수록 좋아지지 않았다. 뜨악해하는 것 같기도 했고 황당해하는 것 같기도 했다. 어떤 쪽으로든 좋은 반응은 아니었다. 그는 골치 아프다는 듯 머리를 절레절레 흔들다 나직하게 탄식했다.

"내가 보기엔 말이지. 정령왕 중에서 제일 미친놈은 이프리트야. 산뜻하게 미치는 바람에 대부분 미쳤다는 걸 알아보지 못한다는 게 더 환장할 지점이지."

"왜, 왜요? 대체 그게 뭔데요?"

"아냐, 됐다. 넌 모르는 게 약이야. 뭐가 됐든 결과만 좋으면 된 거지, 뭐."

아니, 전혀 안 됐거든! 그렇게 말하니까 더 불안해지잖아!

대체 그 음료의 정체가 뭐길래. 설마 몬스터의 내장 즙이라든가, 발톱과 눈알을 넣어 제조한 약, 뭐 이딴 건 아니겠지? 생각만으로도 소름이 돋아서 벌써 속이 메슥거렸다. 이미 다 소화돼서 내 몸의 일부가 된 지 오래겠지만.

"아무튼 너 네 애들 보고 갈 거지?"

"……그렇게 말하니 탁아소에 애들 맡긴 아빠가 된 기분이네요."

"별로 다르진 않거든? 다들 너만 오길 목 빠지게 기다리는 것도 그렇고."

그럼 여기가 탁아소인 것도 인정한다는 말인가. 라미아스를 어린이집 원장 선생님으로까지 대치해 보다 이게 지금 뭐하는 건가 싶어 그만뒀다.

지난 열흘간은 나도 정신이 없었다. 갑자기 검성이라 밝혀진 탓에 스토커 같은 취재진한테 시달려야 했고, 사건 현장의 주 목격자라 이런저런 조직들에 불려가 증언 같은 것도 해야 했다. 그중엔 내가 마족과 아는 사이처럼 보이던 걸 주시하는 곳도 있었다. 모두를 구한 공이 있다 보니 문초나 심문을 받진 않았지만 가는 곳마다 미행이 따라붙어 함부로 움직이기가 힘들었다.

사실 지금도 그건 여전해서, 여기까지 오는 길도 순탄하지는 않았다. 이프리트가 빌려준 마도구가 아니었다면 완전히 따돌리긴 힘들었을 거다. 그렇게 애써서 온 것은 물론 라미아스를 만나려는 목적만은 아니었다(사실 라미아스만 만나려면 그를 내 쪽으로 불러내는 게 더 빠르다). 이제 진짜 본론에 이른 셈이었다. 마음의 준비를 할 겸 가볍게 심호흡한 후, 조금 남아 있는 차를 완전히 마시고 빈 잔을 내려놓았다.

"좋아요. 내 애들, 다 어디에 있어요?"

2.

라미아스가 말한 대형 수조는 저택 부지 안에 있는 작은 별채였다. 휴일에 멀리 나가기 귀찮을 때 가끔 기분 전환으로 쉬려고 만든 공간이었는데, 지을 때부터 갖가지 보안 마법으로 무장해 가장 안전한 장소라는 모양이었다. 제도에 광범위 마법이 떨어져도 거긴 멀쩡할 거라며, 라미아스가 자랑스럽게 장담할 정도였다.

부지 안이라곤 해도 그 자체가 어지간한 국립 공원만큼 넓어서 마차를 타고 이동해야 할 거리이긴 했다. 내가 도착했을 땐 별채 안에서 누군가가 막 밖으로 나오는 참이었다. 다가오는 마차를 확인하고 무심히 지켜보고 있던 그는 내리는 사람이 나라는 걸 확인하곤 서둘러 달려왔다.

"엘!"

"잘 지냈어요, 다비안?"

"네, 전 잘 지냈습니다. 엘은 괜찮으셨습니까?"

"뭐, 조금 정신없긴 했죠. 서로 무사한 모습으로 다시 만나서 다행이에요."

웃으며 화답하니 염려하는 얼굴로 살피던 다비안의 안색도 한결 밝아졌다. 그때 덜컹거리는 소리가 들리더니 집 안에서 아이라가 튕기듯이 튀어나왔다. 안에서 대화 소리를 듣고 바로 달려 나온 모양이었다. 아이라는 조금 긴장한 얼굴로 나를 바라보았다.

"오셨군요."

"오랜만이에요, 아이라. 제가 좀 늦었죠?"

"아닙니다. ……엘."

뻣뻣하게 굳어 있던 얼굴에 희미한 미소가 어렸다. 우린 헤어진 열흘 전처럼 잠시 서로를 보고 웃었다.

"나도 여기 있네만……."

옆에서 라미아스가 기웃거리는 소리는 아무도 귀에 담지 않았다.

별채는 작은 부엌 하나와 방 두 개로 이뤄진 구조였다. 집 안으로 들어가자 침대에 앉아 있던 에디스가 서둘러 내려오려 했다. 괜찮다고 만류하고 그대로 있게 하니 물끄러미 응시하는 시선이 닿았다. 나 역시 에디스를 바라보았다. 시선이 마주치자 에디스가 화들짝 놀라는 얼굴로 입을 열었다.

"제가 너무 빤히 바라보았네요, 죄송합니다. 늦었지만 인사드립니다. 마신의 미욱한 종 에디스입니다."

"전 정령사 엘이에요. 우리 전에도 본 적 있죠?"

"네, 기억하고 있어요. 아이라한테 그간의 이야기는 전부 들었습니다. 은인께서 저희를 또 도와주셨다고. 어떻게 인사를 드려야 할지 모르겠어요. 정말 감사합니다."

"별말씀을요. 몸은 좀 어때요?"

"덕분에 많이 좋아졌습니다."

지저분한 밀실에 갇혀 본모습조차 알아보지 못할 만큼 엉망이었던 소녀는 깨끗한 환경에서 다시 보니 아주 예쁜 분홍색 머리칼과 깨끗한 녹안을 지니고 있었다. 조금 무례한 생각이었지만, 마신관답지 않게 맑고 순수해 보였다.

그렇게 마련된 대화의 장 속에서 나는 그간의 사정들을 들었다.

먼저 에디스가 갇힌 밀실의 위치를 알려준 건 예상대로 카류안이 맞았다. 두 사람은 그를 마신이 보낸 사도라고 알고 있었다. 사도라니, 그 무슨 끔찍한 명칭인가 싶었는데 그럴 만한 근거가 있었다.

"신탁을 받았습니다."

"신탁이요?"

"환난을 피하게 할 손길이 임할 거라는 의미였습니다. 그 신탁 후에 그가 자신의 존재를 알려왔습니다. 신관들에게 호각 같은 걸 나눠주면서 위급할 때 부르면 자신이 나타날 거라 했습니다."

처음 만났을 때 공포에 질려 있던 에디스가 뭔가를 꺼내려고 했던 게 떠올랐다. 그게 카류안을 부르는 도구였나 보다. 어쩐지 이상하게 불길하더라니.

카노스가 대체 무슨 생각을 한 건지 모르겠다. 어딜 봐도 카류안 쪽이 더 큰 환난 아닌가. 데르온도 있고 다른 마족 중에서도 인재는 얼마든지 있을 텐데 왜 하필 카류안이야. 실제로 카류안은 큰 도움이 되진 않았다고 했다. 실종된 신관들의 위치를 알려주긴 하지만 직접 구해 주지는 않았고, 실패하건 말건 방관했다. 오히려 신관들의 복수를 대신 해준답시고 균열을 계속 만들어 제도에 쓸데없는 소동이나 일으켰다. 아무리 강대한 힘이라도 통제되지 않으면 재해나 마찬가지다. 마신전 쪽에선 그를 만류하기 위해 찾아다니기까지 했단다. 내가 몇 번 아이라를 목격했을 때가 바로 그럴 때의 상황이었다.

'그때 아는 척했던 건 날 따돌리려는 것만이 아니라 아이라를 따돌리려는 목적도 있었다는 거네.'

다시 생각해도 속이 울컥거려서 잠시 심호흡했다. 네브가 카류안으로 변하는 과정은 몇 번을 다시 생각해도 충격이 크다. 지금도 나쁜 꿈을 꾼 기분이었다.

"그런데 그런 호각까지 갖고 있었으면서 어쩌다 붙잡혔어요?"

"호각을 부를 틈이 없었어요. 기습을 받아 그대로 의식을 잃었거든요. 깨어났을 땐 제 소지품이 전부 사라진 후였고요."

당시 상황이 생각났는지 에디스가 입술을 깨물었다. 정작 필요할 땐 소용이 없었다니, 정말 쓸데없는 도움이었다.

"서로는 어떻게 알게 된 관계예요?"

시선을 환기할 겸, 다비안을 돌아보며 가장 궁금했던 걸 물었다. 그는 차분히 지난 사연들을 설명해갔다. 그렇게 알게 된 그들의 인연은 에펜 왕국에서부터 시작됐다. 그때 이미 왕국의 마신전은 한창 인어와 전쟁을 치르는 중이었다고 한다. 이유는 알 수 없으나 언제부터인가 인어가 마신전을 습격하기 시작했다. 처음엔 대중없이 들이닥치는 것 같더니 점차 마신관 납치에 비중을 실었고, 노리는 연령대가 점점 어려졌다. 갈수록 교묘해지는 수법엔 아무리 철저히 방비해도 소용이 없었다. 왕국에 토벌을 요청했지만 교단 일은 알아서 해결하라는 냉정한 답변만 돌아왔다.

에펜 왕국의 마신전은 규모가 작은 편이었고, 강력한 성력을 지닌 고위 신관도 거의 없었다. 결국 그들은 제국에 있는 큰 교단에

지원 요청을 하기로 했다. 하지만 제국으로 가려고 시도할 때마다 번번이 길이 가로막혔다. 마치 누가 일부러 방해하는 것처럼 파견하는 인원마다 실종되거나 죽었다.

왕실의 소행이겠지만, 당시엔 아무도 왕실과 인어의 관계를 짐작조차 하지 못했을 때였다. 그런 중 첩보 활동 중이던 다비안 측과 접선이 이뤄졌고, 도와주겠다는 다비안 측의 제안을 받아들여 제국까지 비밀 경호를 맡기게 됐다. 정작 경호 인력을 배치한 후 다비안은 다른 임무 때문에 따로 행동했고, 중간에 붙잡히는 바람에 약속일까지도 합류하지 못했지만 말이다. 게다가 무사히 출발한 쪽도 항해 중에 인어의 습격을 받아 전원 사망했다고 했다. 내가 탔던 배에서 일어난 바로 그 사건이었다.

"그때 인어한테 잡혀간 세 명이요?"

"아, 예. 세 명이긴 한데……."

"공식적으론 세 명이지만 실제 실종자는 여섯이지. 요원은 기록을 남기지 않거든."

설명이 이어지는 동안 묵묵히 듣고만 있던 라미아스가 불쑥 끼어들었다. 그는 제법 재밌는 이야기를 들었다는 듯 흥미진진한 얼굴이었다. 물론 표정만 그랬을 뿐 눈은 조금도 웃고 있지 않았지만. 왜 화가 났나 했더니 그럴 만한 이유가 있었다.

"그런데 비밀 경호라니. 게다가 우리 쪽 제안이었다고? 난 전부 금시초문인데."

그러고 보니 에펜 왕국 첩보 활동은 정보국과의 합동 작전이라고 들었다. 주요 사항은 라미아스에게도 보고가 들어갔어야 한다는 소리였다. 다비안이 잠시 머뭇거리다 대답했다.

"넥시아 님의 지시였습니다."

"저런, 내가 움브라를 믿지 못한 만큼 넥시아 대장도 마찬가지였던 모양이야."

라미아스가 가볍게 혀를 찼다.

"자네의 그 주장을 증명해 줄 사람은 넥시아 대장뿐이겠군. 그 넥시아는 지금 백치나 다름없게 되었으니 이에 대해 아무것도 해명할 수 없을 테고."

"……네, 그렇습니다."

음울한 얼굴로 대답한 다비안이 고개를 숙였다. 자신을 증언해 줄 사람이 없다는 분함보다는 넥시아라는 사람이 아프다는 사실을 괴로워하는 것 같았다.

"안 그래도 그 일에 관해 드릴 말씀이 있습니다."

그의 표정을 살피던 아이라가 조심스럽게 입을 열었다.

"우리가 교단에 침입한 사람들을 가둬둔 건 사실입니다. 누가 적이고 누가 아군인지 알 수가 없어서 그럴 수밖에 없었습니다. 하지만 그 외엔 아무 짓도 하지 않았습니다."

"그럼 요원들이 기억을 잃은 건 뭐지?"

"우리도 어떻게 된 건지 모르겠습니다. 하지만 우리가 의도한 일이 아닙니다."

"저 친구의 동료가 납치된 적이 있었네. 마신교단에서 납치범의 얼굴을 봤다던데, 그건?"

"그것도 우리는 모르는 일입니다. 하지만 짐작 가는 부분은 있습니다."

사전에 이미 관련된 대화를 나눴는지 듣고 있는 다비안의 얼굴은 차분했다. 그 모습을 힐끔 응시한 라미아스가 다시 아이라를 바라보았다.

"짐작 가는 부분?"

"일전에 납치된 신관님을 구하기 위해 은신처를 습격한 적이 있습니다. 그곳에 함께 갇혀 있던 민간인이 소동을 틈타 빠져나갔다는 얘기를 들었습니다."

아무래도 이거인가 보다. 크리스도 분명 갇혀 있던 중에 갑자기 밖에서 소란이 일어났다고 했었다. 혼자 있었다고 했으니 각자 따로 가둬두었던 모양이다. 라미아스는 잠시간 무언가를 생각하는 얼굴로 말이 없었다.

"그 경호 작전 말인데. 그때 작전 조장이 누구였나?"

"원래는 저였지만, 제때에 합류하지 못했으니 부조장인 검은 매가 맡았을 겁니다."

"검은 매라…… 이름이 파벨이었던 것 같군. 새 움브라 대장이 된 그 파벨의 동생?"

"네, 형제가 맞을 겁니다."

"아, 그래?"

그의 입술이 삐뚜름하게 올라갔다. 아무 말도 하지 않았지만 무슨 생각을 하는지 알 것 같았다. 다비안의 눈동자도 흔들리고 있었다.

"그럴 리 없습니다. 파벨 님은 넥시아 님을 배신할 사람이 아닙니다."

"뭐, 그거야 두고 보면 알 수 있을 테지."

느긋하게 답한 그의 시선이 이번엔 아이라를 향했다.

"파벨이 습격당하기 전에 특이 행동을 하진 않았나?"

"글쎄요. 각자 머무는 방이 다르기도 했고, 서로 아는 사이처럼 보이지 않기 위해 항해 중엔 교류하지 않았습니다. 아, 그러고 보니 파벨이 몇 번 밖에서 문을 두드리긴 했던 것 같군요. 하지만 느낌이 좋지 않아 나가보지 않았습니다."

"그게 정확히 파벨이었나?"

"목소리가 그이긴 했습니다."

담담한 답변에 라미아스는 이번에도 픽 웃었다. 다비안의 얼굴은 더 창백해져 있었다.

"요원 중에 누가 파벨인지 알고 있었다는 말이군. 그가 본명을 알려주던가?"

"네? 아, 네, 그렇습니다만……."

"언제?"

"처음 경호를 맡았을 때부터 밝혔습니다. 부조장이라고, 편하게 지내자면서 인사를 해왔습니다. 그 덕분에 다들 스스럼없이 친하게 지낼 수 있었습니다……."

심상치 않은 분위기 때문인지 대답하는 목소리가 점차 작아졌다. 라미아스가 다비안을 돌아보았다.

"자네는 언제 이들과 통성명했지?"

"……여기서 재회했을 때 했습니다."

"그래, 옳아. 제대로 된 요원이라면 그래야지. 본명을 알려주는 게 딱히 금기는 아니라지만, 작전 중에는 밝히지 않는 게 원칙이니까. 당연히 직분도 언급해선 안 되고 말이네. 하지만 파벨은 방심한 모양이군. 하긴 대상을 곧 죽을 상대라 여겼다면 방심할 만도 해."

다비안의 눈동자가 다시 크게 흔들렸다.

"자네 동선이 발각된 것도 우연은 아니었겠어."

쐐기를 박는 듯한 말이었다. 탁자 아래 놓인 다비안의 주먹은 이미 뼈마디가 새하얗게 일어난 상태였다. 움브라 내부에 문제가 있을 거라는 건 이미 짐작하고 있던 일이긴 했다. 하지만 실태를 바로 앞에서 확인하는 건 또 다른 기분이었다. 본의 아니게 남의 나라 비리 상황을 알게 된 것 같아 이 자리에 있는 게 매우 민망해졌다. 아이라와 에디스도 덩달아 위축된 채 아무 말도 하지 못하고 있었다.

"그러고 보니 새 움브라 대장은 에펜 왕국 왕세자와 꽤 친밀한 사이인 것 같더군."

심지어 또 그놈의 왕세자다. 자리에 있는 모두가 다 같은 생각을 했는지 표정이 비슷해졌다. 제국에 존재하는 두 개의 비밀 기관

중 하나가 쓸모를 다했다는 소리였다. 정보국인 아이기스가 더 유용했겠지만, 차마 천재 마검사이자 수호신이라 불리는 세피온 공작은 건드릴 엄두가 안 났겠지. 카류안이 아무리 짜증 났어도 나서지 말 걸 그랬나. 한숨이 푹 터져 나왔다.

"갇혀 있는 동안 환상을 보여줬다고 했던가?"

"네, 주로 비슷한 종류의 환각이었어요."

질문을 받은 에디스가 천천히 고개를 끄덕였다.

"어떤 종류인지 말해줄 수 있겠나?"

"……지인들이 죽거나 고문받는 것을 계속 지켜봐야 했어요. 때론 절 죽이려 들기도 했고요."

"왜 그런 환상을 보여준 건지는 알고 있나?"

"아뇨, 이유는 모르겠어요. 하지만 그 환상을 보고 나면 반드시 탈진했어요. 기력이 돌아오면 다시 환상을 보여줬고요. 지금 다시 생각해 보면 제가 성력을 쓰기를 유도했던 것 같아요."

"좀 더 자세히 말해보게."

진지한 채근에 에디스는 가볍게 심호흡했다. 당시 일을 언급하기엔 아직 후유증에서 다 벗어나지도 못했을 시기였다. 너무 무리하게 하는 것 같아 말리려는데 이어지는 대답이 더 빨랐다.

"환상이 보여주는 상황은 늘 달랐지만, 한 가지 배경만은 항상 같았어요."

"그게 뭐였나?"

"환상 속에서 제 친우들을 고통에 빠트린 건 마신이었어요. 그리고 전 그걸 막을 수 있는 유일한 사람이었죠. 제 성력으로 마신을 공격하면 상황이 좀 나아지는 것 같았어요. 신을 원망할수록, 그분께 대항하는 마음이 커질수록 더 괜찮아졌어요. ……마치 제가 신을 원망하기를 기다리는 것 같았죠."

내가 알고 있는 그 주술의 원리 그대로였다. 신을 배신한 사제의 타락한 성력을 끌어내는 거라고 했었지. 에디스는 떨리는 손을 꾹 움켜쥐었다.

"현실이 아니라는 걸 알고 있었어요. 그걸 알고 있는데도, 이상하다고 느끼면서도…… 너무 힘들어서…… 상황이 시키는 대로 따라갔어요. 지금도 저를 용서할 수 없어요."

"에디스 님……."

아이라가 에디스의 손을 움켜잡았다. 이미 에디스의 눈에서는 눈물이 방울방울 떨어지고 있었다.

"미안해요, 아이라, 하지만 계속 이런 생각을 멈출 수가 없어요. 몇 번이나 계속 마신을 원망하고 공격했어요. 다른 사람도 아니고 그분의 사제인 제가 어떻게……."

"괜찮습니다. 사제도 인간이잖습니까. 그런 상황이면 에디스 님만이 아니라 누구나 다 그럴 겁니다."

"아뇨, 전 사제의 자격이 없어요."

"인장 사라졌어요?"

불쑥 끼어들어 질문하니 움찔한 에디스가 조심스럽게 고개를 저었다. 소매를 걷자 팔에 새겨진 신의 문장이 훤히 보였다. 생각보다 고위 신관이었구나. 감탄을 내색하지 않으며 미소 지었다.

"규율은 어기지 않는 선까지 잘 버텼네요. 고생했어요."

"저, 저는, 하지만……."

"아이라의 말을 믿어 봐요. 마신은 신경 쓰지 않을 거예요."

"하지만…… 그래도……."

"생각해봐요. 마신은 정말 대단한 신이잖아요. 마족의 창조신이기도 하죠. 그 제멋대로인 마족들을 지켜보면서 못 볼 꼴도 얼마나 많이 봤겠어요. 그 정도 원망은 간지럽지도 않을걸요. 오히려 에디스가 무사한 걸 다행스럽게 여기겠죠."

아무렴, 적어도 도와주라고 보냈더니 깽판을 치고 있는 카류안보다는 백배는 기특하게 여길 게 분명하다.

"정말 다행이에요. 당신을 잃었다면 마신은 슬퍼했을 거예요."

나름대로 진실을 전한 건데 에디스는 더 크게 울기 시작했다. 당황해서 바라보자 아이라가 부드럽게 웃으며 고개를 저었다. 괜찮으니 내버려 둬도 된다는 의미 같았다.

그 뒤로는 에디스를 진정시키며 사소한 잡담을 나누는 시간이 이어졌다. 라미아스는 더 묻고 싶어 하는 기색이었지만 눈치를 주니 이내 체념한 듯 얌전해졌다.

"여기서 우연히 다비안을 만났을 땐 얼마나 놀랐는지 모릅니다. 그날 합류하지 못하셔서 다시는 뵐 수 없을 거라고 생각했거든요."

"운이 좋아 목숨을 건졌죠. 엘 덕분이었습니다."

“에이, 뭘 또 내 덕분이에요.”

“아닙니다. 엘이 아니었다면 전 절대 살아남지 못했을 겁니다.”

“제가 들은 이야기만 해도 그렇던걸요? 덕분에 에디스 님도 무사히 구출할 수 있었으니 이 은혜를 어떻게 갚아야 할지 모르겠습니다. 신탁의 사도님은 따로 계시지만 저희에겐 두 분이야말로 마신이 내리신 분들이신 것 같습니다. 안 그렇습니까, 에디스님?”

“맞아요, 아이라. 저도 그렇게 생각해요.”

민망한 공치사가 가볍게 이어지고,

“근데 사제님은 전엔 아이라한테 반말하지 않았어요?”

“네? 아, 그, 그땐 제가 너무 정신이 없어서……. 꿈인지 아닌지 헷갈려서…….”

“실은 어릴 땐 편하게 말 하셨거든요. 성인식을 치른 후엔 어른다워야 한다며 말투를 바꾸셨죠. 전 원래 말투를 더 좋아합니다만.”

“아, 아이라!”

장난치며 농담하는 시간도 이어졌다.

그러는 동안 무거운 공기는 어느덧 사그라졌다. 그때까지 아무 관여도 하지 않은 채 자리만 지켜온 라미아스가 내 어깨를 툭 찔렀다. 의아해하며 돌아보는 내게 턱짓으로 따라 나오라는 신호를 보냈다. 남은 사람들에게 양해를 구하고 라미아스를 따라 집 밖으로 나왔다. 그는 주위에 방음 마법까지 펼친 후에야 나를 돌아보았다.

"너 아까 주술 이야기할 때 하나도 안 놀라더라? 아니, 아예 그럴 줄 알았다는 표정이던데?"

"……내가 언제요."

내가 에디스에게 집중하는 동안 이 능구렁이는 날 살피고 있었던 모양이다. 아니 피해자는 에디스인데 왜 나를 살피는 거야. 황당한 기분을 삼키고 한숨을 내쉬었다.

"모르는 척하지 마. 안 그래도 이미 내 훌륭한 주방장한테 들은 이야기가 있어. 다비안이 가져왔던 주술식, 너도 그 주술에 대해 물어봤다더라? 핵심어만 설명해줬는데도 넌 곧바로 이해하던데, 왜 난 멍청한 표정만 짓냐고 화냈단 말이야."

……그 훌륭한 주방장이 혹시 시벨리우스인가. 그렇게 비꼬더니 언제부터 〈내〉 주방장이 됐는지 모르겠다. 결국 이렇게 될 걸 왜 안 받겠다고 버텼어? 어이없어하며 바라보자 그가 슬그머니 눈길을 피했다.

"야, 말은 안 했지만 마족이 널 주시한 것도 사실 범상치 않게 보고 있거든? 그것도 그냥 우연은 아니지?"

"……."

"솔직히 말해. 너 뭘 알고 있어?"

그가 화를 내거나 의심하는 식이었다면 목에 칼이 들어와도 협조할 마음이 없었을 거다. 하지만 침울하게 묻는 얼굴은 누가 봐도 서운한 티가 역력해서, 어쩔 수 없이 웃음이 흘러나왔다. 이래서 미운 정이 더 무섭다는 말이 있는 모양이다.

"정보국에선 어디까지 파악했는데요?"
"허어, 이것 봐라. 정보국보다 네가 더 많이 안다는 말투다?"
"그런 것 같으니까 캐묻는 거 아니었어요?"
"……마신관의 성력을 뽑아내서 어딘가에 활용한다고 추측하는 중이야."
뭐, 그 정도면 다 파악하긴 했네. 고개를 끄덕이니 그의 표정이 미묘해졌다.
"그걸 어디에 쓰는 건데? 폭탄이라도 만드는 건가? 인공 신성 무기 제작?"
"아뇨, 인어요."
"인어?"
"이건 정확한 건 아닌데……."
정확한 거지만.
"타락한 성력이 인어의 힘을 키우는 양분이 된다는 것 같아요. 그걸로 인어를 성장시키려는 목적인 거겠죠."
"그거, 연회에서 왕녀가 한 말과 연관된 건가?"
누가 정보국 수장 아니랄까 봐 이미 그 정도는 파악하고 있구나. "그런 것 같아요." 고개를 끄덕이니 라미아스는 심각한 얼굴로 생각에 잠겼다.
그때 피이이— 하늘 위에서 새가 우는 소리가 들렸다. 고개를 든 라미아스가 팔을 들어 올리자 그 위에 매와 비슷한 무언가가 내려앉았다. 새라고 지칭할 수 없는 건 그게 살아 있는 생물이 아니었기 때문이었다. 한눈에도 마법으로 만든 인공체라는 걸 알 만큼, 몸 전체가 반짝거리는 황금색 글자로 이루어져 있었다.

"마법 전령이야."

"전령으로는 너무 눈에 띄지 않아요?"

"저택 안에서만 쓰는 거야. 내가 집무실 안에 없는데 급한 보고가 있을 때만."

즉, 급보가 왔다는 소리였다. 라미아스는 팔에 앉아서 부리를 고르는 마법 새를 다른 손으로 쥐었다. 그러자 새의 형체가 곧바로 흐트러지면서 빼곡한 글자가 적힌 여러 장의 종이로 변했다. 내용을 훑어내리는 라미아스의 표정이 시시각각 빠르게 변해갔다. 종래엔 거의 참담한 얼굴이었다.

"……아주 제정신들이 아니네."

"왜요? 무슨 일인데요?"

"왕세자가 황제를 만났어. 에펜 왕국이 이번 마신전 정벌에 참전한다는 모양이야."

기밀이랍시고 숨길 줄 알았더니 나도 알아야 하는 내용이라 여겼는지 그는 순순히 대답했다. 그 정도야 이미 짐작한 부분이긴 했다. 해주의 열쇠로 왕녀가 거론된 이상, 에펜 왕국은 제국의 심기를 거스르지 않기 위해서라도 참전할 수밖에 없었다. 사실 그로 인해 얻을 게 더 많을 테니 그들로선 오히려 쾌재를 부르고 있을 터였다. 그런데 이게 끝이 아니었다.

"마족이 왜 왕녀를 공격하려 한 건지 숨겨진 이유를 밝혔어. 연회에서 한 말의 연장선인데 인어 일족은 저주에 걸려 몬스터가 된 거고, 저주를 내린 게 마신이라는 거야. 그 해결 열쇠를 왕녀가 지니고 있어서 제거하려는 거라네?"

"……뭐요?"

"저주라는 걸 증명한다면서 기사 하나를 소개했는데, 그자가 인어였어. 행동거지고 지능이고 평범한 성인과 다를 바가 없었다는군. 왕녀가 저주를 풀어줘서 멀쩡해졌다는 거지. 그런데 저주를 해결하려면 마신관이 필요하대."

"그게 무슨……. 저기, 잠깐만요."

"일단 끝까지 들어봐. 더 가관인 게 마지막 부분인데. 마신을 정벌하려면 잊혀진 신을 부활시켜야 한다고 주장했어. 국교를 정하고 잊혀진 신의 신성제국으로 천명하자고 했나 봐. 그럼 정벌군이 큰 힘을 얻을 거라고. 여기서 그 잊혀진 신이라는 게 인어의 창조신인 세이렌이야."

"대체……."

"근데 그걸 황제가 수락해버렸네?"

이건 또 일이 어떻게 돌아가는 거야.

왜 라미아스와 대화할 때마다 이러는 것 같지? 들을수록 넋이 나가는 기분에 그대로 멍해졌다. 카류안이 선을 넘었다고 한 말이 뭔지, 카노스가 왜 굳이 인어란 존재를 없애버리기까지 했는지 단숨에 모든 정황이 다 이해됐다.

잊혀진 신의 부활이라니, 이건 규모가 커도 너무 크잖아. 게다가 그 신이 어디 그냥 평범한 신인가. 한때 악신이 되려 시도하는 바람에 신적에서 박탈된 존재였다. 더 짜증나는 건 지금 이 사건이 미래의 카류안과도 연결되어 있을 거라는 점이다. 그때 사용한 주술들도, 아이들을 납치한 방식들도 전부. 지금과 거울처럼 닮아 있는 게 결코 우연일 리가 없으니까.

"나라가 망하는 방법도 가지가지이긴 한데, 이건 좀 참신하네."

황당한 어조로 중얼거린 라미아스 역시 피곤하다는 얼굴로 미간을 문질렀다.

"그리고 또 하나, 아주 유감스러운 일인데."

여기서 더 유감스러울 게 있어? 그냥 말하지 않으면 안 되냐는 의미를 담아 라미아스를 바라보았다. 그걸 오히려 반대로 해석했는지(아니면 그냥 무시한 건지도 모른다) 라미아스는 고개를 끄덕이며 입을 열었다.

"왕녀가 지난 일로 극심한 공포에 떨고 있어서 평범한 일상이 불가능할 정도인가 봐. 자체 경호만으로는 안심할 수가 없으니 수호 기사를 붙여달라고 요청했대."

"그게 왜요?"

뭐야, 생각보다 별거 아니었네. 무심코 안도하다 얼굴을 굳혔다. 지금까지와는 비교할 수 없는 불길함이 엄습하기 시작했다. 설마 내가 생각하는 그건 아니지? 제발 아니라고 해줘. 간절한 시선을 보내는 것에 라미아스는 이번에도 고개를 끄덕였다.

"맞아, 그 수호 기사로 아인 이드리스를 지목했어."

……아무리 생각해도 우리는 합이 잘 맞는 관계는 아니었다.

3.

그 뒤로 몇 달은 어떻게 지나갔는지 모르게 흘러갔다. 수많은 만류에도 불구하고 황제는 기어코 전쟁을 시작했다. 강경하게 반대하는 자에겐 징벌까지 내리니 결국 모두 한발 물러서게 됐다. 라미아스 말로는 왕세자의 힘에 홀린 것 같진 않다는데(황제만 착용할 수 있는 보물이 있는데 정신계 방어 마도구로는 최강이라 인어의 미혹 정도엔 홀리지 않는다고 했다), 후계자가 다친 분노에 정말 이성이 마비된 것 같았다.

어쨌든 황제는 가장 가까운 거리에 있는 마신전부터 본보기 삼아 치기로 작정하고 기세 좋게 군대를 보냈다. 정작 신전까지는 다다르지 못하고 국경에서 가로막혔지만, 그래서 상황이 더 나빴다.

제국을 견제하는 나라들은 마신전만 공격할 거라는 황제의 말을 신뢰하지 못했고, 자국 영토에 제국군이 들어오는 걸 결코 허용하지 않았다. 알고 보니 황제가 젊은 시절엔 정말 대륙 정복에 뜻을 두었다는 모양이다. 즉 그럴듯한 명분을 내세워 다시 그 야욕을 드러낸 거라 여긴 거다. 이런 중에 몇몇 다른 교단의 신전들까지 마신전을 지지하며 함께 대항할 뜻을 밝혔다. 처음부터 우려했던 대로 대륙 전쟁으로 불거질 조짐이었다.

이미 외각에선 크고 작은 전투가 계속 일어나고 있었다. 하루에도 몇 번씩 바뀌는 전황 소식들에 제도의 분위기는 경직된 지 오래였다. 불안해진 사람들은 열광할 이야깃거리를 좇기 시작했다. 대중적인 화제로는 단연 사랑 이야기를 빼놓을 수 없을 것이다. 그런 와중에 '마신의 제물이 된 가련한 왕녀'와 '그녀를 지키는 바람을 다루는 기사' 이야기는 관심사가 되기에 넘칠 만큼 충분한 소재였다.

<바람의 기사! 에펜의 꽃을 지키는 수호자가 되다!>

<수호 기사직을 승낙한 아인 이드리스! 왕녀님은 무고하다! 사악한 힘에 맞서는 강력한 바람의 방패가 될 것!>

<철통 경호하는 아인 이드리스! 왕녀님은 내가 지킨다!>

<밀착 경호 현장 단독 취재! 애틋한 두 사람을 본 시민들, "너무 로맨틱하다!">

<아인 이드리스, 우리는 좋은 친구일 뿐! 열애설 일축! 가짜 소문엔 강경대응하겠다!>

나날이 자극적으로 변해가는 신문 기사들을 보려니 나오는 건 한숨이요, 삼키는 건 탄식뿐이었다. 어쩌다 일이 이렇게 꼬인 걸까. 왕녀가 수호 기사로 아인 이드리스를 지목한 이유는 이해하긴 했다. 그날 연회에서 카류안을 물러나게 한 건 나였지만 왕녀를 제대로 지킨 건 아인 이드리스였다. 특히 정령을 소환할 수 없는

절망스러운 상황임에도 목숨을 걸고 맨몸으로 막아선 게 큰 감명을 준 듯했다. 물론 나도 그 광경은 정말 인상 깊게 보긴 했다. 아인 이드리스가 용감하고 좋은 사람이라는 것도 새삼 알았다. 하지만 그렇다고 이러는 건 아니지.

설마 아인 이드리스가 수호 기사 자리를 덜컥 승낙할 줄은 몰랐다. 신문사들이 괜히 이상한 분위기로 몰아가는 것만은 아니었다. 그를 제국에 정착시키기 위해 황제가 제안한 작위들도 전부 거절했던 사람이었다. 그런데 왕녀를 지키기 위한 자리는 선뜻 받아들였으니 얼마나 상상하기 좋은 먹잇감이겠는가.

"당신은 내 일에 끼어들면 안 돼요. 그렇게 후회하고 싶어요?"

그게 이런 뜻은 아니었을 텐데. 아니, 이런 뜻이었을까. 드글드글한 속을 진정해보려다 실패하고 탁자 위에 그대로 엎어졌다. 쿵쿵, 이마를 찧으며 얼얼한 감각에 온몸을 맡겼다. 그러니까! 그 말을 전하는 게 왜! 왜 하필이면 카류안이냐고!

일이 꼬여도 그 녀석만 아니었다면 이렇게까지 기분이 복잡하진 않았을 거다. 차라리 카노스 당신이 직접 내 앞에 나타나지 그랬어! 다시금 머리를 찧으려는데 이마에 푹신한 게 닿았다. 엘뤼엔이 손등으로 내 이마가 찧으려는 자리를 덮고 있었다.

"지금 뭐하는 거지?"

"……아하하. 그냥."

"그냥 자학한다고?"

못마땅하다는 듯 미간을 찌푸린 그의 시선이 내 옆에 늘어져 있는 신문들에 닿았다. 대문짝만 하게 실려 있는 표제들을 본 그가 알 만하다는 표정을 지었다. 내가 트로웰과의 내기에서 질 것 같아 괴로워하는 거라고 생각한 모양이다.

"무시해도 상관없지 않나, 그런 허무맹랑한 내기쯤은."

"어떻게 그래. 이대로 가면 미네르바는 배신당하고, 트로웰이 인간을 멸종하게 생겼는데."

"그렇다 한들 네게 그걸 막을 의무가 있는 건 아니다. 세상엔 어쩔 수 없는 흐름이라는 것도 있지. 트로웰의 예지가 전부 유동적인 것도 아니다. 네가 모든 상황을 다 조율할 수 있을 거라 착각하지 마라."

"그런 게 아니야. 난 그냥…… 둘이 상처받는 상황 자체가 싫은 거야."

시무룩하게 답하니 그가 잠시간 나를 물끄러미 바라보았다. 신기해하는 것 같기도 하고, 누가 누굴 걱정하냐는 시선 같기도 했다.

"글쎄. 네가 나설수록 오히려 예지가 이뤄지는 기분이 드는 건 그저 착각일까."

"……굳이 지적해줄 필요는 없거든?"

바람 빠진 풍선처럼 다시 탁자 위에 엎드렸다. 안 그래도 신경 쓰고 있던 부분을 정곡으로 찔리니 발끈할 의욕도 들지 않았다. 엘뤼엔조차 그렇게 느끼고 있을 정도면 착각이 아닐 거다. 정말 나 때문인가? 내가 이곳에 왔기 때문에, 내가 나서는 바람에 오히려 그 예지가 이뤄지는 결과인 건가? 만약 그런 거라면 어떻게 해야 하는 거지? 이대로 전부 다 끝나서 무사히 돌아간다 해도, 모두의 얼굴을 어떻게 봐야 하지?

아무리 반복해도 끝나지 않던 고민이 다시 꼬리를 물었다. 이 생각은 결말조차 뻔해서 시작도 하지 않는 게 나았다. 이럴 땐 몸을 움직이는 게 답이었다.

"나 잠깐 나갔다 올게!"

벌떡 일어나 허둥지둥 가방을 챙겨 드는 나를 보고 엘뤼엔이 가볍게 고개를 저었다. 근래 내 일정이라고 해봤자 늘 뻔해서, 또 의미 없는 뜀박질이나 하러 간다고 여기는 것 같았다. 머리가 복잡해질 땐 몇 시간이든 정처 없이 달린다. 뛰는 동안엔 아무 생각도 들지 않아서 더 열중하기에 좋았다. 하지만 오늘은 목적지가 있었다.

숨이 턱 끝까지 차오르도록 달리고 또 달렸다. 길도 없는 산맥을 타고 올라가 비탈진 바윗덩어리 사이를 여러 차례 건너뛰었다. 그렇게 도착한 정상엔 작은 평원이 하나 있었다. 새파란 고원 아래 펼쳐진 광경은 언젠가 봤던 꿈과 꽤 비슷하게 보였다. 손을 뻗으면 잡힐 듯한 하늘, 바닥에 깔린 이름 모를 들풀들, 까마득하게 내려다보이는 절벽, 그리고 그 끝에서 나를 등지고 서 있는 뒷모습까지.

다만 절벽 아래 보이는 광경이 바다가 아니고, 뒷모습을 이루고 있는 머리카락 색 역시 푸른색이 아니었지만. 벅찰 만큼 세찬 바람이 불고 있는 지금 이 순간에는 지금 이 광경이 더 잘 어울렸다.

더 접근하지 않고 멈춰 서서 투명하다시피 새하얀 은발이 흐트러지는 것을 한동안 가만히 바라보았다. 이윽고 도착하기도 전에 이미 내가 오는 것을 알고 있었을 이가 천천히 돌아섰다. 나를 발견한 은회색 눈동자가 의아한 감정을 담고 깜빡였다.

"안녕, 미네르바."

지금 내 표정이 어떤지는 잘 모르겠다. 웃고 있기를 바라며 건넨 인사에 미네르바는 다시 눈을 느릿하게 깜빡였다. 그 입가에 희미한 미소가 서리는 광경이, 마치 있어선 안 되는 일이 벌어지는 것처럼 느껴져 숨이 막혔다.

"다시 만나서 반갑구나, 물의 아이야."

공식적으로 바람의 정령왕이자 아인 이드리스의 계약자인 미네르바는 거의 외출하지 않는다. 인간 세상에 별다른 관심을 두지 않는 그는 아인 이드리스 외의 인간과는 교류하지 않으며, 대부분 저택 안에서만 시간을 보낸다. 그리고 그마저도 무료하면 잠시 정령계를 다녀온다고만 알려져 있었다.

하지만 나는 미네르바가 가끔 혼자 제도를 구경한다는 걸 알고 있었다. 출퇴근길을 바쁘게 오가는 사람들을 지켜보는 걸 좋아하고, 상가 거리를 별다른 목적 없이 걸어 다니는 걸 좋아한다는 것도 알았다. 그 중에선 즐겨 찾는 고정 장소들도 몇 군데 있었다. 모두 친절한 실프들을 통해 틈틈이 입수한 정보들이었다. 이곳 역시 미네르바가 혼자 시간을 보내는 장소였다.

"네가 날 만나러 올 줄은 몰랐구나."

"사실은 나도 그래."

이 만남은 다분히 충동적이었다. 솔직히 나도 내가 왜 미네르바를 만나려 했는지는 잘 모르겠다. 그냥 그래야 할 것 같았다. 지금보다 더 늦기 전에 그를 만나봐야 한다고.

"그래도…… 항상 만나고 싶었어."

염치가 없어서 용기를 내진 못했을 뿐 언제나 이런 날을 기다렸다. 조금 더 편한 기분으로 만나고 싶었지만 거기까진 욕심이겠지. 씁쓸한 기분을 삼키며 웃으니 미네르바의 표정이 묘해졌다. 왠지 조금 신기하게 보는 듯한 시선이라 의아했다가 곧 이유를 깨달았다.

"아, 혹시 무례한 말투라 싫어?"

"아니, 싫지 않단다."

미소를 머금은 미네르바가 가볍게 고개를 저었다.

"오히려 기쁘구나. 넌 정령왕들 모두와 편하게 지내는데 나와는 거리를 두는 것 같아 서운했거든."

아, 거기까진 미처 생각해 보지 못했다. 그러고 보니 정령왕들 중에서 내가 존대한 건 미네르바뿐이었다. 신분이 공개된 존재인 만큼 남들 앞에선 예의를 갖춰야 한다고 생각한 것뿐인데, 그게 차별로 느껴질 수도 있었겠구나 싶었다.

"미안, 우리가 만난 상황들이 좀 그랬잖아. 하지만 원래 내 말투는 이래. 미네르바도 좀 더 편하게 말해주면 좋겠어."

"그럼 그럴까."

미네르바는 선뜻 받아들였다. 곧바로 가벼워진 말투에 당황한 건 오히려 나였다. 두 뺨이 뜨거워지는 게, 보지 않아도 내 얼굴이 상기되었다는 걸 알 것 같았다. 당돌하게 굴어놓고 쑥스러워하는 게 즐거웠는지 미네르바가 가볍게 웃음을 터트렸다.

"사실 네게 서운해한다는 건 잘못된 거지. 벽을 만들고 있던 건 나니까. 너를 알고 싶었다면 찾아갈 수도 있었는데 그러지 않았어."

"왜?"

"아인은 내가 다른 인간과 친해지는 걸 불안해하거든."

생각지 못한 답이라 미간이 절로 찌푸려졌다. 연인 간 독점욕 같은 건가 싶었는데, 뭔가 그런 차원의 문제가 아닌 것 같았다.

"그는 평범한 인간이라 늘 상황이 변하는 걸 우려하지. 자신이 통제할 수 없는 상황을 상상하고 일어나지 않을 일을 근심해."

"통제할 수 없는 상황?"

"내가 그의 곁을 떠나는 것."

"……뭐?"

"은사 계약이니까. 언제든 내가 자신과의 계약을 거두고 다른 이와 계약할 수 있을 거라 생각하는 거야."

아니, 그건 또 뭐람. 황당한 기분으로 눈만 깜빡이고 있자니 미네르바가 다시 웃었다.

"아인이 그런 걸 불안해하고 있다니, 믿기지 않는다는 얼굴이네."

"……솔직히 말하면 그래. 이건 욕하려고 하는 말은 아닌데, 내가 변심에 관해 들은 이야기가 많거든. 아인 이드리스가 그런 생각을 한다니 좀 당황스럽긴 하네."

"자신은 변하지 않을 거라고 생각하는 그런 점마저 인간답지."

입만 벙긋거리다 그냥 아무 말도 하지 않고 삼켰다. 한 가지만은 분명히 알 것 같았다. 미네르바는 아인 이드리스의 그런 점마저 좋아한다. 눈빛이, 입술이, 짓고 있는 표정 하나하나가 전부 다 그렇게 말하고 있었다. 떠올리는 것만으로도 애틋하다는 듯, 온 사방에 행복한 기류가 요동쳤다. 전에도 이런 얼굴을 본 적이 있었다. 이 세상에서 처음 재회했을 때, 미네르바가 웃던 얼굴도 이런 느낌이었다. 누군가를 사랑하는 사람의 얼굴이다.

사랑은 오래 참고, 사랑은 온유하며, 시기하지 아니하며, 자랑하지 않고…. 사랑은 모든 것을 참으며, 모든 것을 믿고, 모든 것을 바라며, 모든 것을 견디네.

어딘가에서 들었던 한 구절이 떠올랐다. 아마 성서에 적힌 내용이었을 텐데. 그동안엔 크게 짚어보지 않았던 그 구절들이 이 순간에 새삼스럽게 밟혔다. 모든 것을 견디며, 모든 것을 참는다는 것이 얼마나 대단한 것이었는지. 누구나 쉽게 할 수 있는 게 아니라는 것도.

왜 하필 상대가 그냐는 질문은 의미가 없으니 하지 않았다. 감정이 이성으로 조율할 수 있는 영역이었다면 애초에 감정이라 불리지도 않았을 테니까. 그래서 그냥 다른 걸 물었다.

“인간이 변할 수 있다는 걸 알고 있으면서. 트로웰의 예지를 정말 바꿀 수 있을 거라고 생각해?”

“그래. 바꿀 수 있을 거야. 인간은 기적을 일으키는 존재이기도 하니까.”

“……이미 그 예언이 시작되었는데도?”

“그래도 여전히 믿고 있어. 허무맹랑한 희망이라고 생각지도 않아. 지금 이렇게 막아보겠다고 한 사람도 나왔잖아.”

따스한 시선에 말문이 막혔다. 묵직한 죄책감에 가슴 속이 싸했다. 어떻게든 트로웰을 곁에 붙들어 놓으려던, 그래서 아무 맹세나 쉽게 담았던 입을 꿰매버리고 싶었다. 그때 그래선 안 되는 거였다. 그럼 진짜 속내를 알지 못하는 미네르바가 나를 좋은 사람으로 여길 일도 없었을 텐데.

“네겐 늘 고맙다는 말을 하고 싶었어. 그 말을 전하러 왔을 때 트로웰이 모처럼 기분 좋아 보였거든. 그 예지 후로 그는 날 보는 걸 힘들어했어. 내가 자신의 예지를 믿지 않으니까 답답하고 화가 났겠지.”

아니, 그런 이유만은 아니었을 거다. 하지만 그냥 침묵하기를 택했다. 트로웰이 감춘 진심이 무엇인지, 그 진심을 조금이나마 비추는 게 까마득하게 먼 4천 년 후라도, 그리고 그마저도 미네르바가 소멸하는 시기였더라도. 감히 타인인 내가 나설 자리는 아니었다.

"아인과도 잘 지내줘서 고마워. 예언을 아는 네가 그를 편견 없이 대하기는 어려울 텐데 좋은 친구로 지내 주고 있어서 기뻐."

"아니, 나는……."

"아인은 아직 경험이 부족해. 젊다 보니 불필요한 시기와 경쟁심에 시달리기도 하지. 그래도 그는 성장하는 사람이니 점차 나아질 거야. 앞으로도 쭉 좋은 관계로 남아줬으면 해."

경쟁심.

지나치기 힘든 단어가 귀에 박혔다. 그러고 보니 최근 아인 이드리스는 검술에 더욱 매진하고 있다고 들었다. 정령술이 봉인되어 이도 저도 하지 못했을 때, 무기도 없이 맞서던 내 모습에 자극을 받은 것이라고. 신문사마다 죄다 그렇게 떠들어대서 모를 수가 없었다. 미네르바는 그가 점차 나아질 거라 했지만 아인 이드리스는 이 경쟁심을 포기하지 않을 것이다. 그래서 넌 결국 블레스터를 만들어내고 마는 걸까.

"……미네르바. 나는 네가 다치지 않았으면 좋겠어."

이 순간 유일하게 토해낼 수 있는 진심이었다. 미네르바는 의외의 말을 들었다는 듯 눈을 크게 떴다. 달빛을 머금은 눈동자가 가늘게 휘어지며 웃었다.

"물론 난 다치지 않아."

'아인 이드리스만 내 곁에 있다면.' 굳이 말하지 않았지만 생략된 말이 선명하게 들리는 것 같았다. 그렇기에 내게 그 말은 반대의 의미로 와 닿았다.

미네르바는 크게 다칠 거야.

그리고 그 과정엔 이 모든 상황을 자극한 내 잘못도 분명히 있을 거다. 울컥 치솟는 서러움을 간신히 갈무리했다. 오늘 미네르바를 만난 걸 후회하지는 않는다. 오히려 다행이라는 생각이 더 크게 들었다. 하지만 확인해선 안 되는 걸 확인한 것 같았다.

4.

"도련님?"

똑똑, 탁자 위를 두드리는 소리에 멍하니 고개를 들었다. 이프리트가 왠지 근심 어린 얼굴을 한 채 바라보고 있었다. 어리둥절해하는 내게 그는 손가락으로 한 곳을 가리켰다. 그 방향으로 시선을 내리니 내가 손에 쥐고 있는 포크가 보였다. 갓 튀긴 새우튀김의 정 중앙에 꽂은 채였다. 그걸 멍하니 바라보다 주위로 시선을 돌렸다. 식탁보가 깔린 탁자 위엔 새우튀김만이 아니라 여러 종류의 음식들이 푸짐하게 차려져 있었다.

아, 그러고 보니 나 지금 밥 먹는 중이었지. 한창 식사 중에 딴

생각에 빠져들었다는 걸 뒤늦게 자각했다. 일부러 식사 자리를 함께해 주는 사람 앞에서 예의가 아니라는 생각에 미안해하니 이프리트가 그런 건 신경 쓰지 말라며 고개를 가로저었다.

"그보다 왜 그래? 그 새우튀김 도련님이 좋아하는 거잖아. 다른 것도 거의 손도 안 대고. 요즘 통 먹는 둥 마는 둥 하네?"

"으음, 그러게. 그냥 별로 입맛이 없는 것 같아."

"헉, 진짜? 당장 엘퀴네스한테 치료받으러 가자! 아니, 일단 이거부터 마셔봐!"

깜짝 놀란 이프리트가 품 안에서 서둘러 병 하나를 꺼내 들었다. 치료용 회복제였다. 일단 아프다고 여기는 건 그렇다 치고, 그거 외상용 아닌가?

"아니, 나 아픈 거 아니야. 그냥 입맛만 없는 건데……?"

"그러니까 아픈 거지! 네가 입맛이 그냥 없는 게 말이 돼?"

음, 이프리트한테 내 이미지가 어떻게 잡혔는지는 알겠다. 어디서부터 어디까지 지적해야 할지 알 수 없어서 입만 벙긋거리다 그냥 얌전히 수긍했다. 새우튀김을 남기다니, 이건 아프다고 오해해도 할 말이 없는 일이긴 했다.

"아무튼 나 아픈 거 아니야. 그냥……."

"맨날 땅이나 파니까 그렇지."

맞아, 내가 땅이나 파서 그런 거다. 아무 생각 없이 고개를 끄덕이다 잠시 멈칫했다. 틀린 말은 아닌데 왠지 조금 이프리트답지 않은 어투였던 것 같다. 아니, 정말 이프리트가 한 말이 맞기는 한가? 진짜 말소리였는지 헷갈릴 만큼 뚜렷한 느낌이 아니었다. 실제로 이프리트는 내가 다음 말을 잇기를 기다리는 모습이었다.

"왜 말을 하다가 말아?"

"혹시 지금 뭐라고 하지 않았어?"

"나 아무 말도 안 했는데?"

아, 역시 내가 잘못 들은 거구나. 어리둥절해하는 이프리트를 보니 확실해졌다. 딴생각이 너무 깊어진 나머지 이제 환청까지 듣는 모양이다. 대충 상황을 수습한 다음 식사에 집중하기 시작했다. 진짜 아픈 건 아닌지 유심히 살피던 이프리트는 내가 빠른 속도로 접시를 비우기 시작하니 그제야 안심한 얼굴을 했다. 그 후로는 여느 때와 같은 일상이 이어지는 것 같았다. 그런데 한창 즐겁게 이야기하던 이프리트가 별안간 표정을 굳혔다.

"……으음."

"왜 그래?"

"아, 별건 아냐. 근데 도련님, 내가 갑자기 급한 일이 생겨서 먼저 가봐야 할 것 같아. 혼자 먹고 집에 갈 수 있지?"

"내가 어린앤가. 당연하지."

"그럼 나중에 보자. 먼저 가서 미안해."

웬일로 다급히 사라지는 그에게 손을 흔들어주고 남은 음식들을 마저 해치웠다. 그대로 귀가하기엔 싱숭생숭한 기분이라 차나 한잔 마시고 가기로 했다. 평소 즐겨 찾는 다과 가게로 들어가 경치가 좋은 창가 쪽에 자리를 잡았다. 아늑한 분위기라 원래도 좋아하는 가게인데 오늘따라 손님이 별로 없어서 그런지 더 조용해서 마음에 들었다. 하지만 평화로운 시간은 그리 오래 가지 않았다. 주문한 홍차가 나와 한 모금을 마실 때쯤 누군가가 허락을 구하지도 않고 내 앞자리에 앉았기 때문이었다.

"……."

어이가 없어서 바라보니 제 맘대로 자리 잡은 왕세자 놈이 씩 웃었다. 얘가 왜 여기에 있는 건지 모르겠다. 에펜 왕국에서도 이미 출정했다고 들었고, 왕세자는 그 왕국군의 총사령관이었다. 그럼 지금 전쟁터에 있어야 하는 거 아닌가? 아직 본격적으로 시작된 게 아니라 왔다 갔다 할 여유가 있는 건가? 짧은 사이에 오만가지 생각이 다 들었다. 하지만 어떤 상황을 떠올려도 얘가 내 앞에 나타난 이유만은 설명이 되지 않았다. 힐끗 시선을 돌리니 어느새 문 앞을 장악하고 있는 기사들이 보였다. 얼마 되지도 않던 손님들이 불안해하며 어정쩡하게 눈치를 살피고 있는 것도.

"오랜만에 보는군."

"……무슨 용건이죠?"

"이제 막 자리에 앉은 참인데 벌써 본론을 거론하기는 이르지 않나? 볼 때마다 느끼지만 성격이 참 급하단 말이지."

참나, 네가 한국인으로 한번 살아봐라. 나처럼 안 되나. 아니, 그전에 누가 그 자리에 앉으라고 허락이나 했어? 헛소리를 낭랑하게 늘어놓는 꼴을 보려고 여길 온 건 아니었다. 한 모금밖에 마시지 못한 홍차가 아깝긴 하지만 빤질거리는 얼굴을 마주 보는 걸 견디느니 남기는 게 나았다. 빠르게 결론을 내린 뒤 찻잔을 내려 놓고 몸을 일으켰다.

“네, 그럼 자리를 충분히 즐기세요. 성격 급한 사람은 이만.”

“다시 앉아. 정말 무슨 말을 못 하겠군.”

“나한테 명령하지 말죠?”

“좋아, 부탁이니 앉아라. 이러면 되겠나?”

당연히 하나도 안 됐다. 부탁은 아무 부탁이나 다 들어주는 줄 아나? 무시하고 그냥 지나치려는데 손목이 붙잡혔다. 무례한 짓만 골라 하는 것도 재주라고 생각하며 붙잡고 있는 손을 빤히 바라보았다.

“좋은 말로 할 때 놓지?”

“이젠 최소한의 경어도 생략인가? 나를 그렇게 대하고도 목이 붙어 있는 건 그대가 유일할 거다.”

“왜 본인이 살아남았다는 생각은 안 하실까.”

“그 말도 맞기는 하군. 확실히 그대 덕분에 살아나긴 했지.”

왕세자가 피식 웃었다. 무슨 엉뚱한 대꾸인가 했더니 지난 연회 때의 일을 말하는 거였다. 마치 좋은 시절이라도 회상하는 것 같은 얼굴이라 조금 황당해졌다. 누군 밤마다 이불을 걷어차게 하는 어두운 역사가 이놈한텐 참 뜻깊은 추억이었나 보다.

“그때 왜 나를 도왔지?”

“당신을 도운 게 아니라 마족을 쫓아낸 것뿐인데.”

“그래도 결과적으로는 나를 구한 셈이 됐지.”

"그러니까 그거 아니라고."

이 녀석은 대체 뭐가 문제일까. 뭘 어떻게 하면 사고가 이런 흐름으로 갈 수 있는 거지? 내가 악당의 뇌 구조를 너무 만만히 여겼나 보다. 검을 쳐내는 척 저놈한테 중상 정도는 입힐 걸 그랬다. 그럼 내가 자길 구했다는 허무맹랑한 망상에 빠져 있지는 않을 텐데.

"당장 안 놓으면 팔이 부러지고 싶다는 뜻으로 이해할 건데. 괜찮겠어?"

경고하는 즉시 왕세자가 잽싸게 손을 놓았다. 그래도 팔이 부러지고 싶진 않은 모양이다. 하지만 여전히 제정신은 아니었다. 이제야말로 걸음을 옮기려는데 등 뒤에서 생각지 못한 말이 이어졌다.

"내 사람이 돼라."

"……뭐?"

어이가 없어서 나도 모르게 뒤를 돌아보았다. 헛소리를 정정할 기회를 준 건데 시선을 받은 왕세자는 한술 더 떴다.

"한낱 헌터로 머물기엔 아깝지 않나? 그 고강한 능력을 나를 위해 써라."

"……실례지만 어디가 아프신지?"

너 미쳤냐는 말을 점잖게 돌려 물었다. 피식거리는 왕세자는 이제 이 정도 발언은 간지럽지도 않다는 태도였다. 차라리 분노하면 여러모로 편해질 텐데, 쓸데없는 부분에 내성이 쌓이고 있다.

"처음엔 그대가 내 일을 방해하려는 불순 인자로만 보였다. 하지만 그대는 날 구했지. 다시 생각하니 시선이 환기되더군."

"그게 아니라는 말을 몇 번을……."

"맞아. 그대는 상단에서 날 만난 사실을 고발하지도 않았다. 내가 가진 힘을 알아봤으면서도 아무에게도 밝히지 않았고 말이야."

"내 말 듣고는 있어?"

"아직 어느 쪽도 아니라면 내 쪽으로 포섭하는 것도 나쁘지 않은 방법이지. 아니, 더할 나위 없이 좋은 결말이야."

그래, 전혀 안 듣고 있구나. 허공을 한 번 바라본 후 깊은 한숨을 내쉬었다. 아무래도 그 연회에서의 일이 이 녀석 마음속에 있는 이상한 장치를 제대로 건드린 모양이다. 한 번도 느껴보지 못한 굴욕감과 수치심에 머리가 망가진 건지도 모르겠다.

"내가 왜 그랬는지도 생각해주면 좋겠네. 어떻게든 복잡한 일에 엮이지 않으려는 각고의 노력이란 생각은 안 드시나?"

"물론 그런 거라 판단했다. 그래서 더 마음에 들었지."

"미안한데 난 아니네요. 그리고 이제 와 태도를 바꿔봤자 음료수에 몰래 수면제 타서 먹이려는 사람이랑은 안 놀아."

"이런, 이미 알고 있었나?"

"물의 정령사한테 물로 장난을 치면서 들킬 거란 생각을 못 해? 그거 조언한 사람은 자르는 게 좋겠네. 본인 생각이면 스스로 머리를 좀 잘라주시고."

"……역시 점점 더 탐난단 말이지."

난 점점 더 네가 싫어진다는 것 좀 알아줬으면 좋겠다. 변태인가? 본인 머리 자르라는 말을 듣고 왜 더 탐이 나는데? 질색하며 물러섰지만 왕세자 놈이 성큼 더 다가오는 바람에 아무런 소용이 없었다. 가까이 다가온 얼굴에 속이 거북해졌다.

"내 사람이 되면 모든 걸 다 갖게 해주겠다. 지금과는 전혀 다른 세상에서 살 수 있을 거다. 그대가 감히 상상할 수도 없었던 일들이 이뤄질 거라고 약속하지."

"필요 없……."

"아아, 지금 당장 결정하지 마라. 난 그대처럼 성격이 급하지 않으니 충분히 생각할 시간을 주겠다. 몇 달이 걸리건 기다려 주지. 하지만 이왕이면 거절하지 않길 바란다. 그대의 그 능력은 너무 위험하거든. 나를 위해 쓰지 않을 거라면 없어지는 게 더 나은 힘이지."

아하, 한마디로 내 편이 안 되면 죽이겠다는 협박이시겠다? 역시 이 녀석의 머릿속은 조금도 이해하지 못하겠다. 본인이 마음만 먹으면 날 죽일 수는 있다고 생각하는 건가? 아니, 다른 건 둘째 치고 일단 모든 상황을 본인이 다 조종하고 있다는 듯 치명적인 표정을 짓는 것만이라도 좀 그만뒀으면 한다. 그 나이 먹고 왕자병에 걸렸냐고 쏘아붙이고 싶은데 진짜 왕자라서 할 말이 없었다.

"이 뇌혈관이 빠진 듯한 놈은 뭐야?"

그래, 내 말이 바로 그거다. 무심코 동의하다 멈칫했다. 방금 누가 말한 거지? 주위를 돌아봤지만 근처엔 왕세자 말고는 아무도 없었다. 그 왕세자 놈은 내가 두리번거리니 의아해하는 기색이었다.

"왜 그러지?"

"지금 무슨 소리 못 들었어?"

"소리? 무슨 소리를 말하는 거지?"

"분명 누가 말을……."

"상황을 회피하려는 시도로는 너무 뻔한 것 같군."

왕세자가 가소롭다는 얼굴로 어깨를 으쓱였다. 내가 일부러 화제를 돌리려 딴짓하는 거라고 생각한 모양이다. 그런 수고로운 짓을 할 만큼 본인이 그리 가치 있는 존재가 아니라는 점을 부디 죽기 전에는 깨달아야 할 텐데. 어쨌든 지금은 망상만 부풀리고 있는 왕세자 놈보다는 조금 전의 환청이 더 신경 쓰였다. 한번은 착각이었다 쳐도, 헛소리를 연이어 듣는 건 좀 문제가 있지 않나? 나 정말 어디가 아픈 건가? 아무래도 오늘 돌아가면 엘뤼엔한테 치료해달라고 해봐야겠다.

"내가 한 말을 이해했나?"

이 심각한 와중에도 듣기 싫은 왕세자의 목소리는 계속 이어졌다. 어째 아까보다 거리가 더 가까워진 것 같았다. 단순한 착각이 아니라 실제로 밀착하다시피 얼굴을 들이밀고 있었다. 내게 미혹이 안 통한다는 건 이미 몇 번이나 확인했으면서 이건 또 무슨 수작인가 싶어 거칠게 밀쳐내려고 했다. 그런데 누군가가 성큼성큼 다가오더니 나보다 먼저 놈을 내게서 밀쳐냈다.

"대화하기엔 너무 위협적인 자세 아니야? 보기에 영 안 좋네."

경쾌한 목소리가 노래하는 것처럼 흘렀다. 당황해서 돌아보다 그대로 숨을 멈췄다.

……어?

"넌 뭐지?"

"그냥 지나가는 사람."

질문에 성의 없이 대꾸한 이가 나를 똑바로 바라보았다.

"도움 필요해?"

내게 물은 것이라는 걸 알았지만 아무런 대답도 할 수 없었다. 그러기엔 정면에서 보이는 붉은색이 너무 시리도록 강렬했다. 설마 그럴 리가. 눈을 몇 번이나 깜빡였지만 잘못 본 게 아니었다. 정말 현실이었다.

"라피스……?"

아니었다.

말하면서도 그가 아니라는 건 이미 알고 있었다. 상대의 성별이 여성이라든가 그래서만은 아니었다. 라피스가 여성일 때의 모습도 알고 있다. 그 모습과 비교해봐도 그 녀석이라 할 수는 없었다.

하지만 한순간이나마 착각할 수밖에 없을 만큼 닮았다. 특히 머리카락 색이 정말 똑같았다. 이프리트의 붉은색이 화염을 담아낸 것 같다면 라피스의 붉은색은 질 좋은 루비를 연상케 했다. 전체가 보석으로 이뤄진 게 아닐까 싶을 만큼 화려하고 선명한 색이었다. 다른 레드 드래곤들도 봤지만 그 어떤 이들보다 그가 가진

색이 독보적이었다. 그래서 이제 다시는 볼 수 없을 거라 여긴 색이기도 했다. 그런데 그 반짝이는 붉은색을 또 지닌 이가 있었다.

"사람을 잘못 본 것 같은데."

고개를 갸웃한 여자가 빙긋 웃었다. 역시 다시 봐도 라피스는 아니었다. 그래도 이 사람이 누군지는 알 것 같았다.

"혹시…… 란타샤?"

선명한 붉은 머리칼을 지닌, 눈부시게 화려한 여자가 눈을 동그랗게 떴다. 신기하다는 듯 나를 훑어내리더니 입꼬리를 들어 올렸다.

"참 이상하네. 릴이 내 외모까지 설명해 주진 않았을 텐데. 날 어떻게 알아봤을까?"

머리 색과 똑같은, 홍옥을 닮은 눈동자가 반달 모양으로 휘어 접혔다. 추측이 맞아떨어지는 순간이었으나 복잡한 기분은 여전히 나아지지 않았다. 아니, 오히려 더 떨리는 것 같았다. 두근거리는 심장 박동 소리가 너무 빨라서 따라가기가 벅찰 정도였다. 진정시키기 위해 애써 호흡을 가라앉혔다.

레드 드래곤 란타샤.

라피스의 모친이었다.

*　*　*

꽤 오랫동안 정신이 없었던 것 같다. 어느 순간 주변 상황을 자각했을 땐 이미 가게를 나와 란타샤와 함께 숙소로 들어가는 중이었다. 먼저 돌아와 있던 이프리트가 웃는 얼굴로 맞이했다가 뒤따라 들어서는 란타샤를 보고 그대로 굳었다.

"으엑."

"후후, 그 반응은 무슨 뜻일까?"

생글생글한 얼굴로 란타샤가 고개를 기울이자 창백해진 이프리트가 주춤거리듯 뒤로 물러섰다.

"뭐, 뭐야? 네가 왜 엘이랑 같이 들어와?"

"우연히 들어간 가게에서 마주치고 말았거든."

"말도 안 돼. 일부러 따돌리려고 다른 길로 유인했는데?"

"그런 것 같아서 네 기척은 그냥 무시했지. 낚이기엔 너무 노골적이더라고."

"으으! 내 치밀한 계획이!"

아, 혹시 먼저 간 이유가 그래서였나. 갑자기 무슨 급한 볼일인가 했는데 설마 란타샤를 따돌리기 위해서였을 줄은 몰랐다. 근데 왜 따돌리지? 둘이 계약한 사이 아닌가? 계약자를 그렇게 대해도 괜찮은 거야? 멍하니 두 사람의 모습을 관전하고 있자니 성큼 다가온 이프리트가 나를 보호하듯 제 품에 끌어당겼다.

"도련님, 괜찮아? 쟤한테 무슨 일 안 당했어?"

"당하긴 뭘 당해! 오히려 곤란해 보이는 걸 내가 도와줬거든?"

"그게 정말이야?"

"아, 어? 으응."

틀린 말은 아니라 고개를 끄덕였다. 생각지 못한 등장에 너무 놀라서 그렇지 확실히 도움은 받았다. 어쨌든 그 끈질기던 왕세자 놈이 더는 귀찮게 굴지 못하고 물러나긴 했으니까. 그쯤에서 마무리되었으니 망정이지, 하마터면 왕족 살해범으로 공개수배 될 뻔했다. 조금만 더 그대로 있었다면 분명 일을 치르고도 남았을 거다.

"애가 왜 이리 멍하지? 너 엘한테 무슨 짓 했어?"

"아무 짓도 안 했어! 처음부터 계속 멍하던데?"

"나랑 같이 있을 때까지만 해도 괜찮았거든? 근데 지금은 넋이 나가 있는 얼굴이잖아!"

"나도 몰라. 처음부터 그랬다니까? 혹시 나한테 반한 거 아냐?"

참 누구의 어머니답다는 생각이 드는 대답이었다. 자화자찬은 유전이었구나. 그리운 기분이 들어 웃음이 흘러나왔다. 이프리트는 더더욱 정색하며 나를 꽉 끌어안았다.

"란타샤, 얘도 거울은 봐."

"뭔 소리야?"

"잘 생각해봐. 매일 보는 얼굴이 이런 건데 너한테 반할 리가 있겠어?"

"너 죽을래?"

안 그래도 날카롭게 올라간 눈매가 대번에 더 사나워졌다. 이프리트도 지지 않고 마주 노려보았다. 다시금 둘이 원수가 아니라 계약 관계임을 억지로 상기했다. 이 시대 정령왕들의 계약 관계는 왜 다 하나같이 정상이 없는 것 같지?

"시끄러워."

다행히 이 공간엔 두 사람을 말려줄 존재가 있었다. 낮게 가라앉은 음성에 옥신각신하던 이프리트와 란타샤의 동작이 우뚝 멈췄다. 다툼이 끝났음에 안도하며, 다녀왔다는 인사를 할 생각으로 안쪽에 있을 엘뤼엔을 돌아보았다. 그런데 거실에 앉아 있는 건 그 혼자가 아니었다. 멈칫하며 눈을 깜빡이니 창가 쪽에 기대어 있던 흑발의 소년이 느릿하게 시선을 맞춰왔다.

"트로웰……."

"안녕."

그가 갑자기 방문하는 일이야 이제 특별한 일은 아니었다. 다만 최근 저지른 일이 있다 보니 괜스레 손끝이 굳었다. 그는 내가 미네르바와 만난 걸 알고 있을까. 알고 있을 거다. 그러지 않고서야 이 시점에 나타날 이유가 없었다.

"뭐야, 진짜 엘퀴네스랑 트로웰이 있네."

황당하다는 듯이 중얼거린 란타샤는 한동안 엘뤼엔을 가만히 바라보았다. 왠지 모를 불만과 짜증으로 가득한 시선이었다. 엘뤼엔은 그러거나 말거나 돌아보지도 않았지만. 설마 둘 사이에도 내가 모르는 사연이 있는 건가? 그냥 보기엔 란타샤 혼자 적의에 불타올라 있는 것 같긴 한데, 엘뤼엔은 원래 누구나 다 무시로 일관하니 속 사정을 알 방법이 없었다. 그때 입술을 잘근잘근 씹던 란타샤가 별안간 나를 돌아보았다.

"인간, 계약자인 네가 말해봐. 네가 보기에도 나랑 엘퀴네스가 닮았어?"

"네? 아뇨?"

뜬금없는 질문에 반사적으로 답하고 나니 란타샤의 눈썹이 잔뜩 찌푸려졌다.

"안 닮았다고?"

"전혀 다르게 생겼는데요?"

굳이 우기자면 같은 계열의 분위기를 갖고 있기는 한데 닮은 얼굴은 아니다. 그런 생각으로 답한 건데 란타샤는 비딱하게 해석했다.

"그건 내 외모가 엘퀴네스한테는 현저히 미치지 못한다, 그런 의미야?"

"네? 아뇨. 말 그대로 생김새가 다르다는 의미인데……."

"그럼 네가 보기엔 나랑 엘퀴네스 중에서 누가 더 아름다워?"

"……네?"

대화 주제가 왜 이렇지? 당황한 나머지 이프리트를 바라보았다. 설레설레 고개를 가로젓고 있는 그는 또 시작이냐는 얼굴을 하고 있었다. 이런 적이 한두 번이 아닌 모양이다.

"애 좀 곤란하게 하지 마. 도련님, 이럴 땐 그냥 엘퀴네스라고 답하면 돼. 그럼 애 혼자 씨근덕거리다 알아서 꺼질 거야."

"뭐야?"

"네가 또 터무니없는 시도를 하니까 그렇지. 말했잖아, 란타샤.

잰도 거울을 본다니까? 엘퀴네스는 무슨. 넌 일단 도련님부터 이겨야 해."

"너 진짜 죽을래!"

기껏 사그라진 불이 다시 붙었다. 어안이 벙벙해진 상태로 지켜보고 있자니 트로웰이 손가락을 까닥거렸다. 둘 사이에서 빠져나오라는 신호였다. 엉거주춤 자리를 벗어나 즉각 그쪽에 달라붙어 섰다. "왜 저러는 거야?" 작은 소리로 물으니 트로웰이 그들 쪽에 한심하다는 시선을 보내며 답했다.

"신경 쓰지 마. 란타샤 혼자 저러는 거니까."

"솔직히 무슨 상황인지도 모르겠어."

"정말 시시한 이유야. 예전부터 엘퀴네스의 외모와 비교하면서 혼자 경쟁심을 태우고 있거든."

"왜? 란타샤도 예쁘잖아."

정말 아무 생각 없이 한 말이었다. 그런데 그게 문제였을까. 한창 이프리트와 실랑이하던 란타샤가 이쪽을 휙 돌아보았다. 기괴할 정도로 번들거리는 시선에 어깨가 절로 움찔했다.

"인간, 너 다시 말해봐. 방금 뭐라고 했어?"

"네? 아, 그…… 란타샤도 예쁘다고……."

"엘퀴네스보다 더?"

"어…… 그건 잘 모르겠는데요. 다 각자 다른 느낌으로 예쁜 거라 비교할 수가 없는 것 같아요."

"왜 비교를 못 해! 그 안에서도 순위는 있을 거 아냐!"

"으음, 글쎄요. 굳이 여기서 순위를 매긴다면 개인적으로 선호하는 매력이나 호감 같은 게 더 크게 작용하지 않을까요……?"

그러니 진짜 의미 없는 순위죠, 기어들어 가는 어조로 답하자 사납게 타오르던 눈빛이 조금 누그러졌다. 그나마 마음에 차는 답변이었나 보다.

"넌 랄스 그 자식보단 좀 낫네. 사실 엘퀴네스가 더 낫지만 네 기분 생각해서 좋게 말해준다는 태도는 안 취하는 걸 보니."

"랄스?"

"라미아스. 그 녀석 애칭이야."

폭풍우가 지나간 듯 한시름 던 얼굴로 이프리트가 대답했다. 머릿속이 바쁘게 굴러갔다. 설마 라미아스는 엘퀴네스가 더 낫다고 한 건가. 그 드래곤, 첫사랑이 란타샤라고 하지 않았나. 왜 차였는지 지금 그 이유를 알게 된 것 같다.

어쨌든 기분이 풀린 란타샤는 한결 차분해진 모습으로 거실 의자에 앉았다. 가볍게 주위를 돌아본 다음 "정령왕들이 이런 후줄근한 곳에서 사는 거야?"라며, 여관 주인의 자랑이자 자부심인 특실을 한마디로 폄하하기도 했다. 유전자의 힘이 강해도 너무 강한 거 아닌가 속으로 혀를 내두르는 동안 차를 내온 이프리트가 툴툴거리며 물었다.

"근데 넌 여긴 왜 왔어?"

"그냥 궁금하잖아. 대체 어떤 인간이길래 그 고고하신 나머지 온 사방에 철벽을 치는 엘퀴네스를 중간계에 내려와 있게 하는지.

세상 까칠하고 사나운 트로웰이 종종 들여다본다질 않나. 그것도 모자라 이프리트는 아예 얼이 빠져서 내 피까지 강탈해다 바치고 말이야."

와, 지금 앉은 자리에서 정령왕 셋을 한 번에 험담한 거 맞지? 나도 모르게 입을 벌리고 감탄하다가 멈칫했다. 아니, 잠깐만. 그보다 방금 한 말 중에 이상한 단어가 섞여 있지 않았나?

"……피?"

움찔한 이프리트가 슬그머니 시선을 피했다. 한순간에 등골이 서늘해지면서 벼락같은 깨달음이 들이닥쳤다.

"피?!?"

혹시 전에 마셨던 그 붉은 음료가 피였어? 심지어 란타샤의 피라고? 보지 않아도 지금 내 표정이 얼마나 멍청할지 짐작이 갔다. 란타샤가 의외라는 얼굴로 이프리트를 바라보았다.

"혹시 걘 몰랐어?"

"그걸 어떻게 알려줘. 피라는 게 평범하게 먹는 건 아니잖아."

"난 또 쟤가 달라고 졸라댄 건 줄 알았네. 얼마나 되바라진 인간인가 얼굴이나 구경하자 했던 건데 내가 오해한 거였구나?"

"허 참, 너 대체 무슨 소리를 하는 거야? 우리 도련님 그런 애 아니야."

"네가 할 말이야? 네가 문제야, 네가!"

어처구니없다는 표정을 지은 란타샤가 이프리트의 등을 마구 때렸다. 흡사 파리채로 파리를 후려치는 듯한 광경이었다. 이프리트가 온 엄살을 부리며 폭력 반대를 외치는 동안 트로웰이 내게 고요한 눈길을 보냈다. '재네랑 놀지 마.' 말하지 않아도 담고 있는 의미가 고스란히 전해졌다. 물론 나는 다른 의미로 충격이 커서 두 사람이 뭘 하건 끼어들 생각이 없었다.

"그게 피였다니……."

어쩐지 라미아스 반응이 굉장히 찜찜하다 싶었다. 피가 비치는 거에 거부감이 있는 편이라 고기를 구울 때도 바짝 굽는다. 한국에서 살 땐 선짓국도 잘 먹지 못했다. 그런 내가 생피를 먹었단다. 심지어 먹을 만하다고 생각했었지. 머릿속이 아득해지면서 탄식만 흘러나왔다. 망연자실이라는 단어를 온몸으로 체험하는 기분이었다. 그런 나를 보며 란타샤가 이프리트와 수군거렸다.

"세상을 다 잃은 표정이네. 인간은 몬스터 부산물로 약도 만들어 먹지 않나?"

"가공한 거랑은 느낌이 좀 다르지."

"그런가? 뭐, 어쨌든 안심해, 인간. 우리 피는 깨끗해서 그냥 먹어도 되거든. 아니, 그냥 피라고 생각할 것도 없어. 냄새나 맛도 너희 혈액이랑은 좀 다르지 않았어? 다른 종에겐 그냥 만능 영양제 같은 거야."

그러고 보니 라피스도 몇 번 그런 식으로 언급한 적이 있던 것 같다. 확실히 피를 떠올리게 하는 냄새나 맛도 나지 않았다. 아니, 그렇긴 한데! 아무리 그래도! 이건 좀 아니지 않아? 란타샤는 물론이고 다들 뭐가 문제냐는 태연한 시선이라 더 억울해졌다. 내가 이상한 거야? 어? 나만 지금 이게 이상한 거냐고!

"신경 쓰지 마. 드래곤의 피는 마력이 녹아 있는 원액 같은 거니까. 드래곤 쪽에서 내주는 건 종종 있는 일이고, 호의니까 행운으로 받아들이면 돼."

"그건 그렇지만……."

트로웰의 말에 무어라 답할 말을 찾지 못하고 그냥 머리만 감싸 쥐었다. 때마침 화제를 전환할 기회를 주는 것처럼 문밖에서 두드리는 소리가 들려왔다. 보통 이런 식으로 평범하게 방문하는 사람은 내 손님이었기 때문에 서둘러 몸을 일으켜 문으로 달려갔다. 크리스나 다비안이 찾아온 것이겠거니 했다. 그런데 열린 문 앞에 서 있는 건 전혀 생각지도 못한 사람이었다.

"어……?"

"내가 들어가도 될까?"

어색하게 웃는 얼굴을 한 미네르바가 물었다. 검은 망토와 후드로 모습을 거의 다 가리고 있었지만 분명 미네르바였다. 황급히 들어설 수 있도록 길을 트자 그가 고개를 가볍게 끄덕여 고맙다는 표시를 했다. 다행히 내가 잘못 본 건 아니었는지 안쪽에서도 놀라워하는 반응이 터져 나왔다.

"헉, 미네르바?"

"설마 미네르바야?"

이프리트와 란타샤가 믿을 수 없다는 얼굴로 눈을 휘둥그렇게 떴다. 엘뤼엔도 드물게 관심을 보이며 돌아보았고, 트로웰조차 조금 당황한 얼굴이었다. 지난 만남을 의식하고 날 찾아왔을 그도 미네르바 본인을 여기서 만날 거라는 예상은 하지 못했던 모양이다.

"다들 모여 있는 것 같길래."

후드를 벗은 미네르바가 머쓱해하며 미소 지었다.

"혹시 내가 방해한 건가?"

"아니이! 그럴 리가 있나! 어서 와, 미네르바! 우리 좀 오랜만이지 않아? 중간계에서 널 보니까 너무 반갑네!"

"나도! 어쩜 여기서 미네르바까지 볼 줄이야! 나 누군지 알지? 란타샤야."

"물론 알고 있어."

새삼 이프리트와 란타샤가 이 자리에 있는 게 다행스러웠다. 조금 전만 해도 시끄럽다고 느껴지던 두 사람의 합이 이 순간엔 분위기를 편하게 하는 쪽으로 빛을 발했다. 나와 트로웰만 있었다면 절대 이렇게 끌어가기 힘들었을 거다(엘뤼엔한테는 기대도 하지 않는다). 웃으며 고개를 끄덕인 미네르바의 시선이 다음 순간 트로웰을 향했다. 석상처럼 고요히 서 있는 것과는 달리 트로웰의 금안은 파문이 이는 것처럼 흔들리고 있었다. 두 사람은 한동안 서로를 가만히 바라보았다.

"……어서 와."

"응."

잠시 후 떨어진 한마디에 미네르바가 고개를 끄덕였다. 그제야 트로웰의 얼굴에도 미소가 어렸다. 안심한 듯, 정말 기뻐 보이는 얼굴에 내 가슴도 울렁거렸다.

"오랜만이야, 엘퀴네스."

미네르바가 자리에 앉으며 건넨 인사에 힐끔 눈길만 보낸 엘퀴엔이 고개를 가볍게 끄덕였다. 다른 이들도 서둘러 자리에 따라 앉으면서, 서로 마주 보고 얘기하는 자리가 만들어졌다. 모두를 둘러본 이프리트가 실감이 안 난다는 얼굴로 중얼거렸다.

"와, 내 눈으로 보고도 믿을 수가 없네. 네 정령왕이 한자리에 모여 있다니, 이게 대체 무슨 조화야? 정령계에서도 일어나지 않던 일이 여기서 일어나네."

"우리 셋은 그래도 가끔은 에바스 에덴에서 마주친 적 있긴 했어. 늘 엘퀴네스가 없었지."

"엘퀴네스는 영역에서 잘 나오지 않으니까."

"들었냐, 엘퀴네스? 네가 우리의 화평을 깨는 주범이란 얘기를 하고 있다."

"……진짜 깨진다는 게 뭔지 보고 싶나?"

"아니, 뭘 또 그렇게 진지하게 받아들이고 그러냐. 네가 같이 있어서 좋다는 거지."

한마디씩 나누는 동안 네 정령왕의 분위기는 한결 더 편해졌다. 모두가 이 상황을 신기하게 여기는 표정이었다. 하지만 이 자리에 있는 이들 중 누구도 나만큼 기분이 묘하지는 않을 거다. 그간엔 선대라는 인상을 크게 받지 않았는데 이렇게 모여 있는 모습을 보니 와 닿는 느낌이 사뭇 달랐다. 외형 연령대가 더 성숙하기 때문인가, 뭔가 좀 더 차분하기도 하고. 여러모로 내 시대와는 다른 고유의 분위기가 있었다. 미네가 태어나기 전의 정령계와도 또 다른 분위기다. 다 같은 속성의 정령왕인데 이런 차이가 난다는 점이 이해가 되지 않을 정도로.

"생각해 보면 이게 전부 도련님의 공이지."

"어? 나? 내가 뭘……."

이프리트의 말에 모두의 시선이 내게 몰려들었다. 당황해서 고개를 저었지만 이프리트는 더 단호하게 못을 박았다.

"아냐, 이건 도련님 공 맞아. 도련님이 아니었으면 엘퀴네스가 중간계에 내려와 있기나 했겠어? 아니, 당장 이 자리에 얌전히 앉아 있지도 않을걸. 난 이런 날이 올 거라곤 꿈에서도 상상해본 적이 없어."

"그건 확실히 맞지."

트로웰도 피식거렸다. 엘뤼엔은 별다른 반응을 보이지 않았지만 반박하지 않는 것 자체가 인정하는 셈이었다. 그 모습을 게슴츠레한 눈으로 훑어내린 란타샤가 중얼거렸다.

"솔직히 좀 의외야. 엘퀴네스는 계약자들한테도 태도가 늘 건조하지 않았어? 왜 저 인간 아이는 예외야?"

"뭐, 인간 계약자는 흔치 않으니까. 엘퀴네스는 아예 처음이기도 하고. 아무래도 특별할 수밖에 없지."

"이프리트 너도 인간이랑 몇 번 계약한 적 있잖아. 나보다 걔네가 더 특별했어?"

"어, 그게……."

"대답 잘해라."

가라앉은 란타샤의 눈동자에 불꽃이 튀었다. 화날 때의 라피스랑 비슷한 얼굴이라 기분이 굉장히 이상해졌다. 집요한 시선을 애써 회피한 이프리트는 다른 말을 꺼내 들기 바빴다.

"그러고 보니 이 자리에 계약자가 두 명이네. 우리 이렇게 보니까 계약자 동반 모임 같지 않아? 하하하. 다음엔 정말 정식으로 동반 모임 해볼까?"

"헛소리하지 마."

"아니, 왜. 친교 모임 좋잖아. 트로웰, 너도 친하게 지내는 계약자 있지? 걔 이름이 뭐더라? 디아곤?"

"큽!"

생각지 못한 이름에 놀란 나머지 마침 마시고 있던 물을 그대로 뿜어냈다. 몰려드는 시선들을 향해 아무것도 아니라고 얼른 고개를 저었다. 다행히 별다른 의심을 받지 않은 채로 화제가 계속 이어졌다.

"그 녀석 맞지? 란타샤한테 한눈에 반해서 쫓아다니는 블랙 드래곤. 란타샤, 걔 요즘도 그래?"

"그렇지, 뭐."

이번엔 딸꾹질이 날 뻔했다. 설마 아직 둘이 결혼도 안 한 상태인 건가? 아니, 대화 내용을 보면 연인도 아닌 모양이다. 라피스가

3천세 가량이었는데 부모인 두 드래곤이 이 시점에도 아직 평행선이라니. 그 녀석한테 형이 있다는 점을 생각해 보면 둘이 그야말로 번갯불에 콩 볶아먹듯이 이뤄졌다는 소리였다.

"반응이 왜 그래? 너도 걔 좋다고 하지 않았어?"

"그렇긴 한데……."

"그럼 왜 미적거려? 엘퀴네스보다 네가 더 아름답다고 한 애는 걔가 처음이잖아."

"정확히는 내가 더 사랑스럽게 생겼다고 했지."

"하지만 그 정도의 반응이 나온 것도 처음이지 않아?"

"그것도 진심인지 아닌지 알 게 뭐야."

"진심을 알고 싶어?"

묵묵히 듣고 있던 트로웰이 예쁘게 웃었다. 너무 예뻐서 불길한 기분마저 느껴지는 미소였다. 나만 그렇게 느낀 건 아닌지 란타샤가 질색하며 몸을 뒤로 뺐다.

"됐어. 하나도 안 궁금해. 안 궁금하니까 절대 말하지 마."

"좋은 자세네. 앞으로도 그렇게 해. 뭐든 적당히 모르는 게 나아."

"그런 식으로 말하는 거 그만둬줄래? 너 이럴 때마다 성격 진짜 나빠 보인다는 거 알아?"

"조언 고마워."

달콤한 눈웃음이 더 짙어졌다. 타격감이 없을 뿐만 아니라 오히려 기뻐하는 것 같다. 더 크게 질색하는 란타샤를 향해 이프리트가 한숨을 내쉬었다.

“넌 외모 경쟁에 그만 좀 집착해. 드래곤이 아무리 예쁜 걸 좋아한다지만 넌 정도가 지나쳐. 질리지도 않아? 이러다 나중에 네가 낳은 새끼도 외모로 차별할 것 같아.”

“그야 당연하지. 내 새끼는 최고로 예뻐야 해. 정령왕과 비교해도 우열을 가릴 수 없다는 평을 들을 정도로 말이야. 안 그러면 걔 용생이 좀 고달파질걸?”

“그게 자랑스레 대답할 말이냐.”

“뭐가 어때서? 내가 안 되면 내 자식을 통해서라도 숙원을 이루고 말 거야. 두고 보라고.”

축하합니다. 그 소원 결국 이루셨네요.

아니, 여기선 이뤄질 겁니다, 라고 해야 하는 건가. 이제 보니 라피스가 화려한 외형을 선호하던 것도 란타샤의 영향이 컸나 보다. 싱거운 웃음을 삼키다 입술을 꾹 깨물었다. 당연한 거겠지만 오늘따라 라피스가 너무 자주 생각난다. 하나부터 열까지 그를 떠올리게 하는 것들뿐이라 감정이 조금 버거웠다. 애써 덮어놓고 있던 것을 누군가가 강제로 들추는 것만 같다. 숙원을 이뤄주는, 그 기특한 아이의 영혼이 지금 여기서 방황하고 있다는 걸 알면 란타샤는 무슨 표정을 지을까.

“아무튼 지금 그게 중요한 게 아니잖아. 자꾸 이상하게 말 돌리지 마. 갑자기 무슨 뜬금없는 동반 모임 타령이야?”

“뭐, 가끔은 이런 것도 나쁘진 않다 싶어서.”

뺨을 긁적인 이프리트가 조용히 앉아 있는 미네르바를 힐끔거렸다. 흠흠, 가볍게 헛기침을 하더니 지나가는 듯한 어투로 말을 건넸다.

"미네르바. 그러니까 너도 다음엔 그 녀석 데려와."

아마도 정말로 하고 싶었던 말은 이거였나 보다. 이름에 반응해 고개를 든 미네르바가 그 자세 그대로 멈췄다. 천천히 깜빡이는 눈동자는 명백히 놀란 채였다. 답할 말을 고르는 듯 방황하던 얼굴에 작은 미소가 번지기까진 오래 걸리지 않았다.

"……그럴게."

그 미소에 얼굴이 상기된 이프리트가 다시금 헛기침했다. 웃음을 가득 머금은 란타샤가 잘했다는 듯이 그의 등을 두드렸다. 그 모습을 잔잔하게 지켜보는 트로웰의 눈빛도 평화로웠다. 엘퀴엔은 모든 걸 관망하고 있었지만 이 분위기를 나쁘지 않게 여기고 있었다. 마음에 들지 않는 게 있을 때 줄곧 나오는 표정이 오늘은 보이지 않았다.

이 상황 자체에 적응하지 못하고 섞여들지 못하는 건 나뿐인 것 같았다. 모두가 화목한 광경을 보고 있으니 오히려 속이 복잡해졌다. 여기가 어딘지는 이미 알고 있는데 불현듯 몰랐던 사실을 깨달은 기분이었다.

란타샤와 디아곤이 결혼하지 않았다. 아직 라피스는 태어나지도 않았고, 카류안이 변질하지 않았으며, 블레스터조차 만들어지지 않았다. 그 모든 것이 일어나지 않은 평화로운 시대였다. 그래서 이 평화의 끝을 알고 있는 내가 이물질처럼 여겨졌다. 마치 있어선 안 되는 자리에 있는 것 같은, 재앙을 몰고 온 화근이 된 것만 같았다.

이 말도 안 되는 죄책감의 이유야 뻔하다. 아직 아무것도 일어나지 않았다는 건 돌이킬 기회가 있다는 소리다. 그걸 알면서도 나는 아무것도 모르는 사람처럼 굴고 있었다. 그걸 바꾸면 내가 내려놓아야 할 것들이 많아질 테니까.

"너만 포기하면 되잖아."

비웃는 듯한 음성이 속삭인다. 꿈에서 내가 내게 했던 말이었다.

그래, 정말 그런 거였네. 반박할 수 없다는 점을 인정하며 속으로 허탈한 웃음을 삼켰다. 꿈속의 나는 나보다 더 나를 잘 알고 있었다. 이해했으면서 모르는 척한다는 말조차도 맞았다. 무슨 말을 하는 건지는 처음부터 알아들었다. 그런데도 헛된 시도를 하고 싶었던 모양이다.

하지만 아무리 필사적으로 외면해도 인정할 수밖에 없는 순간들이 있다. 가장 아픈 것이 결국 진실이라는 걸 깨닫는 순간. 그 견고한 사실 앞에 서면 나는 아무것도 할 수 없는 하찮고 초라한 미물일 뿐이었다.

옛 가족이 나를 사랑하지 않는다는 걸 받아들이던 날도 이랬다.

나만 포기하면 모든 게 다 괜찮아진다.
이번에도 이게 진실이었다.

"늦었으니 이만 자라."
모두가 돌아간 후 고요가 찾아들었을 땐 이미 새벽에 훌쩍 다다른 시각이었다. 먹물에 삼켜진 듯한 하늘, 그 위에 흩뿌려진 별들을 멀거니 바라보는데 익숙한 기척이 다가와 창문을 닫았다. 커튼이 채워지는 것까지 지켜보다 엘퀴엔을 바라보았다.
"아버지."
조심스럽게 부르자 엘퀴엔이 말없이 나를 응시했다.
"아버지는 날 안 만났어도 잘 살았겠지?"
"……뭐?"
무슨 의도를 담은 거냐고 묻는 시선이라 배시시 웃었다. 내가 생각해도 참 뜬금없는 질문이긴 했다. 그러니 그냥 실없는 소리를 하는 거라고 생각하길 바랐다.
"그냥 갑자기 궁금해지네. 난 아버지를 만나지 않은 삶이 상상이 잘 안 가거든. 근데 아버지는 날 만나기 전에도 잘 살았으니까. 만나지 않아도 잘 살았겠지?"
당연하지 않냐는 대답을 예상하며 미리 상처받을 준비를 했다. 미래의 아버지에게는 확신이 있는데 솔직히 지금의 그는 아직 잘 모르겠다. 아니, 그런 게 아니라도 엘퀴엔은 이런 대답을 고민할 성격이 아니었다. 그런데 그는 아무 말도 하지 않았다.

"글쎄, 잘 모르겠군."

"……모르겠다고?"

"그래, 모르겠다."

"……왜 몰라?"

왜 그걸 모르지? 그럴 리가 없지 않나. 오늘 워낙 특이한 일들이 많이 일어나서 그런가, 엘뤼엔까지 말도 안 되는 행동을 한다. 누가 봐도 잘 살았을 거잖아. 이미 정답이 정해져 있는데 그걸 고르지 않는 게 이상했다.

"물론 널 만나기 전에도 잘 살았던 건 사실이지."

속으로만 생각한다는 게 나도 모르게 입 밖으로 내뱉은 모양이다. 가볍게 긍정하는 엘뤼엔의 목소리가 들렸다. 예상이 맞았음에 안도하며 고개를 들었다.

"아, 역시 그렇지?"

"그래도 널 만나서 더 재밌어진 것도 사실이니까."

"……."

"널 만나지 않았다면 이런 부분은 알지 못했겠지. 그걸 정말 잘 살아가는 거라고 할 수 있는 건지는 모르겠군."

꿈같은 말들을 마친 그가 나를 지그시 바라보았다.

"그런 건 별로 가정하고 싶지 않은 일이기도 하고."

간신히 삼키고 있던 숨을 완전히 멈췄다. 호수처럼 잔잔한 눈동자에 멍청한 표정을 짓고 있는 내 얼굴이 고스란히 비쳤다. 내가 무슨 말을 하고 싶었더라? 뭔가 떠올린 생각들이 많았던 것 같은데 이미 사라져버린 지 오래였다.

"……고마워, 아버지."

눈물이 날 것 같아 억지로 웃었다.

에이, 뭐가 이러지? 모처럼 각오했는데 그 모든 게 다 허물어졌다. 너무 간단히 끝나버려서 조금 어이가 없고 허탈하기도 했다. 왜 이렇게 내 마음대로 되는 게 하나도 없는 걸까. 아무리 생각해도 이 시대는 내게 너무 매정하다. 원래 있어선 안 되는 사람이라 차별하는 건가 보다. 그래도 조금쯤은 내 사정도 봐주지. 일부러 그런 것도 아닌데 이렇게까지 매몰찰 필요는 없잖아.

사실은 당연하다는 대답을 들으면 그냥 이대로 있으려고 했다. 화나고 짜증 나고 오기가 생겨서라도. 어떻게든 나만 생각하려고 했었다. 하지만 이런 대답을 들었잖아. 내 아버지가 날 만난 삶이 더 좋았다고 했다. 너무 아무렇지 않게 평생 살아갈 힘을 내줬다. 고작 억지로 아들 삼아 달라 졸라댄 내가 다 뭐라고. 속으론 무슨 궁리를 하고 있는지도 모르면서. 정말 바보 같을 정도로 좋은 사람이었다. 없던 염치를 깨우치고 당당하고 떳떳한 마음으로 바라보고 싶을 만큼.

"정말 고마워."

사랑해, 아버지. 두 번이나 날 아들로 삼아줘서 고마워. 나는 이거면 된 것 같아. 너무 넘칠 만큼 과분한 사랑을 받아서 자꾸만 욕심이 생기나 봐. 나도 보답하고 싶어. 내 소중한 사람들이 나보다 더 행복했으면 좋겠어.

그래서 결심을 굳혔다. 미래를 바꾸기로. 모든 일이 일어나지 않는 대신…… 내가 그의 아들이 되지 않게 되더라도.

*　　　*　　　*

손에 닿지 못하고 떨어지는 서류에 수행 천사가 의아한 표정을 지었다. 그가 모시는 주인에게선 아주 드문 실수였다.

"엘뤼엔 님?"

조심스럽게 부르는 것에 조금 굳어 있던 얼굴이 반응했다. 빛이 돌아온 푸른 눈동자가 뒤늦게 상황을 인지하듯 느린 속도로 주위를 돌아보았다. 그 모습조차 평소답지 않아 수행 천사는 저도 모르게 물었다.

"괜찮으십니까?"

"그래."

다행히 돌아온 음성은 평소와 같았다. 그에 안심한 수행 천사가 다시 제 할 일에 시선을 돌리는 동안 엘뤼엔은 들고 있던 펜을 내려놓았다. 오늘 처리해야 할 일거리도 산더미였다. 잠시라도 나태해질 수 없는 분량이지만 다시 이어갈 마음이 들지 않았다.

기억에 없던 광경이 스쳤다. 그의 하나뿐인 아들이 먼 여행을 떠난 후로는 간혹 겪는 현상이었다. 기분 좋은 장면도 있고 탄식이 나오는 장면도 있었으나 잃은 걸 되찾은 자체가 흡족했기에 늘 달갑게만 여겼다.

그런데 오늘 기억은 조금 이상했다. 여느 때처럼 웃고 있는 아들의 얼굴이 어디를 봐도 슬퍼 보였다. 이전에 나눈 대화 내용까진 알 수 없었지만 아들은 그날따라 유난히 자신을 빤히 바라보았다. 마치 이 순간을 기억해두려는 것처럼.

무언가 심경의 변화를 느낄 일이 있던 건가. 결심을 굳힌 듯한 표정은 체념한 것 같기도 하고 후련해하는 것 같기도 했다. 가슴 안쪽에서 뻐근한 감각이 차올랐다. 익숙지 않은 통증이 어디서 기인하는 건지는 분명했다. 불안한 감정이었다.

"……엘?"

제3화

1.

미래를 바꾸려면 뭘 해야 할까.

이왕 마음을 정한 김에 앞으로 해야 할 일들을 목록으로 적어 검토해봤다. 방관하고 있을 땐 너무 쉽게 바뀔 것 같아 걱정이었는데 막상 진심으로 끼어들 생각을 하니 여러모로 까다로운 부분이 많았다.

일단 아인 이드리스가 내게 경쟁심을 불태우는 거나, 왕녀에게 끌리는 것 따위의 감정적인 부분은 어떻게 할 수 있는 영역이 아니니 건드려도 큰 효과는 없을 거다. 뭔가 시도해본다면 몇 가지 상황을 바꾸는 정도일까. 트로웰이 예지한 시기보다 사건이 더 앞서 일어난다거나, 사건의 주최가 바뀐다거나. 그것만으로도 이미 내가 아는 미래는 아니게 된다. 하지만 그 변화가 좋게 풀릴 거란 자신은 없었다. 오히려 정말 나로 인해 그 일들이 벌어지는 거라면 간섭할수록 더 안 좋은 방향으로 심화하기만 할 가능성이 컸다.

다행히 그보다 건드리기 쉽고 결말이 보이는 쪽도 있었다. 카류안이 지금 여기서 죽으면 그가 악신이 되려는 미래는 일어나지 않는다. 그럼 내가 한국에서 잘못 태어날 일도, 아크아돈에 10년 가뭄이 일어날 일도 없다. 무고한 아이들이 제물로 희생되지 않을뿐더러 이사나가 어린 나이에 부모를 잃고 숙부에게 쫓기는 일도 사라지겠지. 라피스가 다쳐서 죽을 일도 없고, 카노스가 소멸하지도 않는다.

더욱 좋은 건 내가 이 시대에 오는 일도 사라진다는 거다. 이렇게 되면 아인 이드리스가 경쟁심을 느낄 대상도 없어진다. 날 만나지 않은 그는 굳이 검술에 욕심내지 않을 거다. 그의 변심은 어쩔 수 없더라도 최소한 블레스터가 만들어지는 건 막을 수 있다는 소리다. 그 정도만 돼도 트로웰이 인간을 전부 죽이고 싶다고 여길 만큼 분노하지는 않을 거다. 장점만 생각하니 이렇게도 많았다. 애초에 고민한 시간이 무색할 정도였다.

"후회하기 전에 그만둬."

누군가 내게 경고하는 것 같았다. 그게 예의 환청인지, 내면의 내 목소리인지는 알 길이 없었다. 어쨌든 내 대답은 같으니 누구의 말인들 아무런 의미는 없겠지만.

"후회 안 해."

수첩을 덮으며 맹세하듯 중얼거렸다. 후회하지 않을 거다. 어차피 미래의 시벨리우스도 이 여행의 결말은 알지 못했다. 나는 끝내 라피스를 못 찾게 될지도 모른다. 그러니 지금 여기서 할 수 있는 것들을 할 거다. 그 끝에 남는 것이 아무것도 없어도. 바라보기만 한 채 흘려보내는 것보다는 나을 테니까.

"이건 정말 의외로군."

응접실로 걸어 나오는 남자의 얼굴엔 놀라움이 가득했다. 다른 일을 하던 중에 급하게 나온 참인지 옷매무새도 정돈되지 않은 상태였다. 함께 따라 나온 보좌관인지 기사인지가 눈을 부라렸지만 자리에서 일어나지 않은 채 그냥 시선만 보냈다. 지켜보는 모두의 얼굴이 굳었으나 정작 당사자는 전혀 개의치 않는 얼굴로 내 맞은편에 앉았다. 평소보다 앞머리를 편하게 내린 왕세자가 나를 향해 웃었다.

"설마 이렇게 빨리 연락할 줄은 몰랐는데 말이야."

불과 며칠 전까지만 해도 나도 몰랐던 사실이다. 이것만은 후회할지도 모르겠다는 생각이 들어 한숨이 절로 흘러나왔다. 설마 내가 먼저 이 녀석을 찾을 날이 올 줄 누가 알았겠어. 가능하면 평생 안 보고 살고 싶은 얼굴이고, 지금도 그 생각엔 변함이 없다. 하지만 세상엔 하기 싫어도 해야 하는 일이 있었다.

"여길 찾아왔다는 건 내 제안을 긍정적으로 받아들인단 의미인가?"

"멋대로 해석하지 말지? 연락할 때부터 말했잖아. 그냥 물어볼 게 있다고."

"아아, 그러고 보니 그랬던 것도 같군. 질문이라. 궁금한 게 있다는 건 좋은 징후지. 좋아, 뭘 알고 싶지? 알려줄 수 있는 선에서 대답해주지."

앤 이렇게 느끼하게 구는 것 좀 그만둘 수 없나? 용건은 꺼내보지도 않았는데 벌써 이 자리가 피곤해졌다.

"일단 이건 그냥 물어보는 건데, 왕녀가 대체 무슨 힘을 지닌 거야?"

"하하, 거기부터인가. 아닌 척해도 우리 쪽에 관심은 있었군. 이미 대강은 알려졌을 텐데?"

"언론에 푼 가짜 정보를 묻는 게 아니야. 마신이 인어에게 저주를 내렸다는 건 거짓말이지. 그러니 왕녀가 그 저주를 해결하는 열쇠라는 말도 믿지 않아. 그런데 마족이 왕녀를 집요하게 노린 점은 걸리더라고."

음파를 쓸 수 있다는 건 알아냈지만 그 정도로 카류안이 주시하진 않을 거다. 마음먹기에 따라 대중을 선동할 수 있는 큰 힘이긴 한데 그런 거로 치면 왕세자가 지닌 미혹의 능력도 마찬가지였다. 저들 일가가 딸에 집착하는 이유로도 부족했다.

"단순히 인어의 호감을 얻는 수준은 아닌 것 같고."

느긋하던 왕세자의 표정에서 웃음기가 점점 걷혀 갔다. 긴장한 듯 차가워진 얼굴이 한결 마음에 들었다. 계속 그렇게 있기를 바라며 경계심을 드리운 시선을 차분히 응시했다.

"인어를 지배할 수 있는 건가?"

한순간 주위의 공기가 가라앉았다. 왕세자의 표정은 변함이 없었으나 눈썹이 미세하게 움찔거리는 것만은 숨기지 못했다. 이거구나. 고개를 끄덕이며 앞에 놓인 차를 한 모금 마셨다. 하긴 그 정도는 되어야 실세라고 할 수 있겠지.

어느 정도는 예상한 부분이라 크게 놀랍진 않았다. 인어는 창조될 때부터 몬스터였다고 했다. 혼이 없으니 마신관의 성력으로 힘을 키워봤자 자아가 완벽하진 않을 거다. 사람들 앞에선 그럴듯하게 보이도록 연기를 시킨 거겠지. 야수나 다름없는 걸 대체 어떻게 길들인 건가 했는데 통솔하는 힘이 있다면 이해가 갔다. 그 힘을 어떻게 얻었는지는 모르겠지만 멀쩡하게 태어나는 여아가 별로 없다는 점을 생각하면 그리 정상적인 방법은 아니었을 거다.

내심 후련해진 나와는 달리 왕세자의 얼굴에선 이제 여유가 거의 보이지 않았다. 조금 전과는 사뭇 다른 사나운 시선이 와 닿았다.

"왜 마신의 저주가 거짓말이라 생각하지?"

"거짓말이니까."

"……."

"마신은 사소한 분풀이 같은 거 안 해. 그럴 바엔 확실히 끝내고 말지. 저주 같은 관대한 처분은 애정이 있을 때나 내리는 건데 인어를 그렇게 여길 리가 없잖아."

억지웃음을 가장하던 왕세자의 입매가 기묘하게 일그러졌다.

"마신에 대해 그렇게 잘 아는 줄은 미처 몰랐군."

"당신보단 잘 알지."

솔직히 말하면 이런 표현조차 아깝다. 왕세자 쪽은 마신에 대해 아는 것이 아예 없다. 아무것도 모르니 감히 그와 척을 지고 이용할 생각도 하는 거다. 왕세자는 한동안 나를 노려보았다. 그러면서도 주도권을 잃고 싶지는 않았는지 느긋한 척 등받이에 몸을 기대며 팔짱을 꼈다.

"괜찮겠나? 내가 지금 이걸 인정하면 그대가 몸 성히 돌아갈 길은 내 사람이 되는 것뿐일 텐데. 난 고급 정보는 아무하고 공유하지 않거든."

"그럼 대답하지 마. 어차피 별로 중요한 건 아니었으니까."

"그게 중요하지 않다라……. 그대에겐 뭐가 더 중요한 건지 궁금해지는군."

"당신이 빼돌린 소지품."

질질 끌 생각은 없어서 곧바로 본론으로 들어갔다. 멈칫한 왕세자는 어리둥절한 기색이었다. 말장난이라 여겼는지 재밌다는 표정까지 지었다.

"내가 뭘 빼돌렸지?"

"마신관을 납치하면서 수거한 소지품들을 말하는 거야. 그 소지품 중에 호각이 있을 거야. 그게 필요해."

"……무슨 말을 하는 건지 모르겠군."

"상호 알 거 다 아는 처지에 시간 끌지 마."

너 연회에서 마신관 빼돌린 게 나라는 거 이미 알고 있잖아. 왜 모르는 척하고 그래? 빙긋 웃으니 의미를 알아들은 왕세자 역시 비스듬히 웃었다.

"그래. 그것도 맞다 치고, 그건 왜 필요하지?"

"그 호각은 마족을 호출하는 도구야. 어떤 마족인지는 당신도 잘 알 테니 설명은 생략할게."

"……그래서?"

"그 마족을 처리할 거야."

나라고 왕세자와 이런 시간을 마련하고 싶진 않았다. 하지만 어디에 숨었는지 모를 카류안을 끌어내려면 이게 제일 쉬운 방법이었다. 에디스와 아이라에게 들은 바에 의하면 카류안은 호각의 호출엔 성실히 응했다. 나타나서 제 마음대로 굴어서 그렇지 일단 부르면 나오기는 한다는 소리였다. 지금은 그 찰나의 순간이라도 필요했다. 당황하는 왕세자는 이번 대답도 예상하지 못했던 모양이다. 잔뜩 경계하고 있던 얼굴이 빠른 속도로 허물어졌다.

"그건 내 사람이 되겠다는 뜻인가?"

"아니. 그 마족과 개인적으로 풀어야 할 게 있는 것뿐이야."

꿈 깨라는 시선을 보내니 왕세자는 잠시 침묵했다. 손바닥으로 문지르듯 얼굴을 쓸어 낸 그가 나를 유심히 응시해왔다. 무슨 생각을 하는지 도저히 모르겠다는 표정이라 그냥 어깨를 으쓱였다.

"당신한테도 나쁠 건 없는 제안이잖아. 그 마족은 당신 일에도 방해될 테니까."

"지금 한 말이 전부 사실이라면 그렇겠지. 하지만 내 일을 방해하고 있는 건 그대도 마찬가지다. 그런 그대가 마족을 처리하겠다고 하는 말을 어떻게 믿지?"

"믿기 싫으면 할 수 없고. 호각을 넘길지 아닐지나 결정해. 나도 시간 낭비하긴 싫으니까."

"……과실인가 싶으면 독인 것 같고, 독인가 싶으면 과실처럼 구니 도통 그대를 모르겠군."

모두에게 독이겠지. 대꾸하고 싶은 말을 혀끝으로만 굴렸다. 자학하는 게 나쁜 습관이라는 건 아는데 돌아가는 처지가 도와주질 않으니 어쩔 수 없는 것 같다. 이게 내 팔자인가 보다 하는 수밖에.

"내가 보는 앞에서 마족을 처리하는 조건이라면……."

"그 현장에서 목숨을 부지할 자신이 있다면 그렇게 해. 내가 당신까지 보호하며 상대할 여력이 없다는 점은 알아두고."

물론 여력이 있어도 안 할 거다. 할 말을 잃은 표정이 된 왕세자는 다시 침묵에 빠져들었다. 본인이 생각하기에도 괜찮지는 않았던 모양이었다.

"정말 마족을 처리한다는 목적뿐인가?"

"그래."

다른 계획이 없다곤 못하지만, 오늘 여길 찾아온 용건은 그뿐이긴 했다. 생략된 앞말을 알지 못하는 왕세자는 심각하게 고심하는 얼굴이었다.

"……일단 생각은 해보지."

그날의 대화는 거기서 마무리됐다. 심기가 불편해진 왕세자가 더는 할 말이 없다는 듯 즉각 자리를 떠났기 때문이다. 어차피 이게 유일한 대안인 것도 아니라 나도 그냥 미련 없이 돌아 나왔다.

그래도 생각보다는 왕세자가 유연한 사람이었던 모양이다. 아니면 날 시험해 보려는 의도였을까. 며칠 후 머무는 여관으로 발송자 불명의 종이봉투 하나가 배달됐다. 안에 들어 있는 건 금속으로 만든 작은 호각 하나였다. 그 외에는 이렇다 할 전언 하나 없었지만 호각의 정체야 뻔했다.

아무런 문양도 새겨져 있지 않은 표면을 가만히 살피다 손에 가볍게 쥐었다. 처음부터 일이 술술 풀리는 걸 보니 이 길이 맞다는 걸 확인받는 것 같다. 결의를 다지는 의미로 숨을 크게 한번 내쉬었다. 이걸로 시작이었다.

2.

"도련님 어디 가?"

이른 아침부터 외출할 준비를 하는 내게 이프리트가 물었다. 간단하게 꾸린 가방을 들다 말고 그를 돌아보았다.

"잠시 용건이 있어서."

"아, 혹시 그거야? 전에 마족이랑 싸울 거라고 했잖아."

"……응."

"나도 같이 갈까?"

"아냐, 나 혼자 처리할 일이야."

"그래? 뭐, 하긴 그 마족 아직 애송이더라. 도련님 실력이면 가뿐히 이길 거야. 그래도 위험할 것 같으면 무모한 행동 하지 말고 엘퀴네스 불러. 든든한 정령왕 아버지 뒀다 뭐해. 나중에 수프 끓여 먹을 거야?"

"응, 알았어."

장난스러운 말에 고개를 끄덕인 후 이프리트를 가만히 바라보았다. 마주 응시한 그가 웃는 얼굴로 의아한 표정을 지었다.

"왜?"

"……그냥."

"싱겁기는."

피식 웃으며 머리칼을 흩트리는 손길에 억지로 따라 웃었다. 내 시대의 이프리트는 그가 아니다. 오늘 계획을 실행하면 그와는 여기서 헤어지게 된다. 이 모습이 내가 기억하는 그의 마지막이 되겠지. 괜히 마음만 싱숭생숭할 것 같아서 크리스를 비롯한 다른 사람들과도 별다른 작별의 시간은 보내지 않았다. 이것만은 두고두고 아쉬울 것 같다. 아니, 사실 이후의 내가 어떻게 될지도 잘 모르겠다. 모든 것이 없던 일이 되면 지금의 나와 전생을 갖지 않은 내 기억이 서로 섞이게 될까. 어쩌면 지금의 기억은 전부 사라질지도 모른다.

"이프리트, 고마워."

다른 건 몰라도 이것만은 말해야 한다는 생각에 입을 열었다. 어울리지 않는 감사 인사가 뜻밖이었는지 이프리트는 조금 당황한 표정을 지었다.

"뭐야, 갑자기. 그러니까 꼭 마지막 인사 같잖아."

"그러게. 연극 같은 거 보면 결전을 앞둘 때 하는 전용 대사더라. 지금 잠깐 철렁했지?"

"어휴, 알면서 그러지 마. 나 이래 봬도 섬세한 정령이거든?"

두 팔로 자신의 어깨를 감싸 안은 이프리트가 몸을 부르르 떨었다. 일부러 호들갑스럽게 대응하는 모습에 웃음을 터트리니 그런 나를 가만히 바라보던 이프리트가 다시금 내 머리를 쓰다듬었다.

"말하고 싶지 않은 것 같아서 묻지는 않겠는데. 도련님 요즘 생각이 너무 많아 보여. 엘퀴네스도 별말은 안 하지만 계속 신경 쓰고 있는 거 알지?"

"……알고 있어."

"그래, 알면 괜찮아. 무슨 일을 감당하고 있는 건지 몰라도 힘든 건 그만둬도 돼. 혼자서 너무 애쓰지 마, 도련님."

애써 유지하고 있던 표정이 흐트러질 뻔했다. 늘 다정한 이프리트. 햇살과 설탕이 되어주던 말이 오늘은 조금 괴롭다. 조금이라도 무너지면 수상하게 여길 게 분명해서 일부러 더 환하게 웃었다.

"그럼 갈게."

다녀오겠다는 말은 차마 떨어지지 않았다.

이 시대의 문명이 아무리 발전했어도 온 지역이 다 개발된 건 아니다. 도심지를 조금만 벗어나면 사람의 손길이 전혀 닿지 않은 천연 지대가 널려 있었다. 내가 찾은 건 그중에서도 가장 외진 숲 안에 있는 평원이었다. 혹시 모를 미연의 사태를 방지하려면 아무래도 인적이 없는 곳이 나을 테니까.

'이쯤이면 되겠지.'

적당한 위치를 잡은 다음 가방 안에서 호각을 꺼내 들었다. 입구를 입에 물고 최대한 크게 불었다. 꽤 큰 소음을 예상했는데 의외로 소리는 전혀 나지 않았다. 그 대신 기묘한 공기가 퍼지는 듯한 감각이 느껴졌다.

혹시나 호각이 불량품이거나 호출 대상을 알아차리고 피하지 않을까 싶은 우려는 오래 가지 않았다. 금세 미세한 기류가 일렁이기 시작했으니까. 곧 허공에 새카만 금이 그어지더니 공간이 갈라지듯 벌어지면서 한 사람의 모습이 나타났다. 머리부터 발끝까지 검은색으로 이뤄진 것 같은 카류안이었다.

"어?"

나를 발견한 그는 천천히 눈을 깜빡이다가 의아한 얼굴로 주위를 돌아보았다. 그리고 아무것도 없는 평원임을 확인한 후에 다시 나를 응시했다.

"이건 정말 생각지도 못했네. 구출 신호를 받고 온 건데 왜 당신이 있어요?"

훑어내리는 시선이 내가 들고 있는 호각에 닿았다. 바보가 아닌 이상에야 이 상황을 못 알아차릴 리가 없었다.

"혹시 그걸 일부러 구한 거예요? 날 만나려고?"

"너한테 용건이 있긴 하지."

검집에서 검을 뽑아 들었다. 맑은 쇳소리가 울리며 오랜만에 파이어 버스터의 몸체가 모습을 드러냈다. 그러고 보니 내가 사라지면 파이어 버스터는 어떻게 되려나. 누군가에게 우연히 발견될 때까지 여기에 혼자 남겨지는 걸까. 너무 외진 곳은 피할 걸 그랬나 잠깐 뒤늦은 후회가 스쳤다.

"뭐야, 싸우려는 것 같네? 날 죽이기라도 하려고요?"

내 의도를 알아차린 카류안의 표정이 변했다. 긍정의 뜻으로 침묵하니 황당해하는 시선이 돌아왔다.

"진짜 죽이겠다고요?"

"그래."

"왜지? 이해가 잘 안 되네요. 하긴, 처음부터 나한테 적의가 있었죠? 단순히 마족이라 이러는 것 같진 않은데. 내가 당신을 좀 속이긴 했어도 뭐 딱히 나쁘게 한 건 없지 않나? 날 왜 그렇게 싫어해요?"

"네 관상이 별로 안 좋거든. 나중에 적으로 만날 상이라 미리 싹을 없애려고."

"푸핫! 뭐야, 그건. 알고 봤더니 물의 정령사가 아니라 땅의 정령사였어요? 예언가는 아니지 않나?"

예언가는 아니지만 미래에서 왔지. 사실을 말한 건데 믿지 않으니 할 수 없다. 긴장감 없이 웃는 카류안은 이 상황 자체를 재밌어하는 것 같았다. 그래도 그가 이 자리를 피할 거란 생각은 들지 않았다. 마족은 싸우는 걸 좋아하는 종족이다. 답지 않게 나와 싸우고 싶지 않다곤 했어도 걸어오는 도발까지 무시할 리는 없었다. 예상대로 카류안은 흔쾌히 고개를 끄덕였다.

"뭐, 좋아요. 이런 것도 나쁘진 않아요. 솔직히 말하면 얼마나 강할지 확인해 보고 싶긴 했거든요. 시작하면 죽이기 전엔 끝내지 못할 것 같아서 자제한 건데, 알아서 기회를 준다면야."

그의 손에서 새카만 전류가 일더니 검은 장검이 나타났다. 일전 왕세자를 농락할 때 쥐여준 것과 같은 검이었다. 나를 똑바로 응시하는 붉은 눈동자가 강렬한 빛을 품으며 번들거렸다.

"여기서 죽어도 날 원망하지 말아요."

누가 할 소리를.

"너야말로."

준비해 두었던 힘을 풀었다. 내 주위로 물결이 일어나며 한꺼번에 모습을 드러낸 물의 늑대들이 우아하게 착지했다. 잠시 움찔한 카류안이 헛웃음을 지었다.

"……와, 이건 반칙."

나를 보호하듯 둘러서 있는 시큐엘들을 돌아보는 그는 기가 막힌다는 표정이었다. 내가 정령사인 걸 모르는 것도 아닌데 왜 저러나 했더니 생각지 못한 질문이 돌아왔다.

"정령왕의 계약자였어요?"

"뭐?"

"허, 이건 진짜 말도 안 돼. 그럼 설마 같이 다니던 푸른색 머리칼의 그 겁나게 잘생긴 남자가 정령왕이었어요? 엘퀴네스?"

그걸 이제껏 몰랐다는 게 더 이상했다. 경험이 부족해서 정령왕을 한눈에 알아보는 눈은 없더라도, 엘뤼엔이 노예 상단에서 대놓고 구해 주기도 하지 않았나? 온 사방을 겨울로 만들었는데 그걸 보고도 어떻게 모를 수가 있지? 어이가 없어서 바라보니 카류안이 변명하듯 대꾸했다.

"아니, 그건 당신이 한 건 줄 알았죠. 당신만 봐도 인간 같진 않거든요? 그 사람도 범상치는 않아 보였지만 친족이라길래 뭔가 특별한 혈통인가보다 했죠. 어쩐지 조금만 염탐하려고 해도 금방 가로막히더라니!"

"이제 사실을 알았으니 됐네."

"와, 이건 진짜 반칙이에요. 내가 정령왕을 어떻게 이겨요? 너무 치사해. 이 승부는 무효……."

"아버지는 안 부를 거야."

"진짜죠?"

"그래."

가볍게 고개를 끄덕이니 미심쩍어하며 바라보던 얼굴에 다시금 여유가 돌아왔다. 시시각각 달라지는 표정을 보니 안쓰러운 마음

마저 들었다. 그래 봤자 별로 크게 다를 건 없을 텐데. 사실은 나도 정령왕이거든.

"그리고 어차피 넌 못 도망가."

"무슨……."

의아해하던 카류안의 표정이 굳었다. 그가 어느새 얼음 덩어리에 갇혀 있는 자신의 두 다리를 내려다보곤 기가 차다는 듯이 웃었다.

"이것 봐. 이러니 인간으로 보여?"

우드득! 얼음 결박이 부서짐과 동시에 해방된 카류안이 나를 향해 빠르게 쏘아져 왔다. 붉은 눈동자가 순식간에 가까워지면서 내 검에도 검기가 실렸다. 콰직! 콰아앙! 맞닿은 두 검 사이에 팽창한 공기가 퍼져 나가며 온 사방이 진동했다. 코앞에 대치한 얼굴이 히죽 웃었다.

"어디 한번 즐겨 보자구요."

이후는 본격적인 전투였다. 가뿐할 거라는 이프리트의 말대로 갓 성인이 된 마족은 내 상대가 되지 못했다. 시간이 지날수록 카류안의 꼴은 점점 성치 않아졌다. 처음엔 팔에, 그다음은 다리에, 이후엔 복부에서 피를 쏟았다. 카류안은 상처가 늘어나는 데도 즐거워 보였다. 본인이 불리하다는 걸 실감했을 텐데도 이를 드러내며 웃는 얼굴에선 한껏 고양된 흥분만 느껴졌다. 다칠수록 기뻐하니 꼭 고통을 즐기는 것처럼 보일 정도였다. 덕분에 불쌍하다는 느낌은 들지 않아 차라리 다행이었다.

지루한 공방이 마침내 마지막 순간에 이르렀다. 시큐엘에게 사로잡혀 끌려간 카류안이 지면에 요란하게 처박혔다. 그가 다시 몸을 일으키기 전에 그대로 검을 내리꽂아 가슴을 꿰뚫었다. 크게 꿈틀거린 카류안이 검붉은 피를 울컥 토해내고 그대로 축 늘어졌다.

"……하, 정령왕을 소환하지 않아도 이 정도라고? 진짜 어이가 없네."

대자로 뻗은 그가 가래가 끓는 숨을 헐떡였다. 이 순간에조차 나를 응시하는 시선은 여전히 또렷했다. 마족에게도 이 정도면 치명상일 텐데 생명력 하나는 끈질겼다.

"이렇게 돼서 나도 유감이야."

"개소리 말고 죽일 거면 얼른 죽여요."

검에 꽂힌 상태에서도 비실거리며 웃는 얼굴을 보니 그의 마지막 모습이 생각났다. 심판관에 꽂힌 채 고통으로 몸부림치던 카류안. 결국 완전한 소멸로 끝나버린 카류안. 멈출 시기를 알았다면 이 녀석도 그렇게 되지는 않았을 거다. 수많은 생명을 죄과로 쌓기 전에 여기서 죽는 게 이 녀석의 영혼을 위해서도 나을 터였다.

"잘 가."

이걸로 우리 악연은 다 끝내자. 부디 다음 생에선 조금도 얽히지 않길 바랐다. 검을 뽑아낸 후 망설임 없이 그의 목을 내리그었다. 아무리 재생력이 뛰어난 마족이라도 목이 잘리면 숨이 끊어질 수밖에 없다. 이제 정말 마지막이었다. 콰직, 검이 단단한 것을 파고드는 감각이 손 안에 선명히 와 닿았다. 그런데 그보다 먼저 와 닿아야 할 감각이 느껴지지 않았다.

'……뭐지?'

애먼 맨땅을 긁어낸 검을 확인하고 눈을 빠르게 깜빡였다. 바로 앞에 있던 카류안의 모습이 어느새 보이지 않았다. 흥건한 핏자국이 아니었다면 애초에 카류안의 심장을 찌른 게 착각이었나 싶었을 거다. 전신에 소름이 돋는 듯한 감각을 느끼며 곧바로 주위를 돌아보았다. 스치는 시야에 직전에는 없던 광경 하나가 걸렸다. 그리 멀지 않은 곳에서 누군가가 카류안을 안고 서 있었다.

"……."

"……."

내가 지금 눈을 뜬 채 꿈을 꾸고 있는 건가. 아득해지는 머릿속으로 간신히 중얼거렸다. 카류안은 의식을 잃은 것 같았다. 엉망으로 다친 상처는 온데간데없이 멀끔해진 모습이었지만 지금은 그런 것보다는 한 가지 생각만 가득했다. 왜 저 사람이 여기에 있지? 이런 곳, 이런 상황에서 마주할 거라고 생각도 해보지 못한 존재였다. 아니, 그냥 그를 본다는 자체가 믿기지 않았다.

"설마 앨 죽이려 할 줄은 몰랐네."

환상처럼 서 있던 남자가 입을 열었다. 흥얼거리는 듯한 그 목소리마저 익숙해서 나도 모르게 탄식했다. 모든 빛을 삼킬 듯한 암흑의 눈동자가 나를 응시해왔다. 건드리기만 해도 묻어날 것처럼 새카만 머리칼이 바람을 타고 흔들렸다. 그를 본 마지막 순간에서도 이랬었다.

카노스.

"윽."

순간 눈앞이 핑글 돌면서 정신이 아득해졌다. 잠깐 균형을 잃었던 것 같다. 다리에 힘이 풀리며 추락하는 것처럼 아찔한 감각이 몰아닥쳤다. 착각인지 실제인지 어렴풋이 어디선가 혀를 차는 소리가 들리는 듯했다. 정신이 들었을 땐 이미 자세가 무너져 있는 나를 누군가가 부축하고 있었다. 바로 앞에서 보이는 얼굴에 숨을 삼켰다. 시선을 맞춰온 카노스가 웃었다. 정말이다. 정말 카노스였다.

"조심해야지. 큰일 날 뻔했잖아."

장난스러운 음성에 그제야 퍼뜩 정신이 들었다. 지금 무슨 일이 일어난 거지? 카류안은 어디로 가고 카노스가 날 부축하고 있는 건지도 모르겠다. 아니, 애초에 이게 현실이기는 한가? 그냥 모든 게 다 어수선했다.

"정신이 조금 없지? 괜찮아, 괜찮아. 곧 좋아질 거야. 주술이 풀릴 뻔해서 그래."

"주술……?"

"꽤 정교한 주술이네. 내가 보낸 건가 했더니 아니었잖아? 나 말고 이런 게 가능한 신이 또 있는 줄 몰랐어. 처음 느껴보는 힘인데 누구지?"

무슨 말인지 알아들을 수가 없어서 눈만 멍하니 깜빡거렸다. 뭔가에 집중하기엔 몸에 힘이 하나도 들어가지 않았다. 시야가 흐릿한 느낌이 점점 심해졌다. 이대론 의식을 잃을 것 같아 삐걱거리는 머리를 억지로 굴려 어떻게든 생각을 이어갔다.

방금 카노스가 뭐라고 했더라? 아, 그래. 주술이 풀릴 뻔했다고 했었다. 내게 걸려 있는 주술이라면 엘뤼엔이 걸어준 걸 말하는 걸 거다. 이 세계에서 육체를 유지할 수 있는 술법.

거기까지 생각이 미치자 등골이 서늘해졌다. 나도 모르게 몸을 빼려고 했지만 가로막히는 게 더 빨랐다. 품에 갇힌 자세로 옴짝달싹도 하지 못하게 된 나를 향해 불길한 미소가 닿았다. '가만히 있어.' 눈으로 경고한 카노스가 내 손을 붙잡아 들어 올렸다. 그러자 끼고 있던 장갑이 부식되는 것처럼 사라지면서 맨 손등이 드러났다. 그 위에 새겨진 마신의 문장이 함께 드러난 건 너무도 당연한 결과였다. 그걸 가만히 내려다보는 카노스는 무슨 생각을 하는지 알 수 없는 표정이었다.

"미래에서 온 엘퀴네스라……."

몸이 움찔 굳었다. 천천히 고개를 들자 내가 긴장한 걸 알아차린 카노스가 다시 웃었다.

"누가 이런 깜찍한 짓을 했을까?"

3.

"이 주술엔 큰 약점이 있다."

"유념해라, 엘."

"네 진짜 신분은 아무도 모르게 해야 해."

질끈 감고 있던 눈을 슬그머니 떴다. 기분 탓인 건지 모르겠지만 왠지 조금 전과 큰 차이가 없는 것 같다. 아니 착각이 아닌가. 몸을 더듬어 보니 감촉이 전부 선명했다. 경험자라 잘 아는데, 영혼일 땐 내 몸이 만져지는 감각도 느껴지지 않는다. 역시 아무리 봐도 멀쩡했다. 방금 카노스가 내 정체를 알아차린 거 아닌가? 왜 사라지지 않지?

"내가 조금 손봤거든. 이제 내 앞에선 괜찮아. 주위에 결계도 쳤으니까 지켜보는 시선도 없을 거야."

당황해서 계속 더듬어 보는데 경쾌한 목소리가 들렸다. 마른 목을 억지로 축이며 고개를 들었다. 처음과 똑같은 미소를 짓고 있는 카노스가 보였다. 지금까지 환상이 사라지지 않을 리가 없으니 이게 정말 현실이 맞는 모양이다.

"정체를 알아보면 풀리는 거지? 그럴 것 같아서 나서는 걸 자제한 건데 말이야. 할 수 있는 만큼 보완하긴 했는데 이미 어긋난 건 어쩔 수 없어서 부작용이 있을지도 몰라. 이건 내 탓만은 아니다?"

"아……."

"하지만 사실 내가 짐작할 때부터 이미 어느 정도는 오류가 생기긴 했어. 이건 내 탓 해도 돼. 내가 너무 잘나서 그냥 딱 봐도 알겠던 걸 어쩌겠어."

씩 웃는 얼굴을 멍청하게 바라보다 이내 머릿속을 정리했다. 그러니까, 아무래도 처음부터 위험했다는 것 같다. 하긴 카노스처럼 눈치가 빠른 신이 날 주시하면서도 아무것도 짐작하지 못할 리가 없었다. 계속 위태했는데 조금 전 완전히 들통나서 풀릴 뻔했고, 그걸 카노스가 수습해준 거다.

부작용이 있을지 모른다는 게 걸리긴 하지만 당장은 다행이란 생각이 더 컸다. 미래를 바꿀 생각이라 해도 내가 혼이 되어 이 시대에 갇히는 결말을 바란 건 아니었으니까. 이제야 여유가 좀 돌아오는 것 같아 카노스를 제대로 바라보았다. 가물거릴 만큼 오래된 과거도 아니면서 새삼 이런 모습이었구나 싶다. 그의 소멸을 실감했던 순간이 아직도 생생한데 눈앞에서 멀쩡하게 웃고 있는 얼굴을 보니 꼭 죽은 사람이 살아 돌아온 것만 같았다.

"도와줘서 고마워요."

그 때문에 주술이 풀릴 뻔한 거지만, 그가 아니었다면 수습해주지도 못했을 거다. 덕분에 편하게 얘기할 수도 있게 되었으니 오히려 잘됐다 싶었다. 카노스는 의외라는 듯이 눈을 살짝 크게 떴다.

"엘퀴네스 맞지? 이 기운은 아무리 봐도 물인데."

"네, 맞아요."

"내가 누군지도 알고?"

"알아요. 카노스잖아요."

이렇게 묻는 걸 보니 날 기억하는 건 아니구나. 당연한 건데도 왠지 마음이 먹먹해졌다.

"이상하네. 근데 왜 반기는 것처럼 보이지? 보통 나와 아는 사이면 이렇게 귀여운 반응을 보이지 않거든. 내가 골탕을 안 먹였을 리가 없는데?"

"……그거 자랑 아니거든요."

"아, 역시. 당하긴 했었구나?"

더 상큼하게 웃는 얼굴을 떨떠름하게 바라봤다. 그래, 보통은 바로 그런 표정이거든. 이제야 익숙한 반응이 나왔다며 카노스가 즐거워했다. 이 시대에도 여전히 종잡을 수 없는 사람이었다.

"나랑은 어떻게 아는 사이였어? 갑자기 모르는 사제가 생겨서 솔직히 얼마나 놀랐는지 알아? 이 문장은 내가 직접 준 거야?"

"네, 그거야……."

"하긴 내가 안 새겼으면 이런 게 있을 리가 없지. 와, 정령왕한테 내 인장을 새길 생각을 다 하다니. 아무리 나라도 좀 제정신이 아닌데? 내가 왜 이런 짓을 했지? 언제쯤 미래에서 온 거야? 혹시 나랑 사귀는 사이야?"

"……그럴 리가요."

한숨을 푹 내쉬었다. 대화를 따라가기가 힘든 건 둘째치고, 대체 왜 사고회로가 그렇게 흘러가는 건지 모르겠다. 보통은 부하로 삼았다고 생각하지 않나?

"그래? 그럴지도 모른다 생각했는데. 너 꽤 내 취향으로 생겼거든."

"제 취향도 존중해주세요……."

"아, 그건 미처 생각을 못 했네. 근데 나 정도면 괜찮지 않나?"

"마신이라고 양심을 저버리면 안 되지 않을까요."

"하하, 잘 받아치는 걸 보니 진짜 사이가 좋았나 보네."

웃음을 머금은 눈동자가 느슨하게 휘어졌다. 누가 봐도 호의적인 태도였지만 긴장을 늦추지 않았다. 지난 경험상 아무리 분위기가 좋아도 카노스는 방심해선 안 되는 사람이었다. 오히려 풀어질수록 뒤통수를 칠 확률만 높아졌다.

"그런데 카류안은 왜 죽이려고 했어?"

"……."

그래, 바로 이렇게 말이다. 한차례 호흡을 정돈한 후 그를 바라보았다. 카노스는 여전히 웃고 있었지만, 공기의 색은 이미 바뀌었다. 시선을 조금 돌리니 조금 떨어진 곳에 얌전히 눕혀져 있는 카류안이 보였다. 상처는 전부 치료됐지만 찢긴 옷자락과 핏자국은 그대로라 그가 얼마나 심각한 상태였는지는 짐작할 수 있었다. 이 세계의 분쟁을 해결하기 위해 직접 파견한 마족을 죽이려고 했으니 기분이 상했겠지. 심지어 이때는 카류안과의 사이도 화목한 시기다. 지그시 압박해 오는 기운에 의지와는 상관없이 몸이 떨렸다. 하지만 그가 겁나진 않았다. 담담히 응시하는 나를 카노스가 조금 묘하다는 듯이 바라보았다.

"전부 짐작하고 있는 줄 알았는데요."

"전혀 모르겠는데?"

"그런데 왜 건드리지 말라고……."

"원래 과거 일은 함부로 개입하면 안 돼. 바꾼다고 해서 상황이 더 나아질 거라고 장담할 수도 없고. 일이 더 꼬이기만 할 가능성이 더 크거든."

단순히 원론적인 경고였던 건가 보다. 그렇다 해도 굳이 방해하는 성격은 아닐 텐데, 몸소 구하러 온 건 단순히 카류안을 아끼기 때문인가. 아니면 그를 죽이려는 이유가 궁금해진 건지도 모르겠다.

"하지만 그런 경고를 들었는데도 죽이려고 한 걸 보니 재가 미래에서 꽤 큰 사고를 치나 봐?"

역시 내 짐작이 맞았다. 바라보는 눈길에 흥미와 탐색의 빛이 가득했다. 글쎄. 그게 고작 사고 정도로 표현될 일일까. 낮게 실소하니 그의 눈빛이 더 짙어졌다.

"네가 여길 온 거랑 연관된 일이려나?"

"……어디서부터 설명해야 할지 모르겠어요."

"괜찮아. 나 시간 많아."

다음 순간 몸을 압박하던 공기가 풀어졌다. 뭐야, 벌써 끝인가.

한결 편해진 호흡에 안도하며 조금 얼떨떨한 기분으로 카노스를 바라봤다. 이전의 그가 내게 관대했던 건 친우의 아들이기 때문이라 여기선 좀 더 시달릴 줄 알았는데 의외였다.

"그래서, 어떤 사정인데?"

카노스는 아예 무릎까지 끌어모으고 내 앞에 자리를 잡았다. 턱받침까지 해가며 생글생글 웃는 얼굴이 아무래도 끝까지 들을 기세였다. 루카르엠도 아니고 본 모습이잖아. 신의 강림은 시간제한이 있는 거 아니었어? 미래의 그는 휴가를 받아서 괜찮았다 치고, 지금은 대체 뭘 어떻게 한 건지 모르겠다. 설마 그 휴가를 이 시기부터 받았던 건 아니겠지.

더는 생각하기를 포기하고 차분히 지난 이야기를 시작했다. 내가 태어난 과정부터 그 당시 혼란한 아크아돈의 상황들. 악신의 탄생을 위해 준비되었던 계획들과 그 주범이 누구인지까지. 이곳에 온 이후로는 그 누구에게도 털어놓을 수 없었던 이야기였다.

"아, 정말? 쟤가 악신이 된다고?"

흥미롭게 듣던 카노스가 다시 잠들어 있는 카류안 쪽으로 시선을 던졌다. 아무리 그라도 이런 얘기엔 표정 변화가 있을 거라 생각했는데 당황스러울 만큼 아무렇지 않은 얼굴이었다.

"정령왕의 탄생까지 이용하다니 치밀했네. 그래도 어떻게든 잘 막아낸 것 같아 다행이야."

"막았다는 건 어떻게 알았어요?"

"실패했으면 처음부터 여기 온 목적이 카류안이었겠지. 그런데 아니잖아?"

아, 그게 그렇게 되는 건가. 하긴 처음엔 카류안을 죽일 계획까진 없었다. 아무것도 건드리지 말라는 카노스의 말을 의식해서 섣불리 판단하기가 어려웠다. 하지만 그가 악신이 되는 걸 막지 못했다면 선택의 여지가 없었을 거다. 속으로 수긍하고 있으려니 강렬한 시선이 느껴졌다. 카노스가 왠지 해맑은 표정으로 나를 지켜보고 있었다. 그 입가에 걸린 미소가 예사롭지 않았다.

"흠, 그래. 어쨌거나 소멸했단 말이지."

"왜, 왜요?"

"그냥. 어려운 일을 해결해 준 게 너무 고마워서."

그걸 해결한 사람은 카노스인데요. 차마 거기까진 말할 자신이 없어서 씁쓸하게 웃었다. 아무리 그대로 본인이 소멸한다는 사실을 알려주기는 꺼려졌다. 결국 그 사실만 밝히지 않은 채로 나머지 이야기가 마저 진행됐다. 모든 이야기를 들은 그는 후련하다는 얼굴로 고개를 끄덕였다.

"그랬구나. 상황은 전부 이해했어. 그 사건으로 죽은 친구의 영혼이 사라져서 찾으러 온 거란 말이지. 쉽지 않은 결정이었을 텐데 위험한 모험을 감행했네."

"저 때문에 죽었으니까 제가 찾아오는 게 도리인 것 같아서요."

"심정이야 알겠지만 좀 무모하지 않아? 너 하나에 달린 생명을 생각해야지. 행여 네 육체에 문제가 생기면 그 시대의 아크아돈은 또 가뭄에 허덕일 거 아냐. 하나를 살리겠다고 여럿을 나 몰라라

하면 쓰겠어?"

"그건……."

"—라는 건 그냥 해본 소리였어."

"……네?"

"냐하하~ 뭐, 아무렴 어때? 구하고 싶은 녀석도 구하지 못한다면 절대자의 자리가 다 무슨 의미겠어. 그런 건 걷어차는 편이 낫지."

다른 사람도 아니고 소멸을 자처한 그가 이렇게 말하니 농담으로 안 들린다. 억지로 웃었지만 비실거리는 웃음소리밖에 나지 않았다. 다행히 카노스는 내 반응은 크게 신경 쓰지 않는 것 같았다.

"그래서 단서는 좀 얻었어?"

"아뇨. 계속 헤매고만 있어요. 생각보다 더 쉽지 않더라고요."

"아, 진짜?"

유난히 반짝이는 눈동자가 나를 빤히 훑어내렸다. 이건 또 무슨 의미지? 초조한 기분으로 옷자락만 만지작거리자니 뜬금없는 소리가 들렸다.

"나 잠깐 머리 좀 쓰다듬어봐도 돼?"

"네? 왜, 왜요?"

"토끼 같아서 만져보려고."

"……."

"보송보송해 보여서 너무 귀엽네."

"……."

그렇지. 이 사람은 카노스였지. 혹시 내가 말하지 않은 게 있는지 기억을 읽어내려는 건가 긴장했던 게 다 허탈해졌다. 한숨을 내쉰 후 마음대로 하라는 뜻으로 머리를 내밀었다. 막상 진짜 허락할 거라곤 생각을 안 했는지 카노스는 오히려 놀란 얼굴이었다. 다시 금방 미소 짓긴 했지만, 드물게 그를 당황하게 했다고 생각하니 뿌듯함이 차올랐다. 곧 머리 위에 따뜻한 기운이 닿았다. 그답지 않게 조심조심 만지는 손길이라 조금 웃음이 나왔다.

"경계심이 너무 없는 거 아냐, 미래의 엘퀴네스님? 본인이 평소에 둔하다는 생각해 본 적 없어?"

"꽤 많이 하는데요. 그치만 카노스 앞에서 경계해서 뭐해요."

"와, 그렇게 말하니까 설렜어. 보통은 내 앞이니까 경계하는데 이런 반응은 또 신선한걸."

"그게 아니라 편한 방법을 터득한 거죠. 카노스는 경계하면 더 괴롭히잖아요."

"오오, 나를 너무 잘 알아. 우리 진짜 친했구나?"

즐겁게 웃은 그가 다시금 내 머리를 쓰다듬었다. 조금 전보다 한층 과격해진 손길에 머리칼이 순식간에 헝클어졌다.

"호의엔 호의로 답해주는 게 예의지. 그런 의미에서 기운이 날 만한 이야기 하나 해줄게. 내가 보기엔 조만간 좋은 소식이 있을 것 같아."

"그게 무슨 소리예요?"

"너무 낙담하지 말라는 소리야. 네가 찾는 게 의외로 가까운 곳에 있을지도 모르잖아."

"……혹시 카노스는 그 녀석이 어디에 있는지 알고 있어요?"

"냐하항, 글쎄에?"

틀림없다. 이건 누가 봐도 알고 있는 사람의 얼굴이다. 심장이 두근두근 뛰었다. 하지만 아무리 간절하게 바라봐도 카노스는 꿈쩍도 하지 않았다. 기대감만 심어주고 알려줄 마음은 없는 모양이었다. 생각해 보니 이렇게 매달릴 일도 아니라 체념이 찾아드는 것도 빨랐다.

"됐어요. 어차피 못 찾아도 상관없어요."

"카류안을 죽여서 과거를 바꾸면 되니까?"

조금 멈칫했다가 천천히 고개를 끄덕였다. 마주한 그는 여전히 편하게 웃는 얼굴이었다. 압박할 때와는 다른 분위기라 무심코 상황을 낙관적으로 여겼나 보다. 이어진 말엔 머리가 식었다.

"미안하지만 그건 안 될 것 같아."

"……카노스."

체한 것처럼 손끝이 차가워졌다. 얼굴이 굳어진 내게 카노스의 태연한 시선이 닿았다.

"카노스가 카류안을 아끼는 건 알아요. 하지만 악신이 태어나는 걸 방관하실 건 아니잖아요. 그가 아무것도 시작하지 않은 지금 막아야 해요."

"심정은 알지만 내 판단은 변함이 없어. 아까 말했지? 과거의 일은 함부로 개입하면 안 돼."

"개입해서 더 좋게 바뀔 수도 있는 거잖아요. 카류안 때문에 다치거나 죽는 사람이 한두 명이 아니에요! 카노스도……!"

나도 모르게 쏟아질 뻔한 말을 간신히 멈췄다. 하지만 눈치 빠른 카노스는 이미 내가 하려는 말을 알아차린 것 같았다.

"나도 뭐?"

"……."

"아하, 그게 그렇게 되는 거구나?"

참담한 기분으로 숨을 삼켰다. 장난스럽게 웃는 얼굴만으로 이어질 대답이 예상됐다.

"그래도 안 돼."

"카노스!"

"넌 원래 계획대로 친구의 영혼만 찾아서 돌아가. 그게 가장 좋아."

"싫어요."

곧바로 답한 말에 카노스의 눈빛이 서늘해졌다. 움찔할 만큼 차가운 시선이었지만 그가 날 싫어해도 어쩔 수 없었다. 내가 어떤 마음으로 결심했는데. 쉽게 설득될 거라면 시작도 하지 않았다. 떼를 쓰는 어린애처럼 보여도 할 수 없었다. 눈앞에 멀쩡히 살아 있는 그를 보니 더 포기하지 못하겠다. 미래의 신계가, 우리가 무엇을 잃었는지 새삼 알 것 같았다. 그는 살아 있어야 하고, 앞으로도 살아가야 했다.

"진짜 싫어요."

한동안 나를 관찰하듯 바라보던 카노스가 피식 웃었다. 뻗어진 손길이 내 눈가를 가만히 쓸었다. 얼굴이 젖어 있다는 걸 조금 뒤에야 깨달았다.

"귀여운 후배님. 내 마음에 점점 더 들어서 어쩌려고. 생각해주는 건 기특한데, 이러면 오히려 역효과야."

"……네?"

"난 이기적이라 내 만족이 더 우선이거든."

한층 다정해진 얼굴로 할 말은 아니었다. 그게 어떤 의미인지 알 것 같아서 더더욱. 서럽고 기가 막힌 기분에 표정 관리가 잘되지 않았다. 아마도 엉망으로 흐트러졌을 내 얼굴을 본 카노스는 난처하다는 듯이 혀를 찼다.

"하지만 후배님의 고집도 만만치 않을 것 같네. 엘퀴네스답지 않게 순해 보여서 방심했는데, 생각해 보니 애초에 육신까지 포기하고 훌쩍 떠나온 것만 봐도 보통은 아니란 말이지. 뭘 어떻게 해도 포기할 것 같지 않으니 특단의 조치를 해볼까?"

특단의 조치? 어감에서부터 느껴지는 불길함에 얼굴이 절로 굳었다. 그게 뭐든 하지 말라고 고개를 저으려 했다. 하지만 카노스의 반응이 더 빨랐다. 어느덧 그의 모습이 사라지고 없었다.

"이제부터 재밌는 경험을 하게 해줄게."

주위를 돌아보기 무섭게 어디선가 웃음기를 머금은 목소리가 속삭였다. 동시에 불이 꺼진 것처럼 사방이 캄캄해졌다.

"……카노스?"

뭐가 어떻게 된 거지? 이름을 불러봤지만 돌아오는 대답은 없었다. 먹물 같은 암흑에 잠긴 공간이 다시 밝아질 것 같지도 않았다. 뭐가 어떻게 된 건지 돌아가는 상황을 조금도 모르겠다. 혹시 날 어딘가에 가둬둔 건가? 아무 짓도 못 하게 하려고?

황당했지만 계속 이렇게 있을 순 없어서 천천히 몸을 일으켰다. 파이어 버스터를 지팡이 삼아 보이지 않는 공간을 더듬어가면서 걸어갔다. 갇혀 있다면 어딘가에는 끝이 있을 테니까. 정 안 되면 엘뤼엔에게 구출을 요청해야겠지만, 카노스 성격에 그런 틈을 뒀을까 싶어서 좀 불안해졌다. 그런데 그 순간 갑자기 빛이 훅 들어왔다. 시린 눈을 깜빡이다가 조금씩 보이기 시작하는 광경에 다시 황당해졌다.

두 사람이 검을 들고 싸우고 있었다. 검날이 뭉툭한 걸 보니 아마도 대련 중인 것 같았다. 다소 여유로운 한쪽과는 달리 다른 한쪽은 막아내기에만 급급했다. 아니 사실 상대가 봐주고 있는 거지 제대로 막아내는 것도 거의 없었다. 턱 끝까지 숨이 차오른 얼굴로 헉헉거리는 것도 한 사람뿐이었다. 문제는 그 사람의 얼굴이 매우 낯익다는 점이었다.

"아인 이드리스?"

환상일까. 한창 대련에 집중하고 있는 그들은 나를 전혀 눈치채지 못하고 있었다. 곧 자세가 무너진 아인 이드리스가 바닥에 엎어졌다. 거의 일방적으로 몰아붙이던 상대가 혀를 차며 검을 거두었다.

"오늘은 여기까지 하겠습니다."

"수, 수고하셨습니다……."

일어나지도 못한 채 간신히 답하는 그를 대련한 상대가 복잡한 표정으로 내려다보았다.

"정령술에 더 집중하시는 게 낫지 않겠습니까? 제가 보기에 이드리스 님은 검술에 재능이 없습니다. 호신술로 배워두는 정도라면 몰라도 이대로는 몸만 크게 상할 겁니다."

"……충고 감사합니다."

대답하는 아인 이드리스는 누가 봐도 억지로 웃는 얼굴이었다. 대련 상대가 설레설레 고개를 저었다.

"욕심이 과하면 화를 부르는 법인데. 무슨 입검을 하겠다고."

지나치며 중얼거리는 목소리는 아주 작았지만 아인 이드리스는 그 말을 들었는지 입술을 악물었다.

"아인."

이윽고 대련장에 혼자 남겨진 그에게 다른 이가 다가왔다. 미네르바였다. 그가 훈련하는 걸 지켜보고 있었는지 표정이 흐렸다. 그 기척을 느낀 아인 이드리스가 다시 입술을 깨물었다.

"미안해요, 미네르바. 지금은 아무 말도 하지 말아주세요."

"……."

"압니다. 제가 지금 억지를 부리고 있죠. 그건 누구보다 제가 제일 잘 압니다. 그래도 꿈은 꿀 수 있는 거잖습니까?"

그의 목소리가 조금씩 떨리기 시작했다.

"엘은 정령술에도 검술에도 능숙합니다. 저도 그렇게 되고 싶다고 생각하는 게 잘못된 겁니까?"

"사람은 저마다 주어진 것들이 다르단다. 남과 비교할 필요는 없어."

"그래요. 다들 다르죠. 많이 가진 쪽이 있다면 적게 가진 쪽도 있습니다. 그래서 억울한 겁니다. 많이 가진 쪽이 왜 제가 될 수는 없는 겁니까? 왜 그게 제가 아닙니까?"

서러워하는 표정에 미네르바는 아무 말도 하지 못했다. 그 대신 그를 가만히 끌어안고 다독였다.

"아인, 그걸 내려놓아야 한다. 내려놓고 나면 비로소 보이는 것들이 있을 거야."

"이해할 수가 없습니다."

"지금은 그렇겠지. 아무것도 불안해할 것도 없다. 다 거쳐 가는 과정이란다."

눈을 질끈 감은 아인 이드리스는 미네르바의 품에서 한참을 울었다. 그걸 지켜보는 내 마음은 복잡하기만 했다. 카노스가 왜 이런 환상을 보여주는 걸까. 이미 지나간 일인지, 앞으로 일어날 일을 보여주는 건지도 알 수가 없었다. 언제까지 지켜봐야 하는 건지 초조한 기분을 느끼고 있으려니 다음 순간 장면이 훅 바뀌었다.

"아인 님!"

이번에 등장한 건 아나이스 왕녀였다. 맑은 웃음을 지은 왕녀가 아인 이드리스를 향해 칭찬의 말을 늘어놓고 있었다.

"아인 님은 정말 대단하세요. 매일 일정만으로도 바쁘실 텐데 하루도 빠짐없이 몸을 단련하시고, 전술도 공부하신다면서요?"

"그래 봤자 보잘것없는 수준입니다."

"겸손하기까지 하시니 더 굉장해요. 두 가지 능력을 같이 익히는 게 얼마나 어려운지는 저도 잘 알아요. 남들이 엄두도 내지 못하는 걸 시도하시는 것 자체가 대단한 일이라고요."

"그렇게 말씀해주셔서 고맙습니다. 그래도 저보다 대단한 사람들이 더 많으니까요. 엘만 해도 정령검사이니……."

"하지만 그분은 상급 정령사잖아요. 아인 님은 정령왕의 계약자고요. 더 큰 힘을 지닌 만큼 다른 능력을 익히는 게 더 어려워질 수밖에요. 전 아인 님이 더 대단하다고 생각해요. 아인 님의 재능과 열정이면 분명 해내실 거예요!"

반짝이는 눈동자가 열기를 담고 응시했다. 동경하는 사람을 바라보는 시선에 아인 이드리스의 얼굴이 붉어졌다.

"고맙습니다."

왕녀의 응원을 받고 들뜬 아인 이드리스는 기분이 좋은 상태로 귀가했다. 왕녀가 자신을 엘보다 대단하게 여겨줬다며 미네르바에게 자랑도 했다. 미네르바는 웃으며 받아주면서도 그를 걱정스럽게 바라봤다.

"아인, 전에도 말했지만 다른 사람과 비교해서 자신의 가치를 확인할 필요는 없단다. 꼭 누구보다 대단해야만 하는 건 아니야. 남보다 앞서고 있다 해서 그 삶이 더 나은 것도 아니란다. 삶의 무게는 모두에게 공평하지. 엘도 그 나름대로 고충을 갖고 있을 거야."

그를 아끼는 쪽에서 충분히 할 수 있는 말이었다. 하지만 아인 이드리스는 뾰족하게 받아들였다.

"또 제가 잘못됐다고 하시는 겁니까?"

"그런 말이 아니란다, 아인. 나는 널 위해서……."

"네, 압니다. 경쟁심이나 시기심, 모두 절 힘들게 하는 감정이죠. 저도 미네르바가 어떤 의미로 하시는 말인지는 알고 있습니다. 하지만 한 번쯤은 제가 원하는 말도 해주실 수 있는 거 아닙니까?"

"아인, 미안하다."

"아뇨, 아닙니다. 사과하지 마십시오, 미네르바. 제가 유치했습니다."

미네르바의 흐려진 표정을 보고 아차 싶었는지 아인 이드리스가 얼른 고개를 저었다. 그러면서도 미네르바를 바라보는 표정엔 씁쓸한 감정이 가득했다.

"그래도 이럴 땐 역시 마음이 무겁습니다. 가끔 농담 삼아 말하곤 했죠. 당신은 인간을 너무 모른다고요."

"아인."

"인간은, 특히 저처럼 평범한 인간은 모든 일을 다 당신처럼 초연하게 여길 수 없습니다. 그게 자신과 관련된 일이라면 더더욱이요. 이성적이고 객관적인 시선으로 조언해주시는 건 좋습니다만, 가끔은 지치는군요."

글쎄, 이런 건 성격 차이에서도 얼마든지 일어날 수 있는 갈등이었다. 내 눈엔 오히려 아인 이드리스 쪽이 선입관에 사로잡혀 스스로 벽을 쌓고 있는 것처럼 보였다. 하지만 이번에도 내가 나설 수 있는 부분은 아무것도 없었다. 그저 잠자코 지켜보기만 해야 할 뿐.

이윽고 울 것처럼 일렁이던 아인 이드리스의 눈빛이 천천히 식었다. 그는 자신을 붙잡으려는 미네르바의 손을 부드럽게 밀어냈다.

"당신의 인간적이지 않은 부분이 우리가 다르다는 사실을 자꾸 확인하게 해요. 그게 날 얼마나 슬프게 만드는지 모르겠죠. 당신은 끝내 날 이해하지 못할 겁니다."

스치고 지나가는 아인 이드리스를 미네르바는 차마 붙잡지 못했다. 그 홀로 남게 된 공간엔 짙은 정적이 내려앉았다.

환상이 또 바뀌었다. 이번 등장인물도 아나이스 왕녀와 아인 이드리스였다. 그런데 늘 웃고 있던 왕녀가 이번엔 서럽게 울고 있었다.

"대체 무슨 일입니까, 아나이스 님? 저한테 말씀해보세요."

"아인 님……."

눈물을 가득 머금은 왕녀가 아인 이드리스에게 매달리듯 흐느꼈다.

“어떡하죠? 전 아무것도 몰랐어요.”

“그게 무슨 말씀이십니까?”

“제가 인어를 지배할 수 있대요. 우리 일가에서 여성에게 이어지는 힘이래요.”

“예……?”

“성인식에서 세례를 받고 나면 능력을 완전히 각성할 수 있대요. 그런데 그 능력을 각성하면 제가 다른 인격으로 변한대요. 세이렌의 혼이 강림해서 제 몸을 장악한대요.”

“그게 무슨…….”

“오라버니가 어머니와 나눈 서신에서 읽었어요. 제가 눈치채면 세례를 거부하고 도망갈 수 있으니 조심하라고요. 저는 너무 무서워요. 제가 아니게 되면 어떻게 하죠?”

혼란스럽게 일렁이던 아인 이드리스의 표정이 차츰 차분해졌다. 그가 우는 왕녀를 억지로 일으켜 똑바로 마주 보게 했다.

“제가 지켜드리겠습니다. 무슨 일이 있어도.”

“정말이요?”

“예, 왕녀님. 전 당신의 기사잖습니까? 아무것도 염려하지 마십시오. 제 모든 힘을 다해서 당신을 지키겠습니다.”

이후로 왕녀는 왕세자와 반목하기 시작했다. 왕세자가 협조하지 않는 동생을 강제로 끌어가려고 나서자 아인 이드리스는 아예 아나이스를 자신의 저택에 머물게 하고 밤낮으로 항시 붙어 다녔다. 반복되는 납치 시도는 거의 실패했지만 성공할 때도 있었다. 그 대부분은 아인 이드리스가 정령술을 시도할 수 없는 상황에서 벌어졌다.

그럴 때마다 아인 이드리스는 악착같이 추적하여 왕녀를 구했다. 두 사람의 사이는 급격하게 가까워졌다. 왕녀가 아인 이드리스를 사랑하기 시작했다. 순수하게 존경하던 시선에 점차 다른 열기가 스며드는 것이 보였다. 그런 자신의 감정을 숨기지도 않았다. 아인 이드리스는 부담스러워하면서도 싫어하진 않았다. 오히려 그럴수록 왕녀를 지켜야 한다는 사명감에 사로잡히는 것 같았다. 그는 점점 더 강한 힘에 집착했다. 그러나 원하는 대로 풀리진 않았다.

"대체 왜 안 되는 거야!"

대련에 연거푸 참패한 이드리스가 바닥에 엎드린 채 절망하며 꺽꺽 울었다. 그 모습을 지켜보는 미네르바의 얼굴에 그늘이 드리웠다.

또 장면이 바뀌었다.

이번엔 나도 잘 아는 장소였다. 찬란한 강휘로 채워진 하늘, 새하얀 구름을 카펫으로 삼은 듯한 바람의 영역이었다. 그 한가운데 초연하게 서 있는 미네르바가 이프리트와 트로웰을 마주하고 있었다.

"지금 뭘 해? 내가 제대로 들은 게 맞아?"

이프리트가 다그치듯 소리쳤다. 분노, 경멸, 탄식. 표정이 잔뜩 일그러진 그에게선 지금까지 한 번도 본 적이 없는 감정들만 드러났다.

"고작 인간 따위에게 네 능력을 나눠 주겠다고? 너 미쳤어, 미네르바?"

이어진 말에 숨을 삼켰다. 아, 설마…… 이거 그 상황인가? 당황해서 주위를 둘러봤지만 이 공간을 벗어날 방법 따윈 찾을 수가 없었다. 가까이 다가가도 나를 알아보는 시선 역시 느껴지지 않았다. 이번에도 지켜보는 거 말고는 할 수 있는 게 없는 것 같았다.

"젠장! 이렇게 될 줄 알았어! 그놈을 잠깐이라도 좋게 생각하려고 했던 내가 미친놈이지!"

"이건 내 만족일 뿐, 아인의 잘못이 아니야."

"말이 되는 소리를 해! 널 그렇게 만든 게 그놈인데 왜 그놈 잘못이 아니야! 트로웰! 너도 뭐라고 말 좀 해 봐! 저 미친 짓거리를 말려보라고!"

답답해 죽겠다는 듯 두 손으로 자신의 머리를 마구 헝클어트린 이프리트가 트로웰을 돌아보았다. 미네르바 역시 트로웰을 바라보았다. 트로웰은 그저 물끄러미 그를 바라보기만 했다. 무심한 표정이었으나 눈동자에 가득 차오른 슬픔이 선명했다. 한참 만에 그가 쓴 것을 삼키는 얼굴로 입을 열었다.

"그는 널 사랑하지 않아."

"트로웰……."

"하지만 네가 자신을 사랑한다는 것은 누구보다 잘 알고 있지."

차분한 음성에 물기가 느껴진다고 생각한 건 나만이 아닐 것이다. 다시 머리를 쓸어넘긴 이프리트가 나직하게 욕설을 내뱉는 소리가 들렸다.

"가여운 미네르바. 지금의 너를 내가 무슨 말로 설득할 수 있을까. 하지만 이것만은 명심해 둬. 너는, 분명히 다치게 될 거야."

미네르바의 눈동자가 흔들렸다. 시선을 먼저 피한 건 트로웰이었다. 더 하고 싶은 말을 억지로 삼키듯 입술을 악물다 살짝 미간을 찌푸린 얼굴로 한숨을 삼켰다.

"이만 갈게. 널 보는 게 너무 힘들어."

그리곤 대답을 기다리지도 않은 채 그대로 사라졌다. 이프리트 역시 고개를 절레절레 흔들며 바람의 영역을 떠났다. 홀로 남은 미네르바를 위로한 건 모든 상황을 함께 지켜보고 있던 진이었다.

—제게 맡겨 주십시오, 왕이시여. 제가 왕을 위해 그를 돕겠습니다.

"……고마워, 진."

—왕의 행복이 저의 기쁨이자 사명입니다.

잔잔하게 웃는 그의 이마에 미네르바가 입을 맞췄다. 마치 작별 인사를 하는 것처럼. 애달프고 경건하게.

다음 순간 미네르바가 양팔을 뻗었다. 진의 모습이 허물어지듯 녹아가기 시작하며, 두 팔 안에 거대한 회오리가 일기 시작했다. 고이는 힘이 강해질수록 미네르바의 힘은 약해져 갔다.

안 돼, 미네르바! 그만둬!

도저히 지켜볼 수가 없어서 소리쳤지만 목소리가 나가지 않았다. 자리를 박차고 나가 그를 향해 손을 뻗었다. 그러나 잡으려는 순간 다시 장면이 바뀌었다.

"이게 뭔가요, 아인 님?"

얼굴을 굳힌 아나이스 왕녀가 아인 이드리스에게 신문을 내밀었다. 그걸 힐끗 바라본 아인 이드리스가 무심한 어조로 답했다.

"어제 기자 회견 내용이군요."

"그걸 묻는 게 아니잖아요. 왜 이런 대답을 하셨어요?"

"기사에 적힌 그대로입니다. 전 다른 여인에게는 관심이 없습니다. 제겐 오직 미네르바뿐입니다."

"거짓말."

아인 이드리스가 숨을 잠시 멈췄다. 왕녀의 눈에는 어느새 눈물이 가득 고여 있었다.

"그건 거짓말이잖아요, 아인 님."

확신을 담고 말하는 목소리가 떨렸다. 미네르바는 제가 하는 말을 늘 인형처럼 의심 없이 믿는데, 당신은 단숨에 거짓말이라고 말하는군요, 신기하게도. 아인 이드리스가 자조하듯이 중얼거렸다. 그 모습을 멀거니 바라보다 시선을 내렸다. 아인 이드리스의 허리춤에 전에는 보지 못한 검 한 자루가 걸려 있었다. 그가 차고 있는 모습은 처음 봤지만 검의 형태 자체는 익숙해서 몰라볼 수가 없었다.

블레스터.

조금 전 막아내지 못한 바람이 결국 검이 되어 그의 곁에 자리 잡고 있었다. 속이 바짝 마르다 못해 버석거렸다. 아무래도 이 환상은 시간별로 이어지고 있는 듯했다.

"……전 미네르바를 배신할 수 없습니다."

"그건 그를 사랑한다는 말과는 달라요, 아인 님. 알고는 계시죠?"

"저는……."

"제게 끌리는 감정을 숨기지 마세요. 그는 정령이고 우린 인간이에요. 인간은 인간과 맺어져야 하고 그게 자연스러운 일이에요. 아인 님도 사실은 알고 계시잖아요."

한 걸음 가까이 다가간 아나이스 왕녀가 두 손으로 아인 이드리스의 손을 잡았다. 아인 이드리스는 움찔했지만 거부하지는 않았다.

"저도 이러는 제가 싫어요. 하지만 그렇게 해서 아인 님이 제 곁에 올 수 있다면 기꺼이 악역을 맡겠어요. 전 아인 님만 있으면 돼요. 다른 건 아무것도 필요 없어요."

"아나이스 님."

"그냥 아나이스라고 부르세요."

"……."

"아인은, 제가 아니어도 괜찮으신 건가요? 정말 그래요?"

입을 달싹이던 아인 이드리스의 얼굴이 와락 일그러졌다. 상체를 기울인 그가 이내 성급한 동작으로 왕녀에게 입을 맞췄다. 분노인지 배신감인지, 그것도 아니면 슬픔인지. 한마디로 정의하지 못할 참혹한 기분을 느끼며 눈을 감았다. 카노스가 왜 이런 환상들을 보여주는 건지는 모르겠다. 하지만 이다음 장면이 뭐가 될지는 알 것 같았다.

"미네르바. 아무래도 제가 이상합니다."

"그게 무슨 소리지, 아인?"

혼란한 표정으로 중얼거리는 아인 이드리스를 미네르바가 의아한 얼굴로 바라보았다.

"아나이스 왕녀에게 이상한 힘이 있는 것 같습니다. 제게 주술을 거는 것 같아요. 그녀를 만나는 게 너무 두렵습니다. 요즘은 불안해서 잠도 제대로 잘 수가 없습니다."

자신을 위해 헌신한 연인을 배신한 죄책감을 감당할 수 없어서일까. 아인 이드리스는 정말로 공포에 질린 모습이었다. 지금까지 이어진 상황들을 전부 지켜본 나조차도 동정하는 마음이 일 만큼 가여워 보였다. 그러니 그를 누구보다 아끼고 사랑하는 이의 심정은 헤아릴 필요가 없을 것이다. 미네르바가 그를 가만히 끌어안았다.

"아인, 괜찮다. 네게 주술이 걸린 흔적은 없어."

"아닙니다, 그럴 리가 없어요. 분명히 주술이에요. 이상한 힘이 있어요. 저는 이대로는 살 수 없습니다. 매일 매일 너무 고통스러워요. 미네르바, 절 가엾게 여긴다면 제발 도와주세요."

"네가 원하는 것이라면 그게 무엇이든. 내가 어떻게 해주길 바라지, 아인?"

아인 이드리스가 일렁이는 눈으로 미네르바를 바라보았다. 애타게 갈망하는 시선이다. 무언가에 희망을 느끼는 얼굴인 것 같기도 했다. 아무 대답도 하지 마! 차라리 그 입을 닫으라고! 하지만 이번에도 내 말은 닿지 않았다.

"저는, 저는…… 왕녀가 제 앞에 나타나지 않았으면 좋겠습니다."

"그거면 되는 건가?"

"아니, 아뇨, 잘 모르겠습니다. 보이지 않는다고 해서 이 주술이 풀릴까요? 그건 아닐 것 같습니다."

아인 이드리스가 고통스러워하며 눈을 감았다. 미네르바의 허리를 끌어안은 채, 어린아이처럼 품에 파고드는 얼굴은 이미 서럽게 젖은 지 오래였다.

"이건 그녀가 죽어야 끝날 겁니다."

눈을 천천히 깜빡였다. 뿌옇던 시야가 환해지면서 주변의 광경이 하나둘씩 눈에 보이기 시작했다. 여기가 어디지? 분명 조금 전까지 평원이었는데 지금은 어딜 봐도 실내였다. 너저분한 책상이며 한구석에 조촐하게 마련된 응접실 구조가 어디선가 많이 본 듯이 익숙했다.

쾅! 그 순간 누군가가 문을 박차고 들어왔다. 요란한 소음에 움찔했다가 들어서는 얼굴이 낯익어서 다시 놀랐다.

"엘! 큰일 났어!"

"……크리스?"

멍하니 되묻다가 위화감을 느끼고 다시 주위를 돌아보았다. 왜 익숙한 광경인가 했더니 길드 실무실 안이었다. 내가 왜 여기에 있지? 카노스는? 지금까지 봤던 건 전부 뭐였을까. 시간이 얼마나 지난 건지도 모르겠다. 깨어난 건 맞는 것 같은데 아직 머릿속이 멍했다.

"어떻게 된 거예요? 왜 크리스가 여기에 있지? 아니, 내가 왜 여기에 있어요?"

"무슨 엉뚱한 소리야? 아무튼 그게 문제가 아냐. 지금 밖에 난리가 났어!"

"난리요?"

"아나이스 왕녀가 죽었어!"

……뭐?

멍하니 고개를 들었다. 놀라서 잔뜩 흥분한 크리스의 얼굴이 선명하게 보였다.

"미네르바가 아나이스 왕녀를 살해했대!"

입이 저절로 벌어졌다. 이게 다 무슨 소리인지 모르겠다. 그야 내가 봤던 광경을 토대로 하면 남은 결과가 하나밖에 없기는 했다. 여러모로 마지막에 다다른 광경이었고, 내가 아는 과거 그대로였다. 하지만…….

"그건 전부 환상이었잖아."

"아까부터 대체 무슨 소리를 하는 거야?"

황당해하는 크리스의 목소리가 들렸다. 그 얼굴을 바라보다 손바닥으로 두 뺨을 강하게 쳐봤다. 얼얼한 감각이 퍼지고 나니 정신이 좀 더 들었다. 꿈이 아니다. 이건 정말 현실이었다. 다시 고개를 들고 당황해서 얼어있는 크리스를 바라보았다.

"지금 몇 년이에요?"

"어? 뭐?"

"아인 이드리스가 아나이스 왕녀를 경호한 지 얼마나 지났어요?"

"어어, 글쎄. 그거 한 2년쯤 되지 않았나? 1년은 확실히 훌쩍 넘었지. 아니, 근데 지금 그게 중요한 게 아니라……."

2년. 온몸에서 쭉 힘이 빠져나갔다. 놀란 크리스가 다급히 다가와 휘청이는 내 몸을 부축했다.

"엘, 너 왜 그래? 괜찮아?"

"말도 안 돼……."

이러면 안 된다. 절대 이러면 안 되는데. 팔을 뻗어 크리스의 옷자락을 강하게 움켜잡았다. 맥없이 끌려온 그가 놀란 얼굴로 숨을 삼켰다.

"어디예요?"
"뭐, 뭐?"
"왕녀가 어디서 죽었냐고!"

허둥지둥 뛰다시피 달려나갔다. 상황을 목격한 고용인들이 신고했다고 했던가. 사건 현장이라는 아인 이드리스의 저택 앞은 벌써 취재진과 구경꾼들로 문전성시를 이루고 있었다. 근위대인지 자치대인지 모를 기사들이 저택 주위를 둘러싼 채 사람들이 안으로 들어가는 걸 막는 중이었다. "들어가면 안 됩니다!" "저거 뭐야?" "당장 막아!" 다급히 저지하는 사람들의 손길을 뿌리치고 안으로 뛰어들어갔다. 정원을 지나 저택 안으로 들어서니 홀 한곳을 둘러싸고 있는 사람들이 보였다. 그곳에 있던 기사들이 놀라서 돌아보았다.
"당신 뭡니까?"
"여기 누가 들어오라고 했죠?"
"잠깐, 저 사람 헌터 엘 아니야?"
"아, 그 검성……."
사방에서 쏟아지는 소리를 무시하고 앞으로 계속 나아갔다. 길이 점점 트이며 마침내 목적지에 닿았다. 한 남자가 쓰러진 여인을 안고 울고 있었다.
"아나이스. 아나이스? 제발 눈을 떠보십시오. 제발 눈을 떠요. 아아, 안 돼. 이럴 수는 없어. 이럴 수는 없어……."

흐느끼는 흑발의 남자는 아인 이드리스였다. 그 품에 안겨 있는 왕녀에게선 이미 숨결이 조금도 느껴지지 않았다. 정말 사망한 거다. 빼근하게 차오르는 가슴을 억누르고 시선을 돌렸다. 조금 떨어진 곳에 석상처럼 서 있는 새하얀 존재가 보였다. 미네르바였다. 견제하는 기사들에게 둘러싸인 그의 얼굴은 시신이 된 왕녀만큼이나 딱딱하게 굳어 있었다.

"이제 그만 현장을 수습해야 합니다."

눈치를 보던 기사들이 울고 있는 아인 이드리스에게 다가서며 말했다. 그제야 고개를 든 아인 이드리스가 젖은 얼굴로 미네르바를 돌아보았다.

"대체 왜!"

달려들 듯이 고개를 치켜든 그에게서 목을 긁는 듯한 외침이 터져 나왔다.

"이 가여운 여인을 왜 죽인 겁니까? 대체 왜! 당신이 왜!"

두 눈에 핏발이 가득한 아인 이드리스는 누가 봐도 제정신이 아니었다. 미네르바의 표정이 다시 무너졌다.

"아인, 나는…… 널 돕고 싶었다."

"날 도와? 이게 날 돕는 거라고?"

"왕녀가 널 너무 고통스럽게 하는 것 같았다. 그녀가 죽지 않는다면 끝나지 않을 고통이라고 했었지. 네가 더는 괴롭지 않기를 바랐을 뿐이야."

술렁거리는 소리가 커졌다. 아인 이드리스는 발작하듯 비명을 내질렀다. 근처에 있던 기사들이 말리려 들었지만, 워낙 기세가 흉포했던 탓에 다들 물러날 수밖에 없었다.

"그건 진심이 아니었어!"

"진심이…… 아니었다고?"

"아나이스를 사랑하게 됐어! 그 마음을 당신이 알아주길 바랐어! 정령왕인 당신이 먼저 헤아리길 바랐다고!"

미네르바의 눈동자가 크게 흔들렸다. 명백한 동요를 드러낸 얼굴을 보면서도 아인 이드리스는 멈추지 않았다.

"당신은 정령왕이잖아! 이 세계를 관장한다는 대단하신 존재잖아! 내 마음이 그녀에게 기울었다는 걸 정말 몰랐나? 인간인 아나이스는 알고 있었는데 왜 당신은 그걸 몰라!"

"아니지! 사실은 알고 있었겠지! 알면서 죽인 거야! 알았기 때문에 죽인 거라고! 날 도와주고 싶었던 거라고? 내가 괴롭지 않길 바랐다고? 헛소리하지 마! 당신은 늘 이런 식이야! 언제나 다 내려다보면서 당신 마음대로 날 조종하지! 날 위하는 척 가식을 떨면서! 내가 진짜로 원하는 건 단 한 번도 들어준 적이 없어!"

덮치듯이 기어간 아인 이드리스가 미네르바의 어깨를 강하게 움켜잡았다. 악귀처럼 악을 쓰며 피를 토하듯 절규했다.

"당신은 나를 망치러 온 거야!"

굳어 있는 미네르바의 얼굴이 새하얗게 질렸다.

"당신이 내 모든 걸 다 망쳤다고!"

"그만해!"

더는 지켜볼 수가 없어서 달려들어 아인 이드리스를 강제로 떼어냈다. 귀신처럼 퀭한 얼굴이 나를 돌아보았다.

"너 미쳤어? 네가 어떻게 미네르바에게……!"

"미쳤지, 물론. 당연히 미치고말고. 그럼 이 상황에서 미치지 않을 수가 있나?"

"지금 그걸 말이라고 해?"

멱살을 움켜잡은 손에 힘이 들어갔다. 휘어잡는 대로 휘청거리는 아인 이드리스는 정말 미친 사람처럼 실실 웃었다. 그의 눈꼬리를 타고 눈물이 주르륵 흘러내렸다.

"그래, 잘나고 뛰어난 엘. 넌 언제나 대단하지. 정령과 깊이 교감하고 누구보다 그들을 잘 이해해. 나 같은 거랑은 다르게 말이야."

"하……."

"넌 세상이 정말 쉽지? 그럴 거야. 조금만 노력해도 전부 다 수월하게 이루고 가는 곳마다 존경과 사랑을 받잖아. 하지만 난 아냐. 날 이해해주는 건 아나이스밖에 없었어."

기막힌 논리에 잠시간 말이 막혔다. 시선을 돌려 그의 몸 아래를 바라보았다. 허리춤에 걸려 있는 정령검은 지금 이 순간에도 존재감을 드러내고 있었다. 내가 뭘 응시한 건지 알아차린 아인 이드리스의 표정이 흔들렸다. 하지만 그는 다시 이를 악물었다.

"아나이스를 돌려줘."

억눌린 목소리가 짐승의 신음처럼 울먹거렸다. 희번들한 눈동자에 광기가 차오르는 게 선명히 보였다.

"아나이스를 돌려내! 그녀를 살려내란 말이야! 너도 죽어버려, 미네르바! 너야말로 죽어버려! 널 저주해, 미네르바! 고귀한 정령왕? 바람의 지배자? 다 개나 주라고 해! 너 따위는 악귀일 뿐이야! 영겁의 고통 속에서 가장 처절하게 소멸해버려!"

생각을 잇기도 전에 주먹이 먼저 나갔다. 얼굴을 맞고 나가떨어진 아인 이드리스는 바닥에 처박힌 뒤 그대로 축 늘어졌다. 비명을 지른 사람들이 경악한 얼굴로 나를 바라봤다. 쏟아지는 시선을 무시한 채 미네르바를 돌아보다 눈에 들어오는 광경에 숨을 삼켰다. 고요히 서 있는 미네르바는 눈물을 흘리고 있었다.

"미네르바."

부르는 소리에도 아무런 반응이 없다. 텅 비어버린 눈동자에 심장이 덜컥 내려앉았다. 어쩌지? 이제 어떻게 해야 하지? 저런 헛소리는 신경 쓰지 말라고 해야 하는데 닿을 리가 없었다. 몇 마디 말로 위안이 될 상처가 아니었다. 그가 다치는 걸 막지 못했다.

식은땀이 맺히는 손바닥을 억지로 움켜잡는데 미네르바의 공허한 시선이 어딘가를 향했다. 그 시선을 따라 고개를 돌리다 멈칫했다. 주위를 어지럽게 둘러싸고 있는 사람들 사이에 홀로 차분히 서 있는 한 사람의 모습이 보였다. 짙은 흑발과 황금빛 눈동자를 지닌 소년. 트로웰이었다. 그 역시 미네르바를 응시하고 있는 상태였다. 모두가 혼란한 가운데 오직 두 사람만이 고요했다. 마치 그들 사이에만 시간이 멈춰 있는 것 같았다.

시선을 먼저 피한 건 이번에도 트로웰이었다. 결국 이렇게 끝났구나. 눈을 내리깐 채 입 모양으로만 달싹거린 말이 누구를 향한 건지는 알 수 없었다.

"우선 저희와 함께 가주셔야 할 것 같습니다."

주저하던 근위대 기사들이 가까이 다가왔다. 정령왕에게 인간 사회의 법칙을 적용하려는 게 본인들도 민망한지 매우 회의적인 얼굴이었다. 여전히 반응 없는 미네르바를 돌아보다 얼굴을 굳혔다. 그의 몸에서 희미한 바람이 불고 있었다. 바람의 정령왕이긴 하지만 평소에도 주변에 영향을 주지는 않는다. 그런데 지금은 확실하게 그의 몸 주위로 미풍이 불고 있었다. 아무리 봐도 정상적인 기류가 아니었다.

"미네르바?"

그는 자신에게 일어난 일을 인지하지 못하는 것 같았다. 기류에 영향을 받은 건물이 덜컹덜컹 흔들리기 시작했다. 아무것도 모르던 사람들도 심상치 않은 분위기를 읽어내고 몸을 움츠렸다.

"뭐, 뭐지?"

겁에 질린 시선들이 미네르바에게 닿았다. 이미 그를 둘러싼 바람은 눈에 보일 정도로 선명한 나선을 이룬 상태였다. 발아래에서부터 시작된 회오리바람이 그의 몸을 서서히 감싸고 오르더니 머리 끝까지 타고 올라갔다. 그 속에 삼켜진 미네르바의 모습이 점차 흐트러지기 시작했다. 마치 형태를 이루는 방법을 모르게 된 것처럼.

정령왕의 본능이 경고했다. 그를 이대로 두면 안 된다. 이건 아주 위험한 징후였다. 그 순간 모든 바람이 우뚝 멈췄다. 덜컹거리는 진동도 멈추면서 경계하고 있던 사람들이 안도하는 게 보였다. 나는 더 다급해졌다. 끝난 게 아니다. 이게 시작이었다.

"미네르바! 안 돼!"

그를 향해 팔을 뻗었다. 그 순간 눈앞이 새하얗게 터지며 강한 충격이 와 닿았다. 콰아앙! 머리까지 꿰뚫는 폭발음이 들린 건 그 다음이었다. 누군가가 나를 끌어당겼다. 아니, 잘 모르겠다. 몸이 갈고리에 걸린 채 마구잡이로 끌려다니는 것 같았다. 고막이 나간 걸까. 찢어지는 듯한 이명을 타고 사람의 비명인지 건물이 울리는 소리인지 정체를 알 수 없는 진동들이 웅웅거렸다.

"엘?"

잠깐 의식을 잃었던 것 같다. 정신을 차렸을 땐 낯익은 얼굴이 나를 내려다보고 있었다.

"……아버지?"

맑아지는 시야 속에 나타난 엘뤼엔은 드물게 굳어 있는 얼굴이었다. 누가 봐도 화난 시선이라 흐리멍덩한 와중에도 몸이 움찔했다. 뭐야, 왜 화가 났지?

"괜찮아, 도련님?"

포식자를 눈앞에 둔 개구리의 심정으로 눈만 멀거니 껌벅거리는데 옆에서 다른 목소리가 들렸다. 이프리트였다. 그의 시선도 평소와는 다르게 엄격했다.

"이번엔 정말 위험했어. 아무리 겁이 없어도 그래. 이상하다는 걸 느꼈으면 피해야지, 오히려 더 다가가면 어떡해? 엘퀴네스가 간발의 차로 낚아채지 않았으면 온몸이 갈가리 찢겼을 거야. 나 진짜 엘퀴네스가 그렇게 놀라는 건 처음 봤네. 물론 나도 놀랐고."

아, 그러고 보니 나 방금 폭발에 휘말린 건가? 정신이 없는 동안 인지하지 못했던 상황이 조금씩 이해되기 시작했다. 종알거리는 소리를 뒤로하고 서둘러 몸을 일으켰다. 그제야 확인하게 된 광경에 입이 저절로 벌어졌다. 저택이 전부 다 무너져 있었다. 보이는 거라곤 흉하게 드러난 건물의 뼈대와 뭉개져 아무렇게나 쌓여 있는 돌무더기뿐이었다. 잔해 속에 시신으로 짐작되는 무언가가 깔린 것도 보였다. 환란을 피하지 못하고 휘말린 사람들이었다. 아무래도 이 안에서 살아남은 사람은 나밖에 없는 것 같았다.

"어떻게 된 거야? 지금…… 무슨 일이 벌어진 거야?"

당황해서 물은 말에 쓰게 웃은 이프리트가 손가락으로 위를 가리켰다. 그 방향을 따라 시선을 들었다가 그대로 입을 벌렸다. 지붕을 잃어 훤히 드러난 하늘이 온통 새까맸다. 빛 한 점 들어서지 못할 만큼 짙은 암흑이 해가 있어야 할 곳을 전부 뒤덮고 있었다. 그런데도 그 아래 펼쳐진 세상은 여전히 환하기만 하다. 마치 하늘과 땅이 뒤바뀌어 있는 것 같았다.

그 어둠과 빛이 맞닿아 있는 듯한 경계에 미네르바가 떠 있었다. 정신을 잃은 듯 두 눈을 감고 있는 그는 거의 투명할 정도로 모습이 흐려진 상태였다. 그로부터 시작된 바람이 온 사방으로 퍼져나가고 있었다. 그건 바람을 불러일으키는 모습 같기도 했고, 반대로 그에게서 힘이 빠져나가는 것처럼도 보였다.

"미네르바가 왜 저렇게……."

"폭주한 거야."

"폭주……?"

듣고도 믿기지 않는 단어에 눈앞이 캄캄해졌다. 폭주라니. 그건 곧 그가 이지를 잃고 정신을 완전히 놓았다는 의미였다. 통제를 잃고 흉포해진 바람은 이 세계를 파괴하기 시작할 것이다. 그 길 끝에 남은 건 모든 힘을 소진한 자의 소멸뿐이었다.

어디선가 발걸음이 들렸다. 혼란한 마음을 수습하지 못한 채로 소리가 들리는 쪽을 따라 고개를 돌렸다. 허물어져 반도 채 안 남은 벽 안에서 무언가를 짊어지고 걸어 나오는 이가 있었다. 바람에 흩날리는 흑발 아래, 아무것도 읽어낼 수 없는 무심한 얼굴이 보였다.

"트로웰……."

조용히 숨을 죽인 채 그가 가까이 다가오는 걸 바라보았다. 저벅거리는 소리가 시계 초침 소리 같다는 생각을 했다. 이윽고 조금 앞에 멈춰선 그가 어깨에 메고 있던 걸 내 앞에 던지듯이 내려놓았다. 둔탁한 소리를 울리며 떨어진 건 다시 보니 의식을 잃은 사람이었다. 숨이 끊기기 직전에 건져진 걸까. 어느 곳 하나 성하지 않은 비참한 몰골이었지만 누군지는 알아볼 수 있었다. 아인 이드리스였다.

“약속한 기한이 지났어, 엘.”

이어진 목소리에 시선을 다시 들었다. 나를 응시하는 황금빛 눈동자가 스산한 기운을 머금고 짙어졌다.

“미안하지만 내기는 내가 이겼어.”

“재밌는 경험을 하게 해줄게.”

이 모든 과정의 시작이었던 목소리가 다시 울렸다. 떨리는 호흡을 간신히 억누른 채 주먹을 꾹 움켜쥐었다. 차라리 모든 걸 외면하고 눈을 감아버리고 싶었다.

카노스.

대체 무슨 짓을 한 거야.

제4화

1.

정신 차리고 보니 몇 년이 훌쩍 지나 있는 건 무슨 경우일까.

예전에도 비슷한 경험을 한 적이 있었다. 던전에 갇혔을 때였던가. 체감상으로는 며칠 정도 머물렀다고 생각했는데 밖으로 나와 보니 이미 한 달이 지나 있었다. 던전 안의 시간을 멈춰뒀다고 했었지. 그때도 카노스 짓이었다. 신의 영역이란 생각에 크게 고민하지 않고 넘겼는데 오늘 이런 일이 벌어질 줄 알았다면 좀 더 자세히 캐물었을 거다.

주변의 모든 광경이 어수선했다. 폭발에 피해를 본 건 저택 안에 있던 사람들만이 아니었다. 외관을 둘러싸고 있던 사람들도 휘말렸고, 인근에 있던 다른 건물들까지 무너졌다. 사방에서 생존자의 신음과 곡소리가 들렸다. 아름다운 경관으로 유명한 동네였는데 지금은 지옥도가 따로 없었다.

참혹한 현장을 멍하니 바라보다 뻐근한 두 눈을 문질렀다. 아직도 내게 무슨 일이 벌어진 건지는 모르겠다. 그나마 이해한 건 카노스가 시간을 앞으로 감았다는 거다. 내가 바꾸려던 사건들만 골라서, 그 모든 일이 전부 끝나는 시점으로.

물론 눈을 감았다가 뜨면 모든 게 전부 다 끝나 있으면 좋겠다고 생각하긴 했다. 그 결과가 어느 쪽이든 홀가분할 거라 여기기도 했다. 하지만 이건 좀 너무하잖아.

“내기 내용 기억해?”

트로웰이 물었다. 낮게 깔린 음성은 아무런 감정을 드러내지 않은 얼굴만큼이나 무미건조했다.

“예지를 바꾸지 못하면 네가 가장 먼저 죽을 거라고 했었지.”

멈췄던 걸음이 다시 시작됐다. 마른 숨만 넘기는 채로, 그가 내 앞으로 다가오는 것을 가만히 바라보았다. 호흡이 느껴질 만큼 가까워진 거리에서 앙상한 겨울나무 같은 눈빛이 닿았다.

원래 이 내기의 결말은 정해져 있었다. 그래서 이날이 오면 내가 뭐든 할 수 있을 줄 알았다. 변명이든 설득이든, 어떻게든 그를 위로할 수 있을 거라고. 그게 내가 알고 있던 과거였으니까. 그런데 막상 이 순간의 트로웰을 눈앞에 두고 나니 입이 떨어지지 않았다. 그의 모습이 금방이라도 부서질 것처럼 보여서. 바스러지는 모래성처럼 건드리는 대로 흩어질 것만 같아서.

무심함을 가장한 표정 아래에 있는 건 지독한 허무였다. 미네르바가 소멸할 때도, 내 어깨에 기대어 울던 때조차 그는 이런 표정을 짓지는 않았다. 얼마나 오만한 판단이었던가. 모든 상황을 다 알고 있다고 착각하면서, 사실은 트로웰이 받은 상처를 조금도 이해하지 못했던 거다. 미네르바가 다친 만큼 그 역시 다쳤다는 걸. 해지고 구멍 난 상처에서 이미 진작부터 피가 흐르고 있었는데도, 알아차리지 못했다.

"아프진 않을 거야."

그래서 그의 손이 내 목에 닿는 걸 알면서도 피할 수 없었다. 무심코 움츠리자 반사적으로 힘을 빼는 게 느껴져서 더 속이 시렸다. 이런 순간에조차 그는 다정하다.

"야 인마, 트로웰……."

당황한 이프리트가 안절부절못하는 것이 보였다. 트로웰은 돌아보지 않았다.

"그동안 애쓴 걸 생각해서 빨리 끝내줄게."

나도 모르게 눈을 감았다. 지금 여기서 죽으면 어떻게 되는 걸까. 복잡한 생각들이 머리를 스쳤지만 저항할 마음은 들지 않았다. 잠시 꿈틀거린 손끝이 이내 피부를 지그시 파고들었다. 점차 목이 눌리는 감각이 차올랐다. 하지만 괴롭다고 느낄 수준이 되기도 전에 서늘한 목소리가 들렸다.

"그 손 치워."

팽팽하던 공기가 한순간에 깨어져 나갔다. 깊은 물 속에서 빠져나온 것처럼 모든 감각이 선명해지는 느낌이었다. 목에 가해지던 압력이 느슨해졌다. 경고하듯이 명령한 사람은 엘뤼엔이었다. 눈을 뜨고 돌아보자 살벌하게 응시하고 있는 그가 보였다. 멈췄던 숨을 내쉬듯 거친 호흡을 삼킨 트로웰이 입술을 깨물며 그를 돌아보았다.

"이건 나와 그의 약속이야. 왜 방해하는 거야?"

"눈앞에서 계약자를 죽이려는 걸 그냥 보아 넘기는 자도 있나?"

"이럴 줄 모르고 있었던 것도 아니잖아. 3년간 기다려 주겠다고 동의까지 했잖아."

"그건 계약을 끝낸다는 전제였지."

"그럼 지금 바로 계약을 끊으면 되겠네. 원래 그럴 생각인 거 아니었어?"

"마음이 변했다."

담담한 대꾸에 트로웰의 눈썹이 꿈틀거렸다. 기가 막힌다는 표정을 지은 그가 낮게 실소했다.

"정말 낯서네, 엘퀴네스. 어떻게 네가 이렇게 변하지? 가족놀이가 생각보다 마음에 들었나 봐. 아버지라고 병아리처럼 따르니까 네가 진짜 저 애의 아버지라도 된 것 같아?"

"그렇게 사리 분별 하지 못하고 날뛰니 네가 아직 애송이인 거다."

"내가 애송이라고?"

되묻는 얼굴이 마침내 일그러졌다. 불이 튀는 듯한 금안이 사납게 달아오르며 내 목을 쥐고 있는 그의 손에 다시금 힘이 들어갔다. 엘뤼엔의 눈동자에 섬뜩한 빛이 스몄다. 그 순간 황급히 달려든 이프리트가 트로웰을 내게서 강제로 떼어냈다.

"그만해, 트로웰! 너 진짜 이럴 거야?"

"너까지 방해하지 마, 이프리트."

"미안하지만 지금은 나도 엘퀴네스 편이야. 설마 싶어서 그냥 지켜봤는데 이게 진심이라면 말이 다르지. 넌 이제부터 엘 머리카락 하나 못 건드려. 괜한 힘 빼지 말고 포기해."

"이프리트!"

"그래, 트로웰. 이성을 잃은 모습이 진귀하긴 한데 진짜 눈 뜨고 못 봐주겠거든? 너답지 않게 멍청하게 굴지 말고 일단 하늘이나 봐. 미네르바를 저대로 내버려 둘 거야?"

그제야 가시를 세우던 트로웰의 기세가 주춤거렸다. 입술을 깨문 그가 고개를 들고 위를 바라봤다. 지금 이 순간에도 미네르바에게서 뿜어져 나오는 바람이 매서운 소용돌이를 일으키고 있었다. 새카만 하늘이 강한 바람을 견디지 못하고 출렁거렸다. 풍랑이 일어난 밤바다가 하늘 위에서 파도치는 것 같았다.

"저게 터지면 끝이야. 막을 기회는 지금밖에 없어. 무슨 말인지 알겠어? 이럴 시간 없다고."

"……."

"뭐, 마음대로 해. 그대로 두면 네가 원한 대로 인간은 확실히 멸족하겠네. 인간만이 아니라 아크아돈 전체가 박살 날 것 같지만, 가끔은 그런 것도 나쁘진 않지. 덤으로 미네르바도 소멸하겠지만 그것도 무슨 상관이겠어. 어차피 다음 미네르바가 태어날 텐데. 그렇지?"

"……날 화나게 하지 마."

"이해했으면 지금 해야 할 일을 해. 애먼 애한테 괜한 분풀이하지 말고."

마주 선 두 사람의 시선이 충돌했다. 분노를 억누르지 못하는 트로웰만큼이나 이프리트의 시선도 엄격했다. 그 모습을 지켜보다 입을 열었다.

"미안해, 트로웰."

움찔한 트로웰이 고장 난 기계처럼 느릿하게 시선을 보내왔다. 일렁이는 눈동자에 창백한 내 얼굴이 비쳤다.

"정말, 미안해."

"……."

무엇에 대한 사과인지는 나도 모르겠다. 결말을 알면서도 이 내기를 받아들인 것에 대한 사죄인지, 결국 그를 실망하게 한 것에 대한 것인지. 그런 주제에 약속도 이행하지 못하게 된 이 상황에 대한 사과인지. 그것도 아니면 그를 상처입힌 인간을 대표한 것인지. 그냥 떠오르는 말이 그것밖에 없었다.

혼란한 얼굴로 나를 바라본 트로웰이 이내 돌아섰다. 꾹 움켜쥔 주먹이 수많은 감정을 억지로 집어삼키는 듯했다. 직후 그의 모습이 눈앞에서 사라졌다. 정확히는 육체를 벗고 정령 본체로 돌아간 거였다. 반투명해진 그가 미네르바를 향해 날아오르는 것이 보였다. 다독이듯 내 어깨를 한 번 꾹 짚은 이프리트가 그 뒤를 따라나섰다.

이윽고 양쪽으로 마주 선 두 정령왕에게서 붉은빛과 황금빛 기운이 터져 나오기 시작했다. 두 줄기의 기운이 나선으로 엮어지며 미네르바를 감쌌다. 그의 힘을 강제로 억누르려는 듯했다.

—미네르바!

—정신 차려, 미네르바!

다급히 외치는 소리가 온 사방에 진동했다. 하지만 굳게 눈을 감은 미네르바는 조금도 반응하지 않았다. 억누르는 기운이 강해질수록, 두 정령왕이 발산하는 색도 시시각각으로 달라졌다. 그 모습을 멍하니 바라보다 팔짱을 낀 채 서 있는 엘뤼엔을 돌아보았다.

"아버지는 안 가?"

"내가 왜."

……참 그다운 대답이라고 해야 할지, 이럴 때조차 그다운 게 대단하다고 해야 할지 모르겠다. 당황스럽긴 했지만 세계 종말이 눈앞에 다가왔음에도 태연한 그를 보니 나까지 덩달아 침착해지는 것 같아 나쁘진 않았다. 지금 내 옆에 누군가가 있다는 게 안심이 되기도 하고.

"넌 괜찮은 거냐?"

"어? 아, 응. 아무렇지도 않아."

머쓱한 기분으로 목을 문질렀다. 애초에 살의를 담은 손길도 아니었다. 상처는커녕 자국조차 남지 않았을 게 분명했다. 엘뤼엔이 가볍게 혀를 찼다.

"몸이 아니라 기분을 묻는 거다."

"아…… 그것도 괜찮아."

"잘도 괜찮겠군. 형제로 여기며 따르던 녀석이 목을 졸랐는데 그게 아무렇지 않다고?"

"으음, 아무렇지 않은 건 아닌데. 상황이 워낙 그렇잖아."

솔직히 말하면 흐름을 따라가기만도 벅차서 아무 생각도 없었다. 좀 더 차근차근 단계를 밟았다면 이 순간이 더 힘들었을까. 아니, 잘 모르겠다. 어떤 상황이었든 트로웰이 상처받는 건 변하지 않을 테니까.

엘뤼엔은 어딘지 못마땅해하는 표정이었다. "이해심이 하해와 같으니 누가 정령이고 누가 인간인지 모르겠군." 혼잣말로 빈정거리는 소리가 들렸다.

"저기, 아버지. 그보다 혹시 뭐 이상한 점 없어?"

"무슨 말이지?"

"지난 2년간의 기억이 흐릿하다거나. 뭔가 아귀가 맞지 않는다거나."

"뭐?"

무슨 엉뚱한 소리를 하냐는 표정을 보니 아무런 위화감을 느끼지 못하는 모양이다. 그러면서도 눈치는 빨라서 내가 이런 질문을 한 이유를 곧바로 알아차렸다.

"너, 혹시 기억에 문제가 생긴 건가?"

"어, 아니, 그런 건 아닌데……."

"어제 뭘 했는지 말해봐. 일주일 전에는 뭘 했지?"

아무래도 내가 질문할 대상을 잘못 고른 모양이다. 적당히 둔한 사람을 골랐어야 했는데, 처음부터 끝판왕을 선택했다. 이제 뭐라고 말하지? 카노스가 시간을 감아버린 것 같다고 답해도 되는 건가? 평범한 인간이라면 그냥 당황하고 말 텐데, 정령왕들은 어떻게 나올지 알 수가 없어서 무섭다. 그동안엔 내가 아무리 수상하게 굴어도 대충 넘어가 주고 있었던 건데 이런 일까지 그냥 넘기진 않을 거다. 이조차도 카노스의 뜻에 휘둘리는 것 같아 심란했지만 당장은 이 상황을 수습해야 할 것 같았다. 주시하는 눈길을 외면해봤자 통할 리가 없어서 뭐든 변명할 거리를 고심했다. 그런데 그 순간 기다렸다는 듯 머릿속에 낯선 기억이 떠올랐다.

"……어제는 시장을 구경하러 갔지. 오랜만에 전통 야시장이 열렸잖아. 일주일 전에도 평범하게 보냈고. 아, 라미아스가 영혼의 보석을 새로 구해왔는데, 이번에도 내가 찾던 게 아니었어."

경험한 적도 없던 일들이 마치 진짜 기억처럼 선명하게 그려졌다. 이 와중에도 라피스는 못 찾다니, 쓸데없는 개연성까지 갖췄다. 덕분에 표정이 굳어진 탓인지 엘뤼엔은 계속 의심을 거두지 않았다.

"그때 내가 한 말도 기억하나?"

"어, 음. 단서를 다시 짚어보라고 했었잖아. 우리가 처음 만났을 때 그곳엔 왜 있었냐고."

"그리고 그다음은?"

"내게 영혼의 보석을 찾아오라고 한 사람이 공간 이동으로 보내준 거라고 대답했었어. 내가 찾는 게 있을 법한 위치를 계산해서, 가장 확률이 높은 장소로 보낸 거라고……. 어, 그러니까…… 그게 거기에 있단 말이네?"

기억이 시키는 대로만 따라가다 다다른 결론에 머릿속이 새하얘졌다. 뭐야, 지금. 설마 라피스가 거기에 있다고? 내가 처음 떨어진 장소? 랑시와 시몬 일행을 처음 만났던 그 숲 말이야? 확률이 높은 장소라는 게 그냥 이 세계 자체를 말하는 거라고 생각했는데, 그게 아니었어? 망연한 기분으로 고개를 드니 시선을 맞춘 엘뤼엔이 빤히 바라보다 한숨을 내쉬었다.

"깨닫기는 했군. 그땐 아예 아무 생각이 없는 것 같더니."

"아, 아니, 잠깐! 잠깐만! 그럼 이게 다 어떻게 된 거야? 나와 라미아스는 지금까지 뭘 한 거야?"

"그런 걸 허튼짓이라고 하지."

맞는 말도 너무 정곡을 찌르니 뼛속을 후비는 것 같다. 그러는 동안 다른 기억들도 떠올랐다. 강제로 비워진 2년의 기간. 그 기억 속의 나는 카류안을 마계로 쫓아내는 데 성공하고 무사히 귀환하는 것으로 시작했다. 이후엔 트로웰과의 내기에서 이기려고 노력하지만 매번 실패하고 좌절하기를 반복하는 일상이었다. 미래를 바꾸려는 계획 따위는 완전히 잊은 사람처럼. 아무것도 결심하지 않은 내가 경험할 만한 상황들이 마치 구멍 난 빈틈을 메꾸듯 그럴듯하게 채워지고 있었다. 다른 사람들의 기억도 이런 식으로 채워진 걸까? 아니면 지난 2년간 내가 이런 식으로 조종되었던 걸까. 어느 쪽이든 한기가 돌아 두 팔을 끌어안고 문질렀다.

'카노스. 카노스를 만나야 해.'

그를 다시 만나서 무슨 얘기든 들어야 한다. 이미 돌이킬 수 없게 되었어도 그래야 했다.

그때 가까운 곳에서 신음하는 소리가 들렸다. 무너진 돌무더기 틈에서 꿈틀거리고 있는 사람이 보였다. 그제야 겨우 정신이 들었다. 그러고 보니 지금 이럴 때가 아니었다.

"아버지, 생존자! 치유술! 사람들을 구해야 해!"

이미 조금 전의 폭발로 사망한 사람만 몇십 명은 됐다. 여파가 미친 범위를 봐선 적어도 수백 명은 다친 것 같았다. 그런데 엘뤼엔의 반응이 건조했다.

"왜?"

"왜냐니!"

"미네르바를 저렇게 만든 건 인간이다. 내가 왜 그들에게 자비를 베풀어야 하지?"

일순 반박할 말이 떠오르지 않았다. 인간의 입장에서야 각자 별개의 존재겠지만, 정령이 그런 걸 신경 쓸 리가 없었다. 아인 이드리스가 태어난 땅이라는 이유로 트로웰은 한 대륙을 사막으로 만들기까지 했다. 어떤 식으로든 이 시대의 인류는 연대책임을 피하기 어려울 것이다.

"내버려 둬. 어차피 폭주를 막지 못하면 다 죽을 거다."

이어지는 냉정한 음성 또한 엄연한 현실이었다. 굳게 숨을 내쉰 다음 다시금 주위를 천천히 돌아보았다. 여전히 거칠게 파도치는 하늘과 전쟁하는 정령왕들, 그 아래 신음하는 사람들을 돌아보았다.

"미안, 아버지. 그래도 구할래."

표정을 찌푸리는 엘뤼엔을 뒤로 하고 서둘러 신음하는 사람을 향해 달려갔다. 하지만 막상 가까이 다가간 후에는 선뜻 구조할 수가 없었다. 돌덩이를 치워내야 하는데 워낙 마구잡이로 쌓여 있어서 어디부터 건드려야 할지 파악하기가 힘들었다. 자칫 잘못 건드렸다가 무너지기라도 하면 더 위험해질 게 뻔했다.

"그대로 끌어내! 조금만 더 버텨!"

"이쪽으로 밀어봐! 아냐! 거기 말고 왼쪽! 좀 더 조심해야지!"

멀찍이서 한창 구조 활동 중인 사람들의 목소리가 울렸다. 운 좋게 부상을 면한 사람들이 눈에 보이는 생존자 위주로 다급히 구조하고 있었다. 지금은 건물 잔해에 하반신이 깔린 사람을 꺼내려고 애쓰는 중이었다.

일단 저들부터 돕는 게 좋을까.

내가 가서 도와주면 금방 꺼낼 수 있을 것 같은데, 당장 눈앞에 있는 사람도 급해 보이는 상황이라 결정을 내리기가 쉽지 않았다. 정령을 보내면 되겠지만 왕인 엘퀴네스가 돕지 않기로 했다면 정령들도 따라줄 리가 없었다.

그런데 그때였다. 묘한 기운이 빠르게 퍼져나가는 것 같더니, 돌연 사방의 돌무더기가 한꺼번에 공중으로 떠오르기 시작했다. 아무리 밀어도 꼼짝도 하지 않는 돌덩이에 애를 태우던 사람들의 눈이 휘둥그레졌다. 나 역시 놀라긴 마찬가지였다. 숨을 삼키고 돌아보니 삐딱한 얼굴로 서 있는 엘뤼엔이 보였다.

"아버지……."

"인간들은 너와 동족인 걸 감사히 여겨야 할 거다."

왠지 이를 가는 듯한 음성이었다. 그 말과 동시에 떠올랐던 잔해들이 가루가 되어 흩어졌다. 그 일부가 바람과 섞이면서 잠시간 주위가 자욱해졌다. 다른 곳에서 사람들이 나타난 건 모래바람이 거의 다 스러진 후였다.

"이게 대체……."

가장 먼저 도착한 건 무장한 병사들이었다. 상황을 파악하기 위해 출동한 근위대인 것 같았다. 주변을 돌아보는 그들은 창백한 얼굴로 신음을 삼키기 바빴다. 나 역시 그들의 시선을 따라 주위를 돌아보았다. 엘뤼엔 덕분에 건물 잔해는 대부분 제거되었지만, 여전히 무너진 골격이 남아 있는 터전은 이곳에서 벌어진 참상을 그대로 드러내고 있었다. 오히려 잔해에 가려져 있던 부분이 드러나면서 더 처참해졌다. 온 사방에 보이는 것이 전부 시신이었다. 개중엔 생존자도 있었으나 시신과 별 차이를 못 느낄 만큼 참혹한 모습이기는 마찬가지였다.

"다, 단장님……."

"이, 일단 생존자부터 추려내라!"

통솔자로 보이는 기사가 모두를 향해 소리쳤다. 겁먹은 얼굴로 하늘을 바라보고 있던 병사들이 그 말에 겨우겨우 몸을 움직였다.

"엘!"

흩어지는 병사들을 멀거니 바라보다가, 나를 부르는 소리에 고개를 돌렸다. 저 멀리서 아는 얼굴이 달려오고 있었다. 크리스였다.

"크리스."

"다행이다! 살아 있었구나!"

달려들다시피 뛰어온 그가 와락 나를 끌어안았다. 온몸에서 거세게 뛰는 심장 박동이 울렸다. 창백하게 굳은 얼굴만 봐도 그가 얼마나 놀란 상태인지가 보였다.

"너 나가고 나서 얼마 후에 온 사방이 흔들려서 얼마나 놀랐는지 알아? 하늘은 온통 새카맣지, 간신히 와보니까 건물은 다 무너져 있지. 사방에 시신이 늘어져 있질 않나. 젠장, 이게 대체 다 무슨 일이야? 저 위에 있는 거 설마 바람의 정령왕이야?"

크리스가 하늘에 떠 있는 미네르바를 가리키며 물었다. 이제 거의 투명할 정도로 흐려져 자연체로 돌아간 줄 알았는데 아직 보이는 상태인 것 같았다. 저대로는 계약자들도 위험하지 않을까, 뒤늦은 생각이 들었지만 지금은 내 코가 더 석 자였다.

콰과광! 그 순간 하늘에서 요란한 소음이 터져 나왔다. 미네르바를 옭아맸던 이프리트와 트로웰의 기운이 튕겨 나오는 소리였다. 깜짝 놀란 사람들이 다급히 엎드리며 비명을 질렀다. 반사적으로 나를 감싸던 크리스도 겁먹은 얼굴로 고개를 들었다.

"뭐, 뭐야! 지금 뭐가 어떻게 되어가는 거야?"

"……일단 피하는 게 좋겠어요."

여기서 폭주가 더 진행될 거란 걱정은 들지 않았다. 내 시대에서 미네르바가 무사했던 걸 보면 이 상황이 어떻게든 잘 수습된다는 소리였으니까. 하지만 그 과정에서 무슨 일이 더 벌어질지는 알 수 없었다.

"아나이스는?"

일단 크리스라도 대피시키려는데 불쑥 다른 목소리가 들렸다. 돌아본 곳엔 어디서 많이 본 사람이 서 있었다. 내가 알던 때보다 인상이 더 성숙해지고 머리가 길어진 루시엘 왕세자였다.

"내 동생은 어떻게 된 거지?"

채워진 기억에서 그는 돌아가지 않겠다고 버티는 동생 때문에 덩달아 제도에 머무는 중이었다. 마신전과의 전쟁이 이렇다 할 결과도 없이 시간만 질질 끌고 있는 중이라 전쟁터보다 제도에 머물 때가 더 많았다. 지금도 근방에서 거주하고 있었을 텐데, 뒤늦게 소식을 듣고 달려온 모양이다. 덕분에 화를 면했지만 그걸 본인이 다행으로 여길지는 모르겠다. 늘 뻔뻔하게 여유로웠던 얼굴이 핏기 하나 없이 파리했다. 함께 따라온 수행원들도 모두 굳은 얼굴이었다.

"아나이스가, 이곳에 머물고 있었는데……. 그 아이는 괜찮은 건가? 지금 그 아이는 어디에……."

"왕녀는 이미 사망했어."

누군가가 급하게 숨을 삼켰다. 하지만 굳이 구분할 필요가 없을 정도로 다 비슷한 표정이긴 했다. 주먹을 움켜쥔 왕세자가 핏발이 선 눈으로 나를 노려보았다.

"지금 뭐라고 했지?"

"폭발이 일어나기 전부터 왕녀는 이미 숨을 거둔 상태였어. 소식이 파다하게 퍼졌는데 듣지 못했어?"

"말도 안 돼."

단호한 음성이 내뱉어졌다. 사망 연유를 따로 묻지 않는 걸 보면 정말 아무것도 모른 채 온 건 아닌 것 같았다.

"그럴 리 없어. 그럴 리 없다."

연거푸 고개를 저은 왕세자는 정신이 나간 사람처럼 어수선하게 주위를 둘러보았다.

"그 아이는 여기서 이렇게 죽을 운명이 아니다. 그래서는 안 된단 말이야!"

이윽고 방황하던 눈동자가 어딘가를 응시하고 멈췄다. 쓰러져 있는 아인 이드리스를 발견한 거다. 왕세자는 곧장 그에게 달려들었다. 의식이 없는 걸 보면서도 멱살을 잡아 올렸다.

"일어나, 아인 이드리스!"

마구 흔들어 깨워도 축 늘어진 아인 이드리스는 반응하지 않았다. 깨어나기엔 부상이 너무 위중했다. 누가 봐도 상태가 심각해 보였으나 왕세자는 아랑곳하지 않고 그의 얼굴을 후려쳤다.

"아나이스를 어떻게 한 거야!"

"저하! 그러다 죽습니다!"

"심문을 하시려면 일단 살아 있어야 합니다!"

기겁한 수행원들이 다급히 그를 말리기 시작했다. 그 혼란한 광경을 잠시간 바라보다 시선을 떼어냈다. 어차피 일은 벌어졌고 이보다 더 최악일 수가 없게 끝났다. 이제 저쪽은 뭐가 어떻게 되든 상관하고 싶지 않았다.

콰과광!

때마침 현실을 상기시키는 소음이 다시 울려 퍼졌다. 이번엔 상황이 더 심각했다. 바람을 감싸고 있던 빛들이 보이지 않았다. 이프리트와 트로웰이 억누르던 힘이 완전히 풀어진 듯했다.

결박에서 풀려난 미네르바는 이제 거대한 폭풍 그 자체가 되어 있었다. 그것도 뇌우를 잔뜩 머금고 흉포해진 회오리바람이었다. 그 강대한 소용돌이의 힘이 결국 지상에 미치기 시작했다. 눈을 제대로 뜰 수 없을 만큼 바람의 세기가 심해지며 똑바로 서 있는 게 불가능해졌다. 차가운 빗물이 채찍처럼 온몸을 후려쳤다. 지면까지 우르릉 흔들렸다.

"으아악!"

"크리스!"

거꾸로 들어 올려지는 그의 팔을 황급히 붙잡았다. 하지만 당겨지는 힘이 더 세서 이대론 나까지 끌려갈 기세였다.

"귀찮게 하는군."

어디선가 엘뤼엔의 목소리가 들린 것 같았다. 그 순간 거대한 물결이 솟아올랐다. 출렁이는 파도가 상식을 무시한 채 빠른 속도로 하늘을 덮어가기 시작했다. 그 굳건한 물의 지붕이 매섭게 지면을 장악하던 하늘의 기류를 차단해나갔다. 마치 땅과 하늘 사이에 뚜렷한 경계선이 그어진 듯했다. 험악하게 몰아치던 비바람이 사라지고, 들썩이던 땅도 천천히 잠잠해졌다.

"……."

누구의 작품인지는 의문을 품을 필요가 없었다. 엘뤼엔이 방어해 준 거다. 기적 같은 광경을 목격한 사람들이 멍하니 엘뤼엔을 바라보았다. 모두 비에 젖은 생쥐 꼴로 널브러진 중에 온전히 멀쩡히 서 있는 그는 홀로 눈에 띄었다. 청옥으로 빚어낸 것 같은 외모 때문에 더욱 비현실적으로 보였다.

"엘, 저 사람, 네 양아버지 아니야?"

"네, 뭐……."

얼빠진 얼굴로 주저앉아 있던 크리스가 한참 만에 의문을 표했다. 사방에서 쏟아지는 시선에도 아랑곳없이 엘뤼엔은 하늘의 상황만 지켜보고 있었다. 나 역시 고개를 들었다. 일렁이는 물의 표면에 너머의 광경이 비쳤다. 평화를 되찾은 지면과 달리 경계선 밖의 하늘은 여전히 위태로운 상황이었다. 멀찍이 밀려나 있는 트로웰과 이프리트는 지친 기색이 완연했다.

—제기랄! 안 다치게 제압만 하려니 진짜 쉽지 않네. 폭주하면 중간계에서도 본신의 힘을 다 발휘한다더니. 반이나 약해진 상태면서 이 위력은 대체 뭐야? 블레스터를 만들길 다행이네. 안 그럼 우리가 뒈졌겠어.

—그 입 다물어, 이프리트.

—답답하니까 하는 소리 아냐. 야, 엘퀴네스! 구경만 하지 말고 너도 와서 좀 도와!

"내가 왜."

이번에도 엘뤼엔의 반응은 시큰둥했다. "너희 아버지 지금 누구한테 대답한 거야?" 정령왕들을 보지 못하는 크리스가 작게 속닥거렸다. 뭐라고 답할지 몰라 어색하게 웃는 동안에도 대화는 계속 이어졌다.

—환장하겠네, 진짜! 여기서 폭주가 더 진행되면 정말 다 끝난다고! 아크아돈이 송두리째 파괴된다니까!

"그래서?"

—저저저 그게 자기랑 무슨 상관이냐는 저 재수 없는 표정 좀 봐! 넌 괜찮아도 도련님 생각도 해야지! 엘을 망가지고 황폐한 세계에서 살게 할 거야? 네 아들이라며! 아버지라면 자식에게 좋은 환경을 제공할 생각을 해야 할 거 아냐! 그 정도 각오도 없이 아버지가 되어주겠다고 한 거냐!

"……정말 귀찮게 하는군."

한숨을 내쉰 엘뤼엔이 한 손을 들었다. 그에 따라 지붕에서 일어난 물결이 폭풍의 중심을 빠르게 휘감기 시작했다. 지켜보던 사람들이 점점 넋을 잃어가는 게 보였다. 조금 전엔 워낙 정신이 없던 상황이라 다들 긴가민가한 기색이 강했는데, 지금 누가 이곳을 보호하고 있는지 다시 한번 그가 대놓고 증명한 셈이었다.

"엘, 너희 양아버지도 정령사였어?"

크리스 역시 멍청한 얼굴로 눈을 깜빡거렸다.

"으음, 그게요……."

"와, 정령사는 보통 혈통으로 계승된다더니 사실인가 보네. 진짜 엄청 강하시다. 아니, 근데 정령은 보이지도 않는데 그냥 물을 막 다루시는데? 누가 보면 본인이 정령인 줄 알겠다. 하하하……."

"……."

농담이라고 한 말인데 본의 아니게 정답이라 따라 웃지 못했다. 미묘한 반응을 읽어낸 크리스도 어설픈 웃음을 멈췄다.

"……진짜 정령이야?"

슬며시 시선을 피했다. 물음표와 느낌표가 뒤섞인 채 얼어버린 크리스를 내버려 둔 채로 다시 하늘의 상황에 시선을 돌렸다. 엘뤼엔이 합세한 덕분인가. 도저히 손 쓸 수 없을 것 같이 심각해지기만 하던 기류가 눈에 띄게 잡혀가고 있었다. 새하얗게 발하는 폭풍의 핵 안에서 사라졌던 미네르바의 형태가 다시 나타나는 게 보였다. 굳어 있던 트로웰의 얼굴에 안도감이 떠올랐다. 반대로 오만 인상을 찌푸린 이프리트는 꽥꽥거렸다.

—아씨 짜증 나! 혼자서 다 할 수 있으면서 고생시키고 있어! 이 나쁜 새끼야! 너 진짜 그렇게 살지 마!

"내가 손을 떼도 상관없는 모양이군."

—아니, 형님! 제발 우리 사정 좀 굽어 살펴봐 주십쇼! 다 아는 처지에 왜 이러십니까! 형니임!

"너 같은 거와 형제 할 생각 없다고 했을 텐데."

—누군 네가 좋아서 형님이라고 한 줄…… 악! 힘 줄이지 마! 알았어! 내가 잘못했어! 너 혼자 다 해 먹어! 제발 좀 통촉해주시라고! 이러면 되겠냐, 이 상전 놈의 새끼야!

이프리트가 분노할수록 입이 험악해지는 거야 익히 알지만. 저건 오히려 도발하는 거 아닌가. 다행히 그만둘 마음은 처음부터 없었는지 엘뤼엔은 크게 신경 쓰지 않았다. 그러다 뭔가 마음에 안 든다는 표정을 짓더니 곧 모습이 희미해졌다. 육신을 벗은 거다. 아무래도 소환된 상태로는 편하게 힘을 쓸 수 없다고 판단한 것 같았다. 사방에서 술렁거리는 소리가 퍼졌다. 평범한 사람들의 눈에는 그가 갑자기 사라진 것처럼 보일 테니 당황할 만도 했다.

"사, 사라졌어."

크리스 역시 안절부절못하며 주위를 두리번거렸다.

"엘! 네 아버지! 아니 아버님! 아니, 아니, 아무튼 그분이 사라지셨다고!"

"진정해요. 어디 간 거 아니니까."

"뭐? 하지만……."

그 순간 거세게 솟구친 파도가 미네르바를 뒤덮었다. 마치 해일이 일어나 하늘을 집어삼키는 것 같았다.

"아, 정말 안 가셨나 보네……."

할 말을 잃은 표정이 된 크리스가 얌전히 입을 다물었다. 미네르바를 삼킨 물은 그 기세를 무한대로 확장해나가고 있었다. 그 모습이 끊임없이 부풀어 오르는 풍선처럼 보였다. 이젠 바람보다 물이 더 위협적으로 느껴질 정도였다.

—억? 아니, 잠깐만!

이프리트가 소리쳤다. 어딘지 다급해 보이는 음성이었다. 그 순간 삽시간에 덮쳐드는 물결 속에 이프리트와 트로웰의 모습이 고스란히 삼켜졌다.

—야, 이 미친놈아!

그게 내가 들을 수 있는 마지막 목소리였다.

쿠웅! 콰지직! 부딪치고 깨지는 소리가 들이닥치며 강렬한 빛이 터져 나왔다. 먹먹한 감각과 함께 온 사방이 진동했다. 간신히 몸을 일으켰던 사람들이 다시 균형을 잃고 무너졌다. 쏟아지는 비명은 그보다 더 큰 소음에 순식간에 파묻혔다.

어느 순간 눈을 떴을 땐 폭우가 퍼부어지고 있었다. 얼굴을 뒤덮는 차디찬 빗줄기를 느끼고서야 내가 잠깐 의식을 잃었다는 걸 깨달았다. 눈꺼풀을 몇 번 깜빡여 시야를 또렷하게 만들었다. 정면에서 보이는 하늘은 더는 물로 채워져 있지 않았다. 거대한 회오리바람도, 미네르바도, 이프리트와 트로웰의 모습도 보이지 않았다.

무슨 일이 벌어진 거지?

천천히 몸을 일으키고 주위를 살폈다. 다른 사람들도 어리둥절한 얼굴로 몸을 일으키고 있었다. 그때 쏟아지는 비를 가르고 누군가가 걸어 나왔다. 물이 흐르는 땅에 저벅거리는 소리가 묵직이 울려 퍼졌다. 이 사나운 폭우 속에서도 여전히 조금도 젖지 않은 엘뤼엔이었다.

세상이 고요해진 것 같았다. 빗줄기가 닿을 때마다 빛이 더해지는 것 같은 모습을 멍하니 바라보았다. 내가 정령왕일 때도 남들이 보기에 이런 느낌이었을까, 무심코 생각했다가 바로 고개를 저었다. 아무리 생각해도 이런 분위기를 낼 수 있는 건 그밖에 없는 것 같다.

“다친 곳은?”

이어진 음성에 겨우 정신이 들었다.

“어, 없어. 아버지는? 괜찮아?”

“내 평생 괜찮냐는 질문을 들어보는 일도 다 있군.”

시큰둥한 대꾸이긴 했지만 그는 확연히 지친 모습이었다. 정령왕의 폭주를 진정시키는 일이 그에게도 벅차긴 했던 모양이다. 진귀한 구경이란 생각에 빤히 바라보고 있으려니 샐쭉한 시선이 와 닿았다. 뜨끔해져서 얼른 말을 돌렸다.

“어, 근데 뭐가 어떻게 된 거야? 폭주는 수습한 거야?”

“그대로는 정신 차릴 것 같지 않아서 일단 봉인했다. 더 진행되지는 않을 거다.”

"그, 그렇구나. 그래도 진행이 멈췄다니 다행이야. 그럼 이제 미네르바는 괜찮은 거지?"

"나도 모른다."

"모른다니?"

"내 역할은 봉인한 거로 끝났으니까. 나머진 알아서 하겠지. 진정되면 풀릴 테니 그땐 괜찮을지도 모르겠군."

난 몸이 괜찮은지 물었는데 이번에도 엘퀴엔은 마음을 말한다. 그 사실이 못 견디게 좋았다. 헤헤 웃고 있으려니 눈을 가늘게 뜬 엘퀴엔이 내 옷의 후드를 잡아당겨 머리에 강제로 씌웠다. 갑자기 가려진 시야에 당황해하자 피곤이 서린 목소리가 들렸다.

"쓰고 있어라. 분란을 일으키는 외모로 괜한 인간들 홀리지 말고."

"……본인이 할 소리는 아니지 않나."

"뭐라고?"

"아하하, 착실히 쓰고 있겠다는 소리였어. 어, 그보다 왜 아무도 안 보여? 트로웰과 이프리트는?"

"보냈다."

……그게 혹시 정령계는 아니겠죠. 마지막 순간 처절하게 울려 퍼지던 이프리트의 비명이 떠올랐다. 미네르바만이 아니라 다른 두 정령왕까지 한데 묶어 강제로 추방해버린 모양이다. 이게 평범한 상황인 건가 싶었지만 나도 할 수 있을까 생각해 보니 금방 답이 나왔다. 조금 전에 했던 생각을 얌전히 정정하기로 했다. 이제

보니 지치기만 한 게 무서운 거였다.

"저건 왜 저러고 있지?"

"어? 아……."

엘뤼엔의 말에 아무 생각 없이 돌아보았다가 머쓱해졌다. 크리스가 사시나무처럼 덜덜거리고 있었다. 하늘 한 번, 나 한 번, 그리고 엘뤼엔을 한 번. 방황하는 눈동자가 좀처럼 고정될 곳을 찾지 못하고 옮겨 다니기 바빴다. 그리곤 마침내 필사의 각오를 다진 듯 두 눈을 질끈 감았다.

"저기, 그러니까! 혹시, 설마, 그, 에, 에, 에, 엘퀴네스 님?"

엘뤼엔이 힐끗 그를 응시했다.

"왜."

대꾸와 동시에 풀썩 쓰러지는 소리가 들렸다.

크리스가 기절해 있었다.

2.

"그러니까, 네가 정령왕의 계약자였다는 거지……?"

한참 만에 깨어난 크리스는 10년은 한꺼번에 늙은 듯 해쓱한 얼굴이었다. 일어나자마자 담배를 찾아대더니 막상 건네받고 나선 피우지는 않고 마른세수만 연신 반복했다.

"숨겨서 미안해요."

"아, 아니. 이런 엄청난 일은 선뜻 밝히기 쉽지 않지. 이해해. 안 그래도 이상하긴 했어. 넌 그간 내가 봤던 정령사들이랑은 너무 달랐거든. 처음엔 검술도 같이 해서 그런 건가 했는데 볼수록 그게 아니더라고. 그냥 정령술 자체가 수준이 다르다는 느낌이었어."

"그, 그런가요."

"솔직히 말하면 아인 이드리스도 압도하는 것 같았어. 아마 나만 이렇게 생각한 건 아닐걸."

몰랐던 부분은 아니라 그저 쓰게 웃었다. 아인 이드리스 본인조차 그렇게 여겼으니까. 내가 사실은 정령왕 출신이라고, 지금 가진 육체도 애초에 월등히 좋은 거라고 밝힐 수 있었다면 전부 괜찮았을까. 적어도 무의미한 비교에 집착하진 않았을지도 모른다. 여러모로 이 상황들이 씁쓸하기만 했다.

"그보다 내가 궁금한 건 따로 있는데."

"뭔데요?"

"네 형님, 두 분이잖아. 양아버지인 큰 형님의 정체가 엘퀴네스라면…… 둘째 형님은 누구셔?"

"……음."

"아, 아냐. 됐다. 말하지 마. 안 듣는 게 심장 건강에 좋을 것 같아."

그러면서도 이미 대충은 짐작했는지 크리스의 안색이 더 창백해졌다. 이번에야말로 담배가 간절한 얼굴인데 끝내 불을 붙이진 않는다. "내가 왜 팔자에도 없던 금연을 선언해서……." 눈물을 머금은 그가 매우 비통해했다.

"그보다 여긴 어디야? 길드 사무실인 줄 알았는데, 아니네?"

그제야 다른 생각을 할 여력이 생겼는지(아니면 그냥 화제를 돌리기 위해서인지도 모르겠다) 그가 주위를 돌아보며 물었다. 그저 낯선 곳이라기엔 지나치게 넓은 방인 데다가, 누가 봐도 고급스러운 가구들이 보이는 탓인지 다른 의미로 긴장한 것 같았다. 실제로도 평범한 장소는 아니었다.

"황궁 안에 있는 관서예요."

"헐, 황궁? 우리가 왜 여기에 있어?"

"일이 좀 그렇게 됐어요."

원래는 나도 길드 사무실로 가려고 했었다. 하지만 기절한 크리스를 챙겨 들기 무섭게 제복을 입은 사람들이 우르르 몰려와 우리를 둘러쌌다. 모르는 제복이면 무시하고 곧바로 튀었을 텐데, 하필이면 잘 아는 제복이라 그럴 수가 없었다. 역시나 그들 사이에서 아는 얼굴이 걸어 나왔다.

"잠시 우리와 함께 가주지 않겠나?"

아주 복잡한 얼굴을 한 라미아스였다.

도심 한복판에서 정령왕들이 대놓고 활약했으니 정보국이 헐레벌떡 달려올 만한 대형 사건이긴 했다. 제발 같이 가달라며 빌다시피 하는 시선을 차마 무시할 수가 없어서 어쩔 수 없이 동행에 응했다. 그렇게 크리스의 거취까지 덩달아 정해졌다.

"난 그냥 버려두고 가도 됐는데."

"에이, 어떻게 그래요. 비도 내리고 있는데 찬 바닥에 계속 누워 있다가 큰일 나면 어쩌려고요."

"……너 일부러 그런 거지."

어떻게 알았지. 사실은 혼자 끌려가기 싫었다. 눈치 빠른 크리스가 배신감에 얼룩진 눈으로 나를 바라보았다.

"너 인마, 너 진짜……."

"어차피 같은 길드인 이상 우리는 한 묶음이에요, 크리스."

"뭔 소리야, 그게."

"곧 들이닥칠 취재진한테 시달리는 것보단 여기에 있는 게 낫지 않을까요."

짧은 침묵이 이어졌다. 한동안 천장을 응시하던 크리스가 다시금 마른세수했다. 그리곤 불을 붙이지 않은 담배를 입 안에 털어 넣고 잘근잘근 씹었다. 저럴 바엔 차라리 피우는 게 더 낫지 않을까 싶었지만 지금은 가만히 있는 게 도와주는 거라는 생각에 얌전히 입을 다물었다. 이게 다 따라갈 거면 너나 가라며 사라져버린 엘뤼엔 때문이다.

세이크 제국의 정보국—아이기스의 본부가 황궁에 있다는 얘기는 들어봤지만 직접 방문한 건 이번이 처음이었다. 가짜로 채워진 지난 2년간의 기억에서도 여기까지 들어와 볼 기회는 없었다. 전산이 존재하지 않는 만큼 온 사방에 서류 더미가 펼쳐져 있을 거라 생각했는데 막상 와본 사무실은 허전할 정도로 깔끔했다. 다들 뭔가를 쓰거나 옮기고 있는 걸 보면 서류 작업이 없는 건 아닌 것 같고, 외부에 드러나지 않도록 관리하는 모양이었다.

"차를 좀 더 드시겠습니까?"

조심스럽게 물어오는 말에 주위를 살피던 걸 멈추고 고개를 들었다. 검은색과 푸른색이 조합된 제복을 입은 남자가 주전자를 들고 서 있었다.

"아, 고맙습니다. 바쁘실 텐데 이렇게까지 신경 쓰지 않으셔도 괜찮은데요."

"아닙니다. 저희 손님이신걸요."

정중히 답한 남자가 주전자를 기울였다. 거의 다 비워가던 잔에 다시 더운 찻물이 채워졌다. 마음은 고맙지만 바로 옆에 대기한 채 찻잔이 비워질 때마다 채우는 모습을 보고 있으려니 조금 부담스럽다. 응접실 너머로 보이는 사무실 광경이 한창 바빠 보이는 중이라 더욱 그랬다. 이 사람은 말단 직원이라서 혼자 시중을 떠맡게 된 건가. 짠한 마음으로 바라보니 조금 긴장한 듯한 남자의 얼굴이 뻣뻣해졌다. 너무 무례했나 싶어 시선을 돌리려는데 잠시 헛기침한 남자가 결심을 굳힌 듯한 얼굴로 입을 열었다.

"저어, 실례가 되지 않는다면 한 가지 부탁드리고 싶은 것이 있는데요……."

"아, 네, 무슨 부탁이신데요?"

라미아스에게 시중 필요 없다고 말해달라는 소리인가. 하긴 부하가 명령을 거역할 순 없겠지. 이런 건 내가 먼저 배려했어야 했는데 너무 눈치가 없었나 보다. 고개를 끄덕이니 얼굴이 환해진 남자가 부스럭거리며 무언가를 내밀었다. 활짝 펼친 수첩이었다. 말로 하면 누가 들을 수 있으니 글로 적은 건가 했는데, 아무것도 적혀 있지 않았다. 어리둥절해져서 고개를 들자 남자가 몹시 수줍어하며 말했다.

"여기에 사인 좀……"

여기에 뭘 해?

"사인 같은 소리 하고 앉아 있네."

그때 불쑥 나타난 서류철이 남자의 뒤통수를 가격했다. 라미아스였다.

"헙, 구, 국장님."

돌아본 남자의 얼굴이 새파래졌다. 어째선지 사무실에서 한창 일하던 사람들의 얼굴도 그와 비슷했다. 그들 모두 손에 수첩을 들고 있는 건 우연인가? 주위를 한 번 돌아본 라미아스의 입꼬리가 비스듬히 올라갔다.

"자네들 전부 시간이 남아도는 모양이지? 이렇게 한가들 하시니 지시했던 보고서는 오늘 안으로 받아볼 수 있겠어."

"아닙니다! 시정하겠습니다!"

그 순간 사람들이 우르르 자리에서 일어나 어디론가 부리나케 사라졌다. 바퀴벌레 떼가 순식간에 흩어져도 이보다 더 빠르진 못할 것 같았다. 라미아스가 혀를 끌끌 찼다.

"얼빠진 놈들. 저런 정신머리로 국가시험은 대체 어떻게 합격한 거야? 저딴 것들이 이 나라의 정예라고 불리니 나라 꼴이 이 꼬락서니로 돌아가지."

"근데 다들 어디로 간 거예요? 여기가 사무실 아니에요?"

"사무실 맞아. 외부에 공개되는 대외 공간이라 간단한 잡무만 처리하는 곳이어서 그렇지. 진짜 업무를 하는 사무실은 다른 방에 있어."

"그런데 왜 다들 여기에……."

"왜겠냐. 다 너 구경하러 온 거지."

"헐."

"너 여기서 꽤 유명인사거든. 검성이자 정령사인 존재가 흔하진 않잖냐. 이번에 목록이 하나 더 추가됐지만."

그럼 지금까지 다들 일하는 척하는 거였어? 어이가 없어서 입을 벌린 내게 라미아스는 조금 전 뒤통수를 맞은 남자가 가위바위보에 이겨서 시중할 권한을 따낸 거라는 쓸데없는 사실도 알려줬다.

"뭔가, 생각보다는 분위기가 가볍네요."

"도저히 나라의 요직에 있는 애들로는 안 보이지? 원래 저 정도까진 아냐. 사건이 사건이니 다들 정신 줄을 놓은 거지."

한숨처럼 대꾸한 라미아스가 내 맞은편 소파에 몸을 파묻었다. 탁자 위에 던지듯 서류철을 내려놓은 그의 얼굴은 몹시 피곤해 보였다. 사건 경위를 듣기로부터 피해 규모를 파악하기까지, 대략 반나절 만에 얻은 다크서클이 벌써 턱밑까지 내려와 있는 것 같았다.

"많이 바쁘죠?"

"그걸 말이라고 하냐."

시큰둥하게 대꾸한 그가 손가락을 튕겼다. 주위의 공기가 진동하더니 얇은 막이 씌워지는 것 같은 느낌이 들었다. 소리가 외부로 새어나가지 않도록 차단하는 마법을 실행한 듯했다.

"미네르바가 폭주하다니. 이런 건 진짜 생각도 못 했다. 이렇게 황당한 적은 내 드래곤 삶을 통틀어서도 처음이야. 무슨 이런 일이 다 있냐?"

이번 일로 집계된 공식 사상자는 1만 명이 넘었다. 폭발 자체보다는 대다수 폭풍으로 인한 간접 피해였다. 한눈에도 어마어마하게 커 보이더니 제도 전체에 영향을 미쳤던 모양이었다. 병동마다 더는 환자를 받아들일 수 없어 곳곳에 임시 막사가 설치됐다.

그나마 폭풍에 의한 건 경상자밖에 없었다. 사망자를 비롯한 심각한 중상자는 전부 진원지에서만 나왔고, 전부 합쳐 백 명을 조금 넘는 정도였다. 백 명이 적은 숫자는 아니지만 정령왕이 폭주했다는 사실을 생각하면 피해 규모가 적은 편이었다. 단지 고급 주택가가 밀집한 2구역에서 벌어진 참사인 데다가, 취재진과 근위대까지 휘말리는 바람에 여파가 쉽게 수습될 것 같진 않았다. 정보국만이 아니라 제국의 모든 기관이 전부 다 비상이었다.

"이프리트랑 트로웰은 어떻게 된 건지 알아? 지금 계약자들 다 연락이 끊긴 것 같던데."

"저도 잘은 모르겠어요. 엘퀴네스가 강제로 정령계로 보냈다고

만 들었어요.”

“억, 추방인가. 그럼 역소환이나 마찬가지지. 한동안 나오긴 힘들겠구만. 내 엘퀴네스는 참 야성적이기도 하지. 근데 왜 그랬대?”

“아마 이프리트가 욕해서 화났던 것 같아요.”

추측한 이유를 들려주니 라미아스는 곧바로 수긍했다. 모두의 성격을 잘 아는 만큼 대충 어떻게 흘러간 건지 돌아간 사정이 보였나 보다. 애초에 화목한 사이도 아니지만, 화목할 수도 없는 상황이었다. 피식거리던 그의 표정이 곧 싸늘히 식었다.

“빌어먹을 놈. 기어코 일을 이렇게 만들었네.”

이를 바득바득 가는 라미아스가 누구를 언급하는 건지는 모르지 않았다. 이번 사태의 주범이자 중상자 중 한 명인 아인 이드리스는 병동으로 옮겨졌다고 들었다. 아직 정황을 파악하는 단계인데다가 그간 쌓아둔 명성 덕분에 극진한 치료를 받고 있다는데, 과연 깨어난 후에도 그 대접이 이어질지는 모르겠다. 적어도 그는 이제 더는 정령왕의 계약자라고 불릴 수 없을 것이다. 씁쓸한 기분으로 침묵하고 있으니 라미아스가 혀를 차며 머리를 흔들었다.

“널 탓하는 거 아니니까 그런 표정 짓지 마라. 놈이 배신할 줄 몰랐던 것도 아니고, 그걸 막지 못한 건 다들 마찬가지지. 그간 네가 애쓴 걸 누가 모르냐? 넌 잘못한 거 없으니까 자책하지 마. 그냥 일어날 일이 일어난 것뿐이야.”

“그런 걸까요…….”

"당연하지. 허참, 다시 생각해도 어이가 없네. 난 배신을 해도 그냥 몰래 내통이나 하다 걸릴 줄 알았지, 그 미친놈이 이런 사달을 만들 줄 누가 상상이나 했겠냐. 뭐? 왕녀를 죽여달라고 해? 그래놓곤 누가 누굴 원망해, 그 정신 나간 놈이."

그 딴엔 위로하기 위해 하는 말이겠지만 별로 위안은 되지 않았다. 난 그럴 줄 알고 있었으니까. 미래를 바꾸려는 구상 중에 이에 대한 대응을 가장 고심했었다. 카류안을 죽이는 데 실패하면 곧바로 들어갈 계획도 짜뒀다. 배신 자체는 어쩔 수 없으니 미네르바에게 미리 언급해두려고 했다. 혹시 아인 이드리스가 그런 부탁을 하더라도 진심이 아니니 절대 응하지 말라고. 더불어 그가 비슷한 말이라도 하면 내게 바로 알려달라고 실프들에게 따로 요청해두려 했다. 막을 수 없다면 사건의 주최를 바꾸는 쪽으로. 미네르바가 나서기 전에, 내가 먼저 왕녀를 죽일 작정이었다.

다시 생각해도 참 비겁한 계획이긴 했다. 사실 진짜 죽어야 할 사람은 아인 이드리스지. 정작 가장 큰 원흉은 건드리지도 못하면서 왕녀를 제거하기로 마음먹기는 참 쉬웠다. 그래서 이런 벌을 받은 건지도 모르겠다.

"그 연회에서 왕녀가 죽도록 그냥 내버려 뒀어야 했나 봐요."

그런 중에도 이런 생각이나 하는 걸 보면 여전히 정신은 못 차린 것 같고. 끝없이 밀려드는 자괴감에 머릿속이 엉망진창이었다. 물론 막상 그렇게 진행됐어도 잘 해결됐을 거란 보장은 없다. 하지만 제 발로 기회를 찼다는 생각이 떨어지지 않았다.

"자책하지 말라니까. 세상엔 아등바등 매달려도 풀리지 않는 일이 있어. 이게 그런 일이었다고 생각해. 그냥 어쩔 수 없는 흐름이었던 거야."

"엘퀴네스랑 비슷한 말을 하네요."

"핫, 정말? 우리가 일심동체라서 그래."

내내 구겨져 있던 라미아스의 미간이 처음으로 활짝 펴졌다. 고작 그와 비슷한 말 하나 했다고 금세 기분이 좋아진 모양이다. 그 단순한 기분 전환을 보는 내 기분도 덩달아 나아졌다. 이쯤 되면 진심을 인정하지 않을 수가 없었다. 보고 있나, 미래의 이프리트? 네 경쟁자는 내가 아니라 라미아스라고.

"아, 엘퀴네스 하니 말인데, 이미 짐작하고 있겠지만 정체가 드러나는 건 막지 못할 것 같다. 목격자가 너무 많아. 내일 조간에 네가 엘퀴네스 계약자라는 게 공식적으로 발표될 거야."

"으음, 할 수 없죠."

그 난리가 났는데 정체를 숨길 수 있을 거란 기대는 조금도 하지 않았다. 한숨과 함께 고개를 끄덕이니 라미아스가 지그시 바라보았다. 그새 다시 불퉁한 표정이었다.

"젠장, 부러워 미치겠네. 엘퀴네스의 공인 계약자라니. 그게 신문에 실려 기록으로 남는다니. 나도 엘퀴네스 계약자인데. 나도 공식적으로 발표돼서 사회에 파장을 미치고 싶은데."

뭐가 문제인가 했더니 이거였나 보다. 아니, 그보다 그쪽은 드래곤인 거부터 밝혀야 하지 않나. 그리고 그게 파장이 더 클 거다.

분명히. 떨떠름하게 응시하니 본인도 민망하긴 했는지 마른 헛기침이 이어졌다. 그래도 수치심을 전부 버린 건 아닌 모양이라 다행이었다.

"어쨌든 너, 그렇게 태연하게 있을 게 아니야. 지금 상황 파악이 잘 안 되나 본데, 각오해두는 게 좋을걸? 검성이란 게 밝혀졌을 때랑은 여러모로 상황이 달라질 거다."

"그렇게 차이가 클까요?"

"당연하지. 일단 황제가 널 찾을 거야."

"……헐."

"농담 아냐. 이미 네가 황궁에 있다는 것도 파악했어. 아인 이드리스가 제국에 왔을 때도 얼마나 호들갑이었는데. 그땐 여유도 있고 체면도 차릴 때라 점잖게 인사 오길 기다렸지만, 이번엔 그러지 못할 거야. 그동안 막연하게만 여기던 정령왕의 위력을 처음으로 체감했을 테니까."

그간 아인 이드리스는 외부에 미네르바를 공개하길 꺼렸다. 당연히 미네르바가 모두 앞에서 능력을 발현할 일도 거의 없었다. 그러다 보니 다들 정령왕이 어떤 존재인지 크게 실감하지는 못했다고 한다. 그 앞에 서면 존재감에 압도되면서도 비현실적인 분위기와 외모 때문이라고 여겼다. 그러다 이번 사건으로 깨닫게 된 거다. 그저 아름답고 희소하다고만 여겼던 그 존재가 사실은 얼마나 굉장하고 두려운 존재였는지.

"특히 엘퀴네스는 치유의 능력도 있잖아. 무조건, 반드시, 무슨 일이 있어도 만나려고 할걸. 당장 조금 이따 만나자고 할지도 몰라. 아니, 아예 본인이 직접 찾아올지도 모르지."

"왜요? 황제가 어디 아파요?"

"왜긴? 황태자가 그 꼴로 있잖아."

아, 설마 아직도 황태자가 자리에 누워 있는 건가. 기억을 짚어보려 하니 기다렸다는 듯 관련 정보가 떠올랐다. 역시나 황태자는 지난 2년간 계속 깨어나지 못했다. 굶어 죽었어도 이상하지 않을 기간이었지만, 황제가 수많은 신관과 의원을 대동한 덕분에 어떻게든 생명을 유지하는 중인 것 같았다.

"하지만 그 저주는 엘퀴네스도 정화할 수 있는 종류가 아닌데요. 그리고 왕녀가 죽었으니 이제 저주도 풀렸을 거잖아요."

"그래, 맞아. 좀 전에 깨어났어. 좋아 죽겠는데 여론 의식해서 차마 한껏 기뻐하지도 못하고, 황제 얼굴 꼴이 아주 말이 아니었지."

누군가의 불행이 누군가의 기쁨이 되는 상황이 이렇게 극명히 드러나는 일도 흔치는 않을 거다. 이번 일로 다들 정령사에 경각심을 갖게 되었지만 황제만은 그 반대일 거라고, 이어진 라미아스의 설명엔 쓴웃음이 흘러나왔다.

"어쨌든 그럼 해결된 거 아니에요?"

"아니지. 지난 몇 년간 잠만 자고 있던 애 몸 상태가 어떻겠냐."

"아……."

과연, 그런 거라면 임자를 제대로 찾은 거긴 하다. 엘퀴네스의 치유력이면 쓰러지기 전보다 더 건강하게 회복시켜줄 수 있을 테니까. 문제는 내가 엘퀴엔에게 부탁해야 한다는 거지만. 거기까지 생각하니 벌써 한숨이 흘러나왔다. 간단한 정황 조사를 위해 동행해달라는 부탁도 무시했던 그가 과연 세간의 주목을 받을 상황을 달가워할까. 아니, 그보다는 인간을 치료할 생각 자체가 아예 없을 거다. 생존자를 구출하는 것조차 처음엔 거절하지 않았던가. 라미아스의 말대로 태연하게 있을 일이 아니었다.

"황제가 불러도 안 가면……."

"될 거 같냐?"

물론 안 되겠지. 품어보기도 전에 무너진 희망에 다시 한숨을 내쉬었다. 나야 괜찮아도 내가 몸담은 여명의 길드는 괜찮지 않을 거다. 앞으로 제도에서 활동하는 건 물 건너간다고 봐야 했다. 지난 시간 동안 국제정세가 달라졌다면 또 모르겠지만 살펴보니 딱히 기대할 만한 부분은 없었다. 마신전과의 전쟁이 무의미하게 시간만 끌면서 온 세간에 비웃음을 사고 있다곤 하나 세이크 제국은 여전히 대륙에서 가장 강대한 나라였다. 황제의 심기를 거슬러서 좋을 게 없다는 소리였다. 머릿속이 바쁘게 굴러갔다.

"그럼 이렇게 해요. 먼저 제가 제시한 조건이 지켜진다는 전제라면 부탁해볼게요."

"오, 너도 그런 계산을 할 줄 알아?"

눈을 휘둥그렇게 뜬 라미아스가 씩 웃었다. 사실 그냥도 할 수 있는 일이긴 하지만 잘 알지도 못하는 사람들 뜻에 멋대로 휘둘리긴 싫었다. 어차피 겪어야 한다면 최대한 이 상황을 활용하는 게 낫다. 그리고 라미아스도 그게 더 마음에 든 것 같았다.

"좋아, 황제한테 그렇게 전해볼게. 무슨 조건인데?"

이미 방음 마법을 펼쳤으면서도 라미아스는 비밀 얘기를 하는 사람처럼 몸을 더 내 쪽으로 기울였다. 흥미진진한 표정을 짓는 그를 향해 나 역시 지그시 웃어 보였다.

"조건이 여러 개여도 괜찮으려나요?"

3.

내가 황제에게 제시한 조건은 세 가지였다.

첫째, 치료 과정이 전부 비공개로 이루어질 것.
둘째, 마신전과 전쟁을 끝낼 것.
셋째, 다비안의 누명을 벗겨줄 것.

첫 번째 조건은 괜히 공식 일정으로 잡아 떠들썩해지는 걸 방지하기 위해서였다. 황제가 과시하기 좋아하는 사람이라면 충분히 저지르고도 남을 만한 짓이라 사전에 반드시 명시할 필요가 있었다. 두 번째는 앞으로의 일정을 위해서나 대륙의 평화를 위해서나 필요한 일이었고, 세 번째는 개인적인 욕심이었다.

'아직도 다비안이 수배 중이라니.'

세상에 거저 얻는 건 없다는 건가. 이왕 시간이 흐른 김에 알아서 잘 해결된 일도 있으면 좋으련만, 변한 것보다 변하지 않은 상황이 더 많았다. 전쟁이 아직 끝나지 않은 것처럼 움브라의 상황 역시 정리된 게 없었다. 당시 이중첩자로 몰렸던 다비안의 누명도 벗겨지지 않았고, 마신관들 또한 여전히 라미아스의 저택에서 숨어 지내고 있다. 알아서 진행되고 결말을 맺은 거라곤 내가 아는 과거의 상황들뿐이었다. 정말 단지 그것만을 위해 시간이 당겨진 것처럼.

시선을 내려 장갑을 낀 손을 바라보았다. 분명 카노스가 가루로 흩어버린 기억이 선명한데 여기서 정신이 든 이후부턴 다시 차고 있었다. 꽉 잠긴 단추를 풀어내고 조심스럽게 장갑을 벗었다. 손등에 새겨진 박쥐 날개 문양이 보였다. 멀쩡히 자리 잡은 마신의 문장을 보니 안도의 한숨이 흘러나왔다. 어쩌면 그가 지워버렸을지도 모른다고 생각했다. 이게 아직 남아 있다는 건 적어도 그가 내게 다시 연락할 의사는 있다는 소리였다.

'카노스, 대답해요. 내 말 듣고 있죠?'

문장에 의식을 집중하고 물었다. 지켜볼지 모르는 정령들을 피해 속으로만 조용히. 행여 그가 날 알아차릴까 봐 그동안엔 무의식적으로도 피했던 일이었는데 이젠 도리어 간절해지다니. 정말 세상일은 알 수 없는 것 같다.

'대체 무슨 생각을 하는 거예요?'

하지만 대답은 돌아오지 않았다. 아예 연결되지 않은 건지, 그가 듣고도 무시하는 건지 알 방법이 없으니 갑갑할 노릇이었다. 헛소리라도 좋으니까 뭐든 답이 왔으면 좋겠다. 이러다가는 그를 만났다는 사실 자체가 내 망상이었을까 봐 무서웠다.

때마침 다가오는 기척을 느끼고 서둘러 다시 장갑을 찼다. 안으로 들어선 건 황제를 만나기 위해 본성으로 입궁했던 라미아스였다. 그가 나간 지 한 시간도 채 지나지 않았다는 점을 생각하면 너무 이른 귀환이었다. 설마 제안하자마자 퇴짜를 맞은 건가 머쓱해지는데 전혀 다른 답이 이어졌다.

"황제가 승낙했어. 조건을 전부 수용하겠대."

"이렇게 빨리요?"

다른 건 몰라도 종전은 선뜻 결정할 일이 아닐 테니 결정을 굳히기까지 적어도 며칠은 걸릴 줄 알았다. 하지만 라미아스는 이미 그럴 줄 알았다는 얼굴이었다. 사실은 황제도 이 전쟁을 달가워하지는 않았다는 거다.

어느 세계에서든 전쟁에는 막대한 돈이 든다. 처음엔 분노 때문에 이성을 잃었지만 시간이 지날수록 현실적인 문제들이 눈에 보였던 모양이다. 천문학적인 비용은 계속 들어가는데 전쟁 양상은 변하질 않지, 세피온 공작의 반대를 비롯해 회의적인 여론이 많으니 마음껏 공격적으로 밀고 나가지도 못했다. 오히려 다른 나라들이 서로 연합하는 빌미만 던져주고 있으니 제국으로선 여러모로 손해만 보는 일이었다.

"자존심 때문에 고집부리고 있었던 건데 마침 좋은 핑곗거리가 생긴 거지, 뭐. 황태자가 깨어났으니 이제 더는 저주를 없애려 한다는 명분도 통하지 않을 거고."

"다행이긴 하네요."

"근데 조건은 정말 이걸로 괜찮겠어? 여러 개 제시한다고 해서 기대했는데 좀 싱겁네. 황제는 네가 봉토를 달라고 해도 내줬을 걸?"

"그런 건 별로 필요 없어요."

"그래, 그런 것 같더라. 그게 아니고서야 아직도 여관에서 궁상맞게 살 리가 없지."

여관 생활이 뭐 어때서. 고급 여관이면 어지간한 저택이랑 별반 다르지도 않다. 오히려 저택 관리비용에 비하면 훨씬 저렴하고 쾌적하게 지낼 수 있는 곳이 여관이었다.

"이러니까 더 희한하다는 거야. 네게 무슨 사정이 있건 아예 정착하지 않고 지낼 건 아니잖아. 근데 넌 영혼의 보석을 찾는 것 외에는 아무런 목적도 없어 보여. 그다음 일은 전혀 생각하지 않는 것 같아. 유희하는 건 난데 가끔은 네가 더 여행자인 것 같단 말이지."

"아하하, 그런가요. 전 잘 모르겠네요. 그냥 어렵고 복잡한 건 생각하기 싫은 것뿐이에요."

단숨에 정곡을 찌르는 말을 어색한 웃음으로 무마했다. 라미아스도 내 정체를 의심해서 한 말은 아닌지 집요하게 파고들진 않았다. 다만 내가 아직 젊어서 세상 물정을 모른다고 여긴 듯 한동안 이런저런 잔소리가 이어졌다. 그렇게 물 흐르듯이 살면 나중에 후회할 거라느니, 네가 언제까지 젊을 것 같냐느니, 훗날 꾸릴 가정을 생각해서라도 좀 더 계획적이어야 한다느니, 할아버지가 손자를 앉혀두고 할 법한 타박의 말들을 한 귀로 듣고 흘렸다.

"너 지금 내 말 듣고 있어?"

"네에, 듣고 있습니다아……."

누가 봐도 건성인 태도로 대꾸하니 얄미워 죽겠다는 시선이 닿았다. 결국 먼저 포기한 건 라미아스였다.

"어쨌든 황제는 오늘 당장에라도 종전 선언할 기세야. 다비안의 수배령은 이미 풀었어. 황태자 치료 일정도 네가 편한 시간 아무 때나 정해도 된대."

"정말 마음이 급했나 봐요."

"하나뿐인 후계자 일인데 당연하지. 그러니까 조건이 너무 소박했다니까."

다시금 이어지려는 잔소리를 슬그머니 외면했다. 그럼 이제 내가 엘뤼엔에게 부탁할 차례인가. 일을 저지르긴 했는데 막상 감당할 차례가 되니 막막하긴 했다. 한동안 엘뤼엔이 내게 화를 낸 적이 없었는데 이번엔 진짜 크게 혼날지도 모르겠다. 정령사라는 게 원래 정령과 본 종족 사이의 중재자나 마찬가지라지만 그걸 이런 식으로 실감하고 싶진 않았는데 말이다. 그와 관련된 일이라면 무조건 질투하고 보는 라미아스조차 이번만은 나를 동정했다.

"수고해라. 네가 하필 아인 이드리스와 같은 세대에 태어난 업보려니 해야지, 어쩌겠냐. 인간사라는 게 특히 어지르는 놈 따로고, 치우는 놈 따로더라고."

"하하, 네……."

"알고 있겠지만 앞으로 중간에서 네가 곤란해질 일이 한두 개가 아닐 거야. 실버랑 그린 애들만 해도 뿔이 단단히 났거든. 정령 친화적인 종족들과는 전부 다 척을 지게 됐다고 보면 돼."

"아, 설마 엘프족이 인간과 교류를 끊은 이유가……."

"응? 아직 교류를 끊은 건 아닐걸?"

"아하하, 혹시 그렇게 되려나 싶어서요."

"차차 그렇게 될 가능성이 높긴 하지."

역시 내 시대에서 엘프가 인간을 배척하는 건 이번 일이 원인이 된 모양이다. 한숨이 나오는 걸 억지로 삼키며 두 손으로 마른 얼굴을 쓸었다. 이런데도 과거의 상황을 바꾸지 않은 게 더 나은 건지, 아무리 생각해도 잘 모르겠다. 이제 와선 뭘 어떻게 할 것도 없이 다 끝나버렸지만.

"난 솔직히 트로웰이 제일 걱정이다. 일이 벌어지기 전부터 인간을 멸족한다고 공언하고 다녔잖아. 당장이야 정령계에 갇혔으니 얌전하겠지만 그 계획을 철회하진 않았을 거야."

"……그렇겠죠."

"각오 단단히 해둬. 마음 돌리게 하기 쉽지 않을 거다."

쓰게 웃은 라미아스가 위로하듯 내 어깨를 두드렸다. 나 역시 억지로 의연하게 웃었다. 가슴 속에 무거운 돌덩이가 가라앉은 것 같았다.

*　　*　　*

연락을 받은 엘뤼엔은 의외로 대수롭지 않게 허락했다. 온갖 구박과 면박을 각오했던 것이 무색할 정도로, 미간 한 번 찌푸리지 않았다. 아무래도 그간 나한테 너무 적응한 모양이다. 이왕 황궁에 와 있는 김에 일정도 바로 그날 밤으로 정해졌다. 라미아스가 직접 우리를 본성 안으로 안내했다.

“이쪽으로 드시면 됩니다.”

마중 나온 시종들이 황태자의 방까지 인도했다. 기사들이 문을 열자 침대 곁에 있던 사람들이 황급히 몸을 일으켰다. 그중 한눈에도 고급스러운 옷을 입은 세 사람이 눈에 띄었다. 나이가 지긋해 보이는 남녀와 젊은 여성이었다. 황제 부부와 황태자비인 것 같았다.

“폐하, 귀빈들을 모셨습니다.”

시종장으로 보이는 이의 말에 황제가 앞으로 걸어 나왔다. 긴장해서인지 딱딱하게 굳은 얼굴이었다.

“짐이 이 나라의 황제인 루멘이오.”

누가 들어도 엘뤼엔을 의식한 인사였으나 그는 반응하지 않았다. 그래서 어쩌라는 거냐는 시선에 황제가 무안해지기 전에 얼른 내가 앞으로 나섰다.

"황제 폐하를 뵙습니다. 정령사 엘입니다."

"아아, 그래. 그대의 위명은 많이 들었네."

다행히 (그 말도 안 되는 전쟁을 시작한 사람치고) 황제는 현명한 사람이었다. 불쾌한 내색을 조금도 하지 않고 자연스럽게 말을 받아 좋은 분위기를 이어나갔다.

"이렇게 젊고 아름다운 정령사라니, 처음엔 그대가 정령왕인 줄 알았지 뭔가."

"과, 과찬이십니다."

"아니, 아닐세. 정말 너무 아쉬울 정도야. 나한테 아들이 하나만 더 있었어도. 아니, 자네는 남성이라고 했던가? 그럼 딸만 하나 더 있었어도……."

단지 너무 긴장한 탓인지 아무 말이나 하는 것 같긴 했다. 자식이 하나 더 있으면 뭘 어쩌려고. 마구잡이로 튄 화제에 어안이 벙벙해져 적당히 대응할 말이 떠오르지 않았다. 라미아스는 물론이고 시종들조차 황당한 표정을 숨기지 못했다.

"황태자를 바로 봐줄 수 있겠는가?"

보다 못했는지 황후가 점잖게 용건을 이끌었다. 듣던 중 반가운 말이라 바로 그에 따랐다. 침대로 가까이 다가가니 새하얀 캐노피 커튼 안쪽에 누워 있는 남자가 보였다. 의식은 있는 것 같은데 기운이 없는지 눈꺼풀만 멀거니 깜빡이는 채였다. 눈이 마주치자 그가 희미하게 웃었다.

"다시 보는군. 이렇게 누워서 맞이하는 걸 용서하시오……."

"아닙니다, 전하. 편히 계세요."

솔직히 처음엔 황태자인 줄 알아보지 못했다. 쓰러졌을 때만 해도 저런 모습이 아니었는데. 훤칠하고 생기로 반짝이던 황태자는 그사이 바짝 마르다 못해 미라 같은 모습으로 변해 있었다. 정말 시간이 흐르긴 했구나. 이 시대의 찬란한 마법 문화로도 잠들어 있는 동안 쇠약해지는 건 막을 수 없었던 모양이다. 왕세자의 길어진 머리를 봤을 때도 당황스러웠지만, 이번만큼 지나버린 세월을 실감한 적이 없는 것 같았다.

"깨어나긴 했지만 걷지도 못하는 상태일세. 의원과 신관들 말로는 재활에만 몇 년은 걸릴 거라고 하더군. 회복된 후에도 예전만큼 건강하지는 못할 거라고 했네."

설명하는 황후의 목소리가 떨렸다.

"태자가, 내 아들이 온전히 건강해질 수 있겠소?"

황제가 조바심이 가득한 얼굴로 물었다. 이미 눈물을 글썽이고 있는 황태자비 역시 간절한 얼굴이었다. 그 시선을 한몸에 받은 엘뤼엔의 얼굴엔 어이없다는 표정이 스쳤다.

"지금 그걸 내게 물은 건가?"

그와 동시에 새하얀 물거품이 황태자의 몸을 뒤덮기 시작했다. 발끝부터 얼굴까지, 온전히 물에 감싸진 황태자는 너무 놀란 나머지 눈을 동그랗게 뜨고 있었다. 황태자비와 황제 부부도 입을 꾹 다물었다.

이윽고 뼈마디가 거의 다 드러나 있던 앙상한 몸에 살이 차오르기 시작했다. 불거진 광대뼈가 쑥 들어가면서 마른 껍질처럼 딱딱해 보이던 피부가 부드러운 느낌으로 변했다. 마지막으로 푸석해진 머리칼에 윤기가 흐르는 순간, 그를 뒤덮은 물거품이 씻겨나가는 것처럼 사라졌다.

"태, 태자."

"전하……."

다시 본 황태자는 이제 더는 환자의 모습이 아니었다. 물기가 완전히 걷힌 침대 위엔 누가 봐도 건강해 보이는 남자가 앉아 있었다. 숨을 삼킨 사람들은 아무도 다음 말을 잇지 못했다. 본인조차도 자신에게 일어난 일을 실감하지 못하는 것 같았다. 다음 순간 멍하니 있던 황태자가 자신의 몸을 내려다보았다. 떨리는 팔로 천천히 더듬어 보기도 했다.

"아바마마, 어마마마……."

상기된 얼굴에 한껏 격양된 감정이 떠올랐다.

"리아."

두 손으로 입을 가리고 있던 황태자비가 결국 눈물을 쏟아냈다. 황태자가 자신의 아내를 향해 팔을 뻗었다. 두 사람은 서로 끌어안고 울었다. 그 모습을 지켜보는 황후와 시종들도 울었다.

"보면서도 믿기지 않는군. 이렇게 바로 괜찮아질 줄은……."

눈시울이 붉어진 황제는 기쁜 만큼 큰 충격에 빠진 모습이었다. 마지막 희망을 걸었으면서도 엘퀴네스의 치유력이 설마 이 정도일 거라곤 생각지 못했던 모양이다. 엘뤼엔을 돌아보는 눈동자가 수많은 감정으로 혼란했다.

"정말 고맙소."

"내가 내 계약자 얼굴을 봐서 베푸는 건 여기까지다."

이어진 대답은 서늘했다. 덕분에 하염없이 감동적으로 흘러가던 분위기가 빠르게 진정됐다. 한창 정신없이 울던 사람들이 경직된 얼굴로 고개를 들었다. 그 모습을 아랑곳하지 않은 채, 엘뤼엔은 차가운 눈동자로 황제를 응시했다.

"지위 덕분에 득을 얻었으니 이제 그 자리가 네게 합당한지를 증명해야 할 거다."

주위의 온도가 한층 더 낮아졌다. 숨을 삼킨 황제가 굳은 낯으로 고개를 끄덕였다.

"이, 이해했소. 절대로 경거망동하지 않겠소."

엘뤼엔은 그대로 몸을 돌려 걸어나갔다. 나도 서둘러 인사를 건네고 급히 그의 뒤를 따라나섰다. 그냥 사라져도 충분한 그가 굳이 걸어서 이동하는 건 나를 위해서였으니까. 다행히 우리 뒤를 쫓아 나오며 귀찮게 하는 사람은 없었다. 아마도 라미아스가 막아준 듯했다.

밤이 깊어진 시각이라 출구로 향하는 복도는 매우 한산했다. 유리 창 밖의 세상은 여전히 짙은 비에 젖어 있었다. 아무래도 며칠간은 더 쏟아질 기세였다. 창을 타고 흐르는 물줄기를 바라보다 묵묵히 걸어가는 뒷모습을 향해 말을 걸었다.

"저기, 고마워, 아버지. 내가 너무 귀찮게 하지……."

"상관없다. 몰랐던 것도 아니니까."

귀찮기는 하단 소리구나. 역시, 우리 아버지. 빈말은 절대 하지 않는다. 그렇게 귀찮아도 상관없다고 하니 나도 마음의 양심을 묻어놔도 괜찮을 것 같다. 이제 와서는 지킬 양심도 없는 것 같긴 하지만. 내가 생각해도 내가 점점 더 뻔뻔해져서 큰일이다. 그때 앞서 걸어가고 있던 그가 우뚝 멈춰 서더니 나를 돌아보았다.

"그런데 너, 정말 마신과 아무런 관계가 없는 거냐?"

"어? 갑자기 그게 무슨 말이야?"

왜 여기서 카노스 얘기가 나오지? 설마 내가 시간을 건너뛴 걸 눈치챈 건가? 당황해서 얼어 있자 엘퀴엔의 시선이 내 아래쪽을 향했다. 반사적으로 고개를 내렸다가 보이는 것에 멈칫했다. 장갑 위에 처음 보는 글자가 새겨져 있었다.

발테움의 빛이 내리는 날에
오르는 발걸음이 붉은 비로 흩날리네.
어리석은 자의 눈물이 바닥을 적시니
라데카의 시계가 길을 찾으리라.

"……이게 뭐지?"

원래 아무런 문양도 없는 갈색 민무늬 가죽이었다. 문장을 확인하기 위해 벗어봤을 때만 해도 이런 글자는 적혀 있지 않았다. 엘뤼엔은 의도를 파악하는 것처럼 가만히 나를 바라보았다. 그러다 내가 정말 아무것도 모른다는 걸 확인했는지 복잡한 표정을 지었다. 이어진 말엔 내 기분도 같이 복잡해졌다.

"신탁이다."

"……어?"

멍하니 고개를 들자 엘뤼엔이 가볍게 한숨을 내쉬었다.

"날 만나기 전에 어디서 뭘 하고 다닌 건진 모르겠지만 이제 적당히 해라. 넌 부정해도 마신의 생각은 다른 것 같으니."

말을 마친 그가 다시 걸어가기 시작했다. 그 안에서는 나름대로 정리가 된 모양인데, 정작 나는 그렇지 못했다. 멍청히 서서 멀어지는 뒷모습을 하염없이 바라보았다. 간격이 벌어지자 엘뤼엔이 다시 멈춰섰다.

"안 오려는 거냐?"

"어? 어어, 아니! 가!"

멀어진 정신을 다급히 챙겨 들고 허둥지둥 달려가 그의 옆에 섰다. 보폭을 맞추고 나서야 간신히 돌아가는 상황을 이해했다.

그러니까, 카노스가 내게 신탁을 내렸다는 소리였다.

제5화

1.

약속대로 황제는 대대적인 국무회의를 열고 종전 절차를 밟기 시작했다. 황태자의 저주가 풀렸으며 조만간 건강한 모습으로 정무에 복귀할 거라는 공표와 함께였다. 제도가 어수선한 와중에 시기상조라는 여론도 있었지만 대다수는 오랜만의 좋은 소식을 반가워했다. 이제 막 깨어난 황태자가 건강해진 이유가 엘퀴네스의 치료를 받은 덕분이라는 소문이 돌았기 때문이기도 했다.

아무리 비공개로 진행했어도 말이 새어나가는 건 어쩔 수 없었다. 미네르바의 분노가 임했다며 두려워하던 사람들은 다른 정령왕이 황태자를 도와줬다는 사실을 매우 긍정적으로 해석했다. 비극적인 사고가 있긴 했지만 든든한 새 아군을 얻었다고. 그 정령왕이 사건 당시에도 건물에 깔린 사람들을 구한 전적이 있다 보니 더더욱 오해할 수밖에 없었다. 그리고 그 모든 건 계약자인 나에 관한 관심으로 이어졌다.

"헌터 엘이 정령왕의 계약자였다니. 두 가지 초월 능력을 통달한 사람은 세피온 공작님 다음으로 처음이지 않아?"

"나이가 어리다는 점을 생각하면 더 굉장하지. 제국 태생은 아니라고 했었지? 대체 어느 나라 출신이래?"

"몰라. 헌터 엘은 워낙 베일에 싸여 있는 인물이잖나. 지금까지 신원을 제대로 캐낸 이가 아무도 없다더군. 하지만 출신이 무슨 상관인가. 제국에서 살면 제국인이지."

가는 곳마다 들리는 소리가 전부 다 내 얘기였다. 검성인 게 밝혀졌을 때도 화제가 되긴 했지만, 그땐 황태자가 쓰러진 상황이기도 해서 금방 사그라졌었다. 이번에도 워낙 굵직한 일들이 많아서 쉽게 잦아들 줄 알았는데 그러긴커녕 점점 더 말이 불어나는 것 같았다. 라미아스의 경고대로 확실히 이전과는 상황이 전혀 달랐다. 하긴 잠깐 끓어오르고 말기엔 그날 엘뤼엔이 선보였던 힘이 너무 강렬하긴 했다. 하늘이 바다로 뒤덮인 광경은 일평생 쉽게 잊힐 기억이 아닐 테니까.

"그러고 보니 그거 아나? 황제 폐하께서 헌터 엘과 에클레어 공작 가문과의 혼사를 추진한다는 말이 들리더군."

……뭐라고?

너무 놀라는 바람에 집어 들려던 물건이 손에서 미끄러졌다. 떨어진 물건이 쌓여 있던 무더기 위에 떨어지면서 잠시 요란한 소리가 울렸다. 따가운 시선을 보내는 점원에게 얼른 사과하며 무너진 배열을 고쳤다.

"그게 정말인가? 잘되면 좋겠군."

"맞아, 헌터 엘도 작위를 거부할 수 있으니 말이야. 지금까지 능력을 숨기고 있었던 걸 보면 출세엔 별로 관심이 없는 게 아니겠나. 역시 제대로 정착하게 하려면 혼사만 한 게 없지."

'누구 맘대로.'

멋대로 떠들어대는 말에 한숨이 절로 흘러나왔다. 혼사라니. 그날 했던 황제의 아무 말이 진심이었던 모양이다. 에클레어 공작 가라면 나도 들어본 적이 있었다. 황제의 동생이 그 가문과 혼인했다고 하던가. 그래서 공작 부부가 낳는 아이들도 황위 계승권을 지니게 된다고 들었다. 내가 이걸 알게 된 건 얼마 전 그 공작부인이 첫 아이를 잉태했다는 소식이 신문에 실렸기 때문이다. 그렇다. 잉태한 상태다.

"근데 공작 부부의 후사는 아직 복중에 있는 거 아닌가? 아이의 성별도 모를 텐데 혼사부터 추진하는 건가?"

"뭐, 귀족들이 그런 걸 신경 쓰겠나."

"하긴, 어차피 정략혼인데."

나는 신경 쓰거든?

어떻게든 혼사를 추진하려는 속내가 이렇게까지 발휘될 일인가. 아찔해지는 머리를 가만히 짚었다. 가까이 다가온 점원이 이상하다는 듯이 바라봤다.

“손님? 괜찮으십니까?”

“아, 아무것도 아니에요. 이거 하나 주세요.”

“네, 2루아입니다.”

더 듣고 있다간 정신이 혼미해질 것 같아 고른 물건값을 치르고 서둘러 가게를 빠져나왔다. 상가를 벗어나 골목으로 들어선 다음, 조금 걸어가는 척을 하다 훌쩍 담벼락 위로 뛰어올랐다. 그 상태에서 잠시 기다리고 있으니 사람들이 나타나 허둥거리는 것이 보였다. 내 뒤를 밟고 있던 잠복 기자들이었다.

“젠장, 어디로 갔지?”

“방금까지 여기에 있었는데!”

설마 위에 있을 거라곤 생각도 못 하고 우왕좌왕하는 그들을 내려다보다 다른 쪽으로 방향을 틀었다. 역시 후드로만 가리고 다니는 건 한계가 있나. 날이 갈수록 기자들의 추적이 교묘해지는 게, 따돌리는 것도 보통 일이 아니었다. 한숨이 절로 흘러나왔다.

신탁은 아무리 알아듣기 쉬운 내용이라도 해석이 필요하다. 하물며 무슨 소린지 전혀 알아들을 수 없는 내용에 해석이 필요한 건 당연한 일이었다. 내가 받은 카노스의 신탁이 그랬다.

엘뤼엔에게 물어봤지만 가르쳐줄 마음이 없는 것 같기에 아이라와 에디스를 찾아갔다. 아무래도 어릴 때부터 신학을 배우고 자란 그들이 일반인보다는 나을 테니까. 마신의 신탁이라는 건 밝히지 않았지만, 신탁이라는 것 자체에 두 사람은 큰 흥미를 보였다.

"이건 찬미의 시입니다."

"그게 뭔데요?"

궁금해하는 내게 아이라는 이야기 하나를 들려줬다. 먼 옛날 한 왕국에 있었던 베루스라는 남자의 일화였다.

"그는 왕의 장자로 태어났지만 왕이 되지 못할 거라는 예언을 받습니다. 장자의 존재가 장차 분란이 될 거라 근심한 국왕은 그를 시골로 보내어 평범하게 자라도록 합니다."

하지만 성장하면서 모든 사실을 알게 된 베루스는 그걸 용납하지 못했다. 확실하지도 않은 예언 때문에 장자로서 받아야 할 당연한 권리에서 박탈된 걸 몹시 억울해했다. 그는 자신의 운명을 바꾸기 위해 분투했다. 기적의 신 발테움에게 제물을 바친 그는 수많은 전쟁을 불사한 끝에 마침내 왕관을 쟁취한다. 원하는 대로 운명을 바꾼 것이다.

하지만 그 이후로 베루스는 많은 것들을 잃기 시작했다. 유년시절부터 사랑을 키워온 아내는 왕비 자리를 노리는 가문들의 모략에 휘말려 폐위된 후 병사하고, 둘 사이에서 태어난 아이는 어머니를 지켜주지 못한 아버지를 원망하다 나라를 떠나 객사한다. 가장 의지하던 친우가 배신하여 그의 등에 칼을 꽂았으며, 정략혼으로 얻은 아이는 성장하여 내란을 일으켰다.

"베루스는 절망하고 왕이 된 걸 깊이 후회합니다. 그러다 눈을 떴는데 그 모든 게 다 꿈이었습니다. 그는 여전히 어린 왕자였고,

자신이 성장하던 시골 저택에 있었죠. 그래서 신께 감사 기도를 올리고 자신의 운명에 순응하기로 합니다."

그렇게 성장한 베루스는 훗날 공작 작위를 받는다. 그는 사랑하는 여인과 무사히 혼인을 치렀고, 그들 부부의 삶은 모든 국민의 존경과 부러움을 받는다. 사랑 아래 태어난 자녀는 훌륭한 청년으로 성장하여 부모의 자랑이 되었고, 그의 가문은 왕국을 이끄는 5대 세가 중 하나로 굳건히 이어진다. 그건 왕의 삶과는 비교할 수 없을 만큼 만족스럽고 행복한 삶이었다. 〈찬미의 시〉는 베루스가 생을 마감하면서 마지막으로 읊었다고 알려진 시였다.

"좋게 해석하면 삶에서 불합리하다 여기는 것이 알고 보면 최선일 수도 있다는 교훈입니다. 신은 사랑하는 자들을 위하는 길로 인도하니, 의심하지 말라는 의미도 있구요."

"나쁘게 해석하면요?"

"……애써도 소용없으니 일찌감치 단념하라는 의미죠. 꼭 쓴맛을 봐야 정신을 차리겠냐는 조롱의 의미로도 씁니다."

"……."

이 양반이 진짜.

속에서 올라오는 뜨거운 열을 꾹 내리눌렀다. 왠지 카노스는 전자보다 후자의 의미로 썼을 거라는 근거 높은 확신이 든다. 그러고도 남을 신이었다.

"하지만 이 일화엔 또 다른 해석도 있어요."

그때 듣고 있던 에디스가 입을 열었다.

"다른 해석이요?"

시선을 받은 에디스가 진지한 얼굴로 고개를 끄덕였다. 그렇게 이어진 이야기의 비화는 이러했다. 꿈에서 깨어난 이후 베루스는 결심한 대로 평범하게 살아간다. 그런데 막상 평범하게 살려니 그것도 쉬운 일이 아니었다. 국왕은 정적이 많은 사람이었고, 그만큼 베루스의 주위엔 그를 왕으로 추대하려는 이가 넘쳐났다. 꿈에서는 발판이 됐던 이들이 왕이 되지 않으려는 베루스에겐 오히려 역경이 됐다. 그가 아무리 왕위에 뜻이 없다고 말해도 형제들은 늘 그의 진위를 의심했다.

"그건……."

"주어진 길을 따라가기만 하는 것도 쉽지는 않다는 거죠. 지켜야 할 것들을 잃지 않으려면 이 또한 노력해야 한다는 의미예요."

노력하지 않으면 지켜야 할 것을 잃는다.

그건 무슨 의미일까.

이미 내가 바꾸려던 것들은 전부 틀어졌다. 남은 건 내가 알고 있는 흐름을 따라가는 길밖에 없었다. 그런데 그조차 어려울 수도 있다는 의미일까. 왠지 느낌이 좋지 않았다. 무거운 기분을 삼키고 있는데 강렬한 시선이 느껴졌다. 고개를 들자 이상할 정도로 눈빛이 초롱초롱한 에디스와 아이라가 보였다.

"왜, 왜요?"

“아뇨, 그냥 조금 신기해서요. 황제나 왕처럼 국운을 좌지우지할 수 있는 인사가 아니고서야 개인이 신탁이 받는 일은 드물거든요. 그런데 엘에겐 이런 게 당연하다는 느낌이 드는군요.”

“그야 엘도 국운을 좌지우지할 수 있는 존재잖아요. 정령왕의 계약자인데.”

“그렇네요. 정령왕의 계약자니까.”

“말 안 해서 미안하다니까요…….”

분명 웃는 얼굴인데 화내는 것처럼 느껴지는 건 착각이 아닐 거다. 흘기듯 바라보는 시선에 식은땀을 흘리려니 금세 표정을 바꾼 두 사람이 장난한 거라며 깔깔거렸다.

“사실 별로 놀라지도 않았어요. 그냥 그럴 줄 알았다는 느낌이었죠.”

“그, 그래요?”

“엘을 아는 사람들은 다 그렇게 생각했을 거예요. 그냥 자연스럽게 수긍이 간다고 해야 할까요. 뭔가 이 정도가 되어야 정령왕과 계약할 수 있는 거구나 싶더라고요.”

전에 크리스가 했던 말과도 비슷한 맥락이었다. 내가 그렇게 심하게 티 내고 다녔나. ……좀 그랬나 보다. 적어도 할 수 있는 걸 못하는 척하진 않았던 것 같다. 어쨌든 다들 편하게 받아들인 것 같아 다행이었다. 비록 이어진 말에는 따라 웃을 수 없었지만.

“그보다 황제가 엘의 혼사를 추진한다는데, 그게 정말입니까?”

“…….”

“에클레어 공작 가문과 추진 중이라고 들었습니다. 공작가에서도 매우 반겼다고 하던데요.”

설마 여기까지 그 말도 안 되는 소문이 퍼졌던 건가. 없던 두통이 생기는 것 같아 머리를 짚었다.

“혼약 당사자가 아직 태중에 있으니 나이 차이가 굉장하겠네요. 그런데 태어나는 아이가 아들이면 어떻게 되는 겁니까? 세이크 제국인은 특히 혈통 문제에 민감하던데, 남성 간엔 아이를 낳을 수 없으니 협의를 따로 하는 겁니까?”

“하아, 글쎄요. 어느 쪽이든 애초에 혼인할 일이 없어요.”

“아, 역시 그렇죠? 세피온 공작님이 굉장히 화가 많이 나셨더라고요. 금쪽같은 남의 새끼를 넘본다면서, 황제가 제정신이냐고 황족 모독 발언을 서슴없이 퍼부으셨어요.”

그 드래곤은 또 왜 그래. 정령왕이 폭주하면 다른 사람들의 정서에도 영향을 미치는 건가. 아무래도 다들 제정신들이 아닌 것 같다. 폐부까지 차오르는 한숨을 깊이 내쉬었다.

“그보다 두 분은 이제 어떻게 할 거예요?”

기억에 의하면 아이라와 에디스가 여전히 이곳에서 숨어 지내는 건 납치된 마신관들을 구하기 위해서였다. 건너뛴 기간 속에서도 왕세자와 인어들은 여전히 마신관들을 습격했으며, 대륙 곳곳에서 납치를 일삼았다. 그렇게 납치된 이들은 거의 제국으로 끌려오는 편이었다. 왕세자가 주로 이곳에서 머물기도 했고, 섬인 본국보다 대륙인 제국 쪽이 운송하기 쉬운 환경인 탓도 있었다. 마신전과 전쟁 중이라 대놓고 마신관을 끌고 와도 문제가 되지 않는다는 것도 장점이었을 터였다.

이와 관련하여 라미아스—세피온 공작은 마신교 본단과 협정을 맺고 신관 구출에 협력하기로 했다. 황제도 모르는 밀약으로, 에디스와 아이라가 이 협정에서 신전 측 대표를 맡고 파견된 것으로 진행됐다. 나도 관련 작전에 꽤 여러 번 동참했던 것 같았다. 마치 영화를 보는 것처럼 그 당시의 상황들이 주르륵 떠올랐다.

하지만 이제 전쟁은 끝났다. 왕녀까지 사망했으니 더는 왕세자가 제도에 머물 이유를 만들 수 없을 것이다. 게다가 누명이 풀린 다비안이 무사히 움브라에 복귀하면서 본격적으로 내란의 증거를 잡아내는 중이라 조만간 체포될 확률이 높았다.

"안 그래도 본단에서 연락을 받았습니다. 왕녀가 사망한 이후로 인어들의 기세가 크게 꺾였는지 다들 흩어졌다고 합니다. 일단 본단으로 복귀한 후 향후 추세를 지켜보게 될 것 같습니다."

"그럼 이제 돌아간다는 거네요."

"예, 전부 엘 덕분입니다. 그동안 여러모로 신세가 많았습니다."

에디스와 아이라가 부드럽게 웃었다. 순조롭게 지내왔다곤 하나 긴장을 조금도 늦추지 못한 기간이었다. 드디어 교단에 돌아갈 수 있게 되어서인지 둘 다 몹시 들뜬 얼굴이었다. 나 역시 마음이 편해졌다. 제국이 물러났어도 인어와의 전쟁은 끝나지 않겠지만, 인어들의 가장 큰 구심점이 흔들린 만큼 다음 일이 별로 걱정되진 않았다. 당장 큰 부분들은 일단락된 것 같았다.

……라고, 너무 일찍 축배를 든 게 문제였을까.

귀가하는 길, 갑자기 내 앞을 우르르 가로막는 무리를 보며 한숨을 내쉬었다. 그 사이에서 걸어 나오는 얼굴을 보니 더 탄식을 안 할 수가 없었다. 음산한 얼굴로 나타난 남자는 며칠 새 바짝 마른 것 같은 루시엘 왕세자였다.

"무슨 용건이신지."

"아주 재밌는 짓을 벌였더군."

싸늘하게 웃는 왕세자의 두 눈엔 핏발이 형형했다. 애지중지하던 동생을 허망하게 잃었다는 사실을 깨닫고 악에 받친 채, 의식이 없는 아인 이드리스를 다그치던 때의 얼굴 그대로였다.

"설마 그대도 정령왕의 계약자였을 줄이야. 황태자를 건강하게 해주는 조건으로 전쟁을 끝내라고 했다지?"

"무슨 말인지 모르겠네."

"……그래, 항상 그 모르는 척하는 태도를 적당히 넘어가 주던 게 문제였어."

왕세자가 피식피식 웃었다. 하지만 서릿발이 서린 눈은 조금도 웃고 있지 않았다. 내게 속았다는 충격과 진작 제거했어야 했다는 후회가 선연한 얼굴을 별다른 감정 없이 바라보았다. 가까웠던 사람들은 편하게 받아들이는데, 정작 적인 그가 배신을 당한 것처럼 구는 게 조금 우습기도 했다.

"내가 이대로 끝날 것 같나?"

거리가 성큼 가까워졌다. 거의 닿을 듯 들이밀어진 얼굴에선 의무적으로 짓는 것 같던 웃음기가 완전히 사라진 채였다. 광기가 들어찬 눈동자에 시퍼런 안광이 이글거렸다.

"아니. 절대 이렇게 못 끝내."

낮게 속삭이는 말은 자신을 향한 맹세에 더 가까워 보였다. 제 할 말만 마친 왕세자는 그대로 몸을 돌렸다. 썰물처럼 우르르 멀어지는 사람들을 바라보다 씁쓸한 기분을 삼켰다.

미네르바의 폭주 당시 폭발 진원지에 가까이에 있었던 사람들은 시신도 거의 수습하지 못했다. 왕녀 역시 마찬가지여서 빈 관으로 장례가 치러질 거라 들었다. 왕세자를 좋게 여겨본 적은 없다. 오히려 그는 언제나 싫은 사람이었다. 하지만 그런 식으로 가족을 잃은 것만은 딱했다. 나라도 그런 상황에선 제정신이 아닐 거라 미친 사람처럼 구는 것도 기분이 상하진 않았다.

다시 한숨을 내쉬었다. 어쨌든 후드로 가리고 다니는 건 확실히 소용이 없는 것 같았다.

2.

이대로 끝내지 않겠다는 왕세자의 진심은 바로 다음 날 여실히 확인할 수 있었다. 긴급으로 발행된 호외 전면에 왕세자의 체포

소식이 대문짝만 하게 실려 있어서 모르고 싶어도 모를 수가 없었다.

<루시엘 미놀 에펜 왕세자! 제국 찬탈의 음모 적발!>

"……거참."

뱉은 말은 참 잘 지킨다고 해야 할지. 그런 주제에 싱거웠다고 해야 할지. 궁지에 몰려 마음이 급해진 탓인가. 그래도 며칠은 더 걸릴 줄 알았는데 나와 헤어져 돌아가자마자 곧바로 황제를 살해하고 황궁을 점거하려 했던 모양이다. 아마도 허를 찌르려 했던 건지도 모르겠다.

움브라 대장이 가담한 데다가 흑주술까지 동원한 총공세였다고 한다. 하지만 세피온 공작의 대응이 더 빨랐다. 황제의 침실을 기습한 왕세자 무리는 미리 잠복해 있던 근위대와 아이기스 요원들을 마주해야 했고, 치열한 격전 끝에 붙잡혔다. 현장 체포라 오해니 누명이니 변명할 여지도 없었다.

"내 고고하신 주방장이 깔아준 주술 방어진이 큰 역할을 했지. 왕세자 놈이 흑주술을 시도하는 족족 막히더라니까. 그때 그놈이 넋이 나가던 얼굴을 네가 봤어야 해."

당시 상황을 설명하는 라미아스는 앓던 이가 빠진 얼굴을 하고 있었다. 왕세자가 음모를 꾸미고 있다는 걸 알아차린 후로 증거를 잡을 기회만 노리고 있던 게 어느덧 여기까지 왔다. 내게는 그리 오래전 일이 아니었지만 라미아스에겐 2년에 가까운 기간이었다. 긴 시간 끌어왔던 일이 드디어 마무리되었으니 속이 시원할 만도 했다.

"시벨리우스가 순순히 도와줬어요? 이제 좀 친해졌나 봐요."

"그럴 리가 있나. 당연히 널 팔았지."

"……."

"네가 부탁한 거라고 하니까 군말 없이 해주던데? 그러니까 나중에 말 좀 맞춰줘라. 네가 먼저 조언해서 부탁하게 된 거야. 알았지?"

"진짜 너무하신 건 알죠?"

"야, 내가 오죽하면 그랬겠냐. 너한테 먼저 사정 설명하고 협조를 구하기엔 시간이 너무 촉박했단 말이야. 흑주술은 나도 까다롭다고. 솔직히 그거 아니었으면 좀 힘들었을 거야."

궁색한 변명이었으나 상황이 급했던 것만큼은 사실이긴 했다. 설마 이렇게 갑자기 움직일 줄은 몰랐으니까. 왕세자도 실패할 거란 생각은 안 했을 거다. 그간 얼마나 포섭을 잘해놨는지 이 일에 가담한 귀족 가문만 11개나 됐다. 그들의 패착이라면 세피온 공작이 드래곤이라는 걸 몰랐다는 거고, 그래서 아이기스의 이목을 속일 수 있다고 오해했으며, 설령 들키더라도 자신들이 우위를 점할 거라고 착각했다는 점이다. 어쨌든 가담자들은 전부 잡혔고 죄질에 따라 처분이 결정될 예정이었다.

한 가지 유감스러운 건 진혼 길드가 이 사태를 무사히 빠져나갔다는 거다. 직전에 줄을 갈아타고 마치 우연히 알게 된 것처럼 반역 사실을 밀고한 덕분에 안위를 보장받게 된 모양이다. 그냥 마스터가 된 건 아닌지 눈치 하나만은 참 빠른 작자였다.

"이참에 움브라도 전면 개편될 거야."

충견이나 다름없는 움브라에서 배신자가 나올 줄은 몰랐는지 황제는 매우 큰 충격을 받았다고 한다. 심지어 가장 가까이에 둔 대장의 배신이었다. 그가 전 대장과 요원들에게 수작을 부려 기억을 잃게 만들었다는 증거도 전부 찾아냈다. 이미 그를 따르던 이들은 전부 구금됐고, 재판 없이 사형이 집행될 것 같았다. 다만 그 수가 움브라 인원 대다수를 차지하다 보니 개편 수준이 아니라 아예 다른 조직을 세우는 셈이 될 것 같았다.

"다비안은요? 공을 세웠으니 승진하나요?"

사실 이번 일에 가장 크게 공헌한 사람은 다비안이었다. 움브라 대장의 배반 사실을 알게 된 것도 그 덕분이었고, 증거를 찾아낸 것도 그였다. 이번 기습도 대장을 밀착 감시하던 다비안이 움브라의 수상한 동선을 파악한 덕분에 한결 쉽게 대응할 수 있었다. 어쩌면 새로 개편되는 움브라의 대장은 그가 될지도 몰랐다. 하지만 라미아스는 멋쩍은 얼굴로 대답했다.

"원래는 그래야 하는데, 일이 좀 묘하게 됐어."

"왜요?"

설마 일전의 누명을 꼬투리 잡는 건 아니겠지. 얼굴을 찌푸리려니 전혀 뜻밖의 대답이 돌아왔다.

"승진할 당사자가 오늘 그만뒀거든."

"……엥?"

다비안이 일을 그만뒀다고? 당황해서 눈을 깜빡이는 내게 라미아스가 어깨를 으쓱였다.

"이제 움브라 안 하겠대."

*　　*　　*

사직서를 내고 나갔다는 다비안을 다시 만난 건 크리스의 집에서였다. 크리스도 이 사실을 아나 싶어서 찾아갔는데, 떠난 후에 어디로 갔는지 알 수 없다던 당사자가 멀뚱히 거실 의자에 앉아 있었다.

"어, 왔냐."

"오셨습니까."

아무렇지 않게 반기는 얼굴들을 황당하게 바라보다 그의 맞은편 자리에 앉았다.

"어떻게 된 거예요? 일 그만뒀다면서요?"

"네, 오늘 사직했습니다."

담담히 웃으며 답하는 다비안의 얼굴은 무척 편해 보였다. 혹시 외부의 압력이 있었던 건 아니었나 싶었는데 본인이 원해서 그만둔 건 맞는 것 같았다.

"승진도 결정되어 있었던 것 같은데, 아깝지 않아요?"

"그다지요. 처음부터 파벨 대장의 배반 증거를 찾기 위해 복귀했던 거였습니다. 그를 실각시키면 그만둘 생각이었습니다."

"그랬구나. 전 대장을 위해서죠?"

다비안이 천천히 고개를 끄덕였다. 이름이 넥시아라고 했던가. 전 움브라 대장은 크리스와 다비안에게 은인 같은 존재라고 들었다. 어리고 의지할 곳도 없는 상태로 움브라에 들어온 두 사람에게 스승이자 부모 같은 역할을 해준 사람이었다. 특히 다비안의 딱한 사정을 헤아리고 아무런 편견 없이 지지해준 첫 사람이기도 했다. 그런 이가 하루아침에 폐인이나 다름없게 되었으니 다비안이 복수심을 불태우는 것도 당연했다.

"그분은 좀 어떠세요?"

"걱정해주신 덕분에 건강히 잘 지내십니다."

"그냥 건강한 정도가 아냐. 아주 팔팔 날아다녀. 갈수록 예전 성격이 나오는 것 같아. 이런 걸 보면 성격은 타고나는 거라는 말이 맞나 봐."

웃으며 끼어든 크리스가 너스레를 떨었다. 넥시아의 증세는 두뇌 기능엔 지장이 없는데, 익혀 왔던 모든 것들이 다 날아간 사례였다. 저장고는 온전하지만 그 안에 들어 있던 것들이 사라진 거라고 해야 하나. 일종의 후유증에 더 가까웠다. 이렇게 날아간 기억은 엘퀴네스의 치유력으로도 재생이 어려워서 그냥 처음부터 다시 익히는 수밖에 없었다. 그래도 그동안 꾸준히 재활한 덕분에 지금은 많이 좋아지긴 한 것 같았다. 원래는 크리스가 자기 집으로 모시려 했는데 넥시아에게 헌신적인 연인이 있어서 그럴 필요는 없었다. 대신 꾸준히 찾아가 살피는 듯했다.

"엘에겐 죄송한 마음입니다. 제 명예 회복에 힘써주셨는데 기대에 부응하는 모습을 보여드리지 못한 것 같습니다."

"무슨 말이에요. 다비안이 원해서 결정한 일이면 상관없어요. 그게 내가 기대하는 거예요."

손사래를 치며 대답하니 눈을 깜빡인 다비안이 더 부드럽게 미소 지었다.

"정말 고맙습니다, 엘."

"그 말은 이제 그만 해도 된다니까요."

"하지만 몇 번을 말해도 부족합니다. 엘에겐 늘 고마운 일밖에 없습니다. 저주에서 해방된 것도, 누명이 벗겨진 것도. 엘이 아니었으면 저 혼자선 이루지 못했을 일입니다."

조용히 답하는 목소리에 약한 떨림이 느껴졌다. 그만큼이나 붉어진 눈시울을 바라보다가 어쩔 수 없는 기분으로 웃었다. 생색내려고 도와준 건 아니지만, 고마워하는 모습을 보니 뿌듯하기는 했다.

"그럼 이제 뭘 할거예요?"

"아직 이렇다 할 계획은 없습니다."

"야, 말 잘했다. 안 그래도 우리 길드 들어오라고 꼬시는 중이었어. 엘, 너도 거들어."

크리스가 다시 끼어들었다. 다비안을 향한 그의 눈동자가 위험할 정도로 진득하게 번쩍거렸다. 인재를 반드시 영입하겠다는 집념이 느껴지는 시선이었다. 다비안이 난처한 미소를 지었다.

"그만큼 버텼으면 됐지 않냐? 이제 대충 못 이기는 척 넘어오지? 움브라도 그만뒀으니 더는 핑계 댈 것도 없잖아. 요즘 우리 길드 인기 많은 거 알지? 다들 들어오지 못해서 안달이라고. 가입 요청이 미어터져서 이젠 심사까지 있어. 아무나 들어오는 자리 아니다, 너. 그런데 너한테는 내가 중역 내준다니까?"

"싫어. 그냥 부려먹으려는 거잖아."

"뭐어? 허, 참, 너 날 그렇게 오해하고 그러면 안 된다. 형제나 다름없는 널 위하는 이 순수하고 애틋한 진심을 어떻게 그런 식으로 매몰차게……."

"네 뒤에 쌓인 저 서류 산이나 숨기고 말해."

눈을 가늘게 뜬 다비안의 시선이 거실 정면에서 보이는 크리스의 방에 닿았다. 그 안엔 말 그대로 서류가 산처럼 쌓여 있는 상태였다. 사무실에서도 다 처리가 안 돼서 집까지 가져온 모양인데, 그 자체가 실태를 증명하는 셈이었다. 낭패 어린 표정을 지은 크리스가 억지웃음을 지은 채 다비안을 노려보았다.

"이런 고초를 함께해야지 진정한 친구 아니겠냐, 다비안아?"

"언제부터 친구가 노예란 뜻이었는지 궁금해지는데."

"넌 이 형님이 가엾지도 않냐?"

"누가 형님이야. 내가 너보다 한 살 많아."

"정신연령은 내가 더 위니까 내가 형님이야."

"잘도?"

"진짜거든? 너 지금 그 표정 무슨 뜻이야? 어?"

이런 걸 보면 둘이 친구가 맞긴 맞는 것 같다. 어느 순간부터 유치한 싸움에 돌입하기 시작하는 두 사람을 바라보다 고개를 절레절레 흔들었다.

"그보다 진혼 길드는 아쉽게 됐어요. 참 약삭빠르게 빠져나갔더라고요."

"어, 그런 것 같더라. 테오 놈이 예전부터 줄 서는 덴 귀재였지."

가장 심란했을 크리스는 그리 대수롭지 않게 여기는 반응이었다. 그사이 복수심이 옅어졌을 리는 없고. 뭔가 계획이 있는 건가 싶어 바라보니 그가 의미심장하게 웃었다.

"길드전 신청했어."

"길드전이요?"

"어, 협회의 입회 아래 정식으로 결투하는 거지. 거기서 살해하는 건 무죄고, 승자는 패자 쪽에 아무거나 요구할 수 있어. 난 진혼 길드 해체하고 그쪽 전 재산 몰수하는 거로 걸었다. 그러니까 너만 믿는다, 엘. 검성이자 정령왕의 계약자! 우리 길드 간판!"

"전 상관없는데…… 그게 승인이 될까요?"

길드전의 신청 조건은 몹시 까다롭다. 서로 규모와 세력이 엇비슷해야 하고 적합한 명분이 있어야 하는데, 어차피 어느 쪽이 이기든 협회에선 손해를 보는 구조기 때문에 어지간하면 승인이 나지 않았다. 게다가 협회의 진혼 길드 편애는 유명하다 못해 넌더리가 날 정도였다. 다른 때면 몰라도 지금 우리 쪽에서 신청하는 길드전을 승인할 리가 없었다. 그런데 미처 예상 못 한 반전이 있었다.

"이번 반역 공모에 협회장이랑 간부진도 대거 들어갔더라고."

"……아."

"테오 놈이 홀랑 꼬셔 놓고 자기들만 내뺀 거지, 뭐. 어쨌든 싹 다 물갈이되는 시점이라 전부 공석이 됐어. 그래서 임시로 다른 사람이 협회장을 맡게 된 모양이야. 그런데 그 사람이 누구게?"

"설마……."

"맞아, 네가 생각하는 그분. 우리 공명정대하신 세피온 공작님."

……라미아스가 과연 공명정대했던가는 둘째치고. 이쯤 되면 진혼 길드는 우리더러 알아서 깨부수라고 자리를 마련해준 셈이었다. 얼떨떨한 기분은 금방 사라지고 웃음이 나왔다. 크리스도 킬킬거리며 웃고 있었다. 다비안이 한숨을 내쉬었다.

"보기 괴로우니까 비열하게 웃지 마."

"엘도 웃었거든?"

"엘은 무슨 표정이든 어울리시니까 괜찮아."

"와, 이 자식 편애하는 것 봐! 그래, 엘은 비열하게 웃는 표정조차 예쁘다 이거지! 외모지상주의가 이래서 문제야!"

쏟아지는 비난에도 다비안은 눈 하나 깜빡하지 않았다. 성난 고릴라처럼 가슴을 두드려대던 크리스만 먼저 지쳐서 소파에 늘어졌다. 이 모습만 봐도 다비안이 길드에 들어온 이후의 상황이 벌써 눈앞에 그려지는 것 같았다. 크리스는 그에게 일거리를 미룰 수 있을 거라 기대하는 것 같지만 과연 생각처럼 될지는 모를 일이었다.

"왜 그런 표정이야?"

왠지 짠한 마음으로 바라보니 움찔한 크리스가 눈썹을 크게 꿈틀거렸다. 내가 무슨 표정을 지었는지는 몰라도 꽤 찝찝했나 보다. 아무렇지 않게 웃으며 어깨를 으쓱였다.

"내가 뭘요?"

"지금 날 되게 불쌍하게 보는 얼굴이었어."

"크리스도 참. 왜 이상한 오해를 하고 그래요. 아, 그보다 아까 하던 얘기 말인데요. 길드 가입 희망자가 그렇게 많아요?"

"어? 어어, 그렇지. 하루에 십수 명은 되는 것 같아. 시몬이랑 델라가 서류 접수하는데 요즘 계속 철야야."

다행히 크리스는 더 추궁하지 않고 대화를 이어나갔다. 마침 하고 싶었던 얘기였는지 곧바로 하소연이 쏟아졌다.

"솔직히 좀 골치 아파. 진짜 희망자도 있지만 단순 호기심으로 기웃거리는 놈들도 꽤 많거든. 기자 놈들이 위조 신분으로 면접 보러 오기도 해서 그거 거르는 것만 해도 일이라더라. 헌터증을 위조하다니 다들 미친 거 아냐? 심사할 때 널 볼 수 있을 거라고 생각하는 건지…… 맞다, 엘. 너 여기까지 오는 길은 괜찮았어?"

"평소랑 똑같았죠, 뭐. 다른 데 가는 척하면서 따돌렸어요."

"갈수록 기승이네. 그 존재감 흐리게 하는 마도구는? 다시 못 빌리는 거야?"

"릴이 당분간은 바빠서 못 만나거든요."

“제가 갖고 있던 것도 이미 반납한 상태라…… 죄송합니다.”

침울해진 다비안이 사과했다. 그가 갖고 있던 건 라미아스가 빌려준 거라 일을 그만두면서 같이 반납했다고 했다. 이미 알고 있었지만 라미아스도 당분간 쓸 일이 많다고 해서 빌릴 수 없었다.

“왜 다비안이 죄송해요. 어차피 계속 마도구에 의지할 순 없죠. 그거 착용하고 있으면 눈에 안 띄어서 좋긴 한데, 식당 같은 데 가는 건 불편해요. 주문을 받으러 오질 않거든요. 매번 사람들 깜짝깜짝 놀라게 해서 미안하기도 하고.”

게다가 요즘 기자들은 마법 감지기 같은 도구도 쓴다. 특정 마법에 반드시 들어가는 수식을 찾아내는 거라 정확성도 꽤 높은 편이었다. 결국 어떤 식으로든 피곤하기는 매한가지라는 소리였다. 내 시대에선 이런 걸 고민할 필요는 없었는데, 문명과 기술의 발달이 꼭 좋은 것만은 아니었다.

“어딜 가도 눈에 띄는 외모가 이럴 땐 좋은 게 아니구나.”

“그래서 일단 머리를 염색하고 짧게 잘라볼까 하는데요.”

“헉, 진심이야?”

“염색약도 이미 사놨어요. 금발이 눈에 띄는 것 같아서 흑발로 바꿔보려고요.”

“……그게 소용이 있을까.”

떨떠름하게 바라보는 두 사람은 무척 회의적인 표정이었다. 왠지 전에도 이런 시선을 받아본 적이 있었던 것 같다.

콰앙!

그 순간 큰 소음이 울렸다. 누군가가 크리스 집의 현관문을 강하게 내리친 소리였다. 담소를 나누며 화기애애하던 분위기가 한 순간에 뻣뻣해졌다.

"이 안에 있는 거 다 알아! 당장 이 문 열지 못해!"

거친 남자의 목소리가 윽박질렀다. 얼굴을 굳힌 크리스가 곧바로 내게 눈길을 보냈다. "후드 쓰고 있어." 조용히 이어진 말에 고개를 끄덕이고 후드를 깊게 눌러 썼다. 자리에서 일어난 크리스가 문으로 다가가는 동안 다비안도 몸을 일으켜 내 앞쪽에 섰다.

"당신 누구요? 내 집엔 무슨 용건이오?"

크리스는 문을 조금만 열고 빈틈을 향해 물었다. 문밖에 있는 남자가 불퉁한 목소리로 물었다.

"네가 라케인 크리스인가?"

"그렇소만."

"네놈에게 용건은 없다. 가서 네파스를 불러와."

일순 다비안의 몸이 움찔거렸다. 굳어진 그의 뒷모습에서 조금 전과는 다른 긴장감이 느껴졌다.

"네파스?"

"모르는 척해도 소용없다. 그놈이 여기에 있다는 거 다 알고 온 거니까."

"대체 무슨 말인지……."

"네파스 유바 라스포! 네가 언제까지 이 아비를 능멸할 작정이냐! 당장 이 문을 열고 내 앞에 나타나지 못해!"

어리둥절해하던 크리스의 얼굴이 삽시간에 굳었다. 나 역시 얼굴을 찌푸렸다. 라스포라는 단어가 익숙하다 했는데 모두의 반응을 보니 어디서 들었는지 알 것 같았다. 다비안의 생물학적 부친이 라스포 후작이라고 불리는 사람이었다.

가볍게 한숨을 내쉰 다비안이 앞으로 걸어나갔다. 당황한 기색의 크리스에게 괜찮다는 시선을 보낸 후 문을 열었다. 그러자 화려한 복식의 전형적인 귀족 차림을 한 중년의 남자가 안으로 성큼 들어섰다. 일전에 연회에서 봤던 라스포 후작이 분명했다.

외무 재상이었던 그는 황태자가 저주를 받고 쓰러진 후 이러저러한 이권 다툼에서 밀려나 지금은 사임한 상태였다. 벌려둔 사업도 족족 망하는 바람에 재산도 거의 다 잃고 원래 살던 1구역의 그레난 지구를 떠나 거주지도 옮겼다. 그가 막아서는 크리스를 거칠게 밀어내고 다비안을 노려보았다.

"얼굴 한번 보기가 어렵구나."

"……여기까진 무슨 일이십니까?"

"진상을 듣기 위해 찾아왔다. 아무리 생각해도 믿을 수 없는 소식이 들리더구나. 움브라를 그만뒀다는 게 사실이냐?"

"네, 맞습니다."

"반역도를 막는 데 가장 큰 공헌을 했다고 들었다. 황제 폐하께서 약속하신 포상도, 승진도 기다리고 있었는데, 그걸 전부 거부하고 그만뒀다고?"

"네."

"네? 네라고? 네가 지금 무슨 짓을 했는지 아느냐? 가문의 이름을 드높일 기회를 제 발로 차버렸다! 공신이 되어 복권할 수 있는 천금 같은 기회였단 말이다!"

길길이 날뛰는 후작에 비해 그를 지켜보는 다비안의 표정은 여전히 담담했다. 크리스가 기가 막힌 얼굴로 쏘아붙였다.

"그게 이 녀석의 공로지 왜 가문의 공로요? 가문이 얘한테 뭘 해줬다고?"

"네파스가 라스포의 이름을 달고 있는 한, 내 가문의 일원이다. 이놈은 가문의 명예를 책임질 의무가 있어!"

"헛소리하고 있네."

"뭐, 뭐라고?"

"그 명예란 놈은 당신이 제일 많이 내버리고 다녔잖소. 지금 누가 누구더러 책임을 지래? 그리고 얜 다비안이거든? 네파스라니, 지금까지 단 한 번도 그런 이름으로 불린 적도 없고, 사용한 적도 없소. 은근슬쩍 갖다 붙이지 말지?"

라스포 후작의 얼굴이 분노로 붉게 달아올랐다. 그때 돌연 사납게 치켜뜬 그의 시선이 내 쪽에 닿았다.

"저자는 누구지?"

후작을 마주한 이후로 고요한 나무처럼 서 있던 다비안이 처음으로 동요를 보였다. 크리스의 얼굴도 굳어졌다.

"실내에서 후드를 쓰고 있다니 몹시 수상한 자로군."

"남이 사 그러든 말든. 왜 갑자기 엉뚱한 사람한테 시비요? 내 손님이니 상관하지 말고 용건이 끝났으면 이만 나가시오."

"당황하는 걸 보니 꽤 중요한 자인 모양이야. 라케인 크리스 주변 인물 중에 요즘 모습을 감추고 다닐 만한 사람은 하나밖에 없지. 혹시 저자가 정령사 엘인가?"

내모는 기세에도 라스포 후작은 꿋꿋했다. 게다가 골치 아프게 내 정체를 알아차리기까지 했다. 침묵이 흐르자 라스포 후작은 그럴 줄 알았다는 얼굴로 코웃음을 쳤다. 그가 다비안을 비난하는 눈으로 노려보았다.

"정령사 엘과 아는 사이냐 물었을 때 모른다고 하지 않았더냐?"

"……."

"내가 그를 만나게 해달라고 했을 때 넌 분명 모르는 이라고 했다. 그런데 여기서 사적인 만남을 가질 정도면 꽤 친밀한 사이인 것 같구나."

뭐야, 그런 일이 있었어? 다비안은 아무 대답도 하지 않았다. 그때 날카로운 소리가 울렸다. 후작이 다비안의 얼굴을 후려친 소리였다.

"사생아 따위가! 감히 나를 능멸해!"

"다비안!"

경악한 크리스가 비틀거리는 다비안을 얼른 부축했다.

"당신 이게 무슨 짓이야!"

"사생아의 주제를 알게 해준 것이다!"

"이 새끼가! 너 지금 말 다 했어?"

"일개 헌터 따위가 귀족에게 이 무슨 천박한 말버릇이지? 널 귀족을 능멸한 죄로 끌어가겠다!"

"후작님!"

경악한 다비안이 고개를 치켜들었다. 내내 죄인처럼 얌전히 있던 그가 처음으로 보이는 강한 반응인데도 라스포 후작은 아랑곳하지 않았다.

"밖에 다들 뭐 하고 있나! 당장 들어와서 이놈을 끌어내!"

그가 명령하는 소리를 듣고 밖에서 대기 중이던 수행원들이 움직였다. 누가 겁낼 줄 아느냐며 크리스가 지지 않고 소리쳤다. 돌아가는 꼴이 아주 난장판이 따로 없었다. 더는 지켜보기도 뭐해서 한숨과 함께 입을 열었다.

"저한테 용건이 있는 것 같은데 저와 대화하시죠."

"엘!"

"크리스도 일단 진정해요. 라스포 후작님? 얘기나 들어볼 테니 앉으세요. 여기까지 찾아온 이유가 크리스를 끌고 가려는 목적은 아니지 않나요?"

앞자리를 권하며 쓰고 있던 후드를 벗었다. 그제야 멈칫한 후작이 나를 빤히 바라보더니 곧 수행원들을 향해 손을 들어 올려 뒤로 물러나게 했다. 자신 있게 내 앞에 앉는 그는 진작 그렇게 나오지 그랬냐는 듯 의기양양한 얼굴이었다.

"이거 참 부끄러운 모습을 보였소. 가주로서 일가를 다스리는 과정이 쉽지 않다 보니 때로 거친 언행이 오가기도 한다오. 양해해 주시길 바라겠소."

"……그러죠. 절 만나려 하신 이유는요?"

"그대의 정령왕이 황태자 전하의 건강을 치료했다 들었소."

마치 소유물을 칭하는 것 같은 말투에 얼굴이 찌푸려졌다. 다비안과 크리스의 시선도 차게 식었다. 후작은 아무것도 눈치채지 못한(알아차렸어도 신경 쓰지 않았을 테지만) 느긋한 얼굴이었다.

"그래서요?"

"알다시피 정령왕 미네르바가 폭주했을 때 중상자가 많이 나왔소. 그 안에 내 첫째 아들도 있소."

"첫째 아들?"

무심코 다비안에게 시선이 향했다. 다비안은 담담하게 받아넘겼지만 후작의 얼굴은 왕창 찌푸려졌다.

"정부인이 낳은 진짜 첫째 아들을 말하는 거요. 가문을 이을 적법한 후계자지."

"아, 그래요……."

흘러나오는 헛웃음을 삼켰다. 후작이 그 적법한 첫째 아들을 지키기 위해 다비안에게 저주를 대신 받게 했다는 사실도 새삼 상기됐다. 크리스가 낮게 욕설을 내뱉었다.

"지금 내 아들이 아주 위중한 상태요. 신관의 치료를 받았지만 평생 불구로 지내게 될 거라 했소. 가문을 이을 후계자가 불구라니, 이 무슨 끔찍한 일이겠소? 그대가 그 아이를 치료해주시오."

"제가 왜요?"

"지금 사람을 치료하는 데 이유를 묻는 거요?"

"다친 사람이 그 댁 아들만 있는 것도 아닌데, 특혜를 베풀 이유도 없죠."

웃으며 답한 후 등받이에 몸을 기댔다. 이런 요청이 비단 오늘만 있었던 건 아니었다. 사건이 발생한 후로 시간이 제법 흘렀지만 중상자는 아직도 대부분 퇴원하지 못한 상태였다. 황태자가 건강해졌다는 소문이 돈 이후로 그들은 엘퀴네스가 자신들도 치료해주길 바랐다. 가진 게 많은 자일수록 신분이 높으면 높을수록, 황태자만 치료받은 걸 받아들이지 못하는 이가 많았다. 지금도 매일 꾸준히 관련 편지를 받는 중이었다. 설마 라스포 후작의 아들도 휘말렸을 줄은 몰랐지만. 이 경우엔 신이 살아 있음을 사람들 앞에 증명한 셈이라고 해야 하려나. 내가 태연히 넘길 거라곤 생각지 못했는지 후작의 얼굴빛이 붉으락푸르락했다.

"내 아들만 치료하는 게 특혜라면 모두를 치료하면 되는 일이오."

"말도 안 되는 억지를 부리시네요. 후작님이 무슨 권리로 그런 걸 요구하시죠?"

"억지라니! 다른 일이라면 몰라도 이번 일로 다친 이들은 전부 치료해줘야 마땅한 거 아니오?"

"어째서요?"

"애초에 바람의 정령왕 때문에 일이 이렇게 된 게 아닌가! 같은 정령왕이 책임을 져야지!"

……와, 나도 모르게 웃고 말았다. 얼빠진 얼굴로 지켜보고 있던 크리스와 다비안 역시 크게 숨을 삼켰다. 라스포 후작은 참 운이 없는 사람이었다. 그가 정말 정령왕의 도움을 받고 싶었다면 지금 그 말은 결코 해서는 안 됐다. 지금 이 순간엔 특히 더더욱.

"꽤 재밌는 주장이군."

자연체 상태로 내 옆에 앉아 있었던 엘뤼엔이 모습을 드러냈다. 갑자기 나타난 정령왕의 모습에 라스포 후작이 숨을 멈췄다. 크리스와 다비안도 경직되기는 마찬가지였다. 놀라서 눈을 부릅뜬 얼굴들에 경악이 차올랐다. 대체 언제부터 계셨던 거야? 크리스가 눈으로 묻는 것에 나 역시 눈으로 대답했다. 처음부터요. 크리스의 안색이 더 창백해졌다.

"같은 정령왕이니 책임을 지라고 했나?"

서늘하게 미소 지은 엘뤼엔이 천천히 몸을 일으켰다. 움찔한 라스포 후작이 뒤로 물러나려 했지만 소파에 앉은 상태였기에 옴짝달싹도 하지 못했다. 마치 천적을 앞에 둔 시궁쥐가 된 것 같은 모습이었다.

"인간 때문에 바람이 그리되었지. 그렇다면 넌 같은 인간으로서 책임질 마음이 있는 거겠군."

"그, 그, 그건!"

"그것도 나쁘지 않지. 지금 그 책임을 져라."

엘뤼엔의 시선이 닿는 순간 라스포 후작이 몸을 부르르 떨었다.

그의 얼굴이 하얗게 변하더니, 그대로 축 늘어졌다. 헐떡이던 입에서 그르륵거리는 이상한 소리가 새어 나왔다.

"도움을 청할 땐 겸손한 자세부터 갖추도록 해라. 이제 다음 기회는 없겠지만."

충고가 이어졌으나 이미 숨을 거둔 시신은 대답하지 못했다. 주위가 급격히 고요해졌다. 문 앞에 창백한 얼굴로 서 있던 후작의 수행원들이 허둥거리며 밖으로 뛰쳐나갔다. 이제 곧 정령왕이 후작을 죽였다는 소문이 일파만파 퍼지겠구나. 앞으로 닥칠 상황이 훤히 보이면서 한숨이 흘러나왔다. 이제 나도 모르겠다.

"불만인가?"

"아냐, 아냐. 솔직히 속은 시원하네."

죄질치곤 너무 편하게 끝내줘서 그렇지. 허탈하게 중얼거리는 동안 엘뤼엔이 시선을 틀었다. 그의 눈길이 향한 건 얼어 있는 다비안이었다. 그는 굳은 얼굴로 후작의 시신을 내려다보고 있었다.

"네 가족의 죽음이 안타까운가?"

"……아닙니다."

떨리는 숨을 내뱉은 다비안이 침착하게 대답했다. 동요가 가득하던 눈빛은 이미 차분히 가라앉아 있었다.

"외람되지만 가족이라는 말도 맞지 않습니다. 그는 한 번도 제 가족이 아니었습니다."

가만히 바라보던 엘뤼엔이 그를 향해 손을 뻗었다. 가벼운 손길이 스치자 퉁퉁 부어 있던 뺨이 순식간에 나았다. 결연한 표정을 짓고 있던 다비안이 멍한 얼굴로 고개를 들었다.

"물의 정령사라면 함부로 맞고 다니지 마라."

"아, 죄, 죄송합니다. 이제 절대 안 맞겠습니다. 아, 아니. 안 맞을 수는 없겠지만 최대한 안 맞도록 노력하겠습니다."

하얗게 굳어 있던 얼굴이 급격히 붉어졌다. 혼란에 빠져 허둥거리는 모습이 자신이 무슨 말을 하는지도 모르고 있는 것 같았다. 엘뤼엔이 피식 웃었다.

"엘이 어디서 저 같은 걸 주웠군."

아니, 내가 뭘 어쨌다고.

떨떠름한 기분으로 투덜거리다가 문득 느껴지는 시선에 고개를 들었다. 언제부터 있었던 건지 문 앞에 라미아스가 세상을 다 잃은 얼굴로 서 있었다. 다른 건 몰라도 한 가지는 알 것 같았다. 앞으로 다비안의 인생이 상당히 고달파질 거라는 거.

3.

한 나라의 후작이 무참히 살해됐다. 최근 가세가 기울었다곤 하나 대귀족의 일원이자 전(前) 외무대신이었다. 심지어 가해자가 정령왕 엘퀴네스였다. 특종을 노리는 기자들에게 이보다 더 즐거운 먹잇감이 있을까. 목격자도 있었기 때문에 제도가 시끄러워지는 것도 시간문제라고 생각했다. 하지만 라미아스는 내가 생각했던 것보다 더 유능한 공작이었다.

넋을 잃고 서 있던 그는 돌아간 상황을 파악하자마자 곧바로 라스포 후작의 시신을 인계해 부검하게 했고, 사인(死人)이 심장마비라고 공표했다. 원래 후작에게 지병이 있었는데 그가 지레 겁먹는 바람에 발작을 일으켜 사망했다는 평가였다. 실제로 사인 자체는 심장마비였기 때문에 아무도 이 결론에 이의를 제기하지 못했다. 목격자들의 증언에서도 엘뤼엔이 후작을 해쳤다는 증거는 없었으니까.

덕분에 살인 사건이 아닌 단순 사고로 처리되어 상황 자체는 원만히 마무리됐다. 엘퀴네스가 라스포 후작의 요청을 불쾌하게 여겼다는 소문이 퍼지면서 치료를 부탁하는 편지도 현저히 줄어들었다. 그리고 이 모든 과정을 순식간에 이뤄낸 라미아스는…….

"엘퀴네스가 그 녀석 얼굴을 쓰다듬어 줬어. 얼굴을 쓰다듬고 웃어줬어……."

여전히 그날 목격한 충격에서 헤어나오지 못하는 중이었다. 영혼이 빠져나간 얼굴로 하얗게 탈곡한 듯한 모습을 바라보다 한숨을 내쉬었다.

"아직도 그 소리예요? 집요한 계약자는 인기 없어요."

"시끄러워. 엘퀴네스를 아버지라고 부를 수 있는 네가 뭘 알아. 나한테는 그런 식으로 얼굴 쓰다듬어 주거나 따뜻하게 웃어 준 적 한 번도 없었단 말이야."

"그건 치료한 거고요. 그리고 따뜻하게 웃었다기보다는 실소에 가깝지 않았나요…….”

“젠장, 다비안 그 자식, 정령 계약도 운 좋게 하게 된 주제에 복에 겨운 호강을 하다니. 절대 그냥 안 둬. 두고 봐. 누굴 건드렸는지 절절히 깨닫게 해주겠어.”

“저기요. 지금 저 누구랑 대화하는 거예요?”

콩깍지가 씐 사람의 일방적 오해가 이렇게 무섭다. 뭘 어떻게 해도 말릴 수 있는 기세가 아니라 그냥 다비안의 앞날에 행운이나 기원해주기로 했다. 설마 죽이기야 하겠어.

“어쨌든 도와줘서 고마워요.”

“뭐, 내가 수습하지 않았어도 일이 어렵게 가진 않았을 거야. 황제도 정령왕과 척 지기는 싫을 테니까. 사실 이번 일이 빠르게 마무리된 것도 그래서고.”

황제는 진상을 알고 있다는 소리였다. 물론 공식 기사를 곧이곧대로 받아들이지 않은 사람이 그 하나만은 아닐 터였다.

“제정신이 아니고서야 함부로 건드릴 생각은 못 하겠지. 하지만 그래서 넌 더 위험한 존재가 됐어. 무슨 말인지 이해해?”

“네.”

이번 일로 황제는 정령왕이 마음만 먹으면 아무런 흔적도 남기지 않고 인간을 죽일 수도 있다는 걸 알게 됐을 거다. 안 그래도 위험하다고 생각한 검이 이제 언제든 자신의 목을 향할 수 있다고 생각하게 됐겠지. 제국의 패권을 쥐고 있는 이가 그런 위협을 그냥 내버려 둘 리는 없었다.

“조만간 어떤 식으로든 담판을 지어야 해. 황제 놈이 망할 혼사를 추진하고 있다는 얘기는 들었지?”
“그거 진짜예요?”
“왜 아니겠냐. 그나마 태중 혼약은 효력이 약해서 밀어붙이지 못하는 거야. 황실에 네 또래의 애가 하나도 없는 게 지금 얼마나 다행인지 모른다. 안 그랬으면 벌써 혼인 증서 들이밀었을걸?”
아득한 기분을 삼키다 고개를 들고 창밖을 바라보았다. 저물어가는 석양이 한창 하늘을 붉게 채워가고 있었다. 어스레한 땅거미가 드리운 대지는 평온한 밤을 맞이할 준비를 마친 지 오래였다. 하루의 일과를 마무리할 시각이었다.

그날 밤은 유난히 어두웠다. 비가 다시 내릴 예정인가. 나뭇가지에 걸터앉은 채 바라본 하늘은 짙은 구름으로 가득 채워져 있었다. 희뿌연 달이 그 안에 삼켜졌다가 빠져나오길 반복하는 걸 한동안 가만히 구경했다. 그렇게 얼마간 있으려니 잠시 후 골목 사이로 마차 하나가 빠르게 달려오는 게 보였다. 마차는 근처에 있는 기차역 앞에서 멈춰섰다. 지금 역에 정박해 있는 야간열차를 타려는 목적인 듯했다.
기차역엔 사람이 거의 없었다. 그래서 혼자 분주한 마차의 움직임이 더 눈에 띄었다. “좀 더 서둘러!” 일정이 촉박한 상황이었는지 안에서 내린 남자가 허둥지둥 화물칸에 짐을 옮기는 마부를 다그쳤다. 연신 주위를 살피는 걸 보면 누군가에게 쫓기는 상황인 것 같기도 했다.

"다 옮겼습니다, 나리."

"좋아, 넌 바로 돌아가라."

굽신거린 마부에게 남자가 돈주머니 하나를 건넸다. 기대했던 것보다 더 많은 금액이었는지 주머니 안을 힐끔거린 마부가 헤벌쭉 웃었다.

"넌 이 일에 대해 아무것도 모르는 거다. 날 보지도 못했고 수상한 행색을 느낀 적도 없다. 알겠지?"

"예, 여부가 있겠습니까. 명심하겠습니다."

굽신거린 마부가 만족스러운 얼굴로 마차를 다시 몰고 사라졌다. 그 모습을 지켜보던 남자가 모자를 깊게 눌러쓰며 투덜거렸다. 기차에 오르기 전 마지막으로 피울 생각인지 그가 주머니 안에서 담배를 꺼내 들었다.

"젠장, 게이트를 이용하면 이런 개고생을 할 필요가 없는데. 그럼 내 행적을 고스란히 알리는 꼴이니."

공간 이동 게이트를 이용하기 위해선 황실의 허가를 받아야 하고, 공무에 관련된 특별한 경우를 제외하면 이용 내역이 기록된다. 출발한 시간부터 도착지까지 전부 상세하게 적히기 때문에 행적을 숨기고 싶은 사람은 꺼리는 수단이었다. 남자에게도 아무에게도 알리지 않고 떠나려는 사연이 있는 모양이었다.

'그래 봤자 떠나지 못하겠지만.'

고개를 돌려 옆에 있던 이에게 시선을 보냈다. 신호를 받은 크리스가 알겠다는 표시를 한 후 훌쩍 나무에서 뛰어내렸다. 능숙한 사냥꾼답게 산만 한 덩치가 떨어졌는데도 발이 땅에 닿는 소리가 전혀 들리지 않았다. 후미진 곳에 서서 담배를 피우는 남자도 자신에게 다가서는 기척을 전혀 눈치채지 못했다.

"하다 못 해 비행선이라도 쓸 수 있으면 좀 좋아? 왜 갑자기 운영을 안 한다는 거야?"

"그러게 말이야. 아마 너처럼 몰래 도망가는 놈을 막기 위해서가 아닐까?"

여전히 시근덕거리는 남자의 혼잣말에 크리스가 경쾌한 말투로 대꾸했다.

"뭐? 무슨……!"

흠칫 놀라 돌아본 남자가 그대로 헛숨을 들이켰다. 모자 때문에 보이지 않아도 그의 얼굴이 사색이 되었다는 걸 알 것 같았다. 씩 웃은 크리스가 지나가다 우연히 마주친 양 손을 들어 올렸다.

"이야, 이런 데서 널 다 만나네. 이 밤중에 어딜 급하게 가시나?"

"너, 너, 네가 어떻게……?"

"내가 널 하루 이틀 아는 게 아니거든. 네놈 행동거지 따위는 다 꿰고 있다는 말이지."

그래도 설마 진짜 이럴 줄은 몰랐는데 말이야, 크리스가 기가 차다는 얼굴로 웃었다. 분노와 경멸이 안도감과 기쁨에 뒤섞인 혼란한 웃음이었다.

"아내와 새끼들도 버리고 혼자 야반도주라니. 진짜 어떻게 된 게 하나도 예상을 벗어나질 않냐, 이 빌어먹을 새끼야."

이죽거린 크리스가 등에 메고 있던 봉을 뽑아 들고 남자의 모자를 쳐냈다. 훌렁 벗겨진 모자가 떨어지고 가려져 있던 얼굴이 나타났다. 남자, 진혼 길드 마스터가 마른침을 꿀꺽 삼켰다.

"버, 버리긴 누가 버렸다는 거야? 먼저 정착해서 연락할 생각이었어."

"아, 그러셔? 야반도주하려던 건 맞다는 거네."

"그, 그건……."

말끝을 흐린 진혼 길드 마스터가 뒤로 주춤 물러섰다. 그러는 중에도 연신 뒤에 있는 기차 쪽을 향해 눈길을 보내는 게 빈틈이 생기는 대로 튈 기세였다. 물론 크리스가 그런 걸 용납할 리가 없었다. 성큼 다가선 그가 진혼 마스터의 뒷덜미를 붙들고 강제로 끌어갔다.

"이, 이거 놔! 여기 누구 없나?"

"닥치고 따라와."

원래 진혼 마스터는 헌터로서의 실력은 떨어지는 자였다. 크리스의 힘을 당해낼 리가 없는 그는 속절없이 끌려나갔다. 다급히 주위를 돌아보며 도움을 청하려 했지만 애초에 후미진 곳을 택한 것이 실책이었다. 기차 안에선 이쪽이 잘 보이지 않는 구조였고, 한창 기관사랑 대화 중인 역장은 구석에서 벌어지는 작은 소동을 인식하지 못했다. 그러기엔 기차에서 울리는 소음이 너무 컸다. 결국 기차역에서 벗어나 으슥한 숲에 끌려올 때까지 그는 아무런 도움도 받을 수 없었다.

"이, 이게 무슨 짓이야!"

거칠게 떠미는 힘에 바닥으로 넘어진 진혼 마스터가 창백한 얼굴로 소리쳤다. 크리스는 간지럽지도 않다는 얼굴로 픽 웃었다.

"얼씨구, 그건 우리가 묻고 싶은 말이거든?"

"우리?"

이쯤에서 내 존재도 알려야 할 것 같아 뒤쪽에서 지켜보던 걸 그만두고 앞으로 걸어 나왔다. 나를 알아본 진혼 마스터의 얼굴이 더욱 경직됐다.

"당신은……."

"오랜만이네요. 이런 식으로 마주쳐서 유감이에요."

담담히 건넨 말에 겁에 질린 숨소리가 거칠어졌다. 탈출로를 찾으려는 듯 주위를 힐끔거리는 그를 향해 크리스가 위협적으로 다가섰다. 고작 그것만으로 진혼 마스터는 쇳소리를 내며 몸을 움츠렸다.

"마, 말로 합시다. 우리, 제발 말로 하자고요."

"지금 충분히 말로 하고 있지 않나요?"

"하지만……!"

"크리스가 거칠게 대하는 건 이해하세요. 솔직히 화날 수밖에 없는 상황이잖아요. 길드전을 앞두고 상대 마스터가 사라져버리면 우리도 좀 곤란하거든요."

세피온 공작이 임시 협회장을 맡은 헌터 협회는 이번 길드전 신청을 흔쾌히 수락했다. 진혼 길드 측에서 항변하며 재고를 요청했지만 씨알도 먹히지 않았고, 순조롭게 길드전 일정까지 잡힌 상황이었다. 그 과정에서 진혼 길드원이 줄줄이 탈퇴했다는 소문이 들리긴 했으나 우리가 알 바는 아니었다.

길드 간판인 아인 이드리스는 아직 병동에서 의식을 차리지 못하는 중이고, 믿을 만한 실력자들은 길드를 떠나려는 상황. 궁지에 몰린 진혼 길드 마스터가 가만히 있을 거라고는 생각하지 않았다. 그래도 외국 용병이라도 고용할 줄 알았지, 설마 돈 되는 것들만 홀랑 챙겨 혼자 야반도주를 감행하려 할 줄은 몰랐다. 크리스가 이런 상황도 대비해둬야 한다고 했으니 망정이지, 하마터면 닭 쫓다 지붕을 바라보는 신세가 될 뻔했다. 크리스가 이를 갈며 진혼 마스터를 노려보았다.

"오늘 일은 못 본 거로 할게. 얌전히 돌아가서 길드전이나 준비해. 쉽게 벗어날 수 있을 거라는 기대 같은 건 고이 접어. 알겠어?"

"미, 미안하지만 길드전은 열리지 않을 거야."

움츠려 있던 진혼 마스터가 고개를 치켜들었다.

"무슨 헛소리야?"

"이미 늦었다는 소리야. 폐업 신고했거든."

"……뭐?"

"잘들 모르는 편법이지. 길드전 일정이 잡힌 중에도 폐업 신고는 접수된다는 거 말이야. 임시 협회장만 믿은 모양인데, 신고 담당자는 내 쪽 사람이라 이미 처리됐을 거야."

당황한 크리스가 나를 바라보았다. 나 역시 얼굴을 굳히고 크리스에게 시선을 보냈다. 그런 우리를 바라본 진혼 마스터가 히죽거렸다.

"이제 진혼 길드는 세상에 없다는 뜻이야. 너희가 아무리 대단해도 없는 길드와 길드전을 할 수는 없지 않겠어?"

"……하, 좋게좋게 끝내려 했더니."

피식 웃은 크리스가 쥐고 있던 봉을 어깨에 걸쳤다. 우뚝 선 채 내려다보던 자세를 흩트린 그가 천천히 몸을 굽히고 진혼 마스터에게 더 가까이 다가섰다.

"너 뭔가 착각하는 거 아냐? 길드전을 하는 건 우리를 위한 게 아니었어. 그냥 마지막 예의를 갖춰준 거였지."

"뭐, 뭐?"

"폐업했으면 뭐. 그럼 내가 어쩔 수 없지 하고 그냥 넘겼을 것 같냐? 길드전에서 졌으면 그냥 개망신당하고 재산 좀 잃고 끝났을 텐데. 굳이 죽겠다고 목을 내미네?"

반격했다는 듯 기세등등하던 진혼 마스터의 얼굴에서 천천히 웃음기가 사라졌다. 눈치가 아무리 없는 사람이라도 지금 크리스의 눈에 실린 살기가 진심이라는 것쯤은 알아볼 수 있을 터였다. 그가 주춤거리며 뒤로 몸을 뺐다.

"나, 날 죽여봤자 좋은 일 없을걸? 누가 죽였는지 다들 알아차릴 게 뻔해. 길드 마스터가 살인죄로 잡혀가면 네 길드가 멀쩡할 것 같아?"

"그건 네가 알 바가 아니지. 그러게 왜 일을 이렇게 만들어?"

크리스의 얼굴이 더 험악해졌다. 공포에 얼룩진 진혼 마스터가 마른침을 꿀꺽 삼켰다.

"라민의 말을 잊은 거야?"

이어지는 말에 위협적으로 다가서던 크리스가 우뚝 걸음을 멈췄다. 그늘진 얼굴에 형형한 눈길이 타올랐다.

"……너 지금 뭐라고 했냐?"

"너, 넌 지금까지 아무리 화나도 날 죽이려 하진 않았어. 라민이 더는 살인하지 말라고 해서지. 그 녀석이 네가 평범한 사람으로 살길 바랐기 때문이잖아. 아니야? 그런데 이제 와서 그 말을 어기겠다고? 심지어 나는 라민의 형인데?"

"그걸 아는 새끼가……!"

그 순간 둔탁한 소리가 울렸다. 크리스가 그의 얼굴을 주먹으로 내리친 것이다. 털썩 엎어진 진혼 마스터가 비명을 내질렀다. 크리스는 아랑곳하지 않고 그를 다시 걷어찼다. 그렇게 몇 차례 사나운 폭행이 이어졌다. 크리스가 축 늘어진 진혼 마스터의 멱살을 잡아 올렸다. 엉망이 된 얼굴로 강제로 일으켜진 진혼 마스터가 몸을 부들부들 떨었다.

"어디 한번 더 지껄여봐."

"흐으, 사, 살려…… 살려줘……."

"꼴에 살고는 싶냐?"

이를 가는 크리스에게서 끓는 듯한 신음이 흘러나왔다. 이성을 잃은 것처럼 행동이 거칠었지만 차갑게 가라앉은 그의 두 눈은 여전히 차분했다. 그는 지금 이 순간에도 인내하고 있었다.

"그래, 맞아. 네 말대로 어지간하면 손에 피 묻힐 생각은 없었어. 그래서 길드전을 택한 거였고. 그 선을 네가 넘은 거야. 내가 언제까지고 그냥 참기만 할 것 같았냐?"

"잘못, 내가 잘못했……."

"거짓말 마. 진짜 잘못했다고 생각하는 거 아니잖아."

"아냐! 진심이야! 내가 다 잘못했어! 시키는 대로 뭐든 다 할게! 무릎 꿇고 빌게! 제발 살려줘!"

비굴할 정도로 매달리는 진혼 마스터는 이미 내가 알고 있던 뻔뻔한 그자가 아닌 것 같았다. 그 모습을 경멸하는 시선으로 바라본 크리스가 다시금 숨을 깊게 삼켰다.

"……좋아. 마음 같아선 찢어 죽여도 시원치 않지만 내가 인내심 하나는 정말 강하거든. 묻는 말에 사실대로 대답하면 죽이진 않을게. 이게 너한테 주는 마지막 기회야. 선택을 잘하는 게 좋을 거야."

"말할게! 뭐든지 다 말할게!"

"네가 라민 님을 죽인 거 맞지?"

순간 움찔한 진혼 마스터가 경직된 숨을 삼켰다. 한참을 망설이던 그가 서릿발 같은 시선에 못 이겨 고개를 끄덕였다.

"그래, 맞아."

"……하."

고개를 떨군 크리스가 낮게 실소했다. 진혼 마스터의 멱살을 움켜쥔 손이 부들부들 떨리는 것이 선명하게 보였다.

"전 여명의 활 길드원들에게 손을 쓴 것도 너지? 루크가 객사한 것도, 달리아가 눈이 먼 것도, 엘시드가 다리 불구가 된 것도 전부 네가 한 짓이지?"

그동안 크리스가 어떤 세월을 겪어왔는지가 보이는 말들이었다. 진혼 마스터는 다시 대답을 망설였다. 그의 멱살을 잡아당긴 크리스가 사나운 눈길을 보냈다.

"제대로, 솔직히 말해."

"그, 그래. 그것도 전부 내가 지시했어."

"……왜?"

크리스가 물었다. 한껏 낮춘 목소리는 잠긴 듯 쉬어 있었다.

"왜 그렇게까지 해야 했어?"

"라, 라민이 싫었으니까. 그 녀석도, 그 녀석이 이뤄낸 것들도 전부 다 꼴 보기 싫었어. 내버려 두면 화근이 될 것도 뻔하고."

"라민 님은 널 형으로 생각했어! 너도 어릴 땐 라민 님과 친했다며!"

그 말에 진혼 마스터가 피식 웃었다.

"어릴 땐 그랬지. 그땐 그 녀석이 불쌍했거든."

"……불쌍하다고?"

"그래. 나와 달리 그 녀석은 제대로 된 핏줄이 아니었잖아. 아버지한테 피죽도 제대로 얻어먹지 못하는 깡마른 꼬맹이한테 그 정도 친절은 베풀어줄 수 있었어."

한번 웃음이 터지고 나니 계속 웃음이 나는지 진혼 마스터는 실실거리는 걸 멈추지 못했다. 충격을 받은 듯한 크리스의 표정이 즐거운 건지도 몰랐다.

"우리 관계가 틀어진 건 전부 그 녀석이 자초한 거야. 날 정말 형이라 생각했다면 라민은 계속 불쌍했어야 해. 그럼 나도 그렇게까지 하진 않았을 거야."

말이 끝나는 것과 동시에 크리스가 주먹을 날렸다. 둔중한 소리가 울리며 진혼 마스터가 그대로 쓰러졌다.

"죽으면 지옥에나 가라, 개새끼야."

의식을 잃은 이를 향해 크리스가 쏘아붙였다. 차오른 분이 풀리지 않는지 가만히 숨을 고르고 있는 그에게 천천히 다가갔다.

"괜찮아요, 크리스?"

"어."

전혀 괜찮지 않은 얼굴로 크리스가 대답했다. 염려하는 시선을 느낀 그가 다시금 괜찮다고 말하며 쓰게 웃었다.

"테오 놈, 지금까지 한 번도 인정한 적 없거든. 오히려 날 정신병자로 몰았어. 증거가 없어서 아무도 내 말을 믿어주지 않더라고. 가장 힘들었던 게 뭔지 알아? 다들 그러니까 나중엔 나도 거기에 넘어가게 되더란 거야. 진짜 내 오해인가? 라민 님도 다른 사람들도 그저 재수 없는 사고를 당했을 뿐인데 내가 원망할 대상을 찾느라 이러는 건가? 그게 제일 답답하고 죽을 것 같았어. 근데 이제 됐어. 속 시원해."

그가 주머니 안에서 뭔가를 꺼내 내게 던졌다. 받아놓고 보니 녹취할 수 있는 마도구였다. 작동 단추를 누르자 조금 전에 나눈 대화가 고스란히 흘러나왔다. 언제 이런 걸 준비했나 모르겠다. 감탄하며 바라보니 크리스가 머쓱한 얼굴로 코를 문질렀다. 본인 말대로 진혼 마스터를 너무 잘 꿰고 있긴 했다. 피식 웃으니 크리스 역시 홀가분한 얼굴로 웃었다.

"고맙다. 전부 네 덕분이야."

"난 한 거 없어요. 전부 크리스가 이뤄낸 거죠."

처음 그를 만났을 때가 떠올랐다. 따르던 사람과 의지하던 동료들을 억울하게 잃고 아무도 자신의 말을 믿어주지 않는 세상에서 혼자 분투하는 삶이란 어떤 걸까. 누구나 쉽게 감당하기 힘든 일일 것이다. 대다수는 포기하는 쪽을 택했을 텐데 그는 그러지 않았다. 술에 잔뜩 취한 채 엉망으로 망가져 있다고 생각했지만 사실은 그때도 있는 힘껏 버티고 있었던 거였다.

"고생했어요, 크리스. 지금까지 참 잘 버텼어요."

손을 뻗어 그의 머리를 토닥토닥 쓰다듬었다. 나보다 키가 큰 사람을 쓰다듬으려니 행색이 우스웠지만 지금은 그냥 그러고 싶었다. 흔들리는 눈으로 나를 바라보고 있던 크리스가 입술을 악물었다. 고개를 떨군 그에게서 기어코 눈물이 터져 나왔다.

"빌어먹을 자식. 자기 동생을 죽여놓고…… 어떻게 저딴 말을……. 라민 님은 저런 새끼도 형이라고, 위험하다고 하니까 구해주러 간 거였는데……. 어떻게 그런 동생을……. 그것도 모자라서 동생 친구들까지 전부……. 저건 사람 새끼가 아니야."

"네, 그러게요. 진짜 사람도 아니네요. 정말 나쁜 놈이에요."

흐느끼는 크리스를 가만히 다독였다. 그가 얼굴을 묻은 어깨가 축축이 젖어 들어가는 게 느껴졌다. 들썩이는 어깨를 천천히 도닥이면서 바닥에 쓰러져 있는 이를 바라보았다. 시신처럼 늘어진 남자는 어디 하나 성한 구석 없는 상태였지만 썩 마음에 차진 않았다. 잘 마무리됐다고 여기기엔 아직 조금 부족하다는 생각이 떠나지 않았다.

그리고 내게는 다행스럽게도, 진혼 마스터는 반성을 모르는 인간이었다. 그 시간 이후 그는 치안대에 넘겨졌지만 의식을 차린 후에는 다른 자세로 돌변했다. 크리스가 길드전을 치르지 못하는 것에 앙심을 품고 자신을 폭행한 거라면서, 뻔한 녹취록을 두고도 협박을 당해 어쩔 수 없이 거짓말한 거라 우겼다. 오히려 크리스가 자신을 죽이려 해서 몰래 도주를 시도할 수밖에 없었다며 여론의 동정심을 사려고 했다. 크리스는 별로 신경 쓰지 않았다.

"어차피 그럴 줄 알았어."

혼자 싸워온 시간이 너무 길어서인가. 나중에 말을 바꾸든 말든 어쨌든 범행을 인정하게 했고, 그 사실이 세상에 알려진 거로 만족한 모양이었다. 하지만 나는 그럴 생각이 없었다.

치안대 건물 앞을 지켜보고 있으니 문이 열리며 밖으로 나오는 사람이 보였다. 간단한 조사를 마치고 나오는 진혼 마스터였다. 따라 나온 조사관이 엄중한 말투로 경고하는 소리가 들렸다.

"나중에 다시 출석 요청이 갈 겁니다. 조사 기간 중엔 절대 제도를 떠나면 안 됩니다. 그 즉시 수배령이 내려질 겁니다."

"예, 그럼요. 잘 숙지했습니다. 절대 그럴 일 없을 겁니다."

"그럼 치료 잘 받으시고요."

"예, 감사합니다."

사람 좋게 웃는 얼굴에 조사관의 얼굴도 풀어졌다. 안쓰럽게 바라보는 시선에서 그가 무슨 생각을 하는지가 훤히 읽혔다. 선량한 사람이 억울한 누명을 썼다고 여기는 거겠지. 같은 걸 느꼈는지 진혼 마스터의 얼굴에 더욱 생기가 돌았다.

"그럼 수고하십시오."

인사를 마친 그가 느긋한 걸음을 옮겼다. 따로 기별하진 않았는지 마중 나온 동료나 가족은 없었다. 그가 향하는 길도 주택가 쪽이 아니었다. 오히려 점점 도심지에서 벗어나고 있었다. 잠시 후 진혼 마스터가 도착한 곳은 한적한 숲 안이었다. 그는 주위를 두리번거리더니 바위 틈새를 살폈다. 그리곤 그 안에서 배낭 하나를 꺼내 들었다. 가방을 열어 안에 들어 있는 것들을 살피던 그가 그 중에서 통신 기구를 꺼내 들고 어딘가로 연락했다.

"예, 접니다. 보내주신 물건들은 잘 받았습니다. 이 은혜는 도착해서 꼭 갚겠습니다. 예, 그럼 제논 왕국에서 뵙겠습니다."

아무래도 그사이에 누군가와 협의가 오간 모양이었다. 정말 처세술 하나는 뛰어나구나. 감탄이 절로 흘러 나왔다. 덕분에 기척이 새어나갔는지 통화를 마친 진혼 마스터가 얼굴을 굳히고 돌아보았다.

"누구냐!"

어차피 나도 더는 몰래 지켜볼 예정이 없던지라 편하게 모습을 드러냈다. 날 알아본 진혼 마스터의 얼굴이 뻣뻣하게 굳었다.

"조사관이 제도를 떠나지 말라고 하지 않았어요? 처음부터 지킬 생각은 없었나 보네요. 하긴 안위를 도모하기엔 너무 빈약한 변명이었죠. 흩어진 길드원들을 대상으로 캐보기만 해도 증거는 곧 나올 테고."

"다, 당신이 왜……."

"내가 찾아온 이유를 모르진 않을 텐데요?"

"대답하면 죽이지 않는다고 했잖습니까? 그 외의 일들에 대해선 따로 약속한 적이 없습니다."

그러니 말을 번복해도 상관없다는 주장인가. 황당했지만 어차피 그걸 문제 삼으려던 건 아니라 그냥 웃어넘겼다.

"맞아요, 크리스가 그렇게 약속했죠."

"그렇다면……!"

"하지만 그건 크리스가 한 약속이잖아요. 나랑은 따로 계산해야죠."

"계, 계산이라니요? 난 당신에겐 딱히 아무 짓도……."

"정말 아무 짓도 안 했어요? 의뢰로 끌어들여서 노예 상단에 납치하도록 사주한 게 당신에겐 아무 짓도 아닌가 보네요."

움찔한 진혼 마스터가 곧바로 미소 지었다. 본인 딴에는 태연하게 웃는 얼굴이라고 생각할 텐데, 누가 봐도 억지웃음이었다.

"무슨 말을 하시는 건지 모르겠군요. 전 모르는 일입니다."

"증언도 있고 증거도 나왔으니까 발뺌해도 소용없어요. 당신이 스스로 넘겼잖아요."

"무슨……."

"당신이 왕세자를 밀고하면서 넘긴 자료 중에 있던데요. 노예 상단으로 위장한 병력이요. 그들과 협력해서 진행하던 작전들에 대한 것들도요."

헛숨을 삼킨 진혼 마스터의 얼굴이 급격하게 창백해졌다. 설마 내가 벌써 거기까지 알아봤을 거라곤 생각하지 못한 것 같았다. "내가 아이기스 국장님과 좀 친해요." 빙긋 웃으며 말하니 그의 눈동자가 크게 흔들렸다.

"얌전히 죗값을 받았으면 참아보려고 했는데. 당신이 끝까지 이런 사람이라 얼마나 다행인지 몰라요. 내가 그때부터 꼭 보내주고 싶은 곳이 있었거든요."

"자, 잠깐만 기다려 주십시오. 제가 전부 해명하겠습니다. 제 말을 들으시면 어떻게 된 일인지……!"

"시큐엘, 부탁해."

그 순간 파도처럼 치솟은 물결을 타고 물의 늑대가 모습을 드러냈다. 경악한 진혼 마스터가 엉거주춤 뒤로 물러서다 크게 엉덩방아를 찧었다. 그 모습을 한심하다는 시선으로 지켜보던 날카로운 눈매가 느른하게 휘어졌다.

—최고의 탐험 안내를 약속하지.

4.

다음 날 신문엔 진혼 길드 마스터가 도주했다는 이야기가 실렸다. 그의 진술이 전부 거짓이었으며, 여명의 활 길드 마스터였던 라민 라덴과 그 길드원들을 살해한 정황 증거를 찾았다는 소식도 함께였다.

"젠장, 이 자식. 끝까지 감시했어야 했는데."

그 와중에도 몸을 내뺀 것에 크리스는 몹시 기막혀했다. 치안대에서도 매우 당황하는 분위기였다. 기차는커녕 마차를 이용한 흔적도 없어 어디로 갔는지조차 파악할 수 없다고 했다. 온갖 길목과 산맥 일대를 수색했으나 그의 머리털 하나 발견하지 못했다. 마치 증발한 것 같다는 치안대장의 발표에 무능하다는 비난이 쏟아졌다.

도주한 전 진혼 마스터 테오 라덴에게는 거액의 현상금과 함께 수배령이 내려졌다. 하지만 그 현상금을 받을 수 있는 사람이 있을진 모르겠다. 진혼 마스터는 심해에서 영원히 나오지 못할 가능성이 더 크니까. 밤새 즐겼을 수로 탐험이 어땠는지 감상을 듣지 못하는 게 좀 아쉽긴 했다.

"네가 처리한 거지?"

눈치 빠른 라미아스는 대번에 진상을 파악했다. 슬그머니 시선을 피하자 그가 한숨을 내쉬었다.

"대체 어쩌자고 그러냐. 황제가 너 주시하고 있다는 말은 사탕이랑 맞바꿔 먹었어? 아니면 설마 에클레어 공작가랑 혼인하고 싶은 거야? 귀족이 되고 싶은 거면 그냥 내 후계자 해. 공작 작위랑 아이기스 다 넘겨준다니까?"

"그런 거 아니에요."

"아니면? 너 황제 놈이 얼마나 집요한 인간인지 모르지? 걔가 뭐 하나에 꽂히면 제정신을 못 차려. 마신전이랑 전쟁 일으킨 것만 봐도 대책 없는 거 보이지 않아? 너 이대론 이 제국에서 편하게 못 살아."

"네, 그래서 이만 떠나려고요."

"그래, 떠날 생각을 하지 않고서야…… 뭐?"

시큰둥하게 말을 받던 라미아스가 번쩍 고개를 들었다. 당황하는 얼굴을 고마움과 미안함이 뒤섞인 기분으로 바라보았다. 머릿속은 그 어느 때보다 개운했다. 당황하는 듯하던 라미아스도 이내 내가 하는 생각을 알아차린 것 같았다. 그의 표정이 곧 차분해졌다.

"결국 직접 가보려고?"

"네, 그게 더 마음이 편할 것 같아요."

라피스를 찾을 새로운 단서에 대해서는 이미 그와도 공유했었다. 나만큼이나 좌절했던 라미아스가 이제부터 그 지역을 중점적으로 수색해보겠다고도 말해준 참이었다. 하지만 아무래도 그에게만 맡겨두는 게 마음이 편하진 않았다. 마침 떠나라고 종용하는 듯한 흐름이 이어지고 있으니 그 분위기에 편승하는 것도 나쁘지 않을 것 같았다.

"영혼의 보석 찾는 일은 내가 제일 전문가야. 네가 직접 가본다고 뭐가 다르겠어?"

"그래도요. 혹시 우연히 발견할 수도 있잖아요."

"그런 우연이라면 진작에 발생하지 않았겠냐?"

혀를 찬 라미아스가 아무렇지 않게 정곡을 찔렀다. 할 말이 없어 먼 하늘만 응시하고 있으려니 그가 다시 고개를 끄덕였다.

"뭐, 하지만 심정은 이해해. 어차피 넌 처음부터 영혼의 보석을 찾는 게 목적이었으니. 유력한 장소도 알아냈는데 굳이 먼 땅에서 소식만 기다리긴 갑갑하겠지. 그래도 떠난다니 아쉽긴 하네. 그래도 그간 꽤 정이 들었는데."

"저도 그래요."

건너뛴 기간 속의 기억은 그저 낯설기만 하지만 그게 아니라도 그와는 충분히 정을 쌓았다. 미운 정이 더 무섭다고, 이젠 투정 부리는 말투가 종종 그리울 것 같았다. 웃으며 답하니 그가 시원섭섭하다는 표정을 지었다.

"솔직히 너 얄미운 적도 많긴 한데, 마냥 싫진 않았어. 오히려 엘퀴네스의 첫 인간 계약자가 너 같은 인간이라서 다행이라고 생각해. 영광인 줄 알아. 내가 이런 거 인정하기 쉽지 않아."

"네에, 정말 영광이네요."

"이런 점은 정말 얄밉다니까."

살짝 눈을 흘긴 라미아스가 이내 어쩔 수 없다는 얼굴로 웃었다. 이제 사사로운 부분으로 꼬투리를 잡기엔 서로 너무 편해진 관계였다.

"보석을 찾은 후의 계획은 어떻게 되는 거냐? 일 다 끝내고 나면 다시 제국으로 올 수 있는 거야?"

"그건 잘 모르겠어요."

"그래, 뭐. 네가 못 오면 내가 가면 되지. 틈틈이 안부나 전해줘. 내 도움이 필요한 일 있으면 언제든 연락하고."

악수를 청해오는 손길을 거절하지 않고 맞잡았다. 굳은살이 박인 손은 생각보다 더 따뜻하고 든든했다.

"그동안 고마웠습니다."

"나야말로. 우리 다시 보자."

"네, 그럼요."

4천 년 후에도 봐요. 떠오르는 말은 속으로만 삼켰다. 우리는 서로를 마주 보고 웃었다. 사나웠던 첫 만남을 생각하면 당황스러울 만큼 훈훈한 작별이었다.

"그래. 이제 떠나는 거구나."

라미아스와 헤어진 후 그 길로 곧장 크리스를 찾아가 떠날 의향을 밝혔다. 그는 내가 떠난다는 사실을 담담히 받아들였다. 왠지 슬슬 그런 생각을 하고 있지 않을까 싶었다고, 미리 마음의 준비를 하고 있었다고 했다.

"길드엔 남아 있을 거지? 너만 괜찮다면 명단은 유지하고 싶은데. 너도 길드 소속으로 되어 있는 편이 어딜 가든 신원을 증명하기에 편할 거야."

"길드에 피해가 가지 않는다면 전 상관없어요."

"도움이 되면 됐지 피해가 될 리가 있나. 어디로 가는 건지는 정했어?"

"네, 에펜 왕국으로 가게 될 것 같아요."

"에펜 왕국? 왜 하필 거길…… 괜찮겠어? 이번 왕세자가 저지른 일 때문에 분위기가 아주 흉흉하다던데."

크리스가 염려하는 표정을 지었다. 국가 내란죄와 황제 시해 미수, 그 외에도 갖가지 죄명이 붙여진 왕세자는 지금 테네브레 감옥의 첨탑에 갇혀 있었다. 한때 동맹을 맺은 국가의 세자이니 처형을 하진 않겠지만, 영원히 풀어줄 생각이 없는 모양이었다. 덕분에 에펜 왕국 전체가 긴장 태세인 것 같았다.

"사람이 거의 없는 시골 쪽으로 들어갈 거라 괜찮을 거예요."

"그렇구나. 하긴, 네가 어련히 알아서 정했겠냐만은. 어쨌든 떠난다니 너무 아쉽네. 네 계획이 있을 테니 차마 붙잡진 못하겠다만…… 어디에 있든 소식은 꼭 보내줘."

"네, 그럴게요."

"정말이지? 약속한 거다. 나 아직 너한테 신세 진 거 제대로 갚지도 못했다. 이대로 연락 끊으면 원망할 거야."

"안 그래요. 그리고 갚긴 뭘 갚아요. 신세 진 건 나도 마찬가지인데."

"그게 어디 비교가 가당키나 하냐. 너 아니었음 난 다시 일어날 생각도 못 했어. 그대로 술에 찌들어 살다 어디서 객사나 했을걸."

고개를 절레절레 흔든 크리스가 깊은 한숨을 내쉬었다. 의연한 태도를 유지하려고 하는 것 같은데, 그러기엔 이미 눈시울이 잔뜩 붉어진 채였다.

"크리스, 설마 우는 거 아니죠?"

"아니거든? 그냥 눈에 뭐가 좀 들어간 거야."

목소리까지 물기에 잠긴 주제에 돌아오는 대답만큼은 꿋꿋했다. 그는 오늘따라 날이 덥다면서 연신 손 부채질을 하기 바빴다. 초겨울에 진입한 날씨는 매우 쌀쌀했지만, 아니라고 우기는 그의 체면을 위해 그냥 못 본 척해주기로 했다.

"이대로 보내긴 너무 아쉬우니까 우리 송별회 하자."

"뭘 송별회까지……."

"아냐, 아냐. 해야겠어."

일방적으로 결정을 내린 후 크리스는 다른 사람들에게 서둘러 기별했다. 잠시 후 그의 집으로 사람들이 몰려들었다. 소식을 듣고 온 델라와 시몬, 그리고 다비안이었다.

"엘이 제국을 떠난다고?"

"아아니, 이게 다 무슨 일이야? 우리 길드 간판이자 복덩이가 떠난다니!"

당황한 사람들은 연신 호들갑을 떨었지만 억지로 붙잡으려 들진 않았다. 내가 이전부터 언제든 그만둘 수 있다는 점을 명시한 덕분인지, 그들도 이미 마음의 준비를 해둔 모양이었다. 그동안 정말 고마웠다며 서로 악수와 포옹을 나누고 푸짐하게 음식을 차려 함께 즐기는 시간을 마련했다. 그렇게 먹고 마시고 떠들다 다들 취해 뻗었을 땐 어느새 새벽이 깊어져 있었다.

어지러운 식탁과 바닥을 대강 치우고, 여기저기 뻗은 사람들을 편하게 눕혔다. 얼굴이 벌게진 채 잠꼬대를 흘리는 사람들을 보니 웃음이 나왔다.

'이런 방식의 작별은 또 처음이네.'

한국의 친구들과는 제대로 작별인사를 할 기회도 없이 헤어졌고, 내 시대의 아크아돈에서도 다녀오겠다는 인사가 전부였다. 정식으로 송별회를 해본 건 처음인데 기분이 나쁘진 않았다. 이대로 헤어지면 언제 다시 볼 수 있을지 알 수 없는 이들이라 더더욱. 아마 돌아간 후에도 이 순간은 계속 기억에 남을 것 같았다.

잠들어 있는 모습을 한동안 구경하다가 천천히 몸을 일으켰다. 현관문을 나서니 차가운 바람이 쏟아져 들어왔다. 그때 뒤에서 기척이 느껴졌다.

"엘. 벌써 가시는 겁니까?"

"아, 다비안. 깨어 있었어요?"

돌아보니 다비안이 엉거주춤한 자세로 서 있었다. 술을 꽤 많이 마셨던 것 같은데, 물의 정령사가 된 영향인지 멀끔한 얼굴에선 취기가 전혀 느껴지지 않았다.

"아직 길드 가입은 고민 중이에요?"

"예, 크리스에게는 미안하지만 지금은 수련에 더 집중하고 싶습니다."

하긴 그의 정령술은 아직 기초만 겨우 쌓은 수준이었다. 원래 재능이 없는 몸에 강제로 길을 낸 거라, 그가 계약한 운디네와 원만히 교감할 수 있게 되려면 한동안 모든 시간을 다 쏟아부어도 부족했다. 게다가 그는 입검의 경지를 이룬 사람이다. 마법처럼 상충할 정도는 아니지만 검기와 정령술은 마나 활용법이 조금 다르다. 서로 다른 능력에 적응하는 것만도 꽤 오랜 수련이 필요할 터였다. 언젠가 둘 다 능숙해지게 되면 내 뒤를 잇는 정령검사로 알려지게 될지도 모르겠다.

"아 참, 그렇지. 마침 잘됐네요. 이거 받아요."

불현듯 떠오른 생각에 검이 고정된 허리띠를 얼른 풀어냈다. 검집째 그에게 내밀자 얼결에 건네받은 다비안이 당황한 얼굴로 나를 바라보았다.

"이건……."

"내가 쓰던 검인데, 그래 봬도 정령검이에요."

정령검이란 말에 다비안의 눈이 더 크게 떠졌다. 정확히는 정령검에 가까운 에고 소드지만. 기능은 같으니 굳이 부연 설명은 하지 않았다.

"이름은 파이어 버스터예요. 불의 정령이 깃들어 있죠. 아직 봉인된 상태라 지금 당장은 그냥 좀 튼튼한 검에 불과하지만요. 그래도 몇 년쯤 쓰면 봉인이 풀릴 거예요. 그땐 제대로 정령검의 역할을 할 수 있겠죠."

"이걸 왜 제게……."

"다비안한테 줄게요. 소중하게 아껴주세요."

안 그래도 지난 일 때문에 생각해두던 부분이었다. 라피스를 찾으면 난 곧바로 귀환하게 될지도 모른다. 그 장소가 번화가일지, 아무도 오지 않는 오지일지는 알 수 없었다. 저번처럼 파이어 버스터 혼자 남겨질 걱정을 하는 것보다는 미리 아는 사람한테 맡겨두는 게 안심이 될 것 같았다. 다비안 정도면 정령검의 첫 주인이 되기에도 적합했다. 내심 후련해하는 나와는 달리 다비안은 몹시 혼란한 얼굴이었다.

"엘, 이건 너무 과분합니다."

"아뇨, 다비안이 적임자예요."

단호히 결론짓는 말에 다비안이 다시 숨을 삼켰다. 한동안 일렁이는 눈으로 들고 있는 파이어 버스터와 나를 번갈아 바라보던 그가 이내 결심을 굳힌 얼굴로 차분히 나를 바라보았다.

"고맙습니다, 엘. 성장의 발판으로 삼으라는 뜻으로 알고 기회로 여기겠습니다. 언제가 돌려드릴 날이 올 때까지 소중히 간직하겠습니다."

"굳이 돌려줄 필요는 없는데……."

"아닙니다. 꼭 돌려드릴 날을 기다릴 겁니다."

"뭐, 그렇게 생각하는 편이 더 편하다면 그렇게 해요."

웃으며 고개를 끄덕이니 긴장하고 있던 다비안의 얼굴도 한결 편해졌다. 마주 웃은 우리는 서로 손을 내밀어 맞잡았다.

"잘 지내요, 다비안. 크리스와 다른 사람들 좀 잘 부탁할게요."

"네, 다른 이들은 걱정하지 마십시오. 엘의 앞날에 신의 축복이 함께 하기를."

"다비안도요."

마주 축복한 후 돌아서서 걸음을 옮겼다. 현관문을 나설 때만 해도 침침했던 주위가 이동하는 동안 조금씩 환해져 갔다. 어슴푸레한 색이 넘실거리는 하늘이 어느새 아침으로 향하는 문을 열고 있었다. 새로운 출발에 걸맞은 시간이었다.

* * *

쏴아아—

짙은 바람이 날뛰는 들판은 거센 몸살을 앓았다. 하늘로부터 임하는 흉포한 기운이 때려 붓는 듯이 할퀼 때마다 대지를 채운 것들은 저항하지 못하고 사납게 흔들렸다. 그사이에 우두커니 앉아 있는 소년의 머리칼도 마찬가지였다.

"어휴, 아주 난리네, 난리."

그때 소년 옆으로 붉은 머리칼의 남자가 나타났다.

"바람의 영역이 날뛰니까 에바스 에덴까지 엉망이네. 어딜 봐도 죄다 폭격 맞은 수준이야. 누가 여길 보고 그 아름다웠던 천상의 정원이라고 믿겠냐. 애들 다 무서워서 벌벌 떨고 난리다."

호들갑을 떠는 말에도 어딘가를 응시하는 소년은 아무런 반응이 없었다. 투덜거린 붉은 머리칼의 남자, 이프리트의 시선이 소년이 바라보고 있는 곳을 향했다. 그 방향에 있는 건 바람의 영역이었다. 바깥에서 보는 바람의 영역은 도자기로 빚어놓은 듯 청아하고 고아한 궁전이었지만, 지금은 강렬한 회오리바람에 휘감겨 거의 보이지 않는 상태였다. 폭주한 바람이 갇혀 있는 탓이었다.

봉인되었어도 폭주의 영향은 컸다. 불안정한 바람의 흐름은 정령계 전체에까지 영향을 주고 있었다. 이렇게 하나의 힘이 넘칠 만큼 커질 땐 합이 맞는 상성도 덩달아 널뛰기 십상이라 이프리트 역시 자신의 힘을 다스리는 중이었다. 이미 추방의 충격에서 벗어났음에도 그가 다시 아크아돈으로 가지 못하는 이유였다. "이대론 당분간 정령계를 떠나긴 힘들겠는데." 이프리트가 곤란한 표정으로 중얼거렸다.

"넌 안 힘드냐?"

자신이 이럴 정도면 반대 상성인 땅의 정령왕은 더욱 힘겨울 것이다. 하지만 이프리트가 바라보는 소년, 트로웰은 그저 건조하기만 했다. 귀염성 없긴. 이프리트가 다시 투덜거렸다.

하기야 귀염성이 없기로는 거의 혼자서 미네르바를 거뜬히 봉인한 엘퀴네스야말로 가장 심했다. 바람과 물은 서로 중립에 가까운 성향이긴 하지만 그래도 무형과 유형의 차이가 있는 만큼 맞부딪히면 물 쪽이 조금 불리해지는 면도 있었다. 그런데 엘퀴네스는 그걸 전부 가볍게 무시할 뿐만 아니라 모두를 내쫓기까지 했다.

'그건 진짜 미친 거 아니야?'

너무 대단해서 감탄이 나는 건 감탄이 나는 거고, 열 받는 건 열 받는 거다. 다시 생각해도 이가 갈려서 이프리트는 애써 시선을 환기했다.

"저 녀석, 언제쯤 진정될 것 같냐?"

"글쎄……. 알 수 없지. 1년이 걸릴지 1백 년이 걸릴지."

소년, 트로웰이 건조하게 중얼거렸다. "백 년?" 뜨악하게 소리친 이프리트가 질색하는 표정을 지었다. 쏴아아— 이 순간에도 할퀴는 바람은 마치 서러운 울음을 삼키는 듯했다. 짧게 욕설을 뱉은 이프리트가 뒷머리를 벅벅 긁었다.

"너 그래도 인마. 엘한테 그러는 건 아니었어. 걔가 널 얼마나 따랐냐."

"……그 이야기는 별로 하고 싶지 않아."

"그래도 난 해야겠어. 난 진짜 널 그렇게 좋아한 애는 처음 봤다. 너한테 착하다고 한 애도 걔가 처음 아냐? 너도 나름대로 엘

아꼈잖아. 그런데 어떻게 그렇게 모질게 굴 수 있냐? 그날 우리가 말린 거 원망하지 마. 죽였으면 너 나중에 분명히 후회했을 거야."

"……."

굳게 닫힌 입에선 아무런 대답도 흘러나오지 않았다. 그래, 그래, 무시하고 싶으면 무시해라. 무슨 생각을 하는지 알 수 없는 표정을 지켜보다 이프리트는 다시 한숨을 내쉬었다. 왠지 갈수록 자신의 위치가 매우 하찮아지는 것 같다는 기분이 들었다.

"그 계약자 놈은 아직 혼수상태인 것 같더라."

트로웰이 다시 눈길을 보내왔다. 아, 그래, 이 화제엔 관심이 있다 이거지. 속으로 발끈했지만 꾹 인내한 이프리트가 이죽거렸다.

"뭐, 지금은 계약 끊겼으니 전 계약자라고 해야겠네. 그놈은 대체 왜 살린 거야? 걔야말로 죽어야 하는 놈 아니었냐?"

"간단하게 죽으면 안 되니까."

트로웰이 입을 열었다.

"쉽게 끝나면 재미없잖아."

속삭이는 듯한 음성은 여전히 건조했지만 비소를 담고 있었다. 짙어진 황금색 눈동자엔 기이한 열기가 감돌았다. 찜찜한 표정으로 그 모습을 바라본 이프리트가 고개를 저었다.

"너 말이야. 괜히 쓸데없는 생각은 하지 마라."

"……쓸데없는 생각?"

가만히 눈을 깜빡인 트로웰이 단조로운 어조로 되물었다.

"어떤 게 쓸데없는 생각인지 모르겠는데."

아, 정말. 낮게 탄식한 이프리트가 머리를 쓸어 올렸다. 불길한 예감은 왜 항상 맞아 떨어지는지 모를 일이었다.

"설마 그 말도 안 되는 계획을 정말 실행하려는 거 아니지?"

"말도 안 되는 계획?"

"알아들었으면서 뭘 모르는 척이야? 인간을 멸종시키겠다는 그 허무맹랑한 계획 말이야."

"그게 왜 허무맹랑해?"

"그럼 정말 멸종시키겠다고?"

더는 참지 못한 이프리트가 얼굴을 와락 찌푸렸다.

"너 진짜 왜 그러냐? 인간은 주신의 축복을 받은 종족이야! 걔네 하는 꼴이 다 마음에 들진 않더라도 그로 인해 돌아가는 균형과 생태계가 있어! 그렇게 다 죽여서 네게 남는 게 뭔데? 이 땅을 피로 물들여서 정령왕인 우리가 얻는 게 뭐가 있냐고!"

사납게 몰아치는 말에 트로웰은 피식 웃었다.

얻는 거? 그런 건 처음부터 없었다. 그냥 파괴하고 싶을 뿐이다. 그의 세계를, 그가 사랑하던 것들을. 전부 다 망가진 모습을 보고 나면 조금은 괜찮아질지도 모르니까.

아니, 어쩌면 반대로 더 슬퍼지게 될까. 솔직히 지금 당장은 아무것도 예측되는 것이 없었다. 아무리 들여다보려 해도 미래는 혼탁한 어둠으로 가득하기만 했다. 하지만 한 가지 결과만은 분명했다. 자신은 한없이 추해져 밑바닥까지 추락할 것이다. 그 추악한 꼴을 상상하는 것만으로 역겨웠다. 그런데도 왜 멈출 수 없는 걸까. 트로웰은 멍하게 속으로 중얼거렸다.

"너 정말……!"

"걱정 마. 그 앤 안 죽어."

한마디 뱉으려던 말은 곧바로 이어지는 말에 가로막혀 그대로 삼켜졌다. 고개를 든 트로웰이 혼란한 표정을 짓는 이프리트를 가만히 바라보았다.

"아무리 나라도 다른 정령왕이 지키고 있는 건 건드릴 생각 없어. 처음 계획과는 다르지만 하나 정도는 남겨둬도 상관없는 것 같아. 인간의 수명이야 한시적이니까. 그 애가 마지막 인간이 되는 것도 나쁘지 않겠지."

"넌 지금 내가 엘 때문에 이러는 거 같아?"

"그걸 제일 걱정하는 건 맞잖아."

"그런 문제가 아니라…… 아아, 모르겠다. 네 맘대로 해. 언제는 네가 내 말을 들었냐."

나중에 후회나 하지 마. 시근덕거리며 외친 후 이프리트는 그 자리를 떠났다. 사그라지는 불꽃을 눈에 담은 트로웰은 다시 바람의 영역으로 시선을 고정했다. 거친 바람이 사나운 소리를 일으키는 광경을 물끄러미 응시했다. 광풍이 몰아치는 소리가 그의 귓가엔 누군가의 우는 소리로 들렸다. 그건 억눌린 신음으로 요동하는 통곡이었다. 슬픔을 억누르지 못하는 흐느낌이었다.

"알아, 미네르바. 넌 이런 걸 바라지 않겠지. 그냥 내 분풀이일 뿐이야."

하지만 그래도 해야 했다. 모두가 바라지 않아도, 미네르바조차 그걸 원하지 않더라도. 나를 사랑한다 말하는 이를 내 손으로 죽이고, 내가 아꼈던 이들을 상처 입히더라도.

"그래야 내가 살 수 있을 것 같거든."

쓰게 웃은 트로웰이 가만히 눈을 감았다. 닿지 않는 바람을 대신해서 자신의 무릎을 가만히 끌어안았다. 퍼석한 모래와 다를 바 없는 허무하고 시린 감각이었다.

눈을 뜨면 제일 먼저 나를 원망하길 바랄게, 미네르바.

그래야 나도 이 지독한 지옥에서 벗어날 수 있을 테니.

제6화

1.

주변을 의식했을 때, 나는 넓은 들판 위에 서 있는 상태였다. 저물어가는 석양의 붉은 빛이 들판의 황금빛과 어우러져 감탄이 절로 나올 만큼 아름다운 색채를 이루고 있었다. 아니, 색을 본다고 느끼는 건 그저 착각인지도 모른다. 이건 꿈이었으니까.

오랜만에 꾸는 자각몽이었다. 사람은 적응의 동물이라고, 이런 상황도 워낙 익숙해져서 이젠 그러려니 싶다. 최근엔 심리적으로 불안했던 적이 없었기 때문에 왜 또 이런 꿈을 꾸는 건지 조금 의아했지만.

하지만 그런 생각도 들판 저편에 있는 사람을 발견하고 나선 씻은 듯이 사라졌다. 한 남자가 바위에 걸터앉아 있었다. 장인이 혼신을 다해 조각한 듯한 화려하고 섬세한 외모가 멀리서도 빛을 발했다. 바람에 흔들리는 머리칼은 석양보다 더 아름다운 붉은색을 지니고 있었다. 반가움보다 그리움이 더 큰 얼굴이었다.

"라피스!"

그가 나오는 꿈은 정말 오랜만이었다. 게다가 이번 꿈은 매우 친절했다. 한달음에 달려가니 그의 모습이 곧바로 가까워졌다. 붙잡아도 그대로 사라지거나 다른 광경으로 바뀌지도 않았다. 그는 팔이 잡혀 있는 상태 그대로 나를 바라보고 있었다. 이게 뭐라고 감동이 하염없이 밀려 들어왔다.

라피스는 아무 말도 하지 않았다. 그저 뭔가 불만스러운 표정으로 나를 빤히 응시하기만 할 뿐이었다. 이번엔 제대로 마주 볼 수 있는 대신 그가 말을 하지 않는 형식의 꿈인가 보다. 아무래도 좋았다. 그가 사라지지 않기만 하면 된다.

"있잖아. 라피스! 나 좋은 소식이 있어! 드디어 네가 어디에 있는지 알아낸 것 같아!"

그 말에 그의 표정이 더 한심하다는 표정으로 바뀌었다. 또 헛발질하고 있다는 시선이라 얼른 변명을 시작했다.

"아냐, 이번엔 확실해. 이게 만들어진 기억인지 뭔지는 모르겠지만 엘뤼엔이 알려준 단서라고. 신빙성이 있어. 아무튼 그래서 내가 처음 도착했던 그 장소로 다시 가보려고 해. 그 일대를 돌아다니다 보면 널 찾을 수 있을지도 몰라. 이렇게 널 만나는 꿈까지 꾸는 걸 보니까 진짜 예감이 좋아."

그가 한숨을 내쉬었다. 뭐가 그리 마음에 안 드는 건지, 답답해 죽겠다는 듯 짜증이 잔뜩 어린 표정이었다. 다음 순간 혼잣말로 뭔가 중얼거리는 듯하던 그가 나를 다시 똑바로 바라보았다. 그리고 놀랍게도 내게 말을 걸었다.

"…옆……어."

"어? 뭐라고?"

뭐야, 대화도 할 수 있는 거였어? 하지만 무슨 말을 하는 건지 잘 들리지 않았다. 초조해지는 마음에 다급히 되물으니 그의 얼굴이 더 험악해졌다.

"난 네 옆에 있다고, 이 멍청아!"

한순간 눈이 번쩍 떠졌다. 잠들기 전에 봤던 익숙한 천장이 보였다. 뭐가 어떻게 된 건지 한동안 어리둥절해하다 꿈에서 깨어난 거라는 사실을 자각했다. 급히 몸을 일으켜 주위를 둘러봤지만 역시나 라피스가 있을 리가 없었다.

"……있긴 어디에 있다는 거야."

허탈한 마음에 한숨이 절로 흘러나왔다.

좋으면서도 이상한 개꿈이었다.

*　　*　　*

세이크 제국 황제가 집요하다는 말은 사실이었다. 그사이에 내가 떠난다는 정보를 입수했는지 이른 아침부터 근위대 제복을 입은 기사들이 거리를 서성거리고 있었다. 도주한 진혼 마스터를 찾는 중이라는 핑계를 대고 있는 것 같긴 한데, 금발을 중심으로 검문하고 있는 게 누구를 찾는 건지 목적이 빤했다.

"내가 먼저 알릴 생각은 없는데, 아이기스가 입수한 정보는 어쩔 수 없어."

이미 라미아스에게 들은 경고도 있어서(이럴 때만 충신이다) 황제가 알게 되는 것도 시간문제라고 여기긴 했다. 선뜻 보내줄 거란 생각은 하지 않았지만, 설마 이렇게까지 노골적으로 나올 줄은 몰랐다. 그나마 수색 인원보다 인파가 더 컸기에 후드를 더 깊이 눌러쓰고 감시의 눈길을 이리저리 피해 다녔다. 하지만 더 큰 문제는 목적지에 도착한 후에 벌어졌다.

"운행을 안 한다고요?"

몰래 떠나려면 제도를 하루라도 빨리 벗어나는 게 관건이다. 오늘 당장 출발하는 기차가 없었기 때문에 할 수 없이 비조를 탈 예정이었다. 그런데 모든 비조 운영이 중단됐다는 청천벽력같은 대답이 돌아왔다. 매표소 직원이 난처한 표정으로 설명했다.

"뭐가 문제인지 근래 비조들이 몹시 흉포해졌어요. 사람이 탈 수 있는 상태가 아니에요. 어젠 비행사가 억지로 운영하려다가 추락해서 목숨을 잃었고요. 그래서 상황이 해결될 때까진 당분간 비조 운영을 중단하기로 했어요."

"으음, 그렇군요. 그럼 어쩔 수 없죠."

이렇게 되면 편한 여정은 포기하는 수밖에 없나. 한숨을 삼키고 다음 노선을 고민하는데 누군가가 가까이 다가오는 기척이 느껴졌다. 무심코 돌아보았다가 지척에 있는 제복을 확인하고 혀를 찼다. 근위대 기사가 기어코 나를 발견한 모양이었다.

"실례합니다. 사람을 찾는 중입니다. 용모를 확인해야 하니 잠시 후드를 벗어주시겠습니까?"

"……."

"협조하지 않으시면 강제로 시행하는 수밖에 없습니다."

망설임을 느꼈는지 기사의 시선이 엄격해졌다. 잠시간 수만 가지 생각이 맴돌았지만 일단 후드를 천천히 벗었다. 나를 지켜보던 기사가 잠시 멈칫하더니 고개를 갸웃했다. 그가 들고 있는 마법 탐색기를 바라봤지만 아무런 반응이 일지 않았다. 긴장감이 최고조에 이르렀다.

"이봐."

무뚝뚝한 목소리가 들려온 건 그때였다.

"내 일행한테 무슨 일이지?"

성큼 다가온 남자가 불쾌한 시선으로 기사를 노려보았다. 후드를 벗으니 길쭉한 귀가 드러났다. 한눈에도 인간이 아닌 외형에 당황하는 듯하던 기사가 곧 수긍한 표정을 지었다.

"잠시 신원 확인을 했습니다. 협조에 감사드립니다."

그러고는 별다른 질문 없이 그대로 몸을 돌렸다. 훌쩍 떠나가는 뒷모습을 보면서 가만히 안도의 한숨을 내쉬었다.

"엘, 괜찮아?"

옆에서 함께 안도하던 남자, 시벨리우스가 내게 작은 소리로 물었다. 살짝 고개를 끄덕이고 같이 속삭였다.

"눈치 못 챈 것 같지?"

"응, 전혀."

"유심히 바라보길래 들키는 줄 알았어."

"네 외모가 워낙 눈에 띄긴 하니까. 다행히 엘프 혼혈로 생각한 것 같아."

머쓱한 기분으로 짧아진 검은 머리칼을 매만졌다. 정말 통할까, 솔직히 나조차 긴가민가했는데 생각보다 효과가 있었다.

*　　*　　*

짐을 꾸려 나오는 길에 시벨리우스를 마주친 건 예상치 못한 일이었다. 부랴부랴 달려온 건지 그는 숨이 턱 끝까지 차오른 상태로 서 있었다.

"시벨리우스."

"엘, 네가…… 제국을 떠난다고 들었어."

"아, 응. 그렇게 됐어."

"나도 같이 가."

곧바로 이어진 말에 잠시 아무 반응을 하지 못했다. 시벨리우스의 푸른 눈동자가 초조한 빛을 담고 나를 응시했다.

"나도 같이 갈래."

"……내가 어디로 가는 줄 알고."

"어디든 상관없어. 나도 같이 가고 싶어."

"으음, 나랑 다니면 추격자에게 들킬 가능성이 커지잖아. 세피온 공작 저에 있는 게 가장 안전할 거야. 지금 생활 즐겁지 않아?"

"즐거워. 내가 바라던 삶이었어."

"그런데 왜……."

"그래도 너와 같이 갈래."

시벨리우스는 고집스럽게 대답했다. 물러설 기미가 없는 얼굴을 바라보다 그의 차림새에 시선이 미쳤다. 이제 보니 누가 봐도 여행복 차림이었다. 이미 작정하고 떠날 작정으로 모든 준비를 다 마치고 나온 게 분명했다.

'라미아스와는 의논한 건지 모르겠네.'

사실은 이렇게 될 것 같아서 일부러 시벨리우스와는 작별 인사를 따로 하지 않았다. 그가 들려줬던 과거의 이야기만 봐선 우리가 함께 지냈던 것 같은데, 제국에서의 생활은 접점이 그리 많지 않았으니까.

그간 우리 사이에 교류라고 해봤자 라미아스에게 용건이 있어 저택을 방문할 때 겸사겸사 만나는 정도가 다였다. 건너뛴 기간 속의 기억을 살펴봐도 마찬가지라, 제대로 된 동행은 이곳을 떠난 후에나 이뤄지겠구나 싶었다. 설마 이렇게 곧바로 쫓아올 줄은 몰랐지만.

일단은 동행인의 의향도 고려해야 하므로 옆을 돌아보았다. 시벨리우스도 그제야 내 옆에 있는 존재를 의식한 것 같았다. 그 역시 엘뤼엔을 바라보았다.

"당신이 정령왕 엘퀴네스?"

돌아가는 상황에 조금도 관심을 두지 않고 있던 엘뤼엔이 느릿하게 그에게 시선을 보냈다. 그러고 보니 정식으로 소개한 적이 없었던가. 서로 아는 게 당연한 사이였다 보니 잊었는데, 여기선 첫 만남이었다. 정확히 말하면 정령왕들 쪽에선 시벨리우스를 알지만(내가 뭘 하고 다니는지 간간이 살피다 보니), 시벨리우스는 정령왕들을 정식으로 만나본 적이 없었다.

"동행을 허락해줘. 폐 끼치지 않을게. 이래 봬도 도움이 될 거야."

엘뤼엔은 아무런 대답도 하지 않았다. 싫으면 싫다고 분명히 표현할 텐데, 굳이 반응하지 않는 건 내 마음대로 결정해도 된다는 뜻이었다. 덕분에 마음이 한결 편해졌다.

"그럼 시벨리우스, 일단 나 좀 도와줄 수 있어?"

"물론이지. 뭐든지 다 할게. 내가 뭘 하면 돼?"

고개를 끄덕인 시벨리우스가 각오를 굳힌 얼굴로 물었다. 그를 데리고 사람이 오지 않는 공터로 장소를 옮겼다. 그런 다음 주머니 속에 있던 것들을 꺼내 그에게 내밀었다. 얼결에 건네받은 시벨리우스가 손에 있는 것들을 살피다 어리둥절한 표정으로 나를 바라보았다. 의도를 전혀 모르겠다는 얼굴을 향해 생긋 웃어 주었다.

"혹시 이발도 잘해?"

그 뒤의 상황은 매우 혼란했다. 가위와 칼, 염색약을 건네받은 이후로 시벨리우스는 울상을 벗어나지 못했다. 내 머리칼을 쥔 손길엔 망설임이 가득했다. 그는 몇 번이나 가위를 들었다 내리기를 반복했다.

"엘, 나 도저히 못 하겠어."

"아냐, 넌 할 수 있어."

"이건 진짜 아닌 것 같아. 다시 생각해 보면 안 돼?"

"아니, 이게 최선이야. 너 아깐 뭐든지 다 할 수 있다고 했잖아. 그 다짐은 이렇게 쉽게 무너지는 거였어?"

"그치만……."

"네가 못하면 그냥 내가 한다?"

"아, 아냐! 내가 할게! 내가!"

결국 협박에 가까운 말을 내뱉고 나서야 분주한 손길이 닿았다. 이게 왜 협박이냐면, 바로 조금 전에 망설이는 그를 보다 못한 내가 직접 한쪽 머리칼을 자르려고 했기 때문이다. 한눈에도 어설퍼 보였는지 시벨리우스가 경악해서 바로 가위를 빼앗은 참이었다.

차마 내가 엉망으로 자르는 꼴을 보느니 자신이 하는 게 낫다고 여긴 모양이다. 그러면서도 시벨리우스는 연신 한숨을 내쉬었다.

"이 아까운 금발을 자르고 염색을 해야 한다니. 꼭 범죄를 저지르는 기분이야."

"그냥 머리카락일 뿐인데 수선스럽긴."

"그냥 머리카락이 아니야. 이렇게 예쁜 금발이 얼마나 드문데. 이만큼 기르려면 시간도 오래 걸렸을 텐데, 짧게 자르는 거 정말 아깝지 않겠어?"

"전혀. 머리카락이야 내버려 두면 또 자라잖아."

"그렇게 태평하게 말하는 건 너뿐일 거야."

고개를 절레절레 흔든 그가 다시 깊은 시름에 잠겼다. 손재주가 좋으면 타고난 예술혼도 뭔가 남다른 건가. 하도 속상해하고 안타까워하니 덩달아 내 마음까지 무거워지려고 했다. 내 생전 이발하려다 죄책감을 느껴보기는 또 처음인 것 같다.

물론 그렇다고 모처럼 굳힌 결심을 뒤바꿀 생각은 없었다. 시벨리우스도 항복했는지 얌전히 가위질을 시작했다. 한동안 서걱거리는 소리가 울리고 잘린 머리카락이 후두둑 떨어지는 것이 느껴졌다. 그런 후엔 차가운 염색약이 치덕치덕 발리는 느낌이 들었다. 충분히 물들기를 기다린 다음 독한 향이 가실 때까지 여러 번 물로 헹궈냈다. 이 과정은 나이아스가 도와줘서 한결 수월했다.

"다 됐어."

마침내 기다렸던 한마디가 들렸다. 옷매무새를 정리한 후 설레는 기분으로 손거울을 들었다. 반질반질한 표면에 짧은 흑발을 지닌 내 모습이 비쳤다.

"오."

이 세계에서 태어난 후로는 머리 모양이 짧아진 것도, 흑발도 처음이었다. 그래서 그런가. 늘 보는 얼굴이 무척이나 생경했다. 긴 금발의 모습이 한눈에도 화려하고 화사한 느낌이었다면 지금은 차분하고 차가운 느낌에 더 가까웠다. 왠지 어려진 것 같긴 한데, 그래서 더 분위기가 다른 듯했다.

"나 어때?"

"확실히 인상이 확 달라졌어. 이런 분위기도 잘 어울리긴 하네."

시벨리우스가 속이 복잡한 얼굴로 고개를 끄덕였다. 여전히 금발에 미련이 있어 보이는 모습이었지만 이젠 돌이킬 수 없다는 걸 받아들인 것 같았다. 시무룩해진 얼굴을 무시하고 거울에 비치는 모습을 이리저리 살폈다. 머리를 쓸어 올려도 잡히는 감촉이 거의 없는 게 어색했다. 무엇보다 가볍다는 느낌이 들어서 좋았다. 좀 더 일찍 시도해볼걸. 볼수록 마음에 들었다.

"아버지, 나 이렇게 하니까 트로웰 닮은 것 같지 않아?"

물끄러미 돌아본 엘뤼엔이 무슨 헛소리를 하냐는 시선을 보내왔다. 음, 아닌가 보다. 사실 나도 아닌 거 알면서 그냥 해본 말이라 상처받지는 않았다. 아들을 위해 빈말조차 해주지 않는 이 시대 아버지의 냉정함에 다시 한번 감탄했을 뿐. 그런 우리를 바라보는 시벨리우스는 어딘지 멍한 얼굴이었다.

"왜, 시벨리우스? 뭐 할 말 있어?"

"아, 그게 ……네가 정령왕을 아버지라고 부른다는 얘기를 얼핏 듣긴 했는데, 정말 그렇구나 싶어서……."

"뭐? 아아, 맞아. 아버지라고 불러."

"친애의 표현 같은 거야? 다른 호칭도 있을 텐데, 왜 아버지라고……."

"아버지는 아버지니까."

선뜻 답하는 말들에 시벨리우스는 당혹감을 감추지 못했다. 정확히는 내가 그렇게 불러도 전혀 신경 쓰지 않는(오히려 이젠 당연하게 여기는) 엘뤼엔의 태도를 더 놀라워하는 것 같긴 했다.

"둘이 사이가 참 좋구나."

"뭐, 그렇지."

당연한 듯 고개를 끄덕이긴 했지만 이건 전부 피나는 노력의 결과다. 이런 날이 오기까지 내가 얼마나 모진 서러움을 겪어야 했는지 그는 모르겠지. 돌이켜 생각해봐도 참 파란만장한 시간이었다.

그러고 보니 시벨리우스가 과거의 엘을 언급할 때마다 나를 가장 괴롭혔던 게 바로 이 '아버지'라는 호칭이었다. 지금 내가 그 앞에서 보이는 모든 행동이 훗날 미래의 나를 괴롭히는 수단이 된다고 생각하니 기분이 좀 이상했다. 그땐 참 힘들었던 것 같은데, 지나고 나니 그조차 전부 추억이 되었다는 것도.

어쨌든 그때까지만 해도 모든 게 참 순조로웠다. 흑발로 변한 내 모습도 마음에 들었겠다, 출발 조짐이 아주 좋다고 생각했다. 하지만 가는 곳마다 난관이 따르는 운명은 이번에도 나를 쉽게 놔줄 생각이 없는 것 같았다.

“비조가 운행을 중단할 줄은 몰랐어.”

설마 가장 빠른 이동 수단들이 줄줄이 다 막힐 줄이야. 변신한 내 모습이 불시 검문을 통과할 정도라는 것도 확인하고 나니 이 상황이 더 아쉬웠다. 그러고 보니 비행선도 중단했다고 하지 않았나. 진혼 마스터가 그렇게 투덜거리는 소리를 들었던 것 같다.

같은 시기에 비행 수단이 전부 먹통이라……. 우연이라기엔 너무 공교로운 것 같아 엘뤼엔을 돌아보니 아니나 다를까 예상했던 말이 돌아왔다.

“앞으로 인간은 하늘을 누빌 수 없을 거다.”

“아…….”

역시 그렇게 되는 건가. 하긴 하늘은 바람의 영역이다. 미네르바를 배신한 인간에게 허락될 리가 없었다. 아인 이드리스 하나의 잘못으로 모두가 피해를 본다는 게 좀 안타깝긴 했지만 감수해야 할 일이었다.

“그럼 이제 어쩌지. 기차는 닷새 후에나 온다는데 여기서 계속 머물 순 없고. 역시 산을 타야 하려나.”

솔직히 산이라기보다는 벼랑이었지만, 지금으로선 별다른 방법이 없는 것 같다. 말이나 마차는 흔적을 남기는 데다가 따라잡히기 쉬워서 되도록 피하고 싶은 수단이었다. 사실 피하고 싶기로는 산행이 더하긴 한데, 길이 위험한 만큼 추격이 쉽지 않다는 점에서 장점도 분명했다.

'그 고행이 다시 시작되겠구나.'

이번엔 신발을 몇 켤레나 버리게 되려나. 이젠 체력도 월등해져서 크게 고단하지는 않을 텐데 한숨부터 나오는 걸 보면 일전의 산행이 내게 단단히 트라우마가 되긴 한 모양이다. 솔직히 정말 힘들긴 했다.

"시벨, 너 절벽 탈 수 있겠어?"

"할 수 있긴 한데…… 그냥 내가 태우고 가는 건 어때?"

"응? 무슨 말이야?"

"나도 하늘을 날 수 있거든. 내가 본체로 돌아가서 널 태우고 날면 될 것 같은데."

오히려 비조보다 안전하고 더 빠를 거야, 부드럽게 웃으며 설명을 덧붙이는 얼굴에서 후광이 비쳤다. 감격한 나머지 두 손이 절로 입가에 모였다.

"시벨리우스, 넌 혹시 천사야?"

"어? 음? 유니콘이 천군에 속한 건 맞지만, 천사 계급은 아니었는데……."

"너무 멋지다는 뜻이었어."

"아, 그래? 그, 그런 뜻이었구나."

얼굴이 상기된 시벨리우스가 쑥스러운 표정을 지었다. 라미아스의 저택에서 주방장으로 지내는 동안 온갖 찬사를 다 받아왔을 텐데도 이런 칭찬엔 약한 모양이다. 그런 그를 바라보는 엘뤼엔은 어딘지 못마땅한 표정이었다.

"일단 본체로 변해야 하니까 사람들 없는 곳으로 가는 게 좋을 것 같아."

"응, 여긴 보는 눈이 너무 많지."

주위를 돌아보다 와 닿는 시선에 살짝 긴장했다. 아까 날 검문했던 기사가 다시 이쪽을 유심히 보고 있었다. 그 사이에 일행이 하나 더 늘어 있는 걸 주시한 모양이다. 엘뤼엔 역시 후드를 쓰고 있었지만, 아무래도 워낙 존재감이 강해서 그런지 외모를 가리고 있는데도 눈에 띄었다. 기사가 다른 동료들과 뭔가 두런거리는 모습이 심상치 않았다.

"서둘러야겠어."

진지한 표정이 된 시벨리우스가 바로 고개를 끄덕였다. 그때 엘뤼엔의 목소리가 들렸다.

"목적지가 너와 내가 처음 만난 그곳이냐?"

"아, 응. 맞아. 일단 거기부터 가보려고."

"그렇군."

짧게 답한 그가 손가락을 가볍게 튕겼다. 그 순간 바닥에서 푸른 마법진이 떠오르더니 사방에 물줄기가 치솟았다.

"어? 잠깐? 이게 뭐……!"

당황해서 돌아보는 순간 주변의 시야가 크게 이지러졌다. 몸이 붕 뜨는 것 같은 느낌이 이는 것과 동시에 무언가가 휙 스치는 것 같은 느낌도 들었다.

아니, 스치는 것은 어쩌면 내 쪽이었을지도 모른다. 다시 시야가 선명해졌을 땐 눈앞에 전혀 다른 광경이 펼쳐져 있었다. 인파로 북적이던 광장이 깨끗이 사라지고, 보이는 거라곤 온통 빼곡한 나무들뿐이었다. 한쪽에선 끝이 보이지 않을 만큼 길게 뻗은 강이 고요하게 흐르고 있었다. 한없이 낯선 상황이었지만, 광경 자체는 익숙했다. 전에도 와 본 적이 있던 장소였으니까.

착각이 아니라면 여긴 분명 엘퀴엔을 소환했던 바로 그 강 앞이었다. 에펜 왕국의 달리아 영지, 근원의 숲 안을 가로지르는 르네아 강이라고 했던가. 아무리 생각해도 이해할 수가 없어서 멀거니 눈만 깜빡거렸다. 지금, 대체 무슨 일이 벌어진 거지?

"정령왕이 어떻게 공간 이동 마법을……."

나와 마찬가지로 주위를 두리번거리던 시벨리우스가 당황한 얼굴로 중얼거렸다. 그제야 멈췄던 머리가 간신히 돌아갔다. 아, 그렇구나. 공간 이동 마법이었다. 다리에서 힘이 풀리는 걸 느끼며 그대로 털썩 주저앉았다. "엘!" 깜짝 놀란 시벨리우스가 급히 나를 부축했다.

"왜 그래? 괜찮아?"

다급히 살피는 그에게 천천히 고개를 끄덕여 주고 고개를 들었다. 눈이 마주친 엘퀴엔이 담담한 시선을 보내왔다. 그러고 보니 내가 그걸 왜 잊고 있었을까. 엘퀴엔은, 내 굉장한 아버지는 엘퀴네스 시절에도 공간 이동 마법을 쓸 수 있었다고 했다.

"……아버지."

"왜."

"어떻게 나한테 이럴 수가 있어?"

그간의 고생길들이 머릿속을 빠르게 스쳐 지나갔다. 기나긴 항해에 지쳐 있던 일이나 기차를 놓쳐 험준한 산맥을 타야 했던 일, 비조를 타고 멀미했던 일, 그 외에도 이것저것. 신관들을 구출했을 때도 끝없는 동굴을 하염없이 달려야 했다. 전부 공간 이동 마법 하나면 간단히 해결될 일들이었다.

그가 나를 죽이겠다고 할 때조차 느껴본 적이 없던 배신감이 몽글몽글 차올랐다. 엘뤼엔 역시 내 서러움을 알아본 것 같았다. 그가 짧은 침묵 후에 입을 열었다.

"무엇이든 직접 경험함으로써 얻는 가치가 있지. 전부 쉽게 해결하려고 하면 못쓴다."

눈물 날 정도로 뼈아픈 훈계였다.

2.

엘뤼엔에게 배신감을 느낀 건 느낀 거고, 이동 마법 덕분에 일정을 아끼게 된 건 좋은 일이었다. 제국으로 건너왔을 때의 여정을 생각하면 거의 한 달이 넘는 시간을 단축한 셈이었다.

다만 여기서 생각지 못한 문제가 하나 있었다. 에펜 왕국은 북쪽이고, 제국보다 온도가 낮다는 사실 말이다. 초겨울에 돌입한 계절은 제국에 있을 땐 겉옷 하나로 충분했지만 여기선 아니었다. 숨만 쉬어도 입김이 하얗게 일어나는 날씨는 이미 영하권에 돌입한 지 오래된 것 같았다.

장거리를 대비해 여러 물품을 준비해 두긴 했지만, 두꺼운 겨울옷은 가면서 장만할 예정이었던지라(예전에 입었던 건 낡아서 버렸다) 한 벌도 없었다. 식료품도 마찬가지였다. 한동안은 도심지를 전전하는 동선이라 야영할 계획이 없다 보니 약간의 비상식량만 마련해둔 참이었다. 시벨리우스도 이런 사정은 마찬가지인 것 같았다.

근원의 숲은 사람의 발길이 거의 닿지 않는 오지다. 일반적인 방법으론 생필품을 마련하기가 힘들다는 소리다. 혹시 몰라 기억하는 길을 따라 랑시의 집을 찾아가 봤지만 이미 허물고 이사한 건지 터만 덜렁 남아 있었다.

"어느 분께서 공간 이동을 할 수 있다고 미리 말씀해주셨으면 이런 상황도 대비했을 텐데요."

"그래서 불만이라면 다시 제국에 데려다 놔주지."

"아하하, 아닙니다. 불만이라뇨. 큰일 날 소리를 하시네요."

서늘한 눈길에 냉큼 웃으며 대답했다. 제국에 다시 떨어진다니, 이게 결코 빈말이 아니라는 점에서 식은땀이 흘렀다. 그래, 준비 없이 오면 좀 어때. 추위는 생각보다 버틸 만하고, 식량이야 정 안 되면 예전처럼 토끼라도 사냥하면 된다. 어차피 단단히 준비해왔어도 언젠가는 떨어질 테니 민가를 들르긴 해야 했다. 그렇게 생각하고 보니 애초에 문제 삼을 부분도 아니었다. 게다가 이번 여정엔 치트키까지 있었다.

“일단 오늘은 여기서 야영하는 거지? 천막은 내가 칠게.”

시벨리우스가 빈 공터에 맞춰 말뚝을 박기 시작했다. 언젠가 봤던 것처럼 글자를 적은 종이를 하나씩 깔아둔 채였다. 이윽고 짙은 바람이 불더니 그의 눈동자 색이 변하며 이마에 금빛 뿔이 돋아났다. 주문이 하나씩 뱉어지면서 사방에 빛줄기가 치솟아 올랐다. 이 또한 익숙한 광경이었다. 그 모든 과정이 끝났을 땐 우리는 아늑한 방 안에 들어와 있었다.

“진법과 아공간을 활용해서 만들어본 건데 어때?”

“역시 치트키…….”

“치트, 뭐? 그건 무슨 뜻이야?”

“네가 최고라는 뜻이었어.”

그간 노숙할 일이 있을 때마다 이 능력이 얼마나 사무치게 그리웠던가! 두 손을 꼭 잡고 말하니 눈을 동그랗게 뜬 시벨리우스가 상기된 얼굴로 웃었다.

“마, 마음에 들었다니 다행이다. 어쨌든 앞으로 어딜 가든 숙소는 걱정하지 않아도 돼.”

“응, 너만 믿을게!”

“저건 잘해 주기만 하면 최고래.”

순간 낮게 중얼거리는 소리가 들렸다. 돌아보니 엘뤼엔이 심기가 불편한 표정으로 서 있었다. 잘해 주기만 하면 최고라고 한다니. 내가 그렇게까지 노골적으로 굴었나 싶었는데, 생각해 보니 그랬던 것 같다. 조금 반성하기로 했다. 그보다 엘뤼엔의 말투가 조금 달랐던 것 같은데, 착각인가? 워낙 스치는 소리라 확실하지 않았다.

"엘, 배고프진 않아?"

"아, 그러고 보니 벌써 점심시간 때네. 뭐 좀 먹을까?"

"그럼 식사를 차릴게. 뭔가 먹고 싶은 거 있어? 재료가 별로 없어서 만들 수 있는 게 얼마 없긴 하지만."

싱긋 웃은 시벨리우스가 조리도구를 꺼내 들었다. 주방에 서서 허리에 앞치마를 두르는 광경이 물 흐르듯이 자연스럽게 이어졌다.

"엘?"

"어어, 아무것도 아냐. 나 콩 수프 먹고 싶은데……."

"콩 수프? 다행이다. 그건 할 수 있을 것 같아. 콩 수프 좋아해?"

"응, 제일 좋아해."

"그럼 콩 수프를 식전 음식으로 하고, 그거랑 어울리는 정찬으로 준비할게."

세상에, 어떡하지. 근래 들어 이보다 감동한 순간이 없는 것 같다. 홀린 기분으로 고개를 멍하니 끄덕이니 엘뤼엔이 혀를 차는 소리가 들렸다. "요물이 달라붙었군." 불만스러운 중얼거림이 이어졌으나 듣지 못한 척했다. 이 와중에도 얼굴이 실실거리는 걸 멈출 수가 없었다.

어쨌든 시벨리우스가 차려준 식사는 매우 훌륭했다. 이프리트가 정령계에 돌아간(?) 후로는 누군가와 식사 시간을 함께하는 것도 오랜만이었다. 식탁에 마주 보고 앉아 점심을 먹으며 우리는 앞으로 이어질 일정을 의논했다.

"이 숲을 조사하려는 거야?"

"응, 일단은 그래. 처음엔 숲 위주로만 돌다가 점점 범위를 넓혀가 보려고 해. 그래서 말인데, 식사 당번을 정하자."

"식사 당번? 내가 한 음식이 질릴까 봐 그래?"

"그럴 리가 있나. 네 요리는 질릴 수가 없어. 마음 같아선 매일매일 만들어달라고 하고 싶지. 그래도 식사 차리는 게 보통 일은 아니잖아. 한 사람이 다 감당하는 건 불공평한 것 같아."

"난 매일 해도 상관없는데."

"안 돼. 오늘 저녁은 내가 할게."

"으음, 알겠어."

시벨리우스는 아쉬운 얼굴을 하면서도 고개를 끄덕였다. 그런 우리의 모습을 물끄러미 바라보던 엘뤼엔이 고개를 젓는 것이 보였다. 쓸데없는 일에 기력을 소비한다는 듯한 표정이었다.

그리고 그날 저녁, 내가 만든 음식을 한 입 먹어본 시벨리우스가 빙긋 웃었다.

"엘, 그냥 식사는 내가 맡을게."

"……별로야?"

"식사는 내가 맡을게."

두 번이나 같은 말을 하는 걸 보면 진짜 별로인가 보다. 솔직히 내가 먹어도 맛이 없긴 했다. 대충 괜찮아 보이는 건 다 집어넣었더니 이도 저도 아닌 이상한 맛만 됐다. 원래 이 정도까지는 아니었는데, 잘 만들어야겠다는 생각에 너무 욕심을 부린 게 문제였나 보다. 다음엔 더 잘 해보겠다고 말해보려다가 강렬한 눈빛에 압도되어 그냥 얌전히 고개를 끄덕였다. 사실 잘 만들어봤자 먹을 만한 정도지, 맛있게 할 자신은 없었다.

"네가 제일 문제야, 네가."

어디선가 타박하는 소리가 들리는 듯했다. 마침 나 자신도 그렇게 생각하고 있던 참이라 이게 내면의 울림인지 또 착각한 건지조차 구분하기가 힘들었다.

다음날부터 이어진 일과는 단순했다. 아침에 일어나 식사를 하고 주위를 가볍게 돌아본 다음, 다시 점심을 먹고 좀 더 멀리까지 나가본다. 돌아와서 저녁을 먹으면 그날 하루의 마무리였다. 그렇게 온종일 주위를 탐색하다가 일대를 충분히 돌아봤다 싶어지면 장소를 옮겼다. 그러다 보니 필연적으로 따라오는 일들이 있었는데, 그중 가장 많은 부분을 차지하는 게 몬스터 사냥이었다.

"키이익!"

"엘! 뒤쪽!"

다급히 울리는 경고에 곧장 돌아서며 검을 뻗었다. 뛰어올라 덮쳐들던 원숭이 머리의 몬스터가 날카로운 비명을 지르며 나가떨어졌다. 완전히 숨통을 끊어내고 난 후엔 더는 달려드는 기척이 느껴지지 않았다. 주위를 돌아보니 다른 쪽 몬스터를 처리한 시벨리우스가 가까이 다가왔다.

"고생했어, 엘. 나머진 다 도망간 것 같아."

"응, 너도 고생했어."

괴물의 숲이라고도 불린다더니. 누가 도착하기 무섭게 몬스터부터 만난 곳 아니랄까 봐 근원의 숲 안에는 정말 몬스터가 많았다. 안으로 들어서면 들어설수록 더 우글거리는 것 같았다. 그만큼 거추장스러웠지만 다른 한편으로는 안심이 되긴 했다. 이래서야 누군가가 지나가는 길에 우연히 라피스를 주워갔을 확률은 거의 없는 셈이었으니까.

'떨어진 장소도 꼭 자기 같은 곳만 골랐다니까.'

닿지도 않을 푸념을 삼키고 몬스터 시체들을 모으기 시작했다. 쭈그리고 앉아 작업을 시작하니 옆에 따라 앉은 시벨리우스가 도와주면서 물었다.

"이것도 수거하는 거야?"

"응, 원숭이 머리 고블린은 이빨이랑 손톱이랑 꼬리털이 쓸 만하거든. 괜찮은 값에 팔릴 거야."

헌터가 되기 전부터 알게 된 진실이 있다면, 몬스터는 전부 돈이라는 거다. 원해서 하는 사냥은 아니지만 눈에 뻔히 보이는 재산들을 외면하기가 어려웠다. 그래서 전투를 마친 후에는 값나가는 것 위주로 부산물들을 빠짐없이 챙기는 중이었다. 자격증 시험을 위해 억지로 공부해둔 지식이 역할을 톡톡히 했다. 이렇게 모은 부산물들은 한 주에 한 번씩 장을 볼 겸 민가로 내려가는 김에 처분했는데, 모은 금액이 벌써 상당했다. 정작 제도에 있을 때보다 여기 와서 더 헌터다운 생활을 하는 것 같았다.

"다 됐어. 이제 그만 돌아가자."

뒷정리를 마친 후 챙겨 든 부산물을 자루에 쓸어 담고 일어났다. 시벨리우스도 몸을 털고 일어섰다. 그때 문득 나를 돌아보던 그가 한쪽에 시선을 고정했다.

"엘, 장갑이 많이 해졌어."

"응? 아, 그렇네. 이게 마지막 여분이었는데. 마침 내일이 마을 가는 날이던가? 잘됐다. 장갑도 마련해야겠네."

"그러고 보니 엘은 항상 장갑을 끼고 있는 것 같아. 잘 때도 벗지 않던데, 불편하지 않아?"

"아, 그냥 습관 같은 거라서. 안 끼고 있는 게 오히려 더 불편하더라고."

"그렇구나. 그럼 엘, 나중에 내가 장갑 만들어 줄까?"

> "저기, 엘. 내가 장갑 만들어 줄까?"

순간 겹치는 광경에 나도 모르게 몸이 움찔했다.

"어? 응?"

"전에 우연히 알게 된 건데, 오래 써도 해지거나 망가지지 않는 가죽이 있다고 들었어. 착용감도 놀라울 정도로 편하대. 그걸로 장갑을 만들면 계속 바꿀 필요가 없잖아."

"어, 그렇긴 할 텐데……."

"실은 공작저에 있을 때 재봉을 배웠거든. 아직 어설프지만 본격적으로 연습해보려고 해. 쓸 만한 것을 만들 수 있게 되면 네 장갑도 내가 새로 만들어 줄게."

수줍게 웃으며 말하는 얼굴에 잠시간 아무 생각도 떠오르지 않았다.

"아, 그래. 그게 그래서였구나."

언젠가 그가 중얼거렸던 소리가 떠올랐다. 웃고 싶은 건지 울고 싶은 건지 모를 표정을 지은 채 나를 빤히 바라보던 시선도. 시벨리우스는 과거의 내가 장갑을 꼈던 진짜 이유를 그때 알아차렸던 거다. 손등에 있는 마신의 문장을 가리기 위해서였다는 걸.

어쩌면 내가 시간 여행을 한 거였다는 사실도 같이 알아차렸을지 모른다. 하지만 그는 그에 대해 아무 언급도 하지 않았다. 말해도 믿지 않을 거고, 어떤 식으로든 언급하는 자체에 서로 상처받을 거라는 걸 알고 있었으니까. 그래서 그 모든 걸 혼자서 감당하고 있었다.

"엘?"

"어어, 아냐. 장갑을 만들어 준다고? 그럼 나야 좋지."

"정말? 열심히 해야겠다. 혹시 선호하는 색은 있어? 재료를 최대한 맞춰서 구해 볼게. 개인적으로는 네 눈동자 색이나 머리 색에 맞춰도 괜찮을 것 같은데."

"……파란색."

"파란색? 금색이나 녹색이 아니고?"

의아한 표정을 지은 시벨리우스가 고개를 갸웃거렸다. 울고 싶은 기분을 삼키며 밝게 웃었다.

"파란색이 좋아. 파란색으로 만들어줘."

"음, 알겠어. 너한텐 파란색도 잘 어울릴 것 같아. 너와 가장 잘 어울리는 재료를 찾아서 세상에서 하나밖에 없는 장갑을 만들어 줄게. 어떻게 완성될지 기대해. 분명 마음에 들 거야."

자신 있게 답하는 모습에 다시 가슴이 뭉클해졌다. 완성된 모습은 이미 알고 있다고, 정말 마음에 들었다고 이 자리에서 말해주지 못하는 게 속상할 만큼.

"고마워, 시벨리우스. 미안해."

"고마운 건 알겠는데 미안하다는 건 무슨 말이야?"

"그냥, 이것저것. 너한테 신세 지는 게 너무 많은 것 같아서."

그때 네 말을 믿지 않아서. 조금이라도 귀 기울여주고 함께 고민해주지 못해서. 그래서 결국 너 혼자 외롭게 만들어서. 떠오르는 기억이 전부 다 너무 미안한 일밖에 없었다. 조금쯤은 받아줘도 됐을 텐데, 그땐 나도 여유가 없는 상태였다곤 하지만 너무 매몰차게 굴었다.

“신세를 지긴. 난 즐겁기만 해. 신경 쓰지 마.”

“넌 너무 착해서 큰일이야. 그렇게 전부 나한테 맞춰주려고 할 거 없어. 귀찮은 건 귀찮다, 재미없는 건 재미없다고 해도 돼. 솔직히 지금 생활이 편하진 않잖아.”

“아냐, 정말 즐거워. 필요한 게 있으면 언제든 편히 말해줘. 그게 더 기쁠 것 같아.”

“진짜? 아, 그러고 보니 내일 마을에 가려면 오늘 다시 염색해야 해. 뿌리가 많이 자랐더라고.”

그 순간 해맑게 웃고 있던 그의 표정에 금이 서렸다.

“……계속 그 머리 모양 유지하는 거야?”

“이게 더 편하거든.”

“그렇지만…….”

어깨를 축 늘어트리고 한숨을 내쉬는 시벨리우스는 눈에 띄게 시무룩한 표정이었다. “엘, 너 일부러 이러는 거지.” 터덜터덜 따라오는 걸음에 설움이 묻어져 나왔다. 굳이 부정은 하지 않았다.

3.

숲에서 민가로 가려면 가장 가까운 곳도 꼬박 하루를 걸어가야 한다. 심지어 숲 안쪽으로 진입하는 중이다 보니 갈수록 점점 더

거리가 벌어지는 중이었다. 길도 매우 험악해서 마차는커녕 말을 탈 수도 없다. 예전 같았으면 주기적으로 마을을 방문하는 것 자체가 큰마음 먹고 해야 하는 일이었을 거다. 하지만 이젠 걱정할 필요가 없었다.

"고마워, 아버지!"

오늘도 하해와 같은 은혜로 마을 어귀에 이동시켜 준 엘뤼엔에게 활짝 웃으며 감사한 마음을 표했다. 그런 나를 바라보는 엘뤼엔은 매우 불만스러운 표정이었다. 가라앉은 시선에서 괜히 능력을 공개했다는 진득한 후회가 느껴졌지만 모르는 척했다. 그래 봤자 다음 주에도 부탁하면 또 들어줄 거라는 걸 이미 알고 있었다.

"너무 싸돌아다니지 마라."

"오늘도 같이 안 가려고?"

"일없다."

얼른 다녀오기나 하라는 듯 성의 없이 손짓하는 모습에 할 수 없이 이번에도 시벨리우스와 단둘이 마을에 들어섰다. 그때까지 시벨리우스는 계속 묘한 표정이었다. 뒤따라선 그가 나직한 목소리로 물었다.

"다음엔 안 데려다준다고 하지 않았어?"

"그래서 몹시 귀찮게 굴었지."

"엘, 너는 엘퀴네스가 무섭지 않아?"

"전혀? 혼날 때라면 몰라도, 내가 잘못한 게 없을 때야 무서울 게 뭐 있겠어."

"정말 대단하다니까."

뭐가 대단하다는 건지는 모르겠지만 그렇게 생각한다니 그냥 그런가 했다. 굳이 묻지 않아도 시벨리우스는 알아서 설명을 시작했다.

"정령왕 엘퀴네스는 매우 냉정한 성격이라고 들었거든. 직접 보기에도 그게 맞는 것 같은데, 엘 너한테는 참 약한 것 같아. 네 이런 면 때문인 건지도 모르겠어."

"내가 좀 뻔뻔하긴 하지."

"하하, 그렇다기보다는 밝고 긍정적인 성격이야. 네가 좋은 사람이라 아무리 냉정한 정령왕이라도 마음이 약해지는 게 아닐까?"

"그렇게 말해도 당분간은 머리 안 기를 거야."

"그, 그래서 하는 말 아니야. 진심이야. 정령왕과 이렇게 스스럼없이 지내는 인간은 엘 너밖에 없을걸? 그러고 보니 검술도 트로웰에게 배운 거라고 하지 않았어?"

"그렇긴 한데, 내가 가르쳐달라고 부탁한 거였어."

"바로 그런 점이 대단하다는 거야. 전에 엘이 형이라고 소개했던 그 사람 맞지?"

아, 둘은 우연히 한 번 마주친 적이 있었던가. 왕세자 때문에 수호부가 발동했었는데, 그걸 트로웰이 한 거로 오해해서 다짜고짜 공격하려고 했었다. 고개를 끄덕이니 시벨리우스가 수긍한 표정을 지었다.

"어쩐지……."

"왜? 트로웰이 인간으로 보이지 않았어?"

"음, 그것도 그렇긴 한데……."

고개를 끄덕인 시벨리우스가 천천히 말끝을 흐렸다. 왠지 다음 말을 잇기를 망설이는 표정이었다. 의아해져서 바라보니 그가 어색하게 웃는 얼굴로 입을 열었다.

"실은 그 사람, 그날 처음 본 건 아니었어. 전에도 지나가다 본 적이 있거든."

"어, 그래?"

"어떤 남자를 폭행하고 있었어."

……왜 망설였는지 알겠다. 말이 좋아 폭행이지, 단지 그 정도 선에서 끝냈을 리가 없었다. 그래서 그날도 무작정 트로웰을 범인으로 오해한 거였나 보다. 나와의 만남도 처음부터 파격적이긴 했지. 그래도 제국에 있는 동안은 참는 줄 알았는데 이제 보니 속 편한 생각이었다. "트로웰이 아무나 때리는 건 아니거든? 아마 나쁜 인간이었을 거야." 나름대로 두둔해보긴 했지만 시벨리우스의 흐려진 미소를 봐선 별로 통한 것 같진 않았다.

"어쨌든 그 인간 혐오증으로 유명한 땅의 정령왕이 네 제안을 받아들인 것 자체가 난 굉장한 것 같아. 꼭 내가 목격한 상황만이 아니라도 그에 관해 들은 일화들이 많거든."

무슨 내용일지 듣지 않아도 대강 짐작이 됐다. 분명 따스한 일화들은 아닐 것이다.

'지금 트로웰은 뭘 하고 있을까.'

미네르바의 상태는 조금은 나아졌으려나. 씁쓸한 기분을 삼키고 원래 하려던 일에 집중하기로 했다. 우선 헌터 협회에 들러 그동안 모아둔 몬스터 부산물들을 처분했다. 그간 알음알음 얼굴을 익힌 지부장이 한달음에 달려 나와 맞이했다.

"자네들! 이번 주도 와주었군!"

"잘 지내셨어요?"

"그럼, 그럼, 자네들 덕분에 잘 지냈지. 그게 이번에 가져온 것들인가? 어디 보게. 허어, 역시 이번에도 전부 다 희귀한 것들뿐이군! 헉, 이건 괴물 발톱의 심장 아닌가? 이렇게 귀한 걸! 세상에 이건 검은 수소 머리 괴물의 힘줄이잖아! 설마 숲 안쪽으로 더 들어간 건가?"

호들갑을 떨며 가져온 부산물들을 하나하나 살피는 지부장의 눈길은 광기에 차 있었다. 거래를 처음 트던 날부터 이랬다. '가시나무 마을'이라고 하던가. 근원의 숲 인근에 있는 민가 중에서 가장 번화하다고 할 수 있는 이 마을은 숲의 몬스터를 노리고 몰려드는 헌터들의 주된 교역 장소이기도 했다. 지금까지 꽤 많은 헌터들이 부산물들을 처분하러 왔지만, 우리가 가져온 것만큼 희귀하고 보존 상태가 좋은 건 흔치 않다는 모양이었다.

"겨울이라 매물도 거의 없는 시기인데 자네들이 있어서 다행인지 몰라. 지금 바로 계산해주지. 일단 헌터증을 주게."

몬스터 사냥은 아무나 해도 되지만, 부산물을 거래할 수 있는 자격은 헌터에게만 있다. 그래서 제대로 된 절차를 밟으려면 반드시 헌터증을 제시해야 했다. 이미 익숙해진 과정이라 미리 준비해 둔 헌터증을 내밀었다. 건네받은 지부장이 헌터증의 양면을 펼치고 마법 각인을 감식하는 도구에 올려두었다.

〈요안네스 루엘.〉 구릿빛이 감도는 코끼리 그림 위로 적혀 있는 낯선 이름이 보였다. 제국을 떠나기 전 라미아스가 위조 신분이 필요할 때 쓰라며 만들어 준 헌터증이었다.

원래는 굳이 다른 신분증을 쓸 계획까진 없었다. 하지만 헌터 협회는 국제기구였다. 나라마다 협회장을 따로 두고 개별적으로 운영하고 있어도 소속된 헌터에 관한 정보는 서로 교류했다.

최근 정령들이 떠드는 얘기를 들어보면 제국만이 아니라 다른 나라에서도 나한테 관심을 보이고 있었다. 홀연히 사라져버린 내 행방을 두고 이러쿵저러쿵 말도 많은 것 같았다. 이런 상황에서 내 헌터증을 사용했다간 각국에 내 위치를 떠벌리는 꼴이었다. 아무리 구석진 시골이라도 조심해서 나쁠 건 없었다. 내가 꾸준히 짧은 흑발을 유지하는 이유이기도 했다.

"바루스 등급의 헌터가 검은 수소 머리 괴물의 서식지까지 들어가고도 무사히 돌아온 건 처음이야. 계속 말하는 거지만 등급 시험을 다시 치러야 하는 거 아닌가? 등급이 올라가면 지명 의뢰도 받을 수 있고, 수수료도 훨씬 적어질 텐데."

아무것도 모르는 지부장은 내가 실력보다 낮은 등급을 유지하는 걸 매우 안타까워했다. 만날 때마다 반복하는 말을 한 귀로 듣고 흘리며 여유롭게 받아넘겼다.

"아직은 생각이 없어서요. 이대로 처분해주세요."

"할 수 없지. 나중에라도 마음이 바뀌면 꼭 등급 시험을 다시 치르게. 모르긴 몰라도 마키나 급은 거뜬히 받을 수 있을 거야. 알겠지? 귀찮아도 꼭 다시 생각하게. 내가 자네들이 내 아들들 같아서 하는 말이야."

"네, 조언 감사합니다."

이후에도 지부장은 말을 멈추지 않았다. 쏟아지는 잔소리에 건성으로 반응하면서 건네주는 돈주머니를 챙겨 들고 밖으로 나왔다. 협회에 있는 내내 굳어 있던 시벨리우스의 안색이 그제야 겨우 편안해졌다.

"저 인간은 너무 말이 많아."

투덜거리는 소리엔 절로 고개를 끄덕이지 않을 수가 없었다. 신경 써주는 건 고맙긴 하지만 올 때마다 진이 쏙 빠지는 기분이다. 아무래도 한 주에 한 번 들르는 일정을 더 긴 간격으로 바꿔봐야 하지 않을까 싶었다. 이후 우리는 본격적으로 상가를 다니며 필요한 비품과 식료품을 사들이기 시작했다.

"엘, 이거 봐. 생태라고 적혀 있는데 동태밖에 없어."

"정말이네. 그사이에 냉동됐나 보다. 밖에 내놓기만 해도 얼어붙는 날씨니 어쩔 수 없지."

안 그래도 추운 북쪽 날씨는 본격적으로 겨울에 돌입하고 나선 그냥 추운 수준을 넘어섰다. 온도가 얼마나 낮은 건지 물을 뿌리면 그대로 눈이 되어 떨어질 정도였다. 강은 완전히 얼어 땅과 다를 바 없이 단단해졌고 폭설도 수시로 내려서 온 사방이 하얗게 얼어붙은 지 오래였다. 시벨리우스가 아니었다면 이 시기에 노숙하며 숲을 탐색하는 건 진작에 포기해야 했을지도 몰랐다.

“그래도 엘은 추위를 별로 안 타는 것 같아. 검성이라 그런가?”

“아, 그것도 있긴 한데. 아마 이거 때문일 거야.”

대답하며 옷 안에서 목걸이를 꺼내 보였다. 시벨리우스의 시선에 호기심이 서렸다.

“이곳에서 만난 꼬마 숙녀한테 선물 받은 거야. 이프리트가 여기에 화기를 심어줬거든. 그래서 보온 효과가 있어.”

“와, 그랬구나. 그냥 돌조각처럼 보이진 않는데…… 혹시 화석이야?”

“화석 맞아. 게다가 조개화석이야. 근데 이걸 근원의 숲 부근에서 주웠다나 봐. 신기하지?”

“정말 그렇네. 여기가 예전엔 바다였나 봐.”

“진짜 환장하시겠네.”

순간 들려온 소리에 고개를 들었다.

“지금 뭐라고 했어?”

“어? 여기가 예전엔 바다였나 보다라고…….”

“아니, 그다음에…….”

“그다음?”

어리둥절한 표정을 짓는 시벨리우스는 내가 뭘 묻는 건지 전혀 짐작도 하지 못하는 것 같았다. 역시 내가 잘못 들은 건가? 하긴 시벨리우스치고는 너무 거친 말투였다. 얼마 전에도 이런 식으로 위화감을 느낀 일들이 몇 번 있었던 것 같다. 어느샌가 잠잠해져서 신경 쓰지 않았는데, 또 환청이 시작된 건지도 모르겠다.

"근데 엘, 그 화석 내가 좀 자세히 봐도 될까?"

"어? 왜?"

"확실하진 않은데, 좀 묘한 기운이 서려 있는 것 같아서……."

묘한 기운이라니. 이프리트가 불 속성이라고 말해줬던 것 같은데, 그걸 말하는 걸까? 의아한 기분에 목걸이를 일단 풀어냈다. 그런데 생각보다 손에 힘이 들어간 모양이다. 파삭거리는 소리가 들리더니 조개화석 표면에 균열이 생겼다. 시벨리우스와 내가 동시에 눈을 부릅떴다.

"헉! 부서졌어!"

"치, 침착해, 엘! 수습할 수 있을 거야!"

"화석을 어떻게 수습해!"

혼란에 빠진 우리는 어쩌지도 못하고 연신 우왕좌왕했다. 더 갈라지지 않도록 매만져 봤지만 그럴수록 오히려 점점 더 심하게 금이 가고 있었다. 마침내 완전히 갈라진 화석이 두 조각으로 나뉘어 쪼개졌다. 망연자실한 상태로 서 있는 내게 시벨리우스가 급히 사과했다.

"미, 미안해, 엘. 내가 괜히 보여달라고 해서……."

"아냐, 내가 힘 조절을 못 해서 부순걸……."

허탈한 한숨을 내쉬며 고개를 저었다. 조금만 더 조심할걸. 랑시에겐 아버지의 유품이나 다름없는 물건이었는데, 그런 소중한 걸 망가트렸다고 생각하니 죄책감이 이만저만이 아니었다. 다행히 암울하기만 하라는 법은 없었는지 곧 희망적인 이야기가 들렸다.

"그래도 깨끗하게 잘렸으니까 다시 붙일 수 있을 거야."

"앗, 정말?"

"응, 걱정하지 마. 내가 어떻게든 감쪽같이 붙여볼게. 아, 근데 목걸이에 걸어 둔 효과는 다 사라질 거야."

"그건 괜찮아. 모양만 복구할 수 있으면 돼."

보온 효과가 사라지는 건 아쉽지만, 다시 붙일 수만 있다면 기능이야 아무래도 좋았다. 희망을 되찾은 게 보였는지 시벨리우스의 얼굴도 한결 밝아졌다.

그러고 보니 이프리트가 강화 마법도 걸어뒀다고 하지 않았나? 분명 그렇게 말했었다. 마법이 만능은 아니지만 이렇게 쉽게 부서지는 건 좀 이상했다. 그때 문득 살펴본 화석 조각에 스치는 것이 있었다. 자세히 들여다보니 쪼개진 안쪽에 무언가가 박혀 있는 게 보였다. 자색을 띤 작은 조각 같은 형태였다.

"이게 뭐지? 광물인가? 자수정?"

"뭔데? 나도 볼래."

시벨리우스가 관심을 보이고 다가왔다. 고개를 기울이는 그에게 내가 발견한 부분을 보여줬다.

"여기, 자주색 띤 부분."

"자주색? 어디?"

이게 안 보인다고? 너무 대놓고 있는데 찾지 못하는 게 당황스러워서 손가락으로 그 부분을 짚어줬다. 그제야 알아봤는지 잠시 멈칫한 시벨리우스가 한참 동안 살피더니 조금 당황한 표정을 지었다.

"엘, 이거 평범한 건 아닌 것 같아."

"비싼 광물이야?"

"광물이라고 해야 할지. 아마 내가 느낀 묘한 기운이 이거 때문인 것 같아. 확실해지려면 좀 더 조사해봐야겠지만. 아무래도 라프네리아 결정 같은데……."

"어?"

천천히 눈을 깜빡였다. 라프네리아라면 예전에 들어본 적 있는 단어였다. 방랑 영혼을 표하는 명칭이었던가. 그 혼이 오랜 세월에 굳혀지면 영혼의 보석이 되는 거라고 했었다. 그런데 바로 그 영혼의 결정이라…….

"……어?"

스치는 깨달음에 멀거니 화석을 다시 내려다보았다. 그러니까, 뭐야. 설마 이게 영혼의 보석이라는 건가. 라미아스와 내가 지난 시간 동안 열심히 찾아 헤매던 그 영혼의 보석? 그게 이 화석 목걸이 안에도 들어 있었다고?

"이제야 알았냐."

어디선가 투덜거리는 소리가 들렸다. 나도 모르게 숨을 멈추고 입을 틀어막았다.

"엘?"

시벨리우스가 의아한 시선을 보냈지만 아무 대답도 할 수 없었다. 쿵쿵 뛰는 심장 박동에 정신을 차리기도 벅찼다. 이번엔 분명히 들었다. 내면의 목소리도, 착각인 것도 아니었다. 누군가가 확실히 내게 말을 걸었다. 그리고 지금 이 순간에 내게 이렇게 말할 사람은 하나밖에 없었다.

"……라피스?"

『정령왕 엘퀴네스』 19권에서 계속

외전:
우화(羽化)

1.

흑단처럼 짙은 검은 머리칼, 라일락 꽃을 닮은 보라색 눈동자를 지닌 넬은 매우 귀엽게 생긴 남자아이였다. 넬은 아기자기하게 생긴 작은 집에서 엄마와 단둘이 살았다. 루이즈 이모나 필 삼촌이 주기적으로 물품을 주러 오기도 했고 그 밖에도 가끔 손님이 방문하긴 했지만 그 외의 사람은 거의 만나본 적이 없었다.

고작 여섯 살밖에 안 된 어린 넬에겐 제약이 많았다. 아침에 일어나면 매일 쓴맛이 나는 맛없는 물을 마셔야 했고, 한 시간 동안 성서를 읽어야 했으며, 고기를 비롯한 붉은색을 띠는 음식은 먹을 수 없었다. 집 앞마당에 있는 작은 정원에서는 놀아도 되지만 그 밖으로 나가는 건 안 됐다. 정원에서 노는 것도 낮에만 허락됐다. 해가 지기 전엔 반드시 방에 들어가야 했고, 들어간 후엔 손과 발에 무거운 쇠사슬을 차야 했다. 아무리 칭얼거려도 잠은 반드시 혼자 자야 했다.

그래도 넬은 그 사실을 이상하게 여기지 않았다. 타고난 천성이 순한 편이기도 했지만, 날 때부터 쭉 그래왔기 때문에 자신을 둘러싼 환경이 이상하다는 걸 인지할 겨를이 없었다. 작은 집과 마당 정원. 이 좁고 협소한 세계가 넬이 아는 전부였다.

넬이 저를 이루는 세계에 처음으로 의문을 느낀 건 어느 화창한 봄날이었다. 겨우내 움츠러진 날씨가 화사해지면서 삭막하던 정원 풍경이 푸르스름해지는 시기였다. 넬은 여느 때처럼 혼자서 놀고 있었다. 엄마는 늦은 오후까지 집에 없을 때가 많았다. 넬을 치료하려면 돈을 벌어야 한다고 했다. 아무리 생각해도 자신은 아프지 않은 것 같은데, 엄마가 그렇다고 하니 그런 줄로 알았다.

모양이 예쁜 돌을 찾아 모은 다음 탑처럼 쌓는 놀이를 하고 있는데 문득 기척이 느껴졌다. 새순이 돋아난 정원수들 사이에서 무언가가 움직이고 있었다. 관리되지 않은 정원은 단정한 멋은 없었지만, 야생 동물이 놀러 올 때가 많았다. 이번에도 으레 그러려니 싶어 가까이 다가가 본 넬은 깜짝 놀랐다. 웬 아이들이 수풀 사이를 엉금엉금 기어가고 있었다.

"누나, 아무것도 없어."

"분명 이쪽으로 갔다니까? 좀 더 안으로 들어가 봐."

"아이참, 이쪽엔 없다니까?"

재촉하는 여자아이와 투정 부리는 남자아이의 목소리가 이어졌다. 무언가를 찾는 건지 옥신각신하던 두 아이가 다음 순간 넬을 발견하고 눈을 동그랗게 떴다. 넬 역시 굳어 있기는 마찬가지였다. 그때 넬은 자신 외의 어린아이를 처음 보는 거였다.

"너희는 누구야?"

"우린 마리아와 닉스야. 레온과 시나의 아이들이야."

아이들이 익숙하게 자신을 소개했다. 망설임 없이 대답하는 걸 봐선 이런 소개 방식에 익숙한 것 같았다. 다만 레온과 시나가 누군지도 몰랐던 넬은 여전히 어리둥절하기만 했다. 아이들도 넬에 대해서 궁금하기는 마찬가지였다.

"넌 누구야? 처음 보는 얼굴인데."

"난 넬이야."

"넬? 역시 누군지 모르겠어. 누구네 아이야?"

"누구네 아이가 무슨 말이야?"

"엄마랑 아빠 이름을 묻는 거야."

"우리 엄마 이름은 헬레네인데. 아빠가 뭐야?"

"아빠를 몰라? 엄마랑 아빠는 나를 낳아준 사람들을 말하는 거야. 엄마랑 아빠는 같이 있는 존재야."

"나는 엄마밖에 없는데."

넬의 대답에 아이들이 서로를 바라보았다. 그때 마리아가 고개를 끄덕이며 손바닥에 주먹을 살짝 쳤다.

"아, 알겠다! 넌 제레미 같은 거구나?"

"제레미?"

"푸줏간의 제레미. 제레미가 아기일 때 엄마가 마차 사고로 죽었대. 그래서 아빠랑 단둘이서만 살아."

"나도 그런가 봐."

"그럼 넬은 아빠가 마차 사고로 죽은 거구나!"

그제야 넬은 자신에게 아빠가 없는 이유를 이해했다. 자신이 어릴 때 마차 사고로 죽었기 때문이었다. 아이들도 밝아진 얼굴로 웃었다.

"근데 너 여기서 뭐 해?"

"난 여기서 살아."

"거짓말. 여긴 아무도 오면 안 되는 곳인데? 우린 토끼를 쫓다가 모르고 와버렸지만."

"거짓말 아닌데. 진짜 여기 사는데……."

"어른들이 이 집엔 괴물이 산다고 했어. 위험하다고 얼씬도 하지 말라고 했단 말이야."

"아냐, 괴물 없어. 하나도 안 위험한데."

넬이 고개를 젓자 아이들도 어리둥절한 표정을 지었다. 자기들이 보기에도 이 집엔 별로 위험한 게 없는 것 같았다. 궁금해하면 매번 혼내는 어른들 때문에 지레 겁먹었다는 생각이 들었다. 아이들은 위험한 모험을 통해 진실을 알게 되었다고 여기고 흥분했다.

"우리가 돌아가서 엄마 아빠한테 사실을 말해줄게. 괴물이 아니라 넬이라는 아이가 산다고 말이야."

"응, 고마워."

"오늘은 이만 돌아가 봐야겠어. 점심 먹을 때가 다가오거든. 우리 엄마는 시간에 엄격해서 늦게 돌아가면 혼날 거야. 다음에 보자."

"……또 올 거야?"

아이들이 돌아간다는 말에 시무룩해지던 넬이 마지막 말을 듣고 고개를 번쩍 들었다. 그 솔직한 반응이 귀여웠던 마리아와 닉스가 환하게 웃었다.

"그럼 당연하지. 넬, 다음엔 같이 놀자!"

"응, 다음에 봐!"

팔을 흔들며 달려가는 아이들을 향해 넬 역시 팔을 흔들었다. 다음에 또 온대. 다음엔 같이 놀 수 있대! 기대감으로 부푼 넬의 얼굴이 한껏 상기됐다. 들뜬 넬은 그날 저녁까지 웃음을 감추지 못했다. 식사하는 동안에도 계속 싱글벙글 웃는 모습에 엄마인 헬레네의 얼굴에도 미소가 어렸다.

"넬, 오늘은 기분이 좋아 보이네?"

"네, 좋은 일이 있었거든요."

"우리 도련님이 무슨 좋은 일이 있었을까?"

"헤헤헤……."

해맑게 웃은 넬은 헬레네에게 오늘 있던 일을 말해주기로 했다. 하지만 마리아와 닉스를 만난 일을 얘기하려니, 두 아이가 했던 이야기가 먼저 머릿속에 떠올랐다. 그래서 그거부터 먼저 물었다.

"근데 엄마, 이 집에 괴물이 살아요?"

쨍그랑!

그 순간 요란한 소리가 울렸다. 잘 먹는 넬을 위해 음식을 더 가져오려던 헬레네가 그릇을 떨어트린 탓이었다. 흔치 않은 실수에 놀란 넬이 눈을 동그랗게 떴다. 헬레네의 얼굴은 새파랗게 질려 있었다.

"그, 그게 무슨 말이니? 누가 그런 말을 해?"

"마리아와 닉스가요. 아까 정원에서 만났는데요. 걔들이 여긴 괴물이 사는 곳이래요."

숨을 삼킨 헬레네는 세상이 무너진 듯한 표정이었다. 어리둥절한 와중에도 넬은 자신이 무언가 큰 잘못을 했다는 사실을 깨달았다.

"엄마, 죄송해요."

"아냐. 아니야, 아가. 넌 아무것도 잘못하지 않았단다."

정신을 차린 헬레네가 얼른 넬을 끌어안았다. 꽉 끌어안은 팔 때문에 평소보다 아팠지만 넬은 아무런 내색도 하지 않았다.

"넬, 미안하다. 엄마가 미안해."

헬레네는 하염없이 넬을 어루만지며 울었다. 뭐가 미안한 건지는 궁금했지만 넬은 아무것도 물을 수 없었다. 그걸 물으면 엄마가 더 많이 슬퍼할 것 같았다.

마리아와 닉스는 다음날 정말로 찾아왔다. 세 아이는 정원 한

곳에 옹기종기 모여앉아 미주알고주알 떠들었다.

"우리가 여기에 괴물은 없고 넬이 산다고 했거든? 그랬더니 더 화를 내시는 거 있지?"

"왜?"

"몰라. 이유는 말 안 해줬어. 그냥 가지 말라면 가지 말라고 화만 내잖아. 어휴 차암~ 어른들은 말이야아~ 너무 감정적이라 문제라니까아."

"킥킥, 그거 리사 아줌마 말투 따라 한 거 맞지?"

닉스가 과장된 말투로 투덜거렸고 마리아가 까르르 웃었다. 넬은 리사 아줌마가 누군지도 모르면서 같이 따라 웃었다.

"우리 소꿉놀이할래?"

어른들이 뭐라 하든 아이들의 친화력은 좋았다. 금세 친해진 세 아이는 그날 이후로 자주 어울려서 놀게 됐다. 그러는 동안 아이들은 서로에 대해 많은 걸 알게 됐다. 의젓한 마리아는 아홉 살, 애교가 많은 닉스는 일곱 살이었다. 두 아이는 넬이 한 번도 집 밖을 나가보지 못했다는 걸 알고 놀라워했고, 넬은 두 아이가 말해주는 집 밖의 세상에 호기심을 느꼈다.

"둘은 같이 자?"

"응, 엄마 아빠랑 같이 잘 때도 있어."

"좋겠다. 난 항상 혼자 자는데."

"넬은 여섯 살밖에 안 됐는데 벌써 혼자 자? 굉장하다. 근데 그러면 밤에 화장실 가고 싶어지면 어떡해? 혼자 가면 무섭지 않아?"

"화장실? 밤에는 자니까 안 가."

"자다가 중간에 깨본 적 없어? 난 맨날 깨는데."

"맞아. 그래서 나까지 깨. 닉스는 혼자 화장실을 못 가서 항상 같이 가달라고 조르거든."

귀찮아하는 마리아의 말투에 닉스가 입술을 삐죽였다. 넬은 그조차 부러웠다.

"근데 화장실 갈 땐 사슬은 누가 풀어줘?"

"응? 사슬이라니?"

"자기 전에 엄마가 사슬로 묶어놓잖아. 그거 풀지 않으면 화장실 못 가는 거 아니야?"

넬의 말에 아이들이 이상한 표정을 지었다.

"사슬로 왜 묶어? 우리 엄마는 그런 거 안 하는데?"

"어? 그치만……."

넬이 자기 전에 사슬을 차는 건 너무 당연한 일이었다. 한 번도 의문을 품어본 적이 없던 일이라 다른 아이들은 사슬을 차지 않는다고 하니 당황스러웠다.

"넬이 잠버릇이 너무 험한가 보다. 전에 우리 아빠도 한 번만 더 걷어차면 묶어버린다고 했거든."

닉스가 대수롭지 않게 말했다. 아, 그런 거구나. 이번에도 큰 깨달음을 얻은 넬의 얼굴이 다시 환해졌다. 내가 잠버릇이 너무 심했던 거였다. 하지만 후련해진 것과는 별개로 마음 한구석엔 찜찜한 여운이 남았다. 아이들에 대해 알아갈수록, 그들의 이야기를 들을수록 뭔가 이상하다는 생각을 떨칠 수가 없었다.

그날은 예고도 없이 찾아왔다. 여느 때처럼 몰래 놀러 온 남매와 한창 가위 바위 놀이를 하고 있을 때였다. 마리아가 지루한 표정을 지었다.

"계속 우리끼리만 노니까 너무 지루하다. 넬, 우리 나가서 놀지 않을래? 저택을 나가면 동네 아이들도 만날 수 있어. 다 같이 숨바꼭질하면 재밌을 거야."

"어, 하지만 나가면 안 되는데……. 엄마가 정원 밖으로 나가면 안 된댔어."

당황한 넬이 조심스럽게 대답했다. 그러자 닉이 대꾸했다.

"그건 걱정하지 마. 어른들은 항상 안 된다고 하거든. 우리도 여기 오지 말라고 했는데 왔는걸. 하지만 아무 일도 없잖아? 안전하게 놀다 오면 괜찮을 거야."

상당히 논리적인 설명이었다. 망설이던 넬의 마음이 훅 기울었다.

"전에 말했던 제레미랑 다들 소개해줄게. 모두 좋은 애들이야. 같이 놀면 재밌을걸?"

"그럼 놀래."

"잘 생각했어!"

까르르 웃은 마리아가 손을 내밀었다. 넬은 그 손을 잡았다. 세 아이는 신나게 달려서 정원 밖을 넘어갔다. 엄청나게 넓은 숲을 달리다가 작은 동굴 같은 곳에 들어가 기어나갔다. 넬은 그 작은 정원 밖에 이렇게 넓은 숲이 있는 줄도 몰랐다. 그렇게 도착한 곳은 그동안 알던 세상과 완전히 별개의 세계였다. 이 새로운 세상엔 건물들과 사람들이 엄청나게 많았다. 말들이 끌고 다니는 작은 집도 루이즈 이모가 타고 왔던 수레와는 비교가 되지 않을 정도로 컸다. 사방 어디를 봐도 신기하지 않은 곳이 없었다. 넬의 눈이 휘둥그레졌다.

"봐, 재밌는 거 많지?"

넬은 홀린 듯이 고개를 끄덕였다. 마리아는 정신을 못 차리는 넬을 데리고 어딘가의 공터로 갔다. 그곳에서 놀고 있던 아이들이 두 아이를 발견하고 손을 흔들었다. 처음 보는 넬은 모든 아이의 주목을 받았다.

"마리아, 걔는 누구야?"

"넬이라고 해. 아직 여섯 살이야. 우리와 놀면 좋을 것 같아서 데려왔어."

"귀엽게 생겼다."

친절한 아이들은 새로운 친구를 선뜻 받아들였다. 곧 숨바꼭질이 시작됐다. 넬은 아이들과 정신없이 어울려 놀았다. 세상에 이렇게 재밌는 놀이가 있다니 믿을 수가 없을 정도였다. 그렇게 한참을 놀다 보니 해가 저물어가는 것도 몰랐다. 어느새 주위가 어둑해졌다는 걸 깨달은 넬의 얼굴이 새파래졌다.

“어떡하지? 나 어두워지기 전에 방에 들어가야 하는데. 엄마가 날 찾고 있을 거야.”

“넬은 일찍 자는구나? 괜찮아. 지금 집에 가면 되지. 너무 재밌게 놀아서 이렇게 시간이 간 줄 몰랐다고 하면 많이 혼내시진 않을 거야. 너희 엄마한테 왜 늦었는지 내가 대신 변명해줄게.”

마리아가 겁에 질린 넬을 어른스럽게 달랬다. 평소 부모의 말을 잘 듣지 않는 말썽쟁이였던 아이들은 안절부절못하는 넬을 순진하게 여기며 귀여워했다. 하지만 위로하는 말에도 넬은 좀처럼 안심할 수 없었다. 이렇게 어두워질 때까지 밖에 있었던 건 처음이었다. 평소엔 해가 떨어지기 전에 방에 들어가 사슬을 찼으니까.

하늘을 바라보니 해가 완전히 산 너머로 모습을 감췄다. 심장이 이상한 감각으로 크게 뛰었다. 졸리기 전에 항상 느끼던 현상이었다.

“마리아, 나…….”

넬은 불안해하면서 돌아보았다. 그런데 마리아와 닉스가 왠지 굳어진 얼굴로 자신을 바라보고 있었다.

“네, 넬, 너…….”

“왜 그래?”

아이들의 얼굴은 겁에 질려 있는 듯했다. 어리둥절해진 넬이 고개를 갸웃거렸다. 그 순간 밤이 갑자기 찾아든 것처럼 눈앞이 깜깜해졌다.

“꺄아아악!”

어디선가 비명이 들렸다. 그게 넬이 기억하는 마지막 장면이었다.

정신을 차렸을 때 넬은 누군가의 품에 안겨 있었다. 꼭 끌어안은 두 팔 안에서 익숙한 온기와 냄새가 느껴졌다. 엄마였다.

"엄마……?"

"그래, 넬, 우리 아가. 엄마 여기 있어."

다급히 대답한 헬레네가 제 아이를 끌어안은 팔에 힘을 주었다. 헬레네는 정신없이 울고 있는 상태였다. 넬은 어리둥절했다. 왜 내가 엄마한테 안겨 있는 걸까. 엄마는 왜 울고 있지?

엄마의 얼굴에서 뚝뚝 떨어지는 눈물이 안타까웠던 넬은 손을 들어 닦아주려고 했다. 하지만 온몸이 너무 무거워서 꼼짝도 할 수 없었다. 돌아보니 손목에 쇠사슬이 달려 있었다. 평소 자기 전에 차던 것보다 더 두꺼운 쇠사슬이었다. 그 무거운 쇠사슬이 다리와 목에도 달려 있었다.

목을 묶은 건 이상했지만, 쇠사슬 자체는 익숙한 거라 신경 쓰지 않았다. 대신 넬은 다른 걸 궁금해했다.

"엄마 여긴 어디예요?"

집인 줄 알았는데 낯선 곳이었다. 넬의 작은 집에 있는 창고 안과 비슷한 느낌이었다. 주위를 두리번거리는 넬에게 헬레네가 서글픈 미소를 지었다.

"마리아는요?"

"……."

"닉스랑 다른 애들은 다 어디에 있어요?"

"넬, 지금부터 엄마가 하는 말 잘 들으렴. 여기는……."

그때 문이 벌컥 열렸다. 갑자기 쏟아지는 빛에 넬은 반사적으로 눈을 가늘게 떴다. 그 앞에 처음 보는 남자가 서 있었다. 성큼성큼 들어선 남자는 매우 화가 난 얼굴이었다. 저 사람은 누구지? 그가 가까이 다가올 때까지 넬은 그저 어리둥절했다. 그 순간 눈앞이 가려지더니 날카로운 소리가 울렸다. 넬은 정신이 번쩍 들었다. 엄마의 얼굴에 붉은 상처가 생겨나 있었다. 그가 자신을 때리려고 해서 헬레네가 대신 맞은 것이었다.

"어, 엄마!"

"감히 내게 이런 개망신을 줘!"

남자가 시근덕거리며 소리쳤다. 넬은 이게 무슨 상황인지 조금도 이해할 수 없었다. 혼란스러워하는 마음을 이해한다는 듯 넬을 다독인 헬레네가 침착하게 남자를 바라보았다.

"넬, 인사드려. 네 아버지란다."

"……아버지?"

넬은 눈을 깜빡였다. 아이들과 어울리면서 넬은 여러 가지 용어를 새로 배웠다. 아버지는 아빠의 다른 말이었다. 아빠가 죽은 게 아니었다고?

"아버지는 누가 저런 괴물의 아버지야!"

괴물.

넬의 몸이 움찔했다. 굳어버린 아이를 감싸 안은 헬레네가 남자를 노려보았다.

“애 앞에서 소리 지르지 말아요. 그런 호칭을 입에 담지도 마시고요. 도련님만은 그런 말을 해선 안 돼요. 어떻게 아버지가 아니라고 하실 수 있겠어요? 이 아이가 이렇게 된 것이 당신이 아버지라는 가장 큰 증거인데요.”

“이, 이……! 이런 큰일을 벌여둔 주제에! 부끄러운 줄도 모르고!”

얼굴이 시뻘겋게 달아오른 남자가 소리쳤다. 헬레네는 피식 웃었다.

“뭘 웃는 거야!”

“조금 놀라서요. 도련님은 부끄럽다는 단어를 모르시는 줄 알았어요.”

“뭐, 뭐야?”

“우리가 부끄러운 짓을 했다고요? 하지만 제 생각은 달라요. 그게 무엇이든 도련님이 한 파렴치한 짓보다 부끄러운 일은 없거든요.”

“감히! 괴물을 낳더니 아주 정신이 나갔군!”

“제가 정말 그렇다면 그것도 도련님 탓이죠.”

한마디도 지지 않고 이어지는 대답에 남자의 얼굴이 일그러졌다. 넬은 그가 다시 엄마를 때릴까 봐 두려웠다. 실제로 그는 팔을 들어 올리는 중이었다. 하지만 그 팔은 곧 누군가에게 거칠게 붙잡혔다.

"무슨!"

남자는 뒤를 돌아보기 무섭게 그대로 걷어차여 벽에 처박혔다. 넬의 눈이 다시 동그래졌다. 남자를 그렇게 만든 사람은 잿빛 머리칼을 지닌 여자였다.

"이게 무슨 짓이오, 넥시아 경!"

"그럼 아이와 여인을 폭행하려는 짓이 잘했다는 겁니까?"

넥시아라 불린 여자가 싸늘하게 대답했다. 걷어차인 옆구리를 움켜쥐고 있는 남자를 바라보는 얼굴엔 경멸이 가득했다. 남자는 분한 표정을 지으면서도 제대로 반박하지 못했다.

"경이 아무리 황제 폐하의 총애를 받는 검성이라도 라스포의 후계자를 이런 식으로 무례하게 대할 순 없소. 나를 이렇게 막 대한 걸 후회하게 될 거요."

"보기 역겨우니까 당장 꺼지기나 하시죠. 거기서 더 지껄였다간 저도 어떻게 나갈지 모릅니다."

구구절절 이어지는 말을 넥시아는 단칼에 잘라냈다. 남자는 수치심을 느낀 얼굴이 됐지만 곧 슬금슬금 자리를 피해 사라졌다. 그 모습에 시선을 주지도 않은 넥시아가 넬과 헬레네를 살폈다.

"괜찮습니까?"

"감사합니다, 넥시아 경. 이번엔 큰 신세를 졌습니다."

헬레네가 떨리는 음성으로 대답했다. 남자를 대할 때 얼굴을 무장하던 독기는 이미 완전히 빠져 있는 상태였다.

"정말 감사합니다. 경이 아니었다면 넬을 구할 수 없었을 거예요."

"마침 지나는 길이었을 뿐입니다. 신세라고 생각하지 마십시오."

넥시아는 무거운 얼굴로 다시 울기 시작하는 헬레네의 어깨를 두드렸다. 다음 순간 넥시아의 시선이 넬을 향했다.

"네가 그 아이구나."

그때까지도 넬은 이 모든 상황을 전혀 이해하지 못했다. 엄마가 왜 우는지, 우리가 왜 이곳에 있는지, 다른 아이들은 어디로 간 건지, 엄마를 때리려던 남자가 진짜 아빠가 맞는 건지, 눈앞에 있는 사람은 또 누구인지. 수많은 의문만 머릿속을 감돌았다.

"아이에겐 말해두셨습니까?"

머뭇거린 헬레네가 천천히 고개를 저었다. 넥시아가 그럴 줄 알았다는 듯이 씁쓸한 표정을 지었다.

"괴로워도 말하셔야 합니다."

"하지만 넬은 아직 너무 어려요……."

"숨기고 감추기만 하는 건 능사가 될 수 없습니다. 이번 일로 충분히 경험하지 않았습니까? 아이도 자신을 알고 있어야 대비할 수 있습니다."

차분한 조언에 헬레네는 고개를 숙인 채 서럽게 울었다. 당황한 넬이 넥시아를 원망스럽게 바라보았다. 무슨 일인지는 몰라도 그가 엄마를 슬프게 했다는 것만은 알 것 같았다.

"네가 무사히 커서 어머니를 지켜드려야 한다."

하지만 이어진 말에는 멍하니 고개를 끄덕일 수밖에 없었다.

그때 넬은 자신의 삶이 송두리째 달라질 것을 직감했다. 앞으로는 지금과 같지 않을 거라는 강렬한 예감이었다. 그 예감은 어김없이 맞아떨어져, 넬은 자신의 출생에 얽힌 이야기를 알게 됐다.

넬의 본명은 네파스 유바 라스포라는 긴 이름이었다. 그의 아버지인 케인 유바 라스포는 후작과 공작만이 지닐 수 있는 '이스'의 이름을 이어갈 가문의 후계자라고 했다. 그는 매우 오만방자하며 방탕한 생활을 즐기는 자였다. 그런 중에 한 주술사의 원한을 사면서 끔찍한 저주를 받게 됐다. 그에게서 난 첫 아이가 괴물이 될 거라는 저주였다.

저주받은 아이를 낳고 싶어 하는 사람은 없을 것이다. 소문이 돌자 모든 가문이 그와의 혼사를 꺼리게 됐다. 그 탓에 후계자의 위치까지 위태로워진 그는 한 가지 잔꾀를 냈다. 그래서 갓 제도에 올라온, 자신에 대한 소문을 전혀 모르는 순진한 하녀를 유혹하여 아이를 갖게 했다. 그가 자신을 정말로 사랑한다고 믿었던 하녀, 헬레네가 모든 진실을 알게 됐을 땐 이미 임신 중기를 넘어선 후였다. 그렇게 태어난 아이는 사생아가 됐으나 첫아이라는 조건을 성립하여 고스란히 저주를 받았다. 그게 바로 넬이었다.

이 저주는 밤이 되면 발동했다. 낮에는 사랑스러운 아기였으나 밤이 되면 흉포한 괴물로 변했다. 그래서 밤이 되기 전에 미리 사슬로 묶어둘 수밖에 없었다. 어떤 사고가 벌어질지 모르기에 두 모자는 후작가 부지에 있는 작은 별채 하나에 숨어 지냈다. 매일 마시던 맛없는 물은 저주를 해소한다는 시약이었다. 성서를 읽는 것도, 붉은색을 피하는 것도 저주의 영향에서 조금이나마 벗어나려는 시도였다.

아직 어린 넬은 설명을 들어도 전부 다 이해할 수는 없었다. 저주라곤 해도 변한 후의 일은 기억하지 못했기 때문에 실감이 나지도 않았다. 하지만 한 가지만은 분명히 알아들었다. 아이들이 말했던 괴물이 바로 자신이었다는 걸.

"애들은 어떻게 됐어요?"

넬은 겁에 질렸다. 어두워지고 나서 갑자기 정신을 잃은 이유를 깨달았기 때문이었다. 자신이 괴물이 되었다면 함께 있던 아이들이 위험했을 터였다. 마지막에 들었던 마리아의 비명이 아직도 귓가에 울려 퍼지는 것 같았다.

"괜찮아. 다행히 모두 무사하단다."

"정말요?"

"그래, 넥시아 경이 도와주셨어."

헬레네가 울먹이는 넬을 끌어안고 달랬다. 아들이 없어졌다는 사실을 깨닫고 거리를 헤매던 헬레네가 넥시아를 만난 건 그야말로 천운이었다. 때마침 비번이라 한가로웠던 넥시아는 두 모자의 사연을 알고 있는 사람 중 하나이기도 했다.

헬레네를 도와 선뜻 넬을 찾아 나선 넥시아는 막 변이를 끝마친 어린 괴물을 발견했고, 피해를 일으키기 전에 제압했다. 하지만 주변에 사람이 너무 많았던 탓에 시선까지 단속할 순 없었다. 어린 아이가 괴물로 변하는 광경을 목격한 사람들은 넬이 유명한 이야기 속의 저주받은 주인공이라는 걸 금방 알아차렸다. 그래서 후작가로 끌려와 창고 안에 짐승처럼 갇히게 됐지만, 그래도 최악의 결말은 피한 셈이었다.

며칠 더 갇혀 지낸 후에야 살던 집으로 돌아갈 수 있게 된 헬레네는 그 길로 짐을 쌌다. 당분간 요양을 위해 시골로 내려가기로 했다는 설명이었지만 넬은 그게 아니라는 걸 알았다. 더는 이곳에 있을 수 없게 된 것이다.

"괜찮아, 넬. 엄마가 있잖아."

다정하게 끌어안는 품에 안기며 넬도 고개를 끄덕였다. 꾸려진 짐은 매우 단출해서 가방 하나가 전부였다. 평생 숨어 살던 두 모자는 나갈 땐 당당히 정문으로 걸어나갔다.

폐쇄되어 있던 별채와는 달리 정문으로 나가는 길엔 오가는 사람이 많았다. 그들 모두 헬레네의 얼굴을 알고 있었다. 그 손을 잡고 걷고 있는 어린 남자아이가 누군지 모를 수가 없었다. 마주치는 사람마다 흠칫거리며 시선을 피했다. 끔찍한 것을 보는 듯한 시선에 기가 죽은 넬은 자꾸만 어깨가 움츠러들었다. 하지만 고개가 수그러질 때마다 헬레네의 독려가 일으켜 세웠다.

"바닥을 보지 마, 넬. 똑바로 정면을 보렴. 우린 아무것도 잘못한 게 없어."

저주를 받은 것도, 괴물로 변한 것도 그들 모자가 택한 게 아니었다. 사람을 해친 적도 없으니 당당해도 된다. 나가기 전에 헬레네가 신신당부했던 말이었다. 넬은 힘겹게 고개를 끄덕였다. 그때 스치는 시야에 익숙한 아이들이 보였다. 마리아와 닉스였다. 친구들이 무사하다는 사실을 확인한 안도감과 반가운 마음에 넬의 얼굴이 밝아졌다.

"마리……."

"가까이 오지 마!"

순간 닉스를 꽉 끌어안은 마리아가 소리쳤다. 움찔한 넬은 자기도 모르게 내딛던 걸음을 멈췄다. 그를 노려보는 마리아의 얼굴엔 혐오감이 가득했다.

"괴물!"

이날 넬은 처음으로 말이 아플 수도 있다는 걸 알았다. 고작 두 음절로 이뤄진 단어가 날카로운 송곳처럼 느껴졌다.

"넬, 가자."

헬레네가 조용히 말했다. 억지로 눈물을 참는 엄마의 얼굴을 보면서 넬도 눈물을 참았다.

"언젠가는 아무도 넬에게 저런 말을 하지 못하게 될 거야. 오히려 넬을 부러워하고 존경하게 될 거야. 알겠지, 넬? 그런 사람이 되어야 해."

두 모자는 끝내 고개를 떨구지 않은 채로 꿋꿋하게 걸어나갔다. 평화로운 유년의 끝을 고하는 날이었다.

2.

늘 작은 집에서 갇혀 지냈던 넬은 이번엔 헬레네의 손에 이끌려 세상을 떠돌았다. 헬레네는 백방으로 넬의 저주를 풀 방법을 알아보러 다녔다. 수많은 의원과 주술사를 찾아가고, 온갖 신전을 전전했다. 고되고 험난한 여정이었으나 효과가 전혀 없던 건 아니었다. 저주 자체를 없앨 순 없었지만 좀 더 효력을 약하게 할 순 있었다.

넬이 준수한 소년으로 성장했을 무렵엔 매일 밤 이어지던 저주가 보름에 한 번만 발현될 정도로 조절되었다. 그 대신 변이하는 과정이 몹시 고통스러워졌고, 변이한 후에 더 흉측해졌다. 저주를 효율적으로 다스리기 위해 죽음의 기운이 강한 터를 찾아 이사 다녀야 했다. 그래도 매일 괴물이 되는 것보다는 나았다.

그즈음 헬레네는 깨어 있는 날보다 누워 있는 날이 더 많았다. 넬을 낳고 얻은 산후풍은 원래도 그녀의 몸을 좀먹어가고 있었다. 저주를 푸는 방법을 알아보는 동안 무리한 것이 마침내 큰 병으로 돌아온 것이다. 늘 흉흉한 기운이 서린 터에서 지낸 것도 몸에 좋았을 리는 없었다. 누워 있는 헬레네를 진단한 의원이 고개를 가만히 저었다. 마음의 준비를 해두라는 말을, 넬은 차분한 표정으로 들었다.

의원이 나가고 난 후 넬은 헬레네가 누워 있는 침대 옆에 앉았다. 바짝 말라 거친 손에 손가락을 끼우고 가만히 맞잡았다. 정신이 혼미한 중에도 아들의 손길을 느낀 헬레네가 희미하게 미소 지었다. 넬도, 헬레네도 이미 끝을 예감하고 있었다.

“넬, 내 아들. 엄마가 정말 미안해.”

“어머니는 아무 잘못도 하지 않으셨어요.”

넬이 잠긴 목소리로 속삭였다. 헬레네는 누구보다 강한 여자였으며 자랑스러운 어머니였다. 절망적인 상황에서도 누구나 꺼리는 괴물을 끝까지 포기하지 않고 사랑으로 건사했다. 하지만 결국 그로 인해 죽어가고 있었다. “이건 네 잘못도 아니란다.” 이어진 말에 그는 아프게 웃었다. 넬은 몸을 숙여 헬레네의 손등에 경건히 입을 맞추고, 이마에도 입을 맞췄다.

“어머니가 제 어머니라 행복했어요. 절 낳아줘서, 사랑해줘서 정말 고마워요, 어머니. 사랑해요.”

“엄마도 그렇단다. 내 아들로 태어나줘서 고맙다, 넬. 넌 언제나 자랑스러운 아들이었어. 사랑한다, 넬. 내 예쁜 아들.”

미소 짓는 헬레네의 눈꼬리를 타고 눈물이 흘러내렸다. 헬레네는 손을 뻗어 넬의 얼굴을 하염없이 어루만졌다. 이렇게 만질 수 있는 것도 오늘이 마지막일 것이다. 아직 어린 아들을 홀로 두고 떠나야 하는 슬픔이 가득 차올랐다.

“정령과 계약하면 완전히 나을 수 있을지도 몰라. 알겠지? 엄마가 없다고 포기하면 안 돼. 희망을 놓지 말렴.”

“네, 그럴게요.”

“그래, 내 아들. 넌 잘할 수 있을 거야. 엄마가 한 말 기억하지? 엄마가 늘 뭐라고 했었지?”

"저는 지금 길고 긴 어두운 동굴을 지나는 것뿐이라고요. 아무리 무섭고 힘들어도 통과할 수 있을 거라고 하셨어요. 통과하고 나면 이 순간은 아무것도 아니게 될 거라고도 하셨죠."

"그래, 맞아. 그 말을 잊지 말렴."

나직한 당부를 마지막으로 뺨을 감쌌던 손길이 스르륵 내려섰다. 간헐적으로 이어지던 작은 숨소리가 마침내 완전히 사그라졌다. 잔잔한 미소를 머금은 채 눈을 감은 평온한 얼굴을 바라보다, 넬은 다시 그 이마에 입을 맞췄다.

"안녕, 엄마."

간신히 참고 있던 서러운 눈물이 그제야 허락된 듯이 쏟아졌다.

사실은 고맙다는 말보다 미안하다는 말을 하고 싶었다. 자신을 키우지 않았다면 헬레네는 훨씬 행복하게 살았을 것이다. 꽃다운 나이에 이렇게 일찍 허망한 죽음을 맞지도 않았을 거다. 하지만 그렇게 말할 순 없었다. 평생 자신 때문에 고통받았던 어머니의 마지막 가는 길까지 괴롭게 하고 싶지 않았으니까. 그래서 넬은 억지로 의연하게 굴었다.

희망을 놓지 않겠다는 대답도 거짓말이었다. 그가 지금껏 길고 어두운 동굴을 걸어갈 수 있었던 헬레네가 옆에 있었기 때문이었다. 그 존재가 이정표처럼 빛이 되어주었기 때문에. 유일한 빛을 잃은 지금, 그는 계속 앞으로 걸어나갈 자신이 없었다. 넬은 식어가는 헬레네의 품에 얼굴을 묻고 한참을 울었다.

그날 이후 넬은 모든 것에 의욕을 잃었다. 제대로 먹지도 마시지도 않은 채 손과 발을 묶어둔 채로 온종일 헬레네가 잠든 무덤 앞에 멍하니 앉아 있기만 했다. 예고 없는 방문객이 찾아든 것은 헬레네가 떠난 지 한 달이 다 되어갈 무렵이었다.

“내가 너무 늦었군.”

탄식하는 목소리를 듣고 넬은 천천히 고개를 들었다. 타오르는 햇빛 사이로 잿빛 머리칼을 지닌 여자가 서 있었다. 역광 때문에 얼굴이 거의 보이지 않았지만 넬은 그가 누군지 금방 알아봤다. 어릴 때 자신을 구해줬던 기사, 넥시아였다.

“날 기억하겠나, 꼬마?”

넬은 머뭇거림 없이 고개를 끄덕였다. “잘 자랐구나.” 감상하듯 살피던 넥시아가 짧게 중얼거렸다. 그러나 마뜩잖게 여기는 시선이었다. 쯧 하고 혀를 찬 넥시아가 몸을 굽히고 다가와 넬이 스스로 묶었던 결박을 풀어냈다.

“이런 꼴을 헬레네가 그리 달가워하진 않을 것 같구나.”

이어진 말에 넬은 어깨를 움찔 떨었다. 이러지 말아야 한다는 건 그도 알고 있었다. 하지만 텅 빈 가슴 속이 무엇으로도 채워지지 않았다. 살아가는 의미를 전부 잃어버린 것 같았다.

“네 이름이 네파스였지.”

오랜만에 듣는 본명에 넬이 시선을 들고 다시 넥시아를 바라봤다. 부친이 던져주듯이 지어줬다는 그 이름을 헬레네는 매우 싫어했다. 그래서 그는 언제나 넬이라고만 불렀다.

"그건 보통 이름으로는 쓰지 않는 단어다. 의미를 생각하면 더욱 그렇지. 그게 무슨 뜻인 줄은 알고 있나?"

"모릅니다."

"저주라는 뜻이다."

넬은 주먹을 불끈 움켜쥐었다. 눈앞이 뜨거워지면서 심장이 빠르게 뛰었다. 하지만 그것도 그리 오래 가지 않았다. 그래서 뭘 어쩌라는 말인가. 오히려 저주로 점철된 그의 삶에 너무도 잘 어울리는 이름이었다. 넬의 눈동자가 다시 텅 비어갔다. 넥시아는 그런 넬을 탓하진 않았다. "전부 비워진 모양이구나." 그 말을 듣고 넬은 속으로 수긍했다. 아아, 그렇구나. 자신은 전부 비워진 모양이었다. 이제 그대로 쓰러져 썩어가는 일만 남은 건지도 몰랐다. 그러나 넥시아의 말은 거기서 끝난 게 아니었다.

"비워졌다면 다시 채워야겠지. 하지만 그러려면 일단 살아 있어야 한다."

담담히 이어진 말에 넬은 멀거니 눈을 깜빡였다. 비워졌다면 다시 채우면 된다. 놀랍게도 단순한 그 한마디가 공허한 넬의 마음에 경종을 울렸다. 한 치 앞도 보이지 않던 사막에서 새로운 방향을 찾아낸 것 같았다. 아직은 끝날 때가 아니라고. 삶에 의미가 없다면, 이제부터 의미를 찾아가면 되노라고.

"헬레네를 통해 네 소식은 종종 들었다. 저주를 억누르기 위해선 어두운 기운이 강한 곳에서 지내야 한다지?"

"……예."

"잘됐구나. 그런 거라면 때마침 아주 적합한 장소가 있거든. 가자, 네가 있을 곳을 마련해주마."

그러자 마법처럼 다리에 힘이 들어갔다. 넬은 천천히 몸을 일으켜 세웠다. 먼저 앞서가는 등을 따라 비틀거리며 걸어나가기 시작했다. 평생 떠날 수 없을 거라 여겼던 헬레네의 무덤이 어느새 저만치 훌쩍 멀어졌다. 그렇게 넬은 황제의 병기라 불리는 움브라에 들어가게 됐다. 열다섯 살의 봄이었다.

*　　*　　*

움브라에 들어간 이후로 넬의 이름은 흑표범이 됐다. 훈련은 고됐지만 아무 생각도 할 수 없어서 좋았다. 게다가 넬은 몸을 쓰는 일에 생각보다 재능이 있었다. 그의 성장 속도엔 검성인 넥시아조차 놀랄 정도였다. 기초 단련을 하는 일과에 익숙해졌을 때쯤, 그 또래의 아이가 들어왔다. 솔개라는 암호명을 받은 소년이었다.

저주를 인지한 이후로 넬은 사람들과 어울리지 않는 습관이 들어 있었다. 또래일수록 더욱 불편했다.

"괴물!"

같은 나잇대의 아이를 보면 그때의 마리아가 비난하는 소리가 다시 들리는 것 같았다. 그건 움브라에 들어온 이후로도 마찬가지라 넬은 그를 피해 다녔다. 무뚝뚝한 인상의 소년 역시 그런 넬에게 별로 관심을 두지 않았다.

그런데 평행관계를 이루던 둘의 거리가 급속도로 가까워진 계기가 생겼다. 평소 넬을 못마땅하게 여기던 선배가 시비를 걸면서 도를 넘는 말을 입에 담은 것이 원인이었다. 어머니까지 끌어들인 모욕이 퍼부어지자 소년은 당사자인 넬보다 더 크게 분노했다.

실컷 싸운 후에 징계를 받은 두 소년은 같은 방에 갇혔다. 그렇게 싸우고도 분이 풀리지 않는지 씩씩거리는 소년이 신기해서 넬은 조심스럽게 물수건을 내밀었다. "도와줘서 고마워." 시선이 마주치자 넬은 자기도 모르게 입을 열었다. 아무리 데면데면한 사이라도 이런 인사는 해야 할 것 같았다. 덕분에 처음으로 둘 사이에 대화의 물꼬가 트였다.

그렇게 이어진 대화를 통해 알게 된 소년은 생각보다 더 좋은 아이였다. 소년은 넬이 저주받았다는 걸 알면서도 전혀 신경 쓰지 않았다. 그 거리낌 없는 태도에 속이 울렁거렸다.

"저주에 걸린 게 네 탓은 아니잖아? 저주를 건 개새끼가 잘못한 거지. 혐오를 하더라도 그 새끼를 할 거야, 네가 아니라."

이렇게 선뜻 말할 수 있는 건 그가 괴물로 변한 모습을 실제로 보지 못했기 때문이었다. 총명한 의원들도, 이해심 많던 주술사들도, 한없이 인자한 신관들도 모두 처음엔 그렇게 말했었다. 하지만 넬이 괴물로 변한 모습을 보고 난 후에는 그를 전처럼 대하지 못했다. 그래도 넬은 그가 하는 말에 위안을 얻었다.

"난 크리스야."

씩 웃은 소년이 자신의 이름을 밝혔다. 이름은 라케인이지만, 크리스라고 불러달라고 했다. 가족과 같이 쓰던 이름이라 그게 더 좋다는 말에 넬도 충동적으로 입을 열었다.

"……그럼 나도 다비안."

헬레네 다비안. 어머니에게서 가져온 이름이었다. 크리스가 좋은 이름이라며 웃었다. 그 대답에 넬은 자신이 아주 옳은 결정을 했다는 확신을 얻었다. 그날 이후로 넬의 이름은 다비안이 됐다. 두 소년은 급속도로 친해졌다. 하지만 크리스가 좋은 사람일수록, 그를 아끼는 마음이 커질수록 다비안은 점점 괴로워졌다.

세상에 영원한 비밀은 없다. 아무리 감추려 애써도 언젠가는 모든 게 들통나게 되어 있었다. 그때가 되면 더는 친구로 지낼 수 없을 터였다. 오히려 지금 친하게 지낸 만큼 배척받게 될 수도 있었다. 이미 익숙한 과정인데도 미리 마음의 준비를 해두는 게 쉽지 않았다.

그리고 그날은 이번에도 불시에 찾아들었다.

"너 내일 쉬는 날이지?"

훈련을 마치고 돌아오는 길. 탈의실에서 옷을 갈아입던 다비안은 크리스의 말에 달력을 확인했다. 어느새 날짜가 그렇게 되어 있었다. 만월은 저주를 온몸으로 감당하는 날이었다. 그래서 다비안은 늘 그에 맞춰서 달에 한두 번 쓸 수 있는 휴무를 신청해왔었다. 친구의 휴무일은 알아도 그런 뒷사정까진 모르는 크리스가 툴툴거렸다.

"또 혼자서 놀 거야? 한 번쯤은 나랑 휴일 맞춰서 놀러 가자니까."

"……나중에."

"그 나중에가 벌써 몇 번째인 줄 아냐?"

있는 대로 서운한 티를 내는 크리스에게 다비안은 어색하게 웃어줬다. 크리스에겐 미안했지만 이것만은 저도 어쩔 수 없는 부분이었다.

"그럼 나 먼저 가볼게."

"또, 또. 저거 봐. 할 말 없으면 도망이지?"

어처구니없어하는 소리를 뒤로하고 다비안은 서둘러 문으로 다가갔다. 하지만 문고리를 잡고 돌려도 문이 열리지 않았다. 잡아당기고 밀어봐도 마찬가지였다. 다비안이 문 앞에서 쩔쩔매니 크리스가 어리둥절해하며 다가왔다.

"왜 그래?"

"문이……."

얼굴을 굳힌 크리스가 곧바로 문고리를 잡았다. 덜컥덜컥, 역시나 아무리 움직여도 문은 꿈쩍도 하지 않았다.

"뭐야, 이거 왜 이래?"

그 순간 문밖에서 사나운 웃음소리가 들렸다. 크리스와 다비안은 대번에 상황을 파악했다. 누군가 일부러 밖에서 문을 잠근 것이다.

"이걸 어쩌나~ 실수로 문을 잠가버린 데다가 강화 마법이랑 잠금 마법까지 걸어 버렸네?"

"어휴, 우리가 마지막으로 나온 거라 다행이네. 안에 사람이 있었으면 큰일 날 뻔했어."

들려오는 목소리들이 익숙했다. 평소에도 다비안에게 시비를 걸던 무리였다. 지난 징계 받은 사건으로 더 악감정을 품게 된 것 같더니 드디어 유치한 장난질까지 치게 된 것 같았다.

"뭐야! 이거 당장 안 열어?"

크리스가 문을 쾅쾅 두드렸다. 바깥쪽에서 낄낄거리던 이들이 약 올리듯 대답했다.

"미안하지만 열고 싶어도 열수가 없어. 잠금 마법을 풀려면 해제 스크롤이 따로 있어야 하는데 그건 미처 준비하지 못했거든."

"개소리하지 마! 너희, 이러고도 무사할 줄 알아?"

"어휴 무서워라. 어쨌든 우린 아무것도 모르겠으니까 잘난 너희가 알아서 잘들 해결해 봐. 우린 이만 간다. 참, 내일은 훈련 장소 바뀌는 거 알지? 이틀간 이쪽엔 아무도 오지 않을 거야. 흑표범은 내일 휴일이랬던가? 그 안에서 푹 쉬면 되겠네. 솔개 너는 무단결근이 될 테니 고생 좀 하겠다?"

"야, 이 미친놈들아!"

하지만 아무리 소리쳐도 웃음소리는 점점 멀어지기만 했다. 정말로 둘을 내버려 두고 가버린 듯했다.

"아오, 저런 새끼들이 선배라고……."

크리스는 이를 갈면서도 한숨을 내쉬었다. 이미 질 나쁜 장난에 걸려든 이상 체념하고 받아들인 얼굴이었다. 배는 고프겠지만 이틀 정도야 참을 수 있다. 나간 후에 흠씬 손 봐주면 된다는 생각이었다. 하지만 다비안은 그럴 수가 없었다. 입술을 깨문 다비안은 다시 문고리를 붙잡고 돌렸다. 꿈쩍도 하지 않는 문을 여러 차례 걷어차기도 했다.

"야, 강화 마법 걸려 있다잖아. 그렇게 친다고 되겠냐? 괜히 힘 빼지 마."

"안 돼. 나가야 해."

"나도 나가고야 싶지. 그래도 강화 마법이 걸린 문을 어떻게 부수냐?"

"아니, 해야 해."

고집스럽게 답하는 순간 심장에서 기이한 울림이 일었다. 왜 하필 이럴 때. 다비안의 얼굴이 딱딱하게 굳어졌다. 가끔 몸 상태가 나쁜 날은 저주가 조금 더 빨리 미치곤 하는데, 하필 오늘이 그런 날인 것 같았다. 익숙한 고통이 밀려 들어오면서 숨이 점점 거칠어져 갔다. 크리스도 다비안의 상태를 곧장 눈치챘다.

"다비안? 너 왜 그래?"

"……크리스, 너 저리 가. 가까이 오지 마."

"뭐, 인마? 잠깐, 너 지금 아픈 거 아냐? 식은땀을 왜 이렇게……."

"나한테서 멀리 떨어져!"

크리스가 가까이 다가오는 걸 강하게 밀쳐냈다. 심장이 더 크게 울렸다. 헉, 숨을 삼킨 다비안이 그대로 바닥에 주저앉았다. 온몸이 타들어 가는 것처럼 괴로웠지만 지금은 다른 생각이 더 가득했다. 이대로 괴물로 변하면 크리스가 위험해진다. 다비안은 급히 주위를 둘러보았다.

"묶을 거. 묶을 게 있어야 해. 당장 날 묶어야……."

"뭐? 너 지금 무슨 소리를 하는 거야?"

마침 창고를 겸한 탈의실이라 한구석에 처박힌 밧줄 더미가 보였다. 다비안은 허우적거리며 그쪽으로 기어갔다. 아니, 실제로 기어가고 있는 건지는 알 수가 없었다. 몸이 말을 듣지 않는 것 같았다.

"다비안!"

상태는 갈수록 더 빠르게 악화했다. 정신없이 돌아가는 머릿속에서 웅웅거리는 소리가 들렸다. 흐릿해지는 시야에 자신의 손이 뒤틀리고 있는 게 보였다.

"워메, 시펄. 이게 뭐여?"

경악한 크리스의 목소리가 들린 게 마지막이었다. 아아, 다 끝났다. 다비안은 참담한 마음으로 의식의 끈을 놓았다.

정신을 차렸을 때 다비안은 낯선 방에 누워 있었다. 여기가 어디일까. 눈을 멍하니 깜빡이는 그에게 익숙한 목소리가 들렸다.

"깼나?"

시선을 돌린 다비안은 근처 소파에 앉아 있는 잿빛 머리 여자를 발견했다. 넥시아가 담배를 피우고 있었다.

"대장님, 여긴……."

"내 방이다. 널 그 상태로 공용 숙소로 데려갈 순 없었거든."

자리에서 몸을 일으킨 넥시아가 가까이 다가와 다비안을 묶은 결박을 풀어냈다. 그제야 자신이 묶인 상태였다는 걸 깨달은 다비안이 한숨을 내쉬었다. 아아, 저주가 발동했었던가. 정상으로 돌아왔다는 건 꼬박 하루가 지났다는 뜻이었다. 거기까지 생각한 다비안은 곧 얼굴을 굳혔다. 그러고 보니 크리스는? 정신이 번쩍 든 그는 자리에서 벌떡 몸을 일으켰다. 그 순간 몸에 닿아 있던 감각 하나가 옆으로 떨어져 나갔다. 당황해서 돌아본 다비안은 보이는 광경에 더 당황했다. 크리스가 옆으로 쓰러진 채 쿨쿨 자고 있었다.

"……크리스?"

"그놈이 너 좀 살려달라고 울고불고 난리를 치더라. 상처 내지 말고 묶으라고 잔소리를 어찌나 해대는지. 귀 따가워서 죽을 뻔했다."

이어지는 말에 다비안은 숨을 삼켰다. 멍하니 돌아본 넥시아는 느긋하게 웃고 있었다.

"좋은 친구를 만났구나."

그때 몸을 뒤척이던 크리스가 부스스 눈을 떴다. 자신이 왜 누워 있는지 모르겠다는 듯 어리둥절해하면서 고개를 들더니, 홀연히 굳어 있는 다비안을 발견하곤 눈을 크게 떴다.

"다비…… 아니, 아니, 흑표범아!"

우렁찬 목소리에 긴장하고 있던 다비안은 움찔했다. 그리고 그의 두 팔이 어깨를 잡아 오는 바람에 다시 움찔했다.

"너 괜찮아? 이제 안 아파?"

"……괘, 괜찮아."

"어휴, 다행이다. 되게 고통스러워해서 얼마나 놀랐는지 아냐? 너 휴일 때마다 이런 거 겪었던 거야? 진작에 말을 하지. 눈치 없이 놀러 다니자고 한 내가 뭐가 되냐?"

크리스는 안도하면서도 투덜거리기 바빴다. 그리곤 다비안이 의식이 없던 동안 있었던 일들을 알려주기 시작했다. 갇혀 있던 두 사람은 마침 넥시아가 느낌이 이상해서 와본 덕분에 곧바로 구조된 모양이었다. 두 사람을 가둬둔 무리는 이번 일로 엄중한 징계를 받고 강제노역장으로 보내졌다고 했다. 거기서 한 달간 혹독하게 굴려질 예정이었다. 고작 한 달이 아니라 아예 평생 있었으면 더 좋았을 거라면서 크리스는 매우 크게 아쉬워했다. 그 모습을 멍하니 바라보던 다비안이 입을 열었다.

"내 모습, 변한 거 봤을 텐데."

"어? 어, 봤지. 완전 박력 넘치더라."

"그런데……."

내가 혐오스럽지 않아? 다비안은 그렇게 묻고 싶었다. 하지만 맑게 응시하는 크리스가 언제나처럼 쾌활하게 웃고 있어서 그냥 입을 다물었다. 이미 대답을 들은 거나 다름없었다.

"그런데 뭐? 왜 말을 하다 말아?"

"……아니, 아무것도 아냐."

"싱겁기는. 그보다 배는 안 고프냐? 난 어제 너 지켜보느라 빵 한 조각 제대로 못 먹었다. 우리 뭐 좀 먹으러 가자. 대장, 우리 맛있는 거 좀 사주세요."

"친구 간호 핑계 대면서 훈련 땡땡이 친 놈이 뭐가 이쁘다고."

넥시아가 헛소리를 한다는 표정을 지었다. 그러면서도 물고 있던 담배를 재떨이에 비벼 끄곤 지갑을 챙겨 들고 일어섰다. 크리스가 그럴 줄 알았다는 듯이 씩 웃었다.

"우리 대장님, 우리 예뻐하는 거 다 아는데 그런다. 사연 많은 꼬맹이들이 서로 친하게 지내고 우애를 다지는 모습이 막 감동스럽고 기특하고 그렇죠?"

"자꾸 헛소리하면 풀떼기만 먹인다."

"헉, 얌전히 입 다물겠습니다. 고기 사주세요, 고기. 성장기엔 잘 먹어야 한단 말이에요."

"이건 갈수록 능청만 늘어서는."

쯧쯧 혀를 찬 넥시아가 크리스의 뒤통수를 가볍게 때렸다. 악! 때리지 마요! 내 머리 나빠지면 대장님이 책임질 거야? 네가 더 나빠질 머리가 어디 있냐? 그러니까요! 나 여기서 더 나빠지면 백치 된다고! 하여간 말은 잘해. 만담 같은 대화가 한동안 주거니 받거니 이어졌다. 그때까지 다비안은 멀거니 한 자리에서 굳어 있는 상태였다. 크리스와 넥시아가 그를 돌아보았다.

"야, 너 왜 안 와? 고기 안 먹을 거야?"

"어어, 가."

다비안이 서둘러 몸을 일으켰다. 아까부터 속이 술렁거려서 견딜 수가 없었다. 어머니의 무덤 앞에서 전부 다 버리고 나왔다고 생각했던 감정들이었다. 아무것도 없다고 여겼던 공간에 다시 빛이 켜졌다. 그는 또다시 어두운 동굴을 걸어갈 용기를 얻게 됐다.

*　　*　　*

"우리 다비안이 왔구나."

다비안은 반갑게 자신을 맞이하는 얼굴을 향해 미소 지었다. 기억을 잃은 이후로 달라진 넥시아에겐 이제 적응했지만, 저 살가운 호칭만큼은 도저히 익숙해지지 않았다.

"대장, 잘 지내셨어요?"

"또 대장이야? 그냥 넥시아라고 부르라니까."

"아, 그랬죠. 죄송해요, 넥시아. 습관이 되어서요."

"너나 크리스나 아무튼 똑같다니까. 그래도 네가 더 낫다. 크리스는 대장은 대장이라며 끝까지 호칭을 안 바꿨거든."

고자질하듯 투덜거리는 말에 다비안은 다시 웃었다. 마당 한곳엔 전에는 보지 못한 나무 상자들이 쌓여 있었다. 그 하나하나마다 고기와 과일을 비롯한 식재료들이 가득했다. 그 사이에서 한창 정리 중이던 갈색 머리칼의 남자가 다비안을 발견하고 반가운 얼굴로 다가왔다.

"어서 와요, 다비안. 잘 지냈습니까?"

"네, 안녕하셨어요, 에드. 크리스가 다녀갔나요?"

"하하, 역시 바로 알아보는군요."

"저런 짓을 할 만한 녀석은 크리스밖에 없으니까요."

둘밖에 살지 않는 단출한 집에 식재료가 많이 필요할 리도 없건만, 크리스는 매번 들를 때마다 산더미처럼 많은 식재료를 가져왔다. 예전에 얻어먹었던 고기를 갚는다는 핑계였다. 마을 사람들과 매일 잔치를 벌여도 몇 달은 거뜬히 버틸 거라고, 웃으며 말하는 에드는 어딘지 초연한 얼굴이었다.

"적당히 하라고 할게요."

"……제발 부탁해요."

결국 에드가 본심을 고백했다. 당신은 알아줄 것 같았다며, 우는 시늉을 하는 에드를 향해 다비안은 피식 웃었다. 에드는 수줍음 많은 귀족 도련님이었다. 그 도련님이 어쩌다 넥시아에게 한눈에 반하게 된 건지는 모르겠지만, 추진력 하나는 매우 좋아서 몇 년을 지치지도 않고 쫓아다녔다. 그리고 지극정성에 질려버린 넥시아로부터 결국 교제 허락을 받아내는 데 성공했다.

그땐 움브라만이 아니라 사교계 전체가 발칵 뒤집혔었다. 그도 그럴 게 에드는 넥시아보다 15살이나 어렸다. 넥시아가 늘 꼬맹이 취급하는 다비안보다 불과 두 살밖에 많지 않은 나이였다. 그러거나 말거나 막상 사귀기 시작한 두 사람은 잘 지냈다. 하지만 설마 그 애송이 연인이 남편까지 될 거라곤 넥시아조차 예상치 못했을 것이다.

실제로 그 사고가 있지 않았다면 혼사까진 진행되지 않았을지도 모른다. 넥시아는 그의 어린 연인이 평온하게 살길 바랐고, 그 평온에 자신이 어울리지 않는다고 여겼으니까.

넥시아는 누구나 다 아는 유명한 기사였으나 움브라의 대장은 결코 영예로운 자리가 아니었다. 천애 고아에다가 온갖 더러운 일을 맡아서 하는 해결사 출신. 월급은 받는 족족 전국 고아원에 뿌리고 다녀서 모은 재산도 별로 없었다. 에드의 가문에선 두 사람을 결사적으로 반대했다. 그나마 연인일 땐 지켜보기만 했으나 혼사를 강행하면서 에드는 결국 가문에서 나와야 했다. 넥시아가 원래 기억을 갖고 있었다면 절대 진행하게 놔뒀을 리가 없었을 것이다.

'이제 와서는 의미 없는 가정이지만.'

세월은 많은 것들을 변하게 한다. 잿빛이던 넥시아의 머리칼이 어느새 달빛으로 물든 것과 마찬가지였다. 다비안은 행복하게 웃고 있는 넥시아를 바라보았다. 전에는 아무리 즐거워도 저렇게 환하게 웃지는 못하던 사람이었다. 사라져버린 기억이 넥시아가 품고 있던 불운한 기억들도 같이 가져간 덕분이었다. 처음엔 낯설기만 하던 것들도 적응하고 나니 그 나름의 장점이 있었다.

변한 것이 어디 그뿐이던가. 불과 몇 년 전만 해도 다비안은 자신이 움브라를 그만둘 수 있을 거란 생각은 조금도 하지 못했다. 그에게 스며 있는 저주는 낙인이었고, 움브라는 괴물을 다스리는 사슬이었다. 황제의 명령이면 무고한 어린아이조차 죽여야 하는 삶이었으나 다비안은 그 안을 벗어날 생각이 없었다. 그게 사랑하는 이들을 지키는 방법이었다.

하지만 그는 지금 움브라에서 은퇴했다. 평생 도망칠 수 없을 거라 여겼던 낙인 같은 저주에서도 벗어났다. 이제 그는 더는 만월마다 숨을 곳을 찾아 기어들어 가지 않아도 됐다. 스스로 몸에 사슬을 채우고 아무도 다가오지 못하게 방어할 필요도 없었다.

어머니가 바랐던 대로 당당하고 자신 있게. 길고 긴 동굴을 벗어나 마침내 환한 세상으로 걸어 나왔다. 빛 속에서 모두와 마주할 수 있게 되었다.

"다비안, 바쁘지 않으면 저녁 먹고 가."

"그래도 될까요, 넥시아?"

"당연하지. 고기 연근 조림 좋아하지?"

"네, 그중에서도 넥시아가 만든 고기 연근 조림을 제일 좋아하죠."

"좋아, 오랜만에 솜씨 좀 발휘해 볼까~!"

화창한 정원 안에 넥시아의 경쾌한 웃음소리가 퍼졌다. 다비안 역시 부드럽게 웃었다. 그는 무심코 제 허리춤에 걸린 검을 만지작거렸다. 기분이 좋을 때면 만져보던 것이 어느새 습관으로 굳어졌다.

이 기적 같은 삶을 가능하게 한 건 엘이란 이름의 소년이었다. 신비로움과 아름다움을 형상화한 것 같은, 첫 만남부터 작별에 이르기까지 전부 다 특별하기만 했던 사람. 그가 정령왕의 계약자라는 게 밝혀졌을 때 모두가 수긍하며 그럴 것 같았다고 말했지만, 다비안은 반대로 의문을 느꼈다. 오히려 그는 엘이 정령왕이 아닌 게 이상하다고 생각했다.

그의 눈엔 정령왕 엘퀴네스와 엘이 별다른 차이가 없어 보였다. 엘퀴네스를 아버지라 부르는 엘은 실제로 계약자보다는 아들의 위치에 더 잘 어울렸다. 어쩌면 밝히지 못하는 사정이 있을 뿐 정말로 아들인 건지도 몰랐다.

"참, 다비안. 의논할 일이 있는데요."

조심스럽게 말을 걸어오는 에드에게 다비안이 시선을 보냈다. 손가락을 움찔거리고 있는 에드는 매우 난처한 얼굴이었다. 넥시아에게는 말하지 못하는 일들을 공유하려 할 때 그는 저런 표정이 되곤 했다. 이어지는 에드의 말에 평온하던 다비안의 표정이 조금씩 굳어져 갔다.

"어서 오게, 다비안 군. 오랜만에 보는군."

가죽 소파에 앉아 느긋하게 반기는 남자를 바라보는 다비안의 시선은 서늘하게 굳어 있었다. 짙은 군청색의 머리칼, 바다처럼 짙푸른 눈동자. 화려한 정복을 걸친 남자는 마법사답지 않게 건장한 체구를 지니고 있었다. 싱긋 웃는 얼굴은 갓 40대가 된 것처럼 보였지만, 그의 실제 나이가 일흔을 넘었다는 걸 모르는 사람은 없었다. 경지에 이른 이들은 대체로 노화 속도가 느린 편이지만 그는 유독 더 느린 편이었다. 테이론 이스 세피온. 제국의 수호신이자 전쟁 영웅이라 불리는 이였다.

예전엔 발치도 감히 바라보지 못했던 존재였다. 그런 이와 당당히 독대하고 있는 이 상황이 다비안은 문득 신기하게 여겨졌다. 하지만 신기한 건 신기한 것이고, 해야 할 말은 해야 했다.

"설명해 주십시오."

"다짜고짜 찾아와서 뭘 설명하라는 말인가?"

"에드에게 아티카의 영지 대리인을 맡기고 싶어 하신다고 들었습니다."

아카데미 출신인 에드는 졸업한 이후로 쭉 세피온 공작가에서 서기관으로 일하고 있었다. 봉급도 넉넉하고 출퇴근과 휴일이 확실한 직종이라 매우 만족하는 중이기도 했다. 세피온 공작이 느긋하게 고개를 끄덕였다.

"아, 그랬지, 그랬지. 별로 필요도 없는데 폐하께서 영지 하나를 주셨지 뭔가? 대리인을 보내려니 왠지 다들 한사코 내려가기를 꺼려서 말이네. 에드 그 청년이 참 건실하니, 그에게 맡겨도 좋을 것 같아서 제안했네."

"거절하면 지금 하는 일을 그만두게 하고 제국엔 발도 붙이지 못할 거라는 협박을 섞어서 말입니까? 그런 건 제안이 아닙니다."

"아, 그랬던가."

처음 알았다는 듯이 건성으로 귀를 후비는 세피온 공작을 보며 다비안은 화를 꾹 눌러 참았다. 심지어 맡기겠다는 아티카 영지는 몬스터와 야만족의 침입을 자주 받는 매우 척박한 땅이었다. 파견되는 관리자마다 족족 죽어 나가는 바람에 골머리를 앓던 황제가 공훈 포상을 핑계 삼아 세피온 공작한테 넘겼다는 소문이 파다할 정도였다. 모두가 한사코 꺼리는 데는 이유가 다 있었다. 전쟁터와 다름없는 삭막한 영지에 평생 문관으로 살아온 에드가 적응할 수 있을 리가 없었다. 진짜 목적이 누구인지 빤했다. 이건 에드가 아니라 넥시아를 노린 제안이었다.

"기억을 다 잃었어도 검성인 건 그대로이지 않나. 그 실력을 썩히는 건 아깝지."

역시나 세피온 공작은 속내를 숨기지도 않았다. 다비안은 다시금 치밀어오르는 분노를 인내했다.

"넥시아는 이제 겨우 편하게 쉬고 있습니다. 에드도 지금 충분히 잘살고 있다는 걸 공작님이 더 잘 아실 겁니다. 행복한 부부에게 왜 이런 시련을 주시려는 건지 모르겠습니다. 게다가 협상할 거면 저를 보내라고 하셨다는 건 무슨 의미이십니까?"

"자네가 이 상황을 해결할 수 있기 때문이지."

"……제게 뭘 원하시는 겁니까?"

다비안의 표정이 무겁게 가라앉았다. 늘 태연자약해 보여도 세피온 공작은 결코 온화한 사람이 아니었다. 공과 사는 분명했으나 심기를 건드리는 이는 어떤 방법으로든 대가를 치르게 했다. 그의 적이 된 이들 중에 평온한 결말을 맞이한 자는 아무도 없었다. 그런 그가 자신을 싫어한다고 느낀 것도 제법 됐다.

이유는 알지 못하겠지만 언젠가부터 세피온 공작은 적의에 찬 시선으로 자신을 바라볼 때가 많았다. 이러저러한 핑계를 대며 불러다 놓고 한참을 노려보거나 공연한 시비를 붙이기도 했다. 심지어 아끼는 주방장이 야반도주한 것마저 그 탓인 것처럼 굴었다.

그동안 어떻게 처리할까 고심하는 것 같았는데 드디어 결론을 내린 모양이었다. 에드와 넥시아까지 끌어들인 걸 보면 어떻게 해도 벗어날 수 없을 게 분명했다. 다비안은 침착하게 이어질 명령을 기다렸다. 여차하면 이 제국을 떠날 각오도 굳혔다.

"내 후계자가 되게."

하지만 공작이 내뱉은 건 전혀 생각지도 못한 말이었다. 돌연 이어진 말이 너무 뜬금없어서 다비안은 눈을 깜빡였다.

"……예?"

"내 후계자가 되라고 했네."

"그게 무슨……."

"자네도 알다시피 내가 이제 일흔을 훌쩍 넘지 않았나? 현역에서 구르기엔 너무 많은 나이지. 슬슬 지겹기도 하고 말이야. 하지만 일선에서 물러나고 쉬고 싶어도 적당한 후계가 없어서 말이지. 그러니 자네가 내 자리를 물려받았으면 좋겠네."

분명 모국어인데도 조금도 알아들을 수 없었다. 다비안은 오랜만에 머리가 굳는 것을 느끼며 천천히 심호흡했다.

"공작님은 절 불편하게 여기신다고 생각했습니다."

"바로 봤군. 불편한 정도가 아니라 싫어한다네. 자넨 너무 재수 없네."

"그런데 왜……."

"바로 그렇기 때문이네."

"하아, 무슨 말씀이신지 전혀 이해할 수가 없습니다."

"재수 없고 짜증 나는 자네가 혼자 아늑하고 편안하게 사는 꼴을 못 봐주겠네."

이건 또 무슨 논리인가. 다비안은 세피온 공작의 사고회로를 조금도 따라갈 수가 없었다. 예전에 엘이 세피온 공작을 볼 때 간혹 한숨을 내쉬곤 했는데, 그 이유를 이제야 알 것 같았다. 말이 통하질 않았다!

"자네가 내 후계자가 되어줘야겠네. 내 양자가 되어 내 밑에서 빡세게 구르시게. 공작 작위도 아이기스도 전부 다 떠맡아줘야겠네. 내 제안을 거절한다면 어떻게 될지는 이미 알려줬으니 이해했으리라 믿네."

"대체……."

"물론 그건 시작일 뿐일세. 에드와 넥시아 다음은 자네의 절친이거든. 라케인 크리스랬던가? 아무리 번듯한 길드를 운영하고 있어도 내가 그거 하나 망치지 못할 거라 생각진 않겠지."

노골적인 협박이었다. 이 자리가 그저 평범했다면 즉시 머리가 차갑게 식고 가슴에 불이 일기 시작할 것이다. 당장 물어뜯어도 성에 차지 않다고 여겼을 게 분명했다. 문제는 그런 협박까지 해가면서 강요하는 게 후계자 자리라는 거였다. 이쯤 되니 다비안은 세피온 공작이 뭔가 이상한 착각을 하는 게 아닌가 싶은 생각마저 들었다. 사실은 후계자가 아니라 노예라는 말을 잘못 발음한 게 아닐까. 그래서 조심스럽게 말해 봤다.

"공작님의 후계자 자리를 원하는 이들은 밤하늘의 별만큼 많을 겁니다."

"그야 당연하지. 고작 그뿐인가? 사막의 모래보다도 더 많을 걸세."

"그걸 아시면서 왜 저를 택하신 건지……."

"무슨 당연한 소리를 하는 건가. 발에 치일 만큼 많다고 해서 아무에게나 막 던져줄 수는 없잖나."

"……대체 제게 왜 이러시는 건지 모르겠습니다."

다비안은 자포자기하는 마음으로 마른세수했다. 차라리 마음에 들었다는 이유라면 수긍해보려 노력해볼 수는 있을 것이다. 하지만 싫어하고 재수 없다고 하면서 남들이 다 바라는 후계자 자리를 넘겨주려고 하다니 도저히 이해가 되지 않았다. 게다가 아무에게나 던져줄 수 없다는 건 자신은 아무나가 아니라는 소리가 아닌가.

"생각해 보게. 자네가 아무리 출중하다 해도 세상은 그것만으로는 안 되는 일이 더 많네. 라스포 후작가에서 자네를 계속 벼르고 있다지? 아무리 후작가의 상황이 안 좋아도 이스의 명칭은 가볍지 않네. 그 가문은 쉽게 망하지 않을 걸세. 훗날 그들이 지금 같은 일을 벌이지 않을 거라고 어떻게 확신할 수 있겠는가? 내 것을 지키기 위해선 힘이 있어야 하는 법이네."

"그러고 보니 자네 모친이 자네에게 뭇 사람의 부러움과 존경을 받는 사람이 될 거라 했다지. 그러려면 재산과 권력도 있어야 하지 않겠나? 모친의 바람을 이룬다고 생각하게."

심지어 이젠 설득까지 하고 있었다. 까마득한 어린 시절에 어머니가 했던 말은 어떻게 알아낸 건지 모르겠지만, 다비안은 점점 더 이 까다로운 공작님의 속내를 알 수가 없다고 생각했다. 그러면서도 그가 하는 말들에 점점 귀를 기울이게 되는 건 어쩔 수 없었다.

다비안은 적이 많았다. 비단 그를 탐탁지 않게 여기는 라스포후작 가문만이 아니라 사생아가 승승장구하는 걸 수치로 여기는 귀족들도 그를 싫어했다. 움브라에 몸담고 있을 시절 했던 임무들 때문에 원한을 산 곳도 제법 있었다. 정령술도 검술도 충분히 강하다고 자부할 수 있지만, 그 모든 세력에서 제 것을 지킬 수 있으려면 다른 힘도 있어야 했다. 아무도 건드릴 수 없는 거대하고 견고한 울타리가.

"……사생아가 후계자가 되면 구설을 들으실 겁니다."

긴 침묵 끝에 다비안이 겨우 입을 열었다. 하지만 세피온 공작은 코웃음으로 받아쳤다.

"내 아들이 되면 자네는 세피온일세. 세피온의 이름을 지닌 적합한 후계자를 누가 감히 사생아라 칭할 수 있겠는가?"

아아. 오만하리만치 대단한 자신감에 다비안은 전율했다. 실제로 세피온 공작은 그런 말을 해도 되는 사람이었다. 황제의 면전에서 지금과 같은 말을 해도 누구 하나 반박하지 못할 터였다. 그의 능력이, 그가 가진 신분과 세력이 그걸 가능하게 했다. 이 순간 바람 앞의 촛불처럼 흔들리던 다비안의 결심이 완전히 굳어졌다.

"공작님의 제안을 받아들이겠습니다."

"애초에 자네는 선택권이 없었네. 하지만 잘 생각했네."

씩 웃은 세피온 공작이 손을 내밀었다. 다비안은 얼떨떨한 기분으로 그 손을 맞잡았다. 받아들이기론 했지만 마치 꿈결을 걷는 듯한 기분이 드는 게, 현실감이 느껴지지 않았다.

사실 그는 정령사가 된 후로부터 쭉 꿈을 꾸는 기분에 빠져 있었다. 지금쯤이면 깨어나야 할 것 같은데 오히려 날이 갈수록 더 깊어져 가는 것 같았다. 어쩌면 현실감 같은 건 평생 느끼지 못할지도 몰랐다. 아니, 느끼지 않는 쪽이 더 좋았다. "미운 정이 무섭긴 하다니까." 그런 그를 보며 어쩔 수 없다는 표정을 지은 세피온 공작이 낮게 투덜거리는 소리가 들렸다.

성검의 주인이자 제국의 두 번째 수호신. 훗날 고결한 정령의 기사로 대륙에 이름을 떨치는 '다비안 이스 세피온' 공작의 탄생을 알리는 서막이었다.

캐릭터 프로필

이름: 세르피스
생일: 9월 7일
키: 173cm
종족: 마족
성별: 여(男)
계급: 공작
외형: 짙은 흑발, 붉은 눈동자. 풍성한 곱슬머리.

마계 4대 공작의 일원, 서쪽 영토의 주인.
서공작의 증표로 허벅지에 덩굴장미
문양이 새겨져 있다. 인장을 내릴 때
귀걸이의 형태로 나타난다.

주술에 능하며 마수를 길들여
다루는 걸 즐긴다.
최종 목표는 마왕이 되는 것.
세상이 다 만만하지만
루카르엠과 데자크를
대하는 건 조금
어렵다. 본인은
무서워서가
아니라 더러워서 피하는 것뿐이라고 말한다.

illust-냐르

캐릭터 복불복 QnA

〈※인터뷰 질문은 다음(daum) 이공카 회원님들이 올려주신 질문 중에서 제비뽑기로 선정했습니다.
앞으로 전개될 내용이 미리 나올 수도 있으니 주의와 양해 부탁드립니다.〉

〈김다뜨 님의 질문〉

Q. 당신을 한 문장으로 표현한다면 무엇인가요?

A. 아무리 생각해도 날 한 문장으로 표현할 방법이 없네. 붙일 수식어가 워낙 많아야 말이지.

Q. 자신이 생각하는 데르온은 누구인가요?

A. 멀쩡한 척하는 미친놈.

Q. 세르피스 님의 인생에서 가장 중요하다고 생각하는 것은 무

엇인가요?

A. 삶에서 가장 중요한 점은 역시 낭만이지. 현실만 생각하는 건 시시하잖아.

Q. 항상 볼 때마다 너무 멋있으세요!!ㅠㅠ 언젠가 우연히 4공작들중 한 명을 만날 수 있다면 누구를 만나고 싶고 처음으로 하고 싶은 한마디는 무엇인가요!

A. 멋있다니 고마워. 마족 볼 줄 아네. 딱히 그들 중에선 아무도 만나고 싶지 않아. 뭐 좋았던 사이라고. ……하지만 뭐, 굳이 만나야 한다면 데자크일까. 일단 내가 그런 게 아니라고 해명은 해야 하니까. 말해두지만 이건 그냥 자존심 때문이야. 내 실력으로 죽인 게 아니라 찝찝하단 말이야.

〈하늉 님의 질문〉

Q. 자신을 다섯 글자로 표현한다면?

A. 한 문장으로도 표현이 안 되는데 다섯 글자로는 되겠어? 그냥 알고 있는 모든 멋지고 아름다운 표현을 떠올려 봐. 그리고 그걸 다 나한테 붙여. 그러면 돼.

Q. 그래도 마족에게 이런 장점은 있다 싶은 것은?

A. 마족은 다 장점밖에 없는걸? 가끔 뇌까지 근육인 것 같은 데르온 같은 놈이 나오는 게 좀 흠이긴 하지만 말이야.

Q. 본인의 인생(?) 중 가장 기억에 남는 사건은?

A. 카류안이 잘생겨 보인 순간이야말로 사건이나 다름없었지. 있을 수 없는 일이 일어난 거였거든.

Q. 지금 가장 보고 싶은 사람은?

A. 거울에 비친 마왕이 된 내 모습.

〈에이루 님의 질문〉

Q. 데르온의 첫인상이 궁금해요.

A. 좀 평범하다는 느낌? 저런 애가 동공작이라니, 동쪽 영지는 인재가 없어도 너무 없구나 했지. 지금도 크게 다르진 않아.

Q. 데르온의 장래희망은 천마대전을 다시 일으키는 거였는데 세르피스의 장래희망은 뭐예요??

A. 역대 최장수 마왕으로 기록되는 거. 그 삶 자체가 내가 가장 강한 마족이었다는 증명이잖아. 뭐, 나중에 가서는 왕위 자체를 포기하긴 했지만. 지금 다시 생각해 보면 정말 미친 짓이었어.

〈슈가마카롱 님의 질문〉

Q. 데르온을 어떻게 생각하나요?

A. 계급 때문에 어쩔 수 없이 엮이게 됐지만, 길에서 만나도 별로 아는 척하기는 싫은 녀석? 데르온 쪽도 그렇겠지만 말이야.

Q. 악신 카류드리안에 대해서 어떻게 생각하나요?

A. 그에 대해선 솔직히 복잡한 마음이야. 어느 순간부터 의식을 지배당한 건 사실이긴 한데, 처음에 끌렸던 건 내 의지였던 것 같거든. 정확히 어디서부터가 최면이었고 어디서부터가 내 감정이었는지 잘 모르겠어. 물론 날 장기짝으로 이용한 건 용서할 수 없어. 다시 만나면 죽여버릴 거야.

Q. 카노스라는 것이 밝혀지기 전의 루카르엠에 대해서 어떻게 생각했나요?

A. 음흉한 노인네. 재수 없지만 건드리지는 말자 싶었지. 마족이 오래 산다면 다 이유가 있는 거야. 만만히 보이면 죽는 게 당연한 세계에서 숨어 산 덕분에 목숨을 보전했다는 건 그야말로 헛소리지.

Q. 만약 기억을 가지고 환생을 한다면 누구를 가장 만나고 싶은가요?

A. 아는 얼굴은 다시 안 보고 싶어. 별로 좋은 추억도 아니잖아?

〈초밥은연어초밥 님의 질문〉

Q. 마계4대공작이 되었을 때 기분이 어땠나요?

A. 너무 당연한 결과라서 그러려니 한 것 같아. 그래도 흐뭇하긴 했지.

Q. 자신의 인생에서 뜻 깊은 자를 고르라면 누구를 선택할 건가요?

A. 뭐, 인정하고 싶진 않지만 가장 영향력을 미친 자라면 아무래도 데자크려나. 이건 마족이라면 모두 어쩔 수 없는 부분이야. 북공작한테 유년기를 저당 잡힌단 말이야.

Q. 환생을 할 수 있다면 어떤 종족으로 환생을 하고 만날 수 있다면 누구를 만나고 싶나요?

A. 다시 태어나도 마족. 이번엔 꼭 마왕이 될 거야. 딱히 만나고 싶은 애는 없지만 내 발밑에 무릎 꿇은 데르온 꼴을 한번 보고 싶

기는 하네.

Q. 다시 한번 기회가 온다면 그때는 데르온과 같은 선택을 할 건가요? 아니면 그때도 지금과 같은 선택을 할 건가요?

A. 둘 중 무엇도 선택하지 않을 거야. 난 나만의 길을 갈 거니까.

Q. 마신에게 용서를 구할 죄가 있다면 그것은 어떤 죄인가요?

A. 굳이 정하자면 나태한 죄일까. 마지막 순간에 너무 쉽게 편해지는 쪽을 택한 것 같긴 해. 어떻게든 카류안 그놈 배에 구멍 하나 정도는 뚫어 줬어야 했는데 말이야.

네 칸 만화

장난

묻어날거같은
새카만 머리칼..
카노스.
윽..
휘청
살랑—
진짜
묻었잖아..!
뭐야 이게!
걸려들었군~
냐하하

악몽

엘님 팬이에요
사인해 주세요~
한 번만이에요.
한 번이면
돼요.
네?
쓱쓱
혼인증서
아내:
남편:
허억
허억

화석의 꿈

한 걸음 뒤에~
난 네 옆에 있다고.
항상~
이 멍청아!
내가 잃었는데~
그대~
영원히 내 모습
볼 수 없나요~
우워~
...
개꿈이네.
부스스..
야!!

미용실

손님 어떤 머리로 해드릴까요~
숏컷에 검은색으로 염색해 주세요!
손님은 지금머리가 제일 예쁘세요.
다시 생각해 보시는 게..
샤라랑~
단호
해주세요.
탁
혹시 나중에 또 기르실 생각은..
단칼
없어요.^^
사각
사각
네…… .^.
시무룩…